CHRISTINA LAUREN

Sedutor
SELVAGEM
IRRESISTÍVEL

São Paulo
2014

UNIVERSO DOS LIVROS

Sweet Filthy Boy
Copyright © 2014 by Christina Hobbs and Lauren Billings
All Rights Reserved.

Copyright © 2014 by Universo dos Livros
Todos os direitos reservados e protegidos pela Lei 9.610 de 19/02/1998.
Nenhuma parte deste livro, sem autorização prévia por escrito da editora, poderá ser reproduzida ou transmitida sejam quais forem os meios empregados: eletrônicos, mecânicos, fotográficos, gravação ou quaisquer outros.

Diretor editorial: **Luis Matos**
Editora-chefe: **Marcia Batista**
Assistentes editoriais: **Aline Graça, Nathália Fernandes, Rafael Duarte e Rodolfo Santana**
Tradução: **Pedro Monfort**
Preparação: **Leonardo Ortiz**
Revisão: **Thiago Dias e Jonathan Busato**
Arte e adaptação de capa: **Francine C. Silva e Valdinei Gomes**

Dados Internacionais de Catalogação na Publicação (CIP)
Angélica Ilacqua CRB-8/7057

L412s

Lauren, Christina
Sedutor / Christina Lauren; tradução de Pedro Monfort. – São Paulo: Universo dos Livros, 2014. (Selvagem Irresistível - Wild Seasons, 1)
376 p.

ISBN: 978-85-7930-725-6
Título original: *Sweet Filthy Boy*

1. Literatura americana 2. Literatura erótica 3. Ficção I. Título
II. Monfort, Pedro

14-0564   CDD 813.6

Universo dos Livros Editora Ltda.
Rua do Bosque, 1589 – Bloco 2 – Conj. 603/606
CEP 01136-001 – Barra Funda – São Paulo/SP
Telefone/Fax: (11) 3392-3336
www.universodoslivros.com.br
e-mail: editor@universodoslivros.com.br
Siga-nos no Twitter: @univdoslivros

*Para K e R,
por irem conosco a Paris
e nos permitirem realizar esse sonho.*

Capítulo 1

Mia

O dia em que finalmente nos formamos não é nada como nos filmes. Eu jogo meu chapéu para cima e ele cai na testa de alguém. A pessoa responsável pelo discurso perde as anotações com o vento e decide improvisar, o que resulta em uma fala completamente sem graça sobre transformar erros num futuro brilhante, incluindo umas histórias esquisitas. Nos filmes, ninguém parece prestes a ter um ataque cardíaco debaixo da beca de poliéster. Eu pagaria uma fortuna para alguém queimar todas as fotos que foram tiradas de mim hoje.

E, mesmo assim, ainda é perfeito.

Porque, puta merda, *acabou*.

Depois do almoço, fora do restaurante, Lorelei – ou Lola para os poucos que conseguem se tornar mais íntimos – tira as chaves da bolsa e as chacoalha, animada. Seu pai beija a sua testa e tenta esconder os olhos marejados. A família inteira de Harlow forma um círculo ao redor dela, abraçando e falando uns com os outros, todos de uma vez, revivendo os Dez Momentos de Destaque de Quando Harlow Atravessou o Palco e se Formou na Faculdade, antes de me puxarem para perto, recontando os meus próprios quinze segundos de fama. Quando eles me soltam, dou um sorriso, observando os últimos doces rituais familiares.

– Me liga assim que você chegar.

— Use o cartão de crédito, Harlow. Não, o American Express. Está tudo bem, querida, é seu presente de formatura.

— Te amo, Lola. Dirija com cuidado.

Tiramos nossas becas desconfortáveis, entramos no Chevy antigo de Lola e saímos de San Diego com uma mistura de exaustão e empolgação com a música, bebida e loucura que nos espera no fim de semana. Harlow coloca sua seleção de músicas para a viagem – Britney Spears, foi o primeiro show que assistimos quando tínhamos oito anos; a música completamente inapropriada do 50 Cent, que foi o tema da nossa classe no baile da escola; o heavy metal que Lola jura ser a melhor música para fazer sexo; e outras cinquenta músicas que de alguma forma fazem parte da nossa história coletiva. Harlow aumenta o volume para cantarmos mais alto que o barulho do vento quente e empoeirado entrando pelas quatro janelas do carro.

Lola retira seus longos cabelos escuros da nuca, me dá um elástico e implora que eu amarre para ela.

— Meu Deus, por que está tão calor? – grita ela do banco do motorista.

— Porque estamos passando pelo deserto a cem quilômetros por hora em um Chevy dos anos 80 sem ar-condicionado – Harlow responde, abanando-se com um panfleto da cerimônia de formatura. – Por que mesmo não pegamos o meu carro?

— Porque cheira a filtro solar e escolhas duvidosas? – respondo. Dou um grito quando ela avança em minha direção.

— Estamos no meu carro – Lola diz, abaixando a música do Eminem – porque você quase atropelou um orelhão enquanto tentava espantar um inseto de dentro do carro. Não confio em você atrás do volante.

— Era uma aranha. Gigantesca. Com ferrões – Harlow argumenta.

— Uma aranha com ferrões?

— Eu poderia ter morrido, Lola.

— É verdade. Você poderia ter morrido em um acidente, incendiando seu carro.

Quando termino de amarrar o cabelo de Lola, acomodo-me no banco de trás e sinto que posso respirar novamente pela primeira vez em semanas, rindo com as minhas duas pessoas preferidas no mundo. O calor suga toda a energia do meu corpo, mas é bom poder me libertar, fechar os olhos e me esparramar no banco do carro enquanto o vento atinge meu cabelo, fazendo um barulho tão alto que nem consigo pensar. Eu tinha três alegres semanas de verão pela frente antes de me mudar para o outro lado do país, e, pela primeira vez em muito tempo, eu não tinha absolutamente nada para fazer.

– Foi legal sua família ter ficado para o almoço – diz Lola, em um tom de voz estável e cauteloso, olhando-me pelo retrovisor.

– É... – eu suspiro, fuçando minha bolsa para achar um chiclete ou uma bala, ou alguma coisa para me ocupar e não ter que pensar em uma justificativa para meus pais terem saído cedo hoje.

Harlow vira-se e olha para mim.

– Pensei que eles fossem almoçar com todo mundo.

– É, parece que não – respondi, simplesmente.

Ela se vira para mim, encarando-me o quanto podia sem ter que tirar o cinto de segurança.

– Bem, o que o *David* disse antes de irem embora?

Eu desvio o olhar, observando a paisagem passar. Harlow nem sonha em chamar seu pai ou até mesmo o pai de Lola pelo primeiro nome. Mas para ela, desde que posso lembrar, meu pai é simplesmente David – dito com o máximo desdém que ela conseguir.

– Ele disse que estava orgulhoso de mim e que me ama, e pediu desculpas por não ter dito que me amava mais vezes.

Posso sentir sua surpresa no silêncio que veio como resposta. Harlow só fica quieta quando está surpresa ou irritada.

– E também disse que agora posso procurar uma carreira de verdade e contribuir de maneira significativa para a sociedade – continuei, mesmo sabendo que deveria ter ficado quieta.

Não cutuque o urso com vara curta, Mia, pensei comigo mesma.

— Meu Deus! — ela diz. — É como se ele soubesse te atingir onde dói mais. Esse cara se formou na escola de otários.

Isso fez com que todas nós caíssemos na gargalhada, e concordamos em seguir em frente porque, realmente, o que mais poderíamos dizer? Meu pai é *mesmo* um babaca, e o fato de ele estar sempre controlando as decisões da minha vida piora isso.

O trânsito está leve e a cidade emerge atrás da terra plana, um emaranhado de luz brilhando no pôr do sol que se esvai. A cada quilômetro o ar se torna mais frio, e sinto a energia dentro do carro crescer quando Harlow ajusta sua postura e coloca uma nova seleção musical para tocar durante o último trecho da viagem. No banco de trás, eu me mexo, danço e canto no ritmo a música.

— Minhas garotas estão prontas para um pouco de loucura? — ela pergunta, ajustando o pequeno espelho quebrado do carro para passar batom.

— Não... — Lola segue pela East Flamingo Road. Mais à frente, a famosa avenida Strip se espalha luminosa, um tapete de luzes e buzinas surgindo à nossa frente. — Mas por você eu tomo um monte de doses e danço com homens nem tão sóbrios.

Eu concordo com a cabeça, abraçando Harlow por trás e apertando-a. Ela finge estar sufocando, mas coloca sua mão na minha para que eu não consiga fugir. Harlow é péssima em fingir rejeitar um carinho.

— Amo vocês, suas malucas — eu digo. Se estivesse com outras pessoas, essas palavras se perderiam no vento e na sujeira da rua que entrava no carro. Mas Harlow beija minha mão e Lola me olha e dá um sorriso. É como se elas fossem programadas para ignorar minhas longas pausas e arrancar minha voz do caos.

— Você tem que me fazer uma promessa, Mia — pede Lola. — Tá ouvindo?

— Você não vai querer que eu fuja e me torne uma dançarina de striptease, não é?

— Infelizmente, não.

Nós planejamos essa viagem por meses como uma última aventura antes que as responsabilidades da vida adulta nos alcançasse. Estou pronta para ouvir o que ela queria dizer. Alongo meus músculos do pescoço, respiro fundo, finjo estralar meus dedos.

— Que pena. Você não sabe como eu danço bem ao redor de um *pole*, mas tudo bem. Manda.

— Deixe tudo em San Diego esta noite. Não se preocupe com seu pai ou com qual garota Luke pegará neste final de semana.

Meu estômago se revira um pouco quando ela menciona meu ex, embora tenhamos nos separado amigavelmente dois anos atrás. Minha primeira vez foi com Luke, e a primeira vez dele também foi comigo. Aprendemos tudo juntos. É como se eu merecesse direitos autorais pelo seu atual desfile de pegações.

Lola continua:

— Não pense em fazer as malas para Boston. Não pense em nada a não ser no fato de que terminamos a faculdade. A faculdade, Mia! Nós conseguimos! Coloque tudo em uma caixa e arraste para baixo da cama.

— Estou gostando desse papo de cama e arrastar – diz Harlow.

Em qualquer outra circunstância, isso teria me feito rir. Mas, por mais que não tenha sido intencional, o comentário de Lola sobre Boston acabou estraçalhando a pequena janela de espaço livre de ansiedade que eu havia conseguido encontrar. Esse lugar diminuía imediatamente qualquer desconforto que eu tenha sentido em relação a meu pai ter ido embora mais cedo da maior cerimônia da minha vida, ou à nova vida promíscua de Luke. Sinto uma onda crescente de pânico sobre o futuro, e agora que me formei, é impossível ignorá-la. Toda vez que penso sobre o que vem a seguir, meu estômago se revira e começa a queimar. Essa sensação tem me acompanhado tanto, recentemente, que eu devia dar um nome a ela.

Vou me mudar para Boston em três semanas, onde vou estudar Administração, e estarei tão longe dos meus sonhos de criança quanto eu imaginava. Terei bastante tempo para encontrar um apartamento e um emprego que pague as minhas contas e encaixar um horário completo de aulas no outono, quando finalmente estarei fazendo o que meu pai sempre quis que eu fizesse: juntando-me ao mar de pessoas de negócio, fazendo negócios. Ele até vai pagar meu apartamento, e está feliz por isso.

"Tem que ter dois quartos, para que sua mãe, eu e os meninos possamos visitá-la", ele insistiu firmemente.

— Mia? — Lola chama.

— Está bem — concordo, pensando quando foi que me tornei, entre nós três, a pessoa com tanta bagagem emocional. O pai de Lola é um veterano de guerra. Os pais de Harlow são de Hollywood. Eu sou só uma garota de La Jolla que costumava dançar. — Vou arrastar tudo para baixo da cama.

Dizer essas palavras em voz alta parece colocar mais peso nelas.

— Vou colocar tudo na caixa junto aos brinquedos eróticos assustadores da Harlow.

Harlow joga um beijo para mim e Lola concorda, resoluta. Ela sabe mais do que todas nós o que é ser estressada e responsável, mas se ela consegue esquecer isso tudo por um final de semana, eu também consigo.

~

Estacionamos o carro no hotel e Lola e eu descemos do veículo quase caindo, segurando nossas malas de mão como se tivéssemos acabado de sair de uma tempestade de areia. Sinto-me nojenta e suja. Somente Harlow parece pertencer a este lugar, descendo do velho Chevy como se estivesse saindo de um carro preto de luxo, ainda com uma boa aparência e trazendo logo atrás de si sua mala de rodinhas brilhante.

Assim que chegamos ao nosso quarto, ficamos todas boquiabertas. Até Harlow, que demonstra estar surpresa ficando em silêncio. Há poucos quartos além do nosso neste andar, e nossa Suíte Sky é enorme.

O pai de Harlow é um diretor de cinema famoso e reservou o quarto para nós como presente de formatura. Nós pensamos que ficaríamos em um quarto normal de Las Vegas com shampoo grátis, e que talvez até pudéssemos cometer a loucura de atacar o minibar, colocando tudo na conta dele. Chocolate e garrafinhas de vodca para todo mundo!

Nós não estávamos esperando por isso. Logo na entrada do quarto, ao lado de uma cesta decadente de frutas e uma garrafa de champanhe de cortesia, encontramos um bilhete dizendo que tínhamos um mordomo à nossa disposição, um massagista que subiria ao quarto quando precisássemos, e que o pai de Harlow estava mais do que satisfeito em nos proporcionar um serviço de quarto ilimitado. Se Alexander Vega não fosse o pai da minha melhor amiga, e muito bem casado, eu poderia lhe oferecer favores sexuais como forma de agradecimento.

Lembrar de não dizer isso a Harlow.

~

Eu cresci usando quase nenhuma roupa em cima do palco, na frente de centenas de pessoas, onde eu podia fingir que não era eu mesma. Assim, mesmo com uma longa e feia cicatriz na minha perna, decididamente me sinto mais confortável do que Lola usando um dos vestidos que Harlow escolheu para nós. Lola não quer nem provar o dela.

— É seu presente de formatura — Harlow insiste. — Como você se sentiria se eu não tivesse aceitado o diário que você me deu de presente?

Lola dá risada, arremessando um travesseiro em Harlow, e diz:

— Se eu pedisse para você rasgar as páginas e com elas fazer um vestido que mal cobre a sua bunda, aí sim você poderia rejeitar o presente.

Eu mexo na bainha do meu vestido, silenciosamente concordando com Lola, desejando que ele fosse um pouco mais longo. Raramente mostro tanto as minhas coxas.

– A Mia está usando o dela – Harlow aponta, e eu solto um grunhido.

– Mia cresceu vestindo *collants*. Ela é pequena e tem o corpo de uma gazela – Lola argumenta. – Além disso, se eu prestar bastante atenção, consigo ver o útero dela. Como sou mais alta que a Mia, você vai praticamente conseguir ver tudo por baixo do meu vestido.

– Você é tão teimosa.

– Você é tão safada.

De pé, ao lado da janela, do alto de nossa suíte no quadragésimo quinto andar, continuo ouvindo as duas discutirem enquanto observo os pedestres caminhando pela Strip, formando o que parecia uma trilha de pontos coloridos. Não sei por que Lola continua discutindo sobre isso. Sabemos que logo ela vai ceder porque Harlow é uma grande chata e sempre consegue o que quer. É estranho dizer que sempre adorei essa característica de sua personalidade, mas ela sabe o que quer e faz o que pode para conseguir. Lola também é assim, mas um pouco mais sutil do que Harlow e sua técnica descarada.

Lola continua murmurando mas, como esperado, eventualmente admite a derrota. Ela é esperta o bastante para perceber que está lutando por uma causa perdida. Em apenas alguns minutos, já está usando seu vestido e calçando seus sapatos e descemos para o lobby do hotel.

~

Tinha sido um longo dia, nos formamos, nos livramos da poeira e preocupações da vida real, e Harlow adora pedir shots. Mais do que isso, ela adora assistir a todos bebendo os shots que ela mesma pediu. Às nove e meia da noite, decidi que nosso nível de embriaguez já era suficiente. Estávamos enrolando algumas palavras, mas pelo menos ainda conseguíamos andar. Não consigo lembrar a última vez que vi Lola e Harlow rindo dessa maneira. Lola está com a bochecha em cima de seus braços cruzados, e seus ombros balançam com a risada.

Harlow joga sua cabeça para trás e o som de seu riso consegue sobrepor-se à música e atravessa todo o local.

É nesse momento que eu encontro os olhos de um homem do outro lado do bar. Não consigo ver direito por causa da escuridão do lugar, mas percebo que ele é um pouco mais velho que nós. É alto, tem os cabelos castanhos claros, sobrancelhas escuras e seus olhos são luminosos e misteriosos. Ele está nos observando e sorri como se não tivesse a mínima necessidade de participar de nossa diversão – ele quer apenas apreciar. Outros dois rapazes estão em pé a seu lado, conversando e apontando para alguma coisa em outro canto, mas ele não desvia o olhar quando nos encaramos. Seu sorriso até fica maior.

Eu também não consigo parar de olhar, e esse sentimento é desorientador porque normalmente sou bastante boa em evitar o olhar de estranhos. Meu coração pula dentro do peito, lembrando-me que eu talvez fosse mais esquisita, sugerindo que eu me concentrasse no meu drink. Não sou muito boa em fazer contato visual. Também não costumo me dar bem em conversas. Na verdade, o único músculo sobre o qual não tenho um controle exemplar é justamente aquele utilizado em conversas.

Mas, por algum motivo, provavelmente por culpa do álcool, e sem desviar o olhar do rapaz lindo do outro lado do bar, meus lábios prontamente formam a palavra "Oi".

Ele me cumprimenta de volta e curva o canto dos lábios. E... uau! Ele deveria fazer isso todos os dias com todas as pessoas que ele encontrar, para o resto de sua vida. Ele tem covinhas. Fico tentando me convencer que é por causa da iluminação do lugar ou por causa do jogo de sombras, porque não é possível que algo tão simples possa ser tão adorável assim.

Sinto algo estranho acontecendo dentro de mim e imagino se é isso o que as pessoas querem dizer quando dizem que estão derretendo, porque definitivamente estou me sentindo menos sólida. Há um distinto ímpeto de interesse na área abaixo da minha cintura, e meu Deus, se somente com o sorriso dele já me sinto assim, imagine o que o...

Harlow agarra meu braço antes que eu finalize meu pensamento, tirando-me de minha cuidadosa análise e jogando-me no meio de um monte de gente dançando no ritmo sexual que saía das caixas de som. Um cara como aquele está totalmente fora da minha zona de conforto, então empurro para baixo da cama a vontade de encontrá-lo, com todo o resto.

~

Certamente estamos nos ambientando a Vegas, porque depois de dançar e beber nossos drinks, voltamos ao nosso quarto à meia-noite, esgotadas com a cerimônia de formatura embaixo do sol forte, a viagem quente até aqui, e o álcool que ingerimos rápido demais sem termos nos alimentado bem.

Apesar de nossa suíte ter mais espaço do que precisávamos e dois quartos, acabamos nos empilhando dentro de um só. Lola sai depois de alguns minutos, assim como Harlow, que já começa a balbuciar algumas palavras em seu jeito tão familiar, sonolenta. Lola está, espantosamente, quieta e estática. Ela se enterra completamente na roupa de cama. Lembro-me de quando éramos crianças, nas nossas festas de pijama, ficava imaginando se ela iria desaparecer dentro do colchão. Às vezes até considerei checar sua pulsação.

Mas do outro lado do corredor, uma festa estoura.

O peso da música faz balançar o lustre acima de mim. Ouço vozes masculinas passarem pelo espaço entre os quartos; eles gritam e dão risada, a própria orquestra de barulhos típicos de homem. Uma bola atinge a parede a poucos metros de distância. Consigo identificar apenas algumas vozes nessa bagunça, mas é difícil achar que essa suíte não esteja lotada de garotos bêbados aproveitando ao máximo um final de semana em Vegas.

Já são duas da manhã e estou do mesmo jeito: olhando para o teto, cada vez mais desperta e mais sonolenta ao mesmo tempo. Às três horas da manhã, estou tão irritada que me sinto pronta para ser a estraga-prazeres de Vegas só para conseguir mais algumas horas de sono antes de nossas sessões de massagem no spa.

Escorrego para fora da cama silenciosamente, tentando não acordar minhas amigas, mas começo a rir diante do absurdo da minha cautela. Se elas conseguiram dormir a noite inteira com o barulho do quarto à frente do nosso, não iriam acordar comigo engatinhando pelo carpete, pegando a chave e saindo de fininho de nossa suíte.

Eu bato na porta e espero, absolutamente irritada. O barulho praticamente não diminui, e não sei se consigo dar um murro tão forte para que eles me ouçam. Levantando as duas mãos, tento de novo. Não quero ser aquela pessoa que fica reclamando da diversão dos outros *em Vegas*, mas o próximo passo será chamar a segurança do hotel.

Dessa vez, o volume da música abaixa e posso ouvir alguns passos próximos à porta.

Talvez eu estivesse esperando um babaca mais velho, bronzeado, que trabalha com investimentos e que estaria ali para um final de semana de folia; ou um quarto cheio de universitários, bebendo diretamente do umbigo de uma dançarina de striptease. Só não esperava que fosse *ele*, o cara do outro lado do bar.

Não esperava que ele estivesse sem camisa, com a cueca samba-canção tão baixa, mostrando sua barriga bronzeada e uma trilha de pelos mais para baixo.

Não esperava que ele fosse sorrir para mim quando me visse. E definitivamente não esperava ouvir o sotaque dele quando disse:

— Eu conheço você.

— Não conhece, não — eu digo, completamente imóvel e levemente sem fôlego.

Eu não gaguejo mais na frente de amigos e familiares, e raramente na frente de estranhos com quem me sinto confortável. Mas, neste momento, sinto meu rosto aquecer, meus braços e pernas arrepiarem, e não tenho ideia do que dizer sem que comece a gaguejar.

Seu sorriso fica ainda maior, se é que isso é possível. Seu rosto fica corado, as covinhas aparecem, e ele abre mais a porta e caminha em minha direção. Ele parece ainda mais bonito do que ontem à noite, e sua figura preenche completamente a entrada do quarto. Sua presença é tão marcante que dou um passo para trás, como se tivesse levado um empurrão. Ele tem uma postura desencanada, faz contato visual, e seu sorriso se ilumina ao se aproximar ainda mais. Ele me analisa de maneira curiosa.

Como sou dançarina, já vi esse tipo de mágica acontecer antes. Ele até pode parecer um ser humano qualquer, mas possui algo que atrai todo e qualquer olhar a acompanhá-lo em um palco, não importa o personagem. É mais do que carisma – é um magnetismo que não pode ser ensinado ou praticado. Estou muito perto dele... e não tenho a mínima chance.

– Eu conheço você *sim* – ele diz, entortando um pouco a cabeça para o lado. – Nós nos encontramos mais cedo, só não sabemos o nome um do outro ainda.

Minha mente começa a recordar lugares relacionados a seu sotaque, e concluo: ele é francês. O filho da puta é francês. Mas seu sotaque não é tão forte assim, é leve e diluído. Em vez de emendar uma palavra na outra, ele as espalha, oferecendo cada uma delas cuidadosamente.

Tento focar meu olhar em seu rosto, o que não é fácil. Seu peito é liso e bronzeado, ele tem os mamilos mais perfeitos que já vi em toda a minha vida, pequenos e planos. Ele tem um corpo torneado, e é alto o bastante para cavalgar nele. Consigo sentir o calor emanando de sua pele. E, além de tudo isso, ele está vestindo somente uma cueca, e não está nem aí.

– Vocês estão fazendo um barulho absurdo – eu digo, lembrando-me das horas que passei sem dormir e que me trouxeram até a porta de seu quarto. – Acho que gostava mais de você do outro lado do bar do que do outro lado do corredor.

– Mas cara a cara é melhor, não?

Sua voz faz meu braço inteiro se arrepiar. Quando eu não respondo, ele vira o rosto por cima de seu ombro, e depois volta o olhar para mim.

– Peço desculpas por termos feito tanto barulho. É culpa do Finn. Ele é canadense, então estou certo de que você entende que ele é um selvagem. E o Oliver é australiano, também horrivelmente não civilizado.

– Um canadense, um australiano e um francês dando uma festa em um quarto de hotel? – eu pergunto, tentando com todas as minhas forças não sorrir.

Estou me esforçando para lembrar daquela regra se devemos ou não nos mexer quando caímos em uma areia movediça. É exatamente assim que me sinto agora. Estou afundando, sendo engolida por algo maior do que eu.

– Parece o começo de uma piada – ele concorda, fazendo que sim com a cabeça.

Seus olhos verdes piscam e ele está certo: cara a cara é definitivamente melhor do que separados por uma parede, ou até mesmo do outro lado de um bar lotado.

– Junte-se a nós.

Eu nunca tinha ouvido algo tão perigoso e ao mesmo tempo tão tentador. Seu olhar desce para a minha boca, permanecendo um tempo ali até começar a passear pelo meu corpo. Mesmo depois de ter feito o convite, ele sai completamente do quarto e a porta se fecha logo atrás dele. Agora somos só nós dois, seu peito desnudo e... *uau*, pernas fortes... sexo selvagem e espontâneo no meio do corredor do hotel.

Espera. O quê?

Nesse momento também lembro que estou vestindo apenas meu pijama de shorts curtos com estampa de porquinhos. De repente, percebo a luz forte do corredor e sinto meus dedos se mexerem, instintivamente tentando cobrir minha cicatriz com o tecido dos meus shorts. Normalmente, sinto-me à vontade com meu corpo – sou mulher, mudaria algumas coisas –, mas minha cicatriz é diferente. Não é que ela seja muito feia, embora Harlow ainda me olhe com pena quando a vê. O problema é o que a cicatriz representa: a perda de minha bolsa de estudos no Joffrey Ballet. A morte do meu sonho.

Mas, do jeito que ele me olha sinto-me nua – de um jeito *bom* –, e debaixo do algodão da blusa do meu pijama, meus mamilos endurecem.

Ele percebe e se aproxima ainda mais de mim, trazendo seu calor e um cheiro de sabonete, de repente tenho certeza de que ele não está exatamente olhando para as minhas pernas. Parece que ele nem mesmo consegue ver minha cicatriz, mas se ele a vê, deve gostar de como eu me sinto à vontade simplesmente ignorando o que ela diz: *trauma* e *dor*. Já seus olhos dizem somente *sim*, *por favor* e *travessuras*. E que gostariam de ver ainda mais.

A garota tímida que vive em mim cruza os braços à frente do peito e tenta se retirar para a segurança de seu próprio quarto, mas o olhar dele não me deixa sair do lugar.

– Não sabia se iria encontrar você de novo – diz ele com a voz grave, sugerindo as safadezas que eu gostaria de ouvi-lo sussurrar em meu ouvido. Meu coração bate forte, freneticamente. Será que ele consegue ver? – Eu procurei por você.

Ele me procurou.

Fico surpresa por minha voz sair tão claramente quando digo:

– Nós fomos embora logo depois que eu te vi.

Sua língua toca seus lábios enquanto observa minha boca.

– Por que você não entra? – pergunta ele.

Há tantas promessas não ditas nessas cinco palavras. Ele parece um estranho me oferecendo o doce mais delicioso de todo o planeta.

– Eu vou dormir – consigo finalmente dizer, levantando minha mão para impedir que ele chegue mais perto. – E vocês têm que fazer menos barulho, ou vou pedir para a Harlow vir até aqui. E se isso não der certo, vou acordar a Lola e você vai se agradecer por ela tê-lo deixado todo esmurrado e ensanguentado.

Ele ri e diz:

– Eu realmente gostei muito de você.

– Boa noite.

Viro-me e caminho em direção ao meu quarto com as pernas um tanto instáveis.

– Me chamo Ansel.

Eu o ignoro, enquanto coloco a chave para abrir a porta.

– Espere! Quero apenas saber seu nome.

Eu olho para trás por cima do meu ombro. Ele ainda está sorrindo. Sério, um garoto da minha classe na escola tinha covinhas e eu não me sentia desse jeito. Este cara aqui deveria vir com uma placa de "Alerta! Perigo!".

– Calem a boca e eu te conto amanhã.

Ele dá um passo em minha direção, descalço, seus olhos me seguindo pelo corredor, e pergunta:

– Isso significa que teremos um encontro?

– Não.

– E você não vai mesmo me dizer seu nome? Por favor?

– Amanhã.

– Vou te chamar de *Cerise*, então.

– Por mim, tudo bem – digo em voz alta, enquanto entro no meu quarto.

Até onde sei, ele acaba de me chamar de reprimida, puritana, ou pijama de porquinho.

Mas, de algum jeito, a maneira com que ele pronunciou aquelas duas sílabas me faz pensar em um significado completamente diferente.

Ao voltar para minha cama, faço uma pesquisa no meu celular. *Cerise* significa "cereja". É claro. Não sei bem como me sinto em relação a isso, porque algo me diz que ele não estava se referindo ao esmalte das minhas unhas.

As meninas estão dormindo, mas eu não consigo. Apesar do barulho do outro lado do corredor ter acalmado e tudo estar mais estável e quieto em nossa suíte, sinto calor, desejando a coragem de ter ficado mais um pouco lá fora no corredor.

Capítulo 2

Harlow pede uma porção de batatas-fritas e toma um copo de cerveja de uma só vez. Ela esfrega o antebraço na boca e olha para mim. Devo estar impressionada, porque ela me pergunta:

– Que foi? Eu deveria ter mais classe?

Encolho os ombros, colocando o canudo entre os gelos no meu copo. Depois de uma massagem e tratamento facial pela manhã; e uma tarde na piscina com direito a alguns coquetéis, já estamos um pouco tontas. Além disso, mesmo depois de virar um copo de cerveja batizada, Harlow *tem* classe. Ela poderia pular numa piscina de bolinhas em um buffet infantil e ainda assim sair impecável.

– Por que nos preocupar? – eu pergunto. – Temos o resto de nossas vidas para sermos sofisticadas, mas apenas um final de semana em Vegas.

Ela escuta o que acabei de dizer e concorda firmemente, fazendo um gesto para o garçom:

– Eu quero mais duas doses e o que quer que seja essa monstruosidade que ela está bebendo.

Harlow aponta para Lola, que lambe todo o chantilly da borda de um copo cheio de luzes piscando.

Ele franze a testa, chacoalha a cabeça de um lado para o outro e diz:

– Duas dozes de uísque e um Piriguete no Trampolim saindo.

Harlow vira o rosto para mim com o olhar mais chocado que consegue fingir, mal tenho tempo para registrá-lo quando alguém me aperta por trás no bar lotado. Sinto duas mãos grandes no meu quadril e logo ouço alguém dizer:

— Aí está você — um homem sussurra de um jeito quente, diretamente no meu ouvido.

Fico surpresa, viro-me e dou um passo para trás, assustada.

Ansel.

Minha orelha parece úmida e quente, mas quando olho para ele, vejo a mesma luz que vi ontem à noite em seu olhar. Ele é aquele tipo de cara que faria a dança do robô mais ridícula, que lamberia a ponta do seu nariz, e que se faria de bobo só para você sorrir. Tenho certeza de que se tentasse lutar com ele, ele me deixaria ganhar. E aproveitaria cada minuto.

— Estou muito perto? — ele pergunta. — Estava tentando ser sedutor e ao mesmo tempo sutil.

— Não sei se você conseguiria chegar ainda mais perto — admito, lutando contra a vontade de sorrir enquanto esfrego minha orelha. — Você estava praticamente dentro da minha cabeça.

— Ele seria um péssimo ninja — diz um dos garotos que estavam com ele.

— Oliver, Finn — diz Ansel, primeiro apontando para o amigo alto de cabelos castanhos e bagunçados, barba por fazer, olhos azuis-claro e óculos de armação grossa; depois para aquele que falou comigo, de cabelos curtos e castanhos, olhos escuros, e pelo que consigo imaginar, um sorriso permanentemente convencido.

Ansel volta seu olhar para mim.

— Rapazes, essa é *Cerise*. Ainda estou esperando seu nome verdadeiro.

Ele aproxima-se um pouco mais de mim e diz:

— Ela vai ter que se entregar uma hora ou outra.

— Meu nome é Mia — digo, ignorando sua indireta. Seus olhos passeiam pelo meu rosto e param em meus lábios. Seria precisamente esse olhar que ele me daria se estivéssemos para nos beijar, mas estamos um pouco distantes. Ele inclina em minha direção, e parece que estou assistindo a um avião voar perto do chão sem nunca chegar mais perto.

– É bom poder colocar rostos naqueles berros de ontem à noite – eu digo para quebrar a tensão sexual, olhando para Oliver e Finn, e então aponto para minhas amigas que estão ao meu lado, surpresas. – Essas são Lorelei e Harlow.

Eles se cumprimentam com um aperto de mão, mas se mantêm suspeitosamente quietos. Não costumo conhecer caras em situações como essa. Geralmente sou eu quem interrompo Harlow antes que ela beije alguém que acabou de conhecer, enquanto Lola considera espancar qualquer um que tente se comunicar conosco. Talvez eles estejam assustados demais para saber como responder.

– Vocês estavam nos procurando? – pergunto.

Ansel encolhe os ombros.

– Pode ser que nós tenhamos ido a uns dois lugares diferentes, só para observar.

Atrás dele, Oliver, o que usa óculos, faz o número sete com as mãos, e eu dou risada.

– Uns dois?

– Não mais do que três – ele responde, piscando.

Percebo uma movimentação atrás dele, e antes que consiga dizer alguma coisa, Finn aparece e tenta arrancar as calças de Ansel, que nem se move, e me pergunta:

– O que você está bebendo? – enquanto isso, simplesmente segura o elástico de sua calça, sem se deixar afetar ou se irritar.

Como se eu não conseguisse ver um pedaço considerável de sua cueca cinza.

Como se eu não estivesse olhando para o volume distinto no tecido de algodão.

É isso o que os caras fazem?

– Que bom ver sua cueca novamente – digo, lutando para manter minha feição séria.

– Quase. Ao menos dessa vez estou vestindo calças – ele esclarece.

Eu olho para baixo, desejando poder ver suas coxas torneadas novamente.

– Isso é questionável.

– Na última vez que Finn fez isso, eles não conseguiram. Eu bati o recorde dele na estrada essa semana, e ele está tentando se vingar de mim.

Ele para, levanta as sobrancelhas e faz uma cara de quem tinha acabado de perceber o que eu disse. Ele inclina-se um pouco, perguntando com uma voz doce e grave:

– Você está me cantando?

– Não – engulo sob a pressão de sua presença inabalável. – Talvez?

– Talvez se minhas calças caírem, seu vestido deva subir – ele sussurra. Nunca uma frase soou tão provocante. – Só para ficarmos quites.

– Ela é muito gostosa para você – diz Finn.

Ansel coloca o braço para trás, colocando uma mão no rosto de Finn e empurrando-o para longe. Ele olha para o meu drink, querendo saber o que tinha no meu copo vazio.

Olho para ele, sentindo o estranho calor da intimidade se espalhando por mim. Então é isso que chamam de química. Eu já havia sentido isso com outros dançarinos, mas esse é um tipo diferente de conexão. Geralmente, a química entre duas pessoas dançando se esvai quando saímos do palco e nos forçamos a voltar à vida real. Já com Ansel, acho que poderíamos ligar aparelhos com toda a energia que flui entre nós.

Ele pega meu copo e diz:

– Volto já.

Ele olha para Lola enquanto ela se afasta de Oliver e Finn. Ela observa Ansel como um falcão, com os braços cruzados em frente ao peito e um olhar sério que só as mães sabem fazer.

– Só um drink – diz Ansel para ela, ingenuamente. – Mais caro do que deveria ser, com álcool diluído e provavelmente alguma fruta questionável. Nada esquisito, te prometo. Você gostaria de vir comigo?

– Não. Mas estou de olho em você – responde Lola.

Ele abre seu sorriso mais charmoso para ela, vira-se para mim e pergunta:

– Você deseja algo em particular?

– Me surpreenda – eu digo.

Enquanto ele se distancia para chamar a atenção do garçom, as garotas me olham com uma feição exagerada, como se não estivessem entendendo nada. Encolho os ombros, porque na verdade não sei como explicar. É isso mesmo que elas estão vendo. Três caras gostosos nos viram em um bar e um deles está indo pegar um drink para mim.

Lola, Harlow e os amigos de Ansel conversam educadamente, mas não consigo escutar muito bem graças ao volume da música e ao meu coração batendo no meu ouvido. Tento não ficar olhando Ansel lá no bar, se espremendo entre alguns corpos, mas em minha visão periférica posso ver sua cabeça acima das outras, com seu corpo esguio inclinado para frente enquanto ele tenta fazer seu pedido.

Ansel volta alguns minutos depois com um copo novo cheio de gelo, limão e um líquido transparente, e me oferece com um doce sorriso.

– Gim-tônica. Acertei?

– Estava esperando você trazer algo mais exótico, com abacaxi ou bolhas.

– Eu cheirei seu copo. Queria que você continuasse tomando a mesma bebida. Além do mais, pelo seu jeito de garota descolada, com esse vestido curto... – ele desenha um círculo no ar com seu dedo próximo à minha cabeça e continua: – ... com esses cabelos escuros brilhantes e com franja, e esses lábios vermelhos... Olho para você e penso: gim.

Ansel para, passa a mão em seu queixo, e diz:

– Na verdade, eu olho para você e penso...

Sorrindo, levanto minha mão e o interrompo:

– Não tenho ideia do que fazer com você.

– Tenho algumas sugestões.

– É claro que tem.

– Você gostaria de saber quais são? – ele diz, com um sorriso firme.

Eu respiro profunda e calmamente, com a certeza de que não estou pensando direito.

– Por que não fala um pouco sobre vocês? Vocês todos moram nos Estados Unidos? – pergunto.

– Não. Nos conhecemos alguns anos atrás durante um programa de voluntariado, íamos de bicicleta de uma cidade a outra construindo moradias pelo caminho. Fizemos isso depois que terminamos a faculdade, fomos da Flórida até o Arizona.

Começo a observá-lo mais atentamente. Ainda não tenho uma opinião formada sobre quem ele é ou o que faz de sua vida, mas isso soa muito mais interessante do que um grupo de babacas estrangeiros gastando dinheiro em uma suíte de hotel em Vegas. E o fato de terem pedalado através de vários estados do país definitivamente explica as coxas musculosas.

– Não esperava ouvir algo assim – eu comento.

– Nós quatro nos tornamos bastante próximos. Finn, Oliver, eu e Perry. Este ano fizemos uma pedalada para nos reunir, mas somente de Austin até aqui. Estamos velhos agora.

Procuro o quarto integrante, levanto minhas sobrancelhas e pergunto:

– Onde está ele?

– Só estamos nós três aqui – responde Ansel, encolhendo os ombros.

– Parece incrível.

Ele toma um gole de seu drink e concorda:

– Foi incrível sim. Vai ser bem ruim voltar para casa na terça-feira.

— Onde é sua casa, exatamente? França?

— Sim – responde ele, com um sorriso.

— Voltar pra França. Que chato... – eu digo, em um tom irônico.

— Você devia ir pra Paris comigo.

— Opa. Está bem.

— Estou falando sério – ele diz, depois de fazer uma pausa e me analisar.

— Tenho certeza que sim.

Ansel toma mais um gole de seu drink, com as sobrancelhas levantadas.

— Você deve ser a mulher mais bonita que eu já vi até hoje. Suspeito que você também seja a mais inteligente.

Ele aproxima-se de mim, sussurrando:

— Você faz malabarismos?

— Não – respondo, rindo.

— Que pena – ele fala baixo, sorrindo enquanto olha para a minha boca. – Bom, eu preciso ficar na França por mais seis meses. Você vai ter que morar lá comigo por um tempo até que possamos comprar uma casa nos Estados Unidos. Então depois vou poder ensinar malabarismos a você.

— Nem sei qual é seu sobrenome – retruco, rindo mais alto ainda. – Assim, ainda não podemos conversar sobre aulas de circo, nem sobre habitar a mesma casa.

— Meu sobrenome é Guillaume. Meu pai é francês. Minha mãe é americana.

— Gui... o quê? – repito, tendo dificuldades com o sotaque. – Nem sei como soletrar essa palavra – seu sobrenome dá algumas voltas em minha cabeça. – Na verdade, nem tenho certeza com que letra começa – digo, confusa.

— Você vai ter que aprender a soletrá-lo. Afinal, vai usá-lo para assinar seu novo nome nos cheques.

Finalmente, tenho que desviar o olhar. Preciso dar um tempo de seu sorriso e dessa paquera de nível intenso. Preciso de oxigênio. Mas, quando viro a cabeça para meu lado direito, percebo os olhares surpresos de minhas amigas.

Limpo minha garganta, decidida a não pensar demais sobre como estou me divertindo e quão fácil isso me parece.

– Que foi? – pergunto, olhando para Lola com a minha melhor cara de "não se preocupe".

Ela olha para Ansel e diz:

– Você conseguiu fazê-la falar.

Posso sentir o choque de Lola e não quero me sentir pressionada. Se começar a pensar sobre como é fácil estar perto de Ansel, tudo se voltará contra mim e entrarei em pânico.

– Essa garota aqui? – ele aponta para mim com o polegar. – Ela não cala a boca, não é?

Harlow e Lola caem na risada como se dissessem "isso aí, cara". Lola me puxa para o lado, colocando uma mão em meu ombro.

– Você – ela diz.

– Quê?

– Você está tendo um momento de amor instantâneo, e estou ficando assustada. Sua calcinha ainda está no lugar? – ela curva seu corpo de modo exagerado como se estivesse se certificando.

– Nos conhecemos ontem à noite – eu sussurro, tentando fazê-la se levantar e falar mais baixo, porque apesar de termos nos afastado de todo mundo, não estamos tão longe assim. Os três homens estão tentando ouvir nossa conversa.

– Você os conheceu e não nos contou?

– Meu Deus, nossa! Estávamos ocupadas esta manhã e eu esqueci. Eles estavam dando uma festa ontem à noite. Você teria escutado também se não tivesse tomado tanta vodca e dormido como uma pedra. Fui até o quarto deles e pedi que fizessem menos barulho.

– Na verdade, não foi assim que nos conhecemos – Ansel interrompe. – Foi um pouco mais cedo.

– Não foi, *não* – eu insisto, olhando para ele, pedindo que ficasse quieto. Ele não conhece o lado protetor de Lola.

– Mas foi a primeira vez que ela viu Ansel só de cuecas – Finn adiciona, para ajudar. – Ele a convidou para entrar.

As sobrancelhas de Lola se juntam ao cabelo de sua testa.

– Meu Deus do céu! Será que estou bêbada? O que é isso? – ela pergunta, olhando dentro de seu copo absurdamente luminoso.

– Ah, pare com isso – digo, enquanto começo a ficar irritada. – Não entrei no quarto dele. Não aceitei o doce do lindo estranho, apesar de querer muito, porque, sinceramente, olhe para ele – expliquei, provocando Lola ainda mais. – Você devia vê-lo sem camisa.

Ansel balança seu corpo para frente e para trás, tomando pequenos goles de seu drink.

– Por favor, continuem como se eu não estivesse aqui. Isso é fantástico.

Finalmente, misericordiosamente, Lola decide superar tudo isso. Todos nós damos um passo à frente para dentro do semicírculo formado pelos amigos de Ansel, e bebemos nossos drinks em silêncio.

– Então, o que vocês estão comemorando neste final de semana? – ele pergunta, ignorando completamente o clima esquisito que se instalara.

Ansel não fala as palavras: ele as pronuncia com um bico, empurrando-as para fora com um beijo. Nunca senti tanta vontade de tocar a boca de uma pessoa com meus dedos. Enquanto Harlow explica o motivo de nós estarmos em Vegas, tomando doses de bebidas terríveis e usando os vestidos mais safados do mundo, meus olhos se movem pelo queixo e bochechas de Ansel. De pertinho, consigo ver sua pele perfeita. Não é somente lisa, mas suave e regular. Suas bochechas têm um tom avermelhado e estão sempre coradas. Ele parece mais novo do que eu penso que ele seja. Se estivesse em um palco, não precisaria de maquiagem. Nada de blush ou batom. Seu nariz é marcante, e seus olhos são perfeitamente espaçados, de uma cor verde quase intimidante. Imagino que conseguiria vê-los mesmo se estivesse no fundo da plateia de um teatro. Não é possível que ele seja tão perfeito quanto parece.

– O que você faz quando não está pedalando ou fazendo malabarismos? – pergunto a ele, e então todo mundo se vira em minha direção. Sinto a pulsação explodir dentro da minha garganta, mas me forço a manter o olhar em Ansel, esperando por sua resposta.

Ele apoia os cotovelos no bar a seu lado, e me ancora com sua atenção.

– Sou advogado.

Minha fantasia se desfaz instantaneamente. Meu pai adoraria saber que estou conversando com um advogado.

– Ah...

– Me desculpe se decepcionei você – diz Ansel, com uma risada áspera.

– Nunca havia conhecido um advogado que não fosse velho e obsceno – admito, ignorando os olhares de Harlow e Lola direcionados a mim.

Neste momento, sei que elas estão contando quantas palavras já falei nos últimos dez minutos. Estou quebrando meu próprio recorde agora.

– Ajudaria se dissesse que trabalho para uma empresa sem fins lucrativos?

– Na verdade, não.

– Que bom. Nesse caso, vou contar a verdade. Eu trabalho para uma das maiores e mais cruéis empresas de Paris. Meus horários de trabalho são horríveis. É por isso que você deveria ir comigo para Paris. Assim, eu teria um motivo para voltar cedo para casa.

Eu tento não me afetar com isso, mas ele continua me observando. Posso praticamente sentir seu sorriso, que começa no canto da boca e aumenta cada vez que ele percebe que estou fingindo.

– Já contei sobre mim. E você? De onde é, *Cerise*?

– Já falei meu nome para você, não precisa continuar me chamando assim.

– E se eu quiser?

É realmente difícil me concentrar quando ele sorri desse jeito.

– Não sei se posso contar onde eu moro. Você é um estranho, pode ser perigoso e tudo o mais.

– Posso mostrar meu passaporte. Isso ajudaria?

– Talvez.

– Podemos telefonar para minha mãe – ele diz, alcançando o bolso de trás da calça para pegar o celular. – Ela é americana, vocês se dariam fantasticamente bem. Ela sempre diz como sou um garoto doce. Sempre ouço isso, na verdade.

– Tenho certeza que sim – digo. Honestamente, acho que ele realmente me deixaria telefonar para sua mãe. – Sou da Califórnia – respondo.

– Califórnia? Só isso? Não sou americano, mas ouvi dizer que é um estado bem grande.

Olho para ele com cuidado antes de adicionar, finalmente:

– São Diego.

Ele sorri como se tivesse acabado de ganhar um prêmio, ou como se eu tivesse embrulhado esse pequeno pedaço de informação num papel brilhante e o deixado cair como um presente em seu colo.

– Ah... E o que você faz lá em São Diego? Sua amiga disse que vocês estão comemorando a formatura. E agora?

– Vou estudar Administração na Universidade de Boston – eu conto a ele, e me pergunto se essa resposta algum dia deixará de soar careta e enferrujada, como se eu estivesse lendo as palavras de um roteiro de filme.

Aparentemente ele também percebe isso porque, pela primeira vez, seu sorriso desaparece por um momento.

– Não teria adivinhado isso – diz.

Olho para o bar e, sem pensar, tomo de uma só vez o resto do meu drink. O álcool desce queimando, sinto o calor chegar aos meus braços e pernas. As palavras que eu tenho vontade de dizer começam a querer subir pela minha garganta.

– Eu costumava dançar. Ballet.

Essa é a primeira vez que digo essas palavras para alguém. As sobrancelhas de Ansel se erguem e seus olhos se movem primeiro pelo meu rosto e depois descem para meu corpo.

– Isso eu consigo perceber – ele comenta.

Harlow aperta os olhos em minha direção e depois olha para a Ansel, dizendo:

– Vocês dois são legais *demais*.

– É asqueroso – Finn concorda, suspirando.

Seus olhares se encontram e os dois pausam. Há um certo reconhecimento silencioso, como se estivessem jogando no mesmo time contra Ansel e eu, cada um tentando ver quem consegue fazer o amigo passar mais vergonha. E é nesse momento que percebo que daqui a uma hora e meia Harlow estará cavalgando em cima de Finn, no chão de algum lugar. Lola olha para mim, e sei que estamos pensando exatamente a mesma coisa.

Como previ, Harlow ergue seu copo na direção de Finn e acaba derramando a bebida na sua própria pele. Como uma mulher de classe, ela se curva, arrastando a língua pelo dorso da mão e diz:

– Provavelmente vou trepar com ele hoje à noite.

Finn sorri, inclina-se em direção a Harlow e sussurra algo em seu ouvido. Não faço ideia do que ele acaba de dizer, mas nunca a vi ficar vermelha desse jeito. Harlow leva a mão até seu brinco. Ao meu lado, Lorelai está ficando irritada.

Se Harlow olha para você enquanto mexe nos brincos, é porque ou vai dar pra você ou vai te matar. Quando Finn sorri, noto que ele já percebeu essa regra – e sabe que vai se dar bem.

– Harlow – eu digo, como um aviso.

Claramente, Lola não aguenta mais a cena porque pega a mão de Harlow para levantá-la da cadeira, e ordena:

– Reunião no banheiro feminino.

~

– Por que ele está me chamando de "Cereja"? – pergunto, observando meu reflexo no espelho. – Será que ele pensa que sou virgem?

– Tenho certeza de que ele está se referindo a sua boca de boquete – diz Harlow, piscando para mim. – E, se é que posso dizer, gostaria de sugerir que você acabe com esse francês hoje à noite. Você não acha que o sotaque dele é a coisa mais deliciosa que já ouviu em sua vida?

Lorelei continua balançando a cabeça.

– Não sei se a Mia gosta dessa história de sexo casual.

Enquanto termino de passar o batom e pressiono meus lábios, pergunto:

– O que isso significa?

Não estava nos meus planos fazer sexo casual com Ansel. O meu plano era ficar olhando para ele a noite inteira e então ir para a cama sozinha, onde eu iria fantasiar que eu era outra pessoa, e ele me ensinaria os prós e contras de fazer sexo no corredor. Mas ouvir Lola dizer aquilo me fez sentir vontade de me rebelar.

Harlow me observa por um momento.

– Acho que Lola está certa. Você é uma pessoa difícil de agradar – explica.

– Está falando sério, Harlow? Você tem tanta certeza assim?

Lola parece incrédula e vira-se para mim.

— Não foi isso que eu quis dizer.

— Eu sou definitivamente uma pessoa impossível de agradar — admite Harlow. — Eu apenas adoro assistir aos homens fazerem suas tentativas. Mas Mia sempre leva umas duas semanas pra conseguir conversar naturalmente com alguém.

— Mas hoje está sendo diferente — argumenta Lola.

Eu jogo o batom dentro da minha bolsa e olho para Harlow.

— Talvez eu goste de ir devagar e superar a necessidade esquisita que as pessoas têm de ficar conversando sem parar. Você é quem gosta de dar pra todo mundo, e está tudo bem. Não a julgo por isso.

Harlow parece ignorar o que acabei dizer.

— Bem, Ansel é adorável, e pelo jeito que ele te olha, tenho certeza de que você não vai precisar falar nada hoje à noite.

Lorelei sorri e diz:

— Ele parece ser muito doce e vocês obviamente gostam um do outro. O que vai acontecer? — Lola enfia tudo de volta em sua bolsa e se vira em nossa direção, encostando o corpo na beira da pia. — Ele mora na França, você está de mudança para Boston, que é mais perto de Paris do que São Diego. Se você transar com Ansel, será apenas papai-e-mamãe a noite inteira, com direito a bastante conversa e contato visual. Isso não é sexo casual.

— Vocês duas estão me deixando maluca.

— Então ela pode insistir, se quiser de quatro. Qual o problema? — pergunta Harlow, admirada.

Já que claramente minha participação não é necessária nessa conversa, saio do banheiro e volto ao bar, deixando que elas decidam o resto da minha noite por mim.

À primeira vista, é como se nossos amigos evaporassem metaforicamente, já que eles também vão ficando mais confortáveis (ou bêbados) e suas risadas me dizem que não estão mais ouvindo o que nós estamos dizendo. Por fim, eles vão até as mesas de *black-jack* próximas ao bar, nos deixando sozinhos – não sem nos lançar olhares como se estivessem pedindo para mim que tomasse cuidado, e pedindo a Ansel para que não fosse muito insistente.

Ele termina de tomar sua bebida e coloca o copo vazio sobre o bar.

– O que você mais gostava em dançar? – ele me pergunta.

Estou me sentindo corajosa, não sei se por causa do gim ou de Ansel. Pego sua mão e o levanto. Ele se distancia do bar e começa a caminhar ao meu lado.

– Me perder na dança – eu explico, inclinando-me em sua direção. – Ser outra pessoa.

Assim, eu poderia fingir ser alguém diferente, penso comigo mesma. *Estar em outro corpo e fazer coisas que eu não poderia fazer com o meu se começasse a pensar demais.* Como levar Ansel a um corredor escuro.

Apesar de ter sentido a necessidade de respirar fundo e contar até dez, é exatamente isso que eu estou fazendo.

Quando paramos no caminho, ele cantarola algo com a boca fechada e eu pressiono meus lábios um no outro, gostando do jeito que o som faz meus pulmões se comprimirem. Acho impossível que minhas pernas, pulmões e cérebro parem de funcionar ao mesmo tempo.

– Você pode fingir que estamos em um palco – Ansel diz, encostando sua mão na parede atrás de minha cabeça. – Você pode fingir que é outra pessoa. Você pode ser a garota que me trouxe até aqui porque queria me dar um beijo.

Eu engulo um pouco de saliva, formando as palavras cuidadosamente em minha cabeça:

– E quem *você* será hoje à noite?

— O cara que consegue a garota que está desejando e não tem que voltar para casa.

Ele não tira os olhos de mim, e eu também não consigo desviar o olhar de seu rosto. Meus joelhos estão tremendo. Já estava mais do que na hora de ele me beijar.

— Por que você me trouxe até aqui, longe de todo mundo? — ele me pergunta, com seu sorriso desaparecendo.

Olho através dele, sobre seu ombro e em direção ao bar, um pouco mais iluminado do que o local onde estamos.

Quando não respondo, ele curva-se e olha mais diretamente para mim, dizendo:

— Estou fazendo muitas perguntas?

— Sempre demoro um pouco para juntar as palavras certas — explico. — Não tem a ver com você.

— Não, não. Minta pra mim — ele diz, aproximando-se mais ainda e abrindo um sorriso incrível. — Vamos fingir que quando estamos sozinhos, deixo você sem palavras.

Ainda assim, ele espera até que eu consiga responder. Mas a verdade é que, mesmo com um monte de palavras que eu poderia escolher, não sei se faria sentido se eu contasse para ele por que eu havia o trazido até aqui, longe da segurança de minhas amigas, que estão sempre traduzindo minhas expressões e gestos em frases ou mudando de assunto por mim.

Não me sinto nervosa ou intimidada. Simplesmente não sei como começar a interpretar a personagem que estou querendo: descolada, aberta, corajosa. O que é essa química que faz com que nos sintamos mais atraídas a uma pessoa? Com Ansel, é como se meu coração quisesse pulsar junto ao dele. Quero deixar minhas impressões digitais ao longo de seu pescoço e em seus lábios. Quero chupar sua pele e sentir sua temperatura, e experimentar na sua língua o gosto da bebida que ele estava tomando. Quero conversar com ele sem ter que travar uma batalha em minha mente, e depois levá-lo até meu quarto e não ter que usar palavra alguma.

– Pergunta de novo – eu peço a ele.

Ansel franze a testa por um momento como se estivesse tentando entender.

– Por que você me trouxe até aqui?

Dessa vez não preciso pensar antes de falar.

– Quero ter uma vida diferente hoje à noite.

Ele faz um pequeno bico com os lábios enquanto parece pensar, e não consigo evitar olhar para eles.

– Comigo, *Cerise*? – e faço que sim com a cabeça.

– Eu sei o que isso quer dizer, ouviu? Significa "cereja", seu pervertido.

Ele acha engraçado e seus olhos brilham.

– É isso mesmo.

– E tenho certeza que você adivinhou que não sou virgem.

Ele balança a cabeça de um lado para o outro.

– Você já viu sua boca? Nunca tinha visto lábios tão carnudos e vermelhos.

Inconscientemente curvo meu lábio inferior para dentro da minha boca e o sugo. Os olhos de Ansel começam a me comer e ele se inclina em minha direção.

– Eu gosto quando você faz isso. Quero experimentar.

Minha voz fica nervosa e trêmula.

– São somente lábios.

– Não são *somente lábios* – ele provoca. Ele está tão próximo de mim que consigo sentir o cheiro de sua loção pós-barba, marcante e leve ao mesmo tempo, algo que nunca sentira em homem algum. – Você usa batom vermelho para nenhum homem notar sua boca? Certamente você sabe o que nós sonhamos que esses lábios façam...

Mantenho meus olhos abertos quando ele se inclina, colocando o meu lábio inferior entre os seus, mas ele fecha os olhos. Cada um dos meus sentidos capta o som que Ansel começa a fazer. Eu sinto o gosto, ouço, vejo o jeito com que o corpo dele vibra junto ao meu.

Ele passa a língua pelos meus lábios, sugando suavemente, e se afasta. Percebo que não foi realmente um beijo. Foi mais um experimento, um gostinho.

Obviamente, ele concorda:

– Sua boca não tem gosto de cereja.

– E tem gosto do quê?

Ansel encolhe os ombros, passando os lábios um no outro cuidadosamente.

– Não consigo pensar em uma palavra ideal. Doce. Como uma mulher, e ainda uma garota também.

Uma de suas mãos ainda permanece próxima a minha cabeça, mas a outra brinca com a costura de meu casaco, e então percebo que se eu quiser viver uma vida diferente, tenho que me entregar. Não posso continuar a andar na ponta dos pés na beira do precipício. Tenho que saltar. Tenho que descobrir que tipo de garota faria o que eu quero fazer com ele, e fingir que sou ela. É *ela* quem está em cima do placo. Mia está nos assistindo da plateia.

Levo seus dedos para a barra do meu vestido, e então para baixo dele.

Ele não está mais olhando para a minha boca. Estamos nos olhando diretamente quando conduzo seus dedos para a parte de dentro da minha coxa. Parece tão seguro aqui, e está tão escuro e tranquilo, apesar de ouvir o eco das vozes bêbadas e da música alta. Estamos escondidos, mas qualquer um poderia nos encontrar. Sem que eu demonstrasse nada, ele escorrega o nó dos dedos por baixo do tecido da minha calcinha. Fecho os olhos e levo minha cabeça para trás, enquanto ele esfrega minha parte mais sensível.

Não sei o que eu fiz ou por quê, mas de repente sou consumida por fortes reações. Meu Deus, quero muito que ele me toque, mas também estou envergonhada. Estive com dois rapazes depois de ter me separado do Luke, mas ficamos só nas preliminares, nos beijos e mão-boba. Ter Ansel tão próximo de mim está me reduzindo a uma grande poça de vontade.

– Não sei quem está mais surpreso com o que você acabou de fazer – ele diz, enquanto beija meu pescoço. – Eu ou você.

Ele afasta o dedo, mas quase imediatamente retorna em um ângulo melhor, dessa vez escorregando sua mão inteira pela parte da frente da minha calcinha. Fico sem fôlego enquanto ele me esfrega gentilmente com dois dedos. Ele faz isso com cuidado e confiança.

– *Toutes les choses que j'ai envie de te faire...*

Eu engulo um gemido, sussurrando:

– O que você disse?

– Estou pensando em tudo aquilo que tenho vontade de fazer com você – ele beija minha mandíbula. – Você quer que eu pare?

– Não – eu respondo, logo antes de ser tomada pelo pânico. – Sim. Ele congela, e eu imediatamente sinto falta do ritmo de seus dedos.

– Não. Não pare.

Ansel dá uma risada áspera, curva-se para beijar meu pescoço, e meus olhos se fecham enquanto ele começa a se mexer novamente.

～

Demoro um tempão para abrir meus olhos. Minha cabeça está pulsando. Todo meu corpo está dolorido. Pressiono as mãos nas minhas têmporas com as palmas abertas, como se quisesse segurar minha cabeça no lugar. Ela deve estar em pedaços. Só assim consigo explicar a dor.

O quarto está escuro, mas sei que, de alguma maneira por trás das pesadas cortinas do hotel, o sol do verão de Nevada poderia nos cegar lá fora.

Mesmo se eu dormisse por uma semana sem parar, acho que precisaria dormir por mais duas.

A noite anterior volta em pequenas cenas caóticas. Bebendo. Ansel. Trazendo-o pelo corredor e sentindo sua língua na minha. E então, conversando. Muita conversa. Flashes de pele nua, movimento e membros trêmulos, efeitos de uma noite de orgasmos, um após o outro.

Eu me encolho, sentindo a náusea tomando conta de mim.

Mexer meu corpo é uma tortura. Sinto-me contundida, exausta, e estou tão distraída que demoro a perceber que estou completamente nua. E sozinha. Tenho pontos delicados de dor nas minhas costelas, meu pescoço e braços. Quando finalmente consigo sentar, vejo que toda a roupa de cama está no chão e eu estou sentada no colchão, como se estivesse sido arrancada do caos e colocada intencionalmente aqui.

Próximo a meu quadril nu está um pedaço de papel, dobrado ao meio cuidadosamente. A letra é clara, e de alguma maneira reconhecidamente estrangeira. Minha mão treme enquanto leio o bilhete rapidamente.

Mia, eu tentei te acordar, mas depois de não conseguir, decidi deixar você dormir. Acho que temos só mais duas horas. Vou tomar um banho e estarei lá embaixo para o café da manhã, no restaurante em frente ao elevador. Por favor, venha me encontrar.

Ansel.

Começo a tremer e não consigo parar. Não é somente por causa da ressaca feroz ou da percepção de que passei a noite com um estranho e de que não consigo me lembrar de muita coisa. Não é somente o estado do quarto: uma lâmpada está quebrada, o espelho manchado com centenas de marcas de mãos, o chão coberto de roupas e travesseiros e, graças a Deus, pacotes de camisinha. Não é só pela minha reação ao ver uma mancha escura de refrigerante no tapete do quarto. Não são as marcas deixadas nas minhas costelas ou a dor persistente entre minhas pernas.

Estou tremendo por causa do fino anel de ouro no meu dedo anelar esquerdo.

Capítulo 3

Estou tremendo porque: que porra é essa de anel que parece um anel de casamento e que merda é essa que não consigo me lembrar de nada do que fiz? A única coisa da qual me lembro depois de arrastar Ansel pelo corredor é mais álcool – muito mais álcool – e de ter flertado com ele a noite inteira.

Flashes de um longo trajeto de limusine.

Harlow gritando pela janela e o sorriso brincalhão de Ansel.

Acho que me lembro de ter visto Lola beijando Oliver. O flash de uma câmera. Eu arrastando Ansel pelo corredor. Sexo. Muito sexo.

Corro para o banheiro e coloco para fora todo o conteúdo do meu estômago. O gosto de álcool que volta para minha boca é amargo. Tem gosto de vergonha e centenas de más ideias ingeridas ontem à noite.

Escovo meus dentes com meu braço fraco e mão trêmula enquanto olho com desaprovação para o meu próprio reflexo no espelho. Estou com uma cara horrível, tenho por volta de dezessete chupões no meu pescoço e peito e, honestamente, pela aparência da minha boca, fiz boquete por bastante tempo ontem à noite.

Tomo um gole de água da torneira e volto cambaleando ao quarto, pegando qualquer blusa da primeira mala sobre a qual tropeço. Mal consigo andar, caindo no chão depois de trinta segundos enquanto procuro meu telefone. Quando o encontro do outro lado do quarto, arrasto-me até ele, mas percebo que está completamente descarregado e não tenho ideia de onde guardei o carregador. Com a bochecha pressionada no chão, desisto. Eventualmente alguém encontrará meu corpo. Certo?

Espero mesmo achar graça dessa história daqui a alguns anos.

– Harlow? – eu chamo, surpreendida com o tom grave da minha própria voz e com o odor do detergente e água emanando do tapete próximo a minha face. – Lola?

A enorme suíte, porém, está completamente em silêncio. Onde diabos elas foram parar ontem à noite? Será que estão bem? A imagem de Lola beijando Oliver volta à minha mente com mais detalhes: os dois em pé na nossa frente, iluminados por uma luz fluorescente. *Puta merda, eles estão casados também?*

Tenho quase certeza de que vou vomitar de novo.

Levo um momento para inspirar pelo nariz e expirar pela boca, e consigo arejar a cabeça o bastante para conseguir me levantar, pegar um copo de água da torneira e tentar não vomitar em todo esse lugar pelo qual o pai de Harlow pagou bastante dinheiro.

Devoro uma barra de cereais de banana que encontro no frigobar, e tomo uma lata inteira de refrigerante em dois goles. Sinto que nunca conseguirei hidratar meu corpo o bastante novamente.

No chuveiro, esfrego minha pele dolorida, raspando e lavando tudo com minhas mãos trêmulas de ressaca.

Mia, você é um desastre. É por isso que você não sabe beber direito.

A pior parte não é o fato de eu me sentir horrível ou de ter feito a maior besteira.

O pior é querer encontrar Ansel tanto quanto estou querendo encontrar Harlow e Lola.

O pior é a pequena ansiedade que estou sentindo sabendo que é segunda-feira e estamos indo embora hoje.

Não, a pior parte é que eu sou uma idiota.

Enquanto me seco com a toalha e coloco uma calça jeans e uma camiseta, olho para o bilhete de Ansel que deixei no colchão. Sua letra bem feita e levemente inclinada e o pequeno fio de uma lembrança abrem caminho em meus pensamentos: minha mão no peito de Ansel, por cima de sua camisa, empurrando-o para fora do banheiro e sentando-me na tampa do vaso com alguns papéis e uma caneta. Para escrever uma carta? Eu acho... para... mim mesma?

Só que não consigo encontrá-la em lugar algum, nem na enorme pilha de cobertores no chão, nem nas almofadas da sala, nem no banheiro, nem no meio do caos que se instalou na suíte. Ela tem que estar em algum lugar aqui. Só escrevi uma carta para mim mesma uma outra vez, e essa foi a única coisa que me guiou no momento mais difícil da minha vida.

Se existe uma carta sobre ontem à noite, eu preciso encontrá-la.

~

Depois da viagem de elevador mais enjoativa e ansiosa da história, finalmente chego ao térreo. Consigo ver os rapazes no restaurante, mas Harlow e Lola não estão com eles. Eles estão discutindo daquele jeito que sempre fazem, que na verdade é a versão masculina de carinho no sofá. Eles gritam e gesticulam, se exaltam e dão risada. Nenhum deles parece estar se recuperando de uma longa noite de crime, e sinto meus ombros relaxarem um pouco, levemente confiante de que Harlow e Lorelei estão a salvo, onde quer que estejam.

Estou paralisada perto da entrada do restaurante, e ignoro a recepcionista que me pergunta repetidamente se preciso de uma mesa para uma pessoa. A dor de cabeça está voltando, e torço para que um dia meus pés comecem a se mexer e a mulher vá embora.

Ansel levanta a cabeça e me vê, e seu sorriso desaparece por um momento, substituído por algo muito mais doce: um feliz sinal de alívio. Ele demonstra isso de maneira muito suave e acessível.

Finn e Oliver viram-se e me veem. Finn diz algo que não consigo escutar, batendo com os nós dos dedos na mesa, e afastando sua cadeira para se levantar.

Ansel permanece no lugar enquanto seus dois amigos caminham em minha direção.

– O-onde... – eu começo a perguntar, endireitando meus ombros. – Onde estão Harlow e Lola?

Oliver levanta o queixo em direção aos elevadores no fundo do corredor.

– "Dormendou". Talvez "banhou".

Eu faço uma careta para o australiano.

– Hã?

– Estão dormindo. E devem estar tomando banho – Finn traduz, dando risada. – O sotaque dele não é tão pesado quando não está de ressaca. Vou falar pra elas que você está aqui embaixo.

Levanto minhas sobrancelhas com expectativa, imaginando se há mais alguma informação que eles desejam compartilhar.

– E...? – pergunto, olhando para um deles e depois para o outro diversas vezes.

As sobrancelhas de Finn vêm em direção uma da outra.

– E...?

– Todos nós nos casamos? – pergunto, esperando algo como "Não, foi só uma brincadeira. Nós ganhamos esses anéis caros em um jogo de cassino!".

Mas ele faz que sim com a cabeça, e parece menos preocupado do que eu depois dos eventos de ontem à noite.

– Sim. Mas não se preocupe, nós vamos consertar isso tudo.

Ele vira-se para a mesa com um olhar sério em direção a Ansel.

– Consertar? – eu repito. E meu Deus, será que estou tendo um infarto?

Voltando seu olhar para mim, Finn levanta uma das mãos e a coloca no meu ombro, e me olha com pena e de modo bastante dramático. Quando olho para Ansel, posso ver que os olhos de meu... *marido?*... estão iluminados de alegria.

– Você sabe o que é um Brony?

Eu pisco os dois olhos para Finn, sem ter certeza de que ouvi corretamente.

– Um o quê?

– Um Brony – ele repete. – É um cara que gosta de *My little pony*.

– Ah, sei.

Sobre o que é que ele está falando?

Ele inclina-se em direção a mim, flexionando os joelhos para que seu rosto fique na mesma altura que o meu.

– Eu estou te perguntando isso, não pelo fato de que o homem com quem você se casou ontem à noite no meio de uma bebedeira seja um Brony, mas por ele achar que a ideia de ser Brony é fantástica.

– Não sei se estou entendo o que você está dizendo – eu sussurro.

Será que ainda estou bêbada? Será que Finn está bêbado? Em que tipo de mundo paralelo entrei hoje?

– Ele também entrou em uma banheira de gelatina, porque alguém quis fazer uma aposta e então ele ficou curioso – Finn conta. – Ele adora abrir garrafas de vinho usando somente um sapato e uma parede. E quando ficou sem dinheiro em Albuquerque e o restaurante não aceitava cartão de crédito, ele pagou nosso jantar virando dançarino numa boate de striptease por uma noite.

– Preciso de café pra conseguir entender alguma palavra do que você está me dizendo – anuncio.

Finn ignora o que acabo de dizer.

– Ele ganhou setecentos dólares naquela noite, mas não é essa a questão.

– Ok? – eu olho novamente para Ansel. Certamente ele não está escutando nossa conversa, mas com certeza conhece seus dois amigos o bastante para não precisar ouvir nada. Ansel ri sem parar.

– A questão é você ter tudo isso em mente quando for conversar com ele. A questão é que Ansel se apaixona por tudo o que ele vê –

quando diz isso, meu peito se contrai inexplicavelmente. – É o que eu adoro nele, mas sua vida é basicamente... – Finn olha para Olivier, buscando orientação.

Oliver tira o palito de dente da boca.

– Um acaso? – diz ele, colocando o palito de volta.

– Um acaso – Finn dá um leve tapa no meu ombro como se tivéssemos finalizado (e como se toda essa conversa tivesse feito algum sentido) e passa por mim em direção ao restaurante. Oliver faz que sim com a cabeça, solenemente. Luzes neon refletem nas lentes de seus óculos e tenho que desviar o olhar, imaginando se vomitar novamente é melhor do que a conversa que estou prestes a ter com Ansel. Sobre o que eles estavam falando? Eu nem lembro como se faz para caminhar, quanto mais descobrir como lidar com a ideia de estar legalmente casada com um cara que ama tudo na vida, incluindo *My little pony*.

Meu estômago se revira enquanto atravesso o caminho entre duas mesas em direção a Ansel, que sorri para mim. Não sei quantos minutos ficamos longe um do outro (ou quanto tempo fiquei inconsciente), mas tinha esquecido o efeito de tê-lo perto de mim. Meus nervos estão à flor da pele, antecipando o toque de suas mãos.

– Bom dia – diz Ansel.

Sua voz está rouca e lenta. Ele tem círculos escuros embaixo dos olhos, e sua pele parece um pouco pálida. Considerando que ele está acordado há mais tempo do que eu, olhar para ele não me dá muita confiança de que estarei me sentindo melhor em algumas horas.

– Bom dia – eu digo, beirando a mesa, sem saber onde me sentar. – Sobre o que Finn estava falando?

Ele faz um aceno com a mão, como se quisesse que eu esquecesse a conversa.

– Eu vi você entrando e pedi um suco de laranja e o que vocês americanos chamam de café.

– Obrigada.

Quando eu me sento, respiro fundo sentindo a dor pulsante entre minhas pernas, e a realidade da nossa noite de sexo selvagem aparece como se fosse uma terceira pessoa sentada à mesa. Contraio-me com o corpo inteiro e Ansel percebe. Isso dispara uma cômica reação em cadeia. Ele fica vermelho e seus olhos descem pelas marcas que ele deixara no meu pescoço e colo. Tento cobrir minha garganta com minhas mãos trêmulas, desejando ter trazido uma echarpe para o verão no deserto (o que seria ridículo), e ele explode em uma risada alta. Deixo a cabeça cair sobre meus braços cruzados e solto um gemido. Nunca vou beber novamente.

– Sobre as marcas de mordida... – Ansel começa.

– Sobre isso.

– Você ficava me pedindo para mordê-la.

– *Eu ficava pedindo?*

– Você foi bastante específica – ele diz com um sorriso. – E como sou um cavalheiro, eu obedecia *com prazer*.

– Ah.

– Tivemos uma noite selvagem, aparentemente.

Levanto a cabeça, agradecendo a garçonete quando ela coloca uma garrafa de café na minha frente.

– Os detalhes estão retornando lentamente.

A maneira com que entramos no quarto do hotel, rindo e caindo no chão. Ansel brincando comigo, procurando arranhões, beijando meu pescoço, minhas costas, a parte de trás das minhas coxas. Ele tirando minha roupa com seus dedos e dentes, e palavras sussurradas e beijos em minha pele. Eu tirando a roupa dele com menos destreza, impaciente e praticamente rasgando sua camisa.

Quando olho para cima e encontro seu olhar, ele sorri como se pedisse desculpas.

– Se o que eu sinto hoje é indicação de alguma coisa, nós... ah... demoramos bastante.

Sinto meu rosto aquecer e meu estômago se revirar. Essa não é a primeira vez que ouço esse tipo de comentário.

– Desculpe, é um pouco difícil agradar meu corpo. Luke costumava ter bastante trabalho para me fazer chegar ao clímax, e no começo eu até fingia ter um orgasmo para que ele não sentisse que havia falhado.

Meu Deus, eu realmente disse isso em voz alta?

Ansel contrai a pele do nariz em uma expressão que ainda não havia visto nele, e que era o retrato de uma confusão adorável.

– O quê? Você não é um robô. Às vezes leva tempo. Eu gostei bastante de tentar descobrir como te dar prazer – ele continua se contraindo, com simpatia por mim. – Receio que quem demorou fui eu. Bebi muito ontem à noite. Além disso, nós queríamos mais... Todas as vezes. Parece que fiz milhões de abdominais.

Na hora em que ele disse isso, percebi que estava certo. Meu corpo parece ser um instrumento que havia sido tocado com perfeição por horas seguidas, e acho que consegui realizar meu desejo: eu *tive*, sim, uma vida diferente ontem à noite. A vida de uma mulher com um amante selvagem e atencioso. Sob a névoa da minha ressaca, sinto-me alongada e trabalhada, satisfeita desde o centro dos meus ossos até a parte mais profunda do meu cérebro.

Lembro-me de ter sido carregada para o sofá na sala, onde Ansel terminou o que havia começado no hall de entrada do quarto. Lembro do jeito que suas mãos me tocavam quando ele puxou minha calcinha de lado, deslizando seus dedos pela minha pele sensível e aquecida.

"Você é tão macia", ele dizia enquanto me beijava. "Você é tão macia e molhada, acho que estou me sentindo muito selvagem para este corpo pequeno e doce". Sua mão tremia enquanto ele começava a fazer movimentos mais lentos, tirando minha calcinha ao longo de minhas pernas, e jogando-a no chão. "Primeiro, vou fazer *você* se sentir bem. Porque quando eu estiver dentro de você, sei que vou me perder", ele dizia rindo, fazendo cócegas no meu quadril, mordiscando minha mandíbula, deslizando a mão pela minha barriga e por dentro de minhas pernas. "Me diga quando estiver bom".

E eu disse quase imediatamente quando ele pressionou seus dedos em meu clitóris, para cima e para baixo, até que comecei a tremer, implorar e colocar a mão em suas calças, que tirei de modo esquisito, sem desabotoar, com vontade de senti-lo pulsando na minha mão.

Um arrepio sobe e meu corpo se recorda daquele primeiro orgasmo e como ele não me deixou descansar, fazendo-me gozar de novo logo antes de eu empurrá-lo para fora do sofá, colocando-o em minha boca.

Mas não me lembro de como havia acabado. *Acho* que ele gozou. Subitamente, estou consumida pelo pânico.

– Quando estávamos na sala, você...?

Os olhos de Ansel aumentam e se iluminam com empolgação.

– O que você acha?

Agora sou em quem contrai a pele do nariz.

– Eu acho que sim.

Ele se inclina para frente, colocando a mão fechada sob seu queixo.

– Do que você se lembra?

Ah, esse safado...

– Você sabe o que aconteceu.

– Eu posso ter esquecido. Talvez eu queira ouvir você me contando.

Fecho os olhos e me lembro dos meus joelhos encostando no carpete e o jeito que me sentei para senti-lo dentro da minha boca por inteiro. Suas mãos em meus cabelos, e suas coxas tremendo contra as palmas das minhas mãos.

Quando olho para cima e ele ainda está me observando, lembro-me exatamente de sua expressão quando gozou pela primeira vez na minha língua.

Pego a xícara de café, levo até meus lábios e tomo um gole enorme e escaldante.

E então me lembro de ter sido carregada para o quarto, enquanto Ansel beijava e lambia cada parte do meu corpo, me chupando e me mordendo. Rolamos da cama para o chão, derrubamos uma lâmpada. Lembro-me de Ansel ter colocado uma camisinha, seu tronco desenhado sobre mim. Nunca senti tanto desejo por algo como a vontade de ter o peso do seu corpo sobre mim. Ele foi perfeito: deslizando para dentro cuidadosamente, mesmo com toda a bebida que tínhamos tomado, se movimentando em arcos pequenos e certeiros até me fazer suar e ficar louca embaixo dele. Lembro-me do gemido que ele soltou quando estava quase gozando, e como ele me virou de barriga para baixo e cravou seus dentes no meu pescoço, deixando apenas uma de muitas marcas em mim.

Ansel observa-me do outro lado da mesa, começando a esboçar um sorriso, como se estivesse sabendo de tudo.

– E então? O que aconteceu?

Eu abro minha boca para falar, mas com seu olhar malicioso, talvez estejamos nós dois lembrando de como ele me levantou contra a parede, forçando-se bruscamente para dentro de mim. Onde estávamos quando ele me pressionou dessa maneira? Lembro-me de quão selvagem foi aquele momento e como um quadro balançava próximo de nós, enquanto ele dizia como eu era perfeita. Lembro-me de copos caindo e quebrando perto do bar, o suor de Ansel deslizando pelos meios seios. Lembro-me de sua face e de sua mão pressionando um espelho atrás de mim.

Mas não, essa foi uma das outras vezes.

Nossa, quantas vezes nós transamos?

Sinto minha sobrancelha se levantar.

– Uau.

Ele suspira por cima do copo em que estava bebendo, e uma fumaça levanta à sua frente.

– Hmmm?

– Acho que você... conseguiu aproveitar. Acho que transamos muitas vezes.

– Qual foi a sua preferida? Na sala, na cama, no chão, na cama, na parede, no espelho, no bar ou no chão?

– Shhhiu! – eu sussurro, levantando minha xícara para tomar mais um gole cuidadoso, e sorrio por trás do café. – Você é esquisito.

– Acho que preciso colocar um gesso no meu pênis.

Eu tusso e rio ao mesmo tempo, quase expelindo café quente pelo nariz.

Mas quando levanto o guardanapo em direção à minha boca, o sorriso de Ansel desaparece. Ele está olhando para minha mão.

Merda, merda, merda. Ainda estou usando o anel. Não consigo ver as mãos dele, que agora estão embaixo da mesa, e o sexo louco que fizemos ontem à noite é a menor das minhas preocupações. Nós nem mesmo começamos a conversar sobre a verdadeira questão: como nos desfazer da noite de bebedeira. Como consertá-la. A questão é muito mais do que eu me sentir aliviada por termos usado camisinha e por nos despedirmos de maneira estranha. Sexo casual não é legalmente comprometedor, a não ser que você seja burra o bastante para se casar.

Então por que eu não tirei o anel logo que percebi que o estava usando?

– Eu na-não... – começo a explicar, enquanto Ansel levanta o olhar para mim. – Eu não queria tirá-lo e perdê-lo, no caso de ele ser verdadeiro ou pertencer a alguém.

– Ele pertence a você – Ansel diz.

Eu desvio o olhar de seu rosto, observo a mesa e percebo duas alianças de casamento ali, entre o saleiro e o pimenteiro. São anéis masculinos. Será que um desses é dele? *Ah, meu Deus.*

Tento tirar o meu, mas Ansel alcança o outro lado da mesa para me acalmar, levanta sua outra mão e mostra seu dedo ainda enfeitado com um anel.

– Não fique envergonhada. Não queria perder o meu também.

Isso é muito esquisito. Esquisito *demais* para mim. É como se eu estivesse sendo empurrada por uma onda violenta. Sou repentinamente tomada pelo pânico ao saber que estamos casados, e que isso não é apenas uma brincadeira. Ele mora na França, e vou me mudar para Boston em algumas semanas. Nós fizemos uma grande besteira. E meu Deus, eu não posso querer isso. Será que estou ficando louca? E quanto custa para nos tirar desse tipo de coisa?

Afasto-me da mesa. Preciso de ar, preciso das minhas amigas.

– O que todos estão fazendo em relação a isso? – eu pergunto. – Todos os outros – como se precisasse esclarecer a quem estou me referindo.

Ele esfrega uma mão em sua cara, olhando para trás como se estivesse procurando pelos outros dois rapazes. Depois olha de volta para mim e diz:

– Eles vão se encontrar no lobby à uma hora da tarde. E então acho que vocês, garotas, vão voltar para casa.

Casa, eu penso, enquanto solto um gemido. Três semanas morando em casa com minha família, onde nem mesmo o falatório adorável de meus irmãos enquanto jogam Xbox consegue abafar o estraga-prazeres do meu pai. E então gemo de novo: meu pai. E se ele descobrir isso tudo? Será que ainda vai pagar pelo meu apartamento em Boston?

Odeio depender dele. Odeio fazer qualquer coisa que o faz sorrir alegremente quando ele me diz que eu falhei. E odeio o fato de que estou quase vomitando. O pânico começa com um embrulho no estômago, e começo a sentir calor ao longo da minha pele. Minhas mãos ficam moles e minha testa começa a suar frio. Tenho que encontrar Lola e Harlow. Tenho que ir embora.

– Acho que tenho que encontrar as meninas e me aprontar para...

Aceno vagamente na direção dos elevadores e fico em pé, sentindo-me enjoada por uma série de motivos diferentes.

– Mia – ele diz, pegando minha mão. E tira um envelope grosso de seu bolso, olhando para mim –, tenho algo para entregar a você.

E ali está minha carta perdida.

Capítulo 4

Depois do acidente, eu quase não chorei no hospital, ainda convencida de que tudo havia sido apenas um pesadelo horrível. Era outra garota, e não eu, aquela que tinha atravessado de bicicleta o cruzamento entre as ruas University e Lincoln uma semana antes da formatura do colégio. Era outra pessoa que havia sido atropelada por um caminhão que não parou quando o semáforo fechou. Era outra Mia que teve sua pélvis e perna quebradas de maneira tão intensa que um osso havia perfurado a pele de sua coxa.

Fiquei anestesiada e em choque durante os primeiros dias. A dor só diminuía por causa de um constante gotejar de medicação. Porém, mesmo em meio à confusão, estava certa de que tudo era um grande erro. Eu era uma bailarina. Tinha acabado de ser aceita no Joffrey Ballet. Mesmo quando o quarto era preenchido pelo choro de minha mãe e o médico descrevia a extensão de meus ferimentos, eu não chorava, porque não era sobre mim que ele estava falando. Ele estava equivocado, meu nome havia sido trocado, ele estava falando sobre outra pessoa. Minha fratura era mínima. Talvez meu joelho tivesse se deslocado. Alguém mais inteligente chegaria a qualquer minuto e explicaria tudo. Não havia outra saída.

Mas ninguém entrou, e na manhã que recebi alta e fui obrigada a encarar a realidade de que não iria mais dançar... Não havia morfina suficiente no mundo para me isolar da verdade. Minha perna esquerda foi arruinada, e com ela o futuro para o qual eu havia trabalhado minha vida inteira. A gagueira, contra a qual lutei durante quase toda a minha infância voltou, e meu pai (que havia passado mais tempo pesquisando sobre os prós e contras de minha carreira de dançarina do que assistindo às minhas apresentações) estava em casa, fingindo não estar comemorando internamente.

Durante seis meses, eu quase não falava. Só fazia o que era necessário: tentava superar. Comecei a me curar externamente, enquanto Lola e Harlow cuidavam de mim, nunca me tratando como se já estivesse totalmente recuperada, com um sorriso falso e uma alimentação básica.

Ansel leva-me ao mesmo canto para onde eu o trouxera na noite anterior. Está bem mais iluminado de manhã, menos privado, mas quase nem percebo isso com meus olhos acompanhando o envelope que ele coloca em minha mão. Ele não faz ideia do significado disso. Ele não sabe que a última vez que escrevi uma carta a mim mesma foi o dia em que decidi voltar a falar, que resolvi que era normal lamentar pelas coisas que perdi, mas que era hora de seguir em frente. Eu me sentei, escrevi sobre tudo aquilo que tinha medo de falar em voz alta, e lentamente comecei a aceitar minha nova vida. Em vez de me mudar para Chicago, como sempre havia planejado, matriculei-me na Universidade da Califórnia em São Diego e finalmente fiz algo que meu pai julgava ter algum valor: me formei com méritos e me inscrevi na mais prestigiosa escola de Administração do país. No final, eu tinha minhas escolhas. Sempre me perguntei se, de alguma maneira em meu subconsciente, eu estava tentando ir para o mais longe que podia do meu pai e também do acidente.

O envelope está amassado, provavelmente retirado inúmeras vezes do bolso de Ansel, e me lembra tanto da carta que havia lido e relido tantas vezes ao longo dos anos que parece que estou tendo um *déjà vu*. Algo foi derramado em um canto, há uma marca de batom do outro lado, mas o envelope ainda está perfeitamente selado e os cantos não estão rasgados. Ansel não tentou abri-la, apesar de sua expressão ansiosa de quem certamente considerou fazê-lo.

– Você me disse para entregá-la a você hoje – diz ele, quieto. – Eu não li.

O envelope parece grosso, pesado, como se guardasse cem páginas. Mas quando eu abro, percebo que é porque minha letra é tão enorme e desleixada e bêbada que consegui encaixar apenas umas vinte palavras por página num bloco de papel do hotel. Eu derramei algo na carta, e algumas páginas estão levemente rasgadas, como se eu não tivesse conseguido dobrá-las corretamente, e então desistido e as enfiado para dentro do envelope em uma pilha bagunçada.

Ansel observa-me enquanto organizo as páginas e começo a ler. Eu praticamente consigo sentir a curiosidade dele enquanto seus olhos fixam meu rosto.

Querida eu mesma, Mia mesma, começo. Eu reluto para sorrir. Lembro-me de pequenos trechos desse momento, sentada na tampa do vaso sanitário e tentando me concentrar na caneta e no papel.

Você está sentada na privada escrevendo uma carta para você ler depois porque você está bêbada o bastante para saber que vai esquecer muitas coisas amanhã, mas não tão bêbada que não consiga escrever. Eu a conheço porque você sou eu, e nós sabemos que você não sabe beber e se esquece de tudo o que acontece quando bebe gim. Então, é o seguinte:

Ele se chama Ansel.
Você o beijou.
Ele tinha gosto de limão e uísque.

Você colocou a mão dele na sua calcinha e depois vocês conversaram por horas.
Sim, você conversou. Eu conversei. Nós conversamos. Nós contamos tudo sobre o acidente e o que aconteceu com a nossa perna, sua perna, minha perna.
Isso é muito confuso.

Eu tinha me esquecido disso. Olho para Ansel e sinto que minhas bochechas começam a corar. Sinto meus lábios ficarem vermelhos também, e ele percebe e olha para a minha boca.

– Eu estava tão bêbada quando escrevi isso – digo sussurrando.

Ele olha para mim e depois para o papel, como se não quisesse que eu fosse interrompida, principalmente por mim mesma.

Você disse para ele que odeia falar, mas que adora se movimentar.
Você contou tudo sobre dançar antes do acidente, e sobre não dançar depois.
Você contou a ele sobre como se sentiu quando estava presa sob a carcaça quente do caminhão.
Contou sobre os dois anos de fisioterapia, e sobre tentar dançar "só por diversão" depois.
Contou sobre Luke e como ele disse que parecia que a antiga Mia tinha morrido debaixo do caminhão.

Contou sobre o seu pai e como você tem certeza de que ele vai transformar os doces garotos Broc e Jeff em babacas.
Sobre como você não suporta o outono e sobre se mudar para Boston.
Você disse que quer amar a sua vida inteira tanto quanto você está amando esta noite, e que Ansel não deu risada de quão estúpida você soou.
E aqui vai a parte mais esquisita.
Você está pronta?

Fechei os olhos e estremeci um pouco. Eu *não* estou pronta. Porque essa lembrança está voltando para mim, a vitória, a urgência, o alívio. Não estou pronta para me lembrar de como ele me fez sentir segura, e como foi fácil. Não estou pronta para perceber que ele testemunhou algo que ninguém mais na minha vida tinha visto antes. Inspiro profundamente, encho meus pulmões e volto a olhar para a carta.

Você não gaguejou. Você tagarelou.

Eu olho para Ansel quando leio isso, como se quisesse uma confirmação, mas ele não sabe o que a carta está dizendo. Ele abre bem os olhos, investigando minha expressão, e quase não consegue segurar as palavras. Será que ele se lembra de tudo o que eu disse?

Então é por isso que você o pediu em casamento, e ele disse que sim muito rápido, com um sorriso bêbado como se essa fosse a melhor ideia que ele já tinha ouvido na vida, porque é claro que nós devíamos nos casar! Agora você está indo falar com ele, mas eu queria escrever isso primeiro porque é possível que você não se lembre por quê, mas esse é o porquê. Não seja otária. Ele deve ser a pessoa mais legal que você já conheceu.

Beijos e abraços,
Eu mesma

P.S.: Você ainda não transou com ele, mas você quer transar. Muito. Por favor, transe com ele.
P.P.S.: Você acabou de perguntar para ele se iriam transar, e ele disse que vai pensar. :/

Eu dobro os papéis com cuidado e com as mãos trêmulas coloco-os de volta no envelope. Parece que meu coração dobrou de tamanho, ou que talvez tenha se juntado a outro, que prefere o batimento mais desconjuntado do pânico. As pulsações duplas saltam e ecoam em meu peito.

– E então? – ele pergunta. – Estou morrendo de curiosidade.

– Eu esqueci que antes de nós...

Levanto minha mão esquerda, mostrando a simples aliança dourada.

– Da última vez que escrevi uma carta a mim mesma... – eu começo, mas ele já está concordando com a cabeça. Sinto que estou perdendo o chão com o peso disso tudo.

– Eu sei.

– E eu pedi você em casamento?

Imagino que tenha ficado mais surpresa com o fato de que realmente houve um pedido de casamento. Não era só um deslize de uma pessoa bêbada. Lembro-me de ele ter me provocado na noite anterior sobre ir com ele para a França, mas que isso deveria ser discutido e planejado. Pegar um carro, procurar endereços. Assinar papéis, pagar, escolher alianças, e repetir nossos votos de maneira coerente o bastante para convencer alguém de que não estávamos completamente bêbados. Fiquei realmente impressionada com essa última parte.

Ele concorda novamente, sorrindo.

– E você disse que sim?

Ele inclina a cabeça, e seus lábios soltam cuidadosamente as palavras:

– É claro que sim.

– Mas você nem tinha certeza de que queria fazer sexo comigo!

Rapidamente ele começa a balançar a cabeça de um lado para o outro.

– Você está falando sério? Eu queria transar com você desde a primeira vez que te vi, duas noites atrás. Mas nós estávamos bêbados demais ontem. Eu não queria... – ele olha para longe, ao longo do corredor. – Você foi escrever uma carta porque estava preocupada em esquecer o motivo que a fez me pedir em casamento. E você *realmente* esqueceu – ele levanta as sobrancelhas e espera que eu confirme seu argumento. Eu concordo. – Mas voltamos ao hotel, e você estava tão linda, e você... – ele dá um suspiro. É tão forte que eu imagino conseguir ver o ar saindo de sua boca. – Você *queria* aquilo – ele inclina-se em minha direção, me beija lentamente. – *Eu* queria.

Sinto-me irrequieta, desejando saber como parar de olhar para ele.

— Nós transamos, sim, Mia. Transamos por horas e foi o sexo mais intenso da minha vida. E você ainda não se lembra de todos os detalhes.

Posso não conseguir me lembrar de cada toque, mas meu corpo certamente sim. Posso sentir as pontas de seus dedos tatuadas por toda a minha pele. Elas estão nas marcas visíveis e invisíveis também. O eco de seus dedos na minha boca, arrastando-se pelas minhas pernas e por dentro de mim.

Mas por mais irresistíveis que essas memórias sejam, não é sobre isso que eu realmente quero conversar. Eu quero saber do que ele se lembra dos momentos antes do casamento, antes do sexo, quando eu deixei minha vida em seu colo. Transar com um estranho é esquisito para mim, mas não é algo que eu desconheça por completo. O que é grandioso para mim é o fato de eu ter me aberto tanto. Nunca conversei com o Luke sobre aquelas coisas.

— Aparentemente eu falei muitas coisas para você ontem à noite — eu disse, sugando e dando leves mordidas no meu lábio inferior. Ainda me sinto dolorida, e lembro vagamente de seus dentes e língua e dedos beliscando minha boca.

Ansel está calado, mas seus olhos se movem pelo meu rosto como se ele estivesse esperando eu chegar ao mesmo entendimento a que ele chegara horas atrás.

— Eu te contei sobre Luke? Sobre minha família?

Ele concorda com a cabeça.

— E sobre a minha perna?

— Eu *vi* sua perna — ele me lembra, baixinho.

É claro que ele viu. Ele deve ter visto a cicatriz que vai do meu quadril até o joelho, e as marcas dos pontos acompanhando o longo corte.

— É isso que está te incomodando? — ele pergunta. — Eu ter visto a sua perna? Eu ter te tocado?

Ansel sabe que não é isso. O sorriso que ele esboça com seus lábios me diz que ele sabe o meu segredo e está se gabando. Ele lembra de tudo, incluindo sua conquista única: uma Mia tagarela.

– Foi o gim, provavelmente – eu digo.

– Acho que foi por minha causa.

– Eu estava muito bêbada. Acho que esqueci como é ser tímida.

Seus lábios estão tão próximos que consigo sentir a sombra deles em minha mandíbula.

– Foi por minha causa, *Cerise*. Você ainda não gaguejou hoje.

Encosto-me na parede atrás de mim, como se precisasse de espaço. Não estou surpresa somente pelo fato de me tornar tão eloquente quando estou com ele. É o peso intoxicante de sua atenção, a vontade que tenho de sentir seus dedos e sua boca sobre mim. É a dor de cabeça que continua, e a realidade de que estou casada. Não importa o que acontecer, eu preciso lidar com isso, e tudo o que eu quero é voltar para a cama.

– É esquisito que eu tenha te contado todas essas coisas, e eu não sei nada sobre você.

– Temos muito tempo ainda – ele diz, passando a língua nos lábios para umedecê-los. – Até que a morte nos separe, na verdade.

Ele só pode estar brincando. Eu dou risada, aliviada por podermos brincar um com o outro finalmente.

– Não posso continuar casada com você, Ansel.

– Na verdade, você pode – ele sussurra.

Sua boca pressiona a minha cuidadosamente, e sua língua experimenta o gosto do meu lábio.

Meu coração dá um salto e eu congelo.

– O quê?

– Eu quero amar minha vida inteira como estou amando essa noite – ele diz, citando minha carta.

Meu coração parece mergulhar e afundar em direção ao meu estômago.

– Entendo o que isso está parecendo – Ansel diz, imediatamente. – E não estou maluco. Mas você me fez jurar que eu não iria te deixar ficar assustada – ele balança a cabeça de um lado para o outro lentamente. – E por que eu fiz essa promessa, não posso te dar a anulação. Não antes de você começar a estudar, no outono. Eu prometi, Mia.

Afasto-me e olho em seus olhos, mas ele se inclina em direção a mim, abrindo a boca para encontrar a minha. Sinto que eu deveria estar sendo mais cautelosa com essa situação, mas o efeito que Ansel causa em mim não diminuíra nem com toda a ressaca e a realidade alarmante do que fizemos na noite anterior.

Ele suga meus lábios, puxando-os para a sua boca e me oferece sua língua, que tem gosto de suco de laranja, água e uva. Suas mãos seguram o meu quadril, ele curva o corpo e beija-me mais profundamente, provocando-me com um gemido constante.

– Vamos para o quarto – ele diz. – Deixe-me sentir você novamente.

– Mia! – a voz de Harlow corta o cheiro de cigarro impregnado no corredor. – Puta merda, nós procuramos você a manhã toda! Estava preocupada pensando que você poderia estar na sarjeta ou algo assim.

Lorelei e Harlow correm pelo corredor e Harlow para na nossa frente, curvando-se e colocando as mãos nos joelhos.

– Ok, sem correr. Acho que vou vomitar – ela geme.

Todos nós esperamos, ansiosamente procurando um balde pelo local, uma toalha, ou talvez uma saída fácil. Finalmente, ela fica em pé, chacoalha a cabeça e diz:

– Alarme falso.

A realidade cai em uma cortina de silêncio, enquanto Lola e Harlow nos estudam com incerteza.

– Mia, você está bem? – Lola pergunta.

O toque de Ansel e sua sugestão de continuarmos casados, minha dor de cabeça e meu estômago revolto conspiram para que eu me arraste pelo chão e me enrole como uma pequena bola de pânico. Eu nem me importo com o fato de o chão estar completamente nojento.

– Nada que uma pequena morte não resolva – respondo.

– Podemos roubá-la por um minuto? – Harlow pergunta a Ansel, e o tom de voz dela me surpreende. Harlow nunca pede permissão para nada.

Ele concorda, mas antes que eu me afaste, Ansel desliza a mão pelo meu braço e toca a aliança em meu dedo. Ele não diz uma palavra, mas deixa claro com esse toque que ele não quer que eu vá embora dessa cidade sem que tenhamos uma conversa.

Lola guia-me pelo corredor até o lobby, onde há um amontoado de poltronas em um canto silencioso. Nós três desmoronamos nas cadeiras de camurça felpuda, perdidas em nossas ressacas por um longo momento.

– Então... – eu digo.

– Então... – elas respondem em uníssono.

– Que diabos aconteceu ontem à noite? – eu pergunto. – Como é que ninguém disse "Uau, nós provavelmente não devíamos todos nos casar"?

– Ai! – Harlow diz. – Eu sabia que deveríamos ter tido mais classe.

– Eu vou culpar as setecentas doses de bebida – diz Lola.

– Eu vou culpar o pau impressionante do Finn – Harlow bebe um gole de sua garrafa de água, enquanto eu e Lola soltamos um grunhido. – Não, eu estou falando sério – Harlow continua. – E o garoto gosta de algumas coisas loucas, se é que posso dizer. E ele gosta de mandar.

– Anulação – Lola recorda. – Você ainda pode transar com ele quando estiverem solteiros.

Harlow esfrega o rosto.

– Certo.

– O que aconteceu com Ansel? – Lola pergunta.

– Muita coisa, aparentemente – instintivamente, esfrego meu dedo sobre meu lábio inferior. – Não tenho certeza de que conseguimos dormir. Estou decepcionada por não lembrar de tudo, mas tenho quase certeza de que fizemos tudo.

– Anal? – Harlow pergunta, em um sussurro respeitoso.

– Não! Meu Deus! Coloque dez dólares no Pote das Vadias – eu digo para ela. – Você é ridícula.

– Aposto que o francês iria adorar – diz Harlow. – Tá parecendo que você levou por trás.

As lembranças surgem como pequenos sopros de fumaça no ar.

Os ombros de Ansel sobre mim, seus punhos na fronha ao lado da minha cabeça.

O ranger de seus dentes enquanto eu lambia a cabeça de seu pau.

Minha mão espalmada no espelho enorme, sentindo o calor de sua respiração no meu pescoço antes de ele me penetrar.

Sua voz sussurrando *Laisse-toi aller, pour moi.* Goze para mim.

Pressiono a palma das mãos em meus olhos e tento voltar ao presente.

– O que aconteceu entre você e Oliver? – pergunto a Lola, mudando o rumo da conversa.

Ela encolhe os ombros.

– Honestamente, assim que saímos da capela, o efeito do álcool começou a passar. Harlow estava na outra suíte fazendo todo tipo de barulho. Você e Ansel estavam no nosso quarto.

– Err... desculpe – eu murmuro.

– Nós só ficamos caminhando pela Strip a noite inteira, conversando.

– Sério? – pergunta Harlow, surpresa. – Mas ele é tão gostoso. E ele tem aquele charme australiano. Adoraria ouvi-lo dizer "lambe meu pau".

– Mais cinco dólares no Pote das Vadias – Lola diz.

– Como você conseguiu entender o que ele falava? – eu pergunto, rindo.

– E ele ficou ainda pior bêbado – ela admite, encostando a cabeça na poltrona. – Ele é ótimo. É estranho, meninas. Vocês sabiam que ele está abrindo uma loja de gibis? De nós três, eu é que deveria estar transando que nem uma louca. Digo, ele é gostoso e alto, e ridiculamente bem vestido, o que é meu ponto fraco, como vocês sabem.

Mas nós já estávamos planejando a anulação enquanto esperávamos a limusine nos apanhar após a cerimônia.

Tudo isso parece muito surreal. Eu estava esperando um fim de semana de sol, drinks, dança e diversão com minhas melhores amigas. Não estava esperando fazer o melhor sexo da minha vida e acordar casada. Mexo na minha aliança, olho em volta e vejo que sou a única que ainda está com o anel no dedo.

Harlow também percebe.

– Nós encontraremos os caras a uma hora da tarde para irmos até a capela *anular tudo* – sua voz é pesada e áspera, como se ela já soubesse que minha situação envolve sentimentos confusos.

– Ok – eu digo.

Percebo que Lola está olhando para mim.

– Você não parece muito ok – ela comenta.

– O que Ansel estava dizendo para você no corredor? – Harlow pergunta. Seu julgamento é como se fosse uma quarta pessoa sentada no nosso círculo de cadeiras, encarando-me ferozmente com os braços cruzados em frente a seu peito. – Ele a beijou. Ele não poderia ter feito isso hoje. Nós três deveríamos estar horrorizadas e depois começar a elaborar todos os detalhes engraçados sobre aquela-vez-que-casamos--em-Vegas, uma história que nós lembraremos pelos próximos trinta anos. Não há espaço para doçura ou beijos, Mia. Somente ressaca e arrependimento.

– Hum? – eu digo, esfregando minhas têmporas.

Eu sei que Harlow vai criticar qualquer menção a sentimentos em uma situação como essa, mas sinto algo por Ansel. Eu gosto dele. Também gosto do jeito que ele me olha, e de ter minha boca inteira junto a dele. Quero me lembrar de como ele soa quando está me comendo com força, e se ele solta algum palavrão em francês ou em inglês ao gozar. Quero me sentar no sofá do bar novamente e deixar que *ele* fale dessa vez.

De um jeito esquisito, acho que se nós não tivéssemos nos casado ontem à noite, teríamos uma chance melhor de explorar isso. Só um pouquinho.

– Meu Deus, Mia! – Harlow diz, suspirando. – Eu amo você, mas você está me matando.

Ignoro a pressão para respondê-la. Não tenho ideia de como Lola vai reagir à minha indecisão. Ela é muito mais desencanada do que Harlow e se sente menos confortável do que ela e um pouco mais do que eu em termos de sexo casual. Por causa disso, e porque nenhuma de nós nunca havia se casado com um estrangeiro antes (isso tem que se tornar engraçado algum dia), Lola provavelmente terá uma opinião mais equilibrada, então direciono minha resposta para ela.

– Ele disse que poderíamos... continuar casados – pronto, aí está uma maneira decente de testá-la.

O silêncio instala-se.

– Eu *sabia* – Harlow sussurra.

Lola permanece notavelmente quieta.

– Escrevi uma carta a mim mesma antes de tudo acontecer – explico calmamente. De todas as pessoas do mundo, essas duas querem somente o melhor para mim. Mas não sei se vou magoá-las se disser o quanto me sinto segura com Ansel.

– E...? – Harlow logo pergunta. – Mia, isso é muito sério. Por que você não nos contou *primeiro*?

– Eu sei, eu sei – digo, recolhendo-me na cadeira. – E acho que contei para ele a história da minha vida inteira – elas sabem o que tudo isso significa, então não comentam nada, esperando que eu acabe de falar. – Eu conversei com ele por horas. Não gaguejei, não pensei duas vezes.

– Você conversou durante um bom tempo, com certeza – Lola diz, impressionada.

Os olhos de Harlow diminuem de tamanho.

– Você não está pensando seriamente em continuar casada com um estranho que acaba de conhecer em Vegas, e que mora a milhares de quilômetros daqui.

– Bom, do jeito que você fala é esquisito mesmo.

– Como você gostaria que eu falasse, Mia? – ela grita. – Você está ficando louca?

Será que estou mesmo enlouquecendo? Sim, com certeza.

– Só preciso de mais tempo – eu digo a ela.

Harlow fica em pé abruptamente, olhando em volta para encontrar alguém no lobby capaz de convencer sua melhor amiga de que ela está ficando maluca. Na minha frente, Lola simplesmente me observa.

– Você está certa disso? – ela pergunta.

Eu tusso e dou uma risada.

– Não tenho certeza de nada.

– Mas você sabe que não quer anular o casamento agora?

– Ele disse que não vai anular hoje, de qualquer maneira. Disse que me prometeu não fazer isso.

As sobrancelhas de Lola parecem se unir com a sua franja enquanto ela se recosta na cadeira.

– Ele *prometeu* a você?

– Foi o que ele disse. Ele disse que eu o fiz prometer.

– Isso é a coisa mais ridíc... – Harlow começa a dizer, antes de ser interrompida por Lola.

– Bem, o cara acaba de ganhar pontos comigo, então – ela desvia o olhar de mim e coloca uma mão no antebraço de Harlow, como se quisesse acalmá-la. – Vamos lá, queridas. Mia, nós voltaremos daqui a pouco para fazer as malas e irmos para casa, ok?

– Você está brincando? Nós... – diz Harlow, enquanto Lola olha para ela severamente. – Ok.

Lá longe, atrás das portas envidraçadas, vejo Oliver e Finn esperando as garotas, perto do ponto de táxi. Mas não consigo ver Ansel.

– Então, é isso. Boa sorte no cancelamento – eu digo, sorrindo.

– Você tem sorte por eu te amar – diz Harlow para mim, com seus cabelos castanhos ao vento, enquanto Lola a arrasta para longe. – Senão eu te mataria.

~

O lobby parece silencioso demais. Olho em volta, imaginando se Ansel está me observando de algum canto escuro e vendo que eu não fui com Harlow e Lola. Mas ele não está lá. Não tenho ideia de onde esteja. Ele é a única razão por que fiquei. Mesmo se tivesse seu telefone, estou sem meu celular. E mesmo se estivesse com o aparelho, não faço ideia de onde deixei meu carregador. Preciso ser mais organizada quando estiver bêbada.

Então faço a única coisa que consigo pensar. Volto ao quarto do hotel para tomar banho e fazer as malas, tentando ver algum sentido nessa bagunça toda.

Assim que piso no quarto, algumas lembranças da noite anterior invadem o cômodo. Fecho os olhos e exploro-as mais profundamente, faminta por mais detalhes.

Suas mãos em minha bunda, meus seios, meu quadril. Seu pau grosso esfregando a parte interna da minha coxa. Sua boca selada no meu pescoço, deixando uma marca na minha pele.

Meus pensamentos são interrompidos por discretas batidas na porta.

É claro que é ele, que acabou de sair do banho e parece tão confuso quanto eu. Ele passa por mim, entra no quarto e senta-se na beira da cama.

Ele descansa os cotovelos em seus joelhos e olha para mim através dos cabelos que caíam em seus olhos. Mesmo com esse filtro, eles são tão expressivos que aos poucos sinto meus braços se arrepiarem completamente.

Sem preâmbulos ou aquecimento, ele diz:

– Acho que você deveria ir para a França passar o verão.

Existem milhares de coisas que eu poderia dizer como resposta ao absurdo que ele está me oferecendo. Em primeiro lugar, eu não o conheço. Eu não falo francês. As passagens estão extremamente caras. Onde eu iria morar? O que eu iria fazer, vivendo com um estranho na França durante todo o verão?

– Vou me mudar para Boston em algumas semanas.

Ele balança a cabeça de um lado para o outro.

– Você não precisa mudar até o começo de agosto.

Sinto minhas sobrancelhas se levantarem. Aparentemente, contei para ele *cada detalhe* da minha vida. Não sei se fico impressionada com o fato de ele se lembrar de tudo, ou culpada por tê-lo feito ouvir tantas coisas. Inclino a cabeça para o lado, esperando. A maioria das garotas diria alguma coisa neste momento. Um homem lindo está me oferecendo algo incrível, e estou só esperando para ouvir o que ele quer me dizer.

Lambendo os lábios, ele se sente confortável sabendo que ainda não disse nada que eu precise responder.

– Escute, apenas. Você pode ficar no meu flat. Eu tenho um bom emprego e posso pagar sua alimentação e hospedagem. Meu horário de trabalho é bastante longo, isso é verdade. Mas você poderia só... – ele afasta o olhar em direção ao chão. – Você poderia aproveitar a cidade. Paris é a cidade mais linda, *Cerise*, com infinitas coisas para fazer. Você passou por alguns anos difíceis, e talvez ficasse feliz com um verão tranquilo na França – ele olha para mim e adiciona baixinho – comigo.

Sento-me na cama, a alguma distância dele. A camareira já havia trocado os lençóis e organizado o caos que nós criamos. Está mais fácil fingir que a noite anterior fez parte da vida de outra pessoa.

– Nós não nos conhecemos direito, é verdade – ele concorda. – Mas posso ver sua indecisão em relação a Boston. Você vai se mudar para lá porque quer fugir do seu pai. Você vai se mudar porque quer seguir em frente. Talvez você deva apenas dar uma pausa e *respirar*. Você já conseguiu fazer isso ao menos uma vez nos quatro anos depois do acidente?

Quero que ele continue falando porque decidi que mesmo que eu não o conheça o bastante para estar apaixonada, eu adoro sua voz. Adoro o rico timbre sofisticado, as vogais curvas e as consoantes sedutoras. Sua voz dança. Nada soaria áspero ou brusco na voz dele.

Mas, assim que termino o pensamento, sei que algo está errado. Lembro-me como ele soava quando me pedia com perfeita firmeza ontem à noite:

Coloque as mãos na parede.
Não consigo esperar muito mais, Cerise.
Me mostre o quanto você ama me sentir na sua língua.

Não tenho uma resposta para seu convite, então não digo nada. Eu apenas me arrasto até o travesseiro e me deito de costas, exausta. Ele junta-se a mim e permanece deitado com o ombro encostado no meu até que eu me enrosque nele, deslizando minhas mãos sobre seu peito e seu cabelo. A forma de seu corpo provoca uma memória muscular: o quanto tenho que estender meus braços para conseguir abraçá-lo, e o toque dele nas palmas das minhas mãos. Pressiono meu nariz entre seu pescoço e ombro, inspiro seu cheiro de sabonete com um toque de oceano.

Ansel olha para mim e beija meu pescoço, minha mandíbula, meus lábios. Com os olhos abertos, ele aproveita este momento. Suas mãos deslizam pelas minhas costas, pela curva da minha bunda, minhas coxas e mais para baixo, pela parte de trás dos joelhos. Ele me puxa para ele e nos encaixamos. Entre minhas pernas posso sentir o quanto o quero. Posso senti-lo também, crescendo e pressionando. Mas, em vez de continuarmos, adormecemos.

Quando acordo, vejo um pedaço de papel no travesseiro vazio. Ele deixou seu número de telefone, prometeu estar presente quando eu precisar, mas desapareceu.

Pergunto-me quantas milhares de viagens entre Vegas e a Califórnia tenham sido feitas da mesma maneira: o vento quente chicoteando um carro velho, mulheres de ressaca e o arrependimento pairando no ar como um único acorde tocado durante todo o trajeto.

– Preciso de algo gorduroso para comer – Harlow geme, e Lola sai da estrada para estacionar em frente a uma lanchonete.

Enquanto devora seu sanduíche de queijo com batatas-fritas, Harlow diz:

– Não entendo por que você não deu início à anulação quando estávamos lá – ela leva uma batata ao ketchup e coloca-a em seu prato, já um pouco enjoada. – Agora você vai ter que voltar lá, ou vai ter que passar por um processo complicado em outro estado. Conte-me cada detalhe pra acabar com a minha vontade de te dar uns tapas.

Objetivamente, Ansel é incrível e o sexo foi ridiculamente bom, mas ele sabe que eu não sou daquelas garotas que acham que sexo é o bastante para tomar uma decisão precipitada como aquela. Então tudo se resume à carta, na verdade. Eu nunca tive um diário. Eu mal escrevo cartas para a Harlow quando ela está em outro país visitando o pai em algum set de filmagem. Mas eu havia lido a outra carta, aquela que escrevi depois do acidente, tantas vezes que o papel se tornou tão delicado como uma pétala ressecada, e a tinta quase invisível. Escrever uma carta é, para mim, uma ocorrência estranhamente sagrada, e mesmo sem ter certeza de que essa seja a melhor ideia, estou levando em consideração a minha intenção quando escrevi a carta que entreguei para Ansel.

– O que você vai fazer? – Lola pergunta, quando termino de contar cada detalhe sórdido que consigo lembrar sobre aquela noite.

Eu encolho os ombros.

– Vou ficar até setembro tentando entender por que eu queria me casar com essa pessoa. E então, provavelmente vou anular o casamento.

Capítulo 5

Lola me deixa em casa. Encontro meus irmãos menores na sala jogando Xbox, e meu pai me dá uma taça de vinho assim que coloco os pés na varanda.

– À nossa filha brilhante – diz, segurando sua própria taça. Ele sorri orgulhoso para mim, puxando minha mãe para perto, e o pôr do sol atrás deles cria uma linda silhueta que tenho certeza que ele adoraria ver num porta-retratos. – Acredito que seu último final de semana de loucuras tenha sido perfeito, e como seu pai, não quero ouvir uma só palavra sobre ele.

Ele ri da própria piada, e eu provavelmente a acharia engraçada se não fosse a história perigosa do casamento.

– Um brinde ao seu futuro, que espero que não contenha nada além de foco e sucesso.

Eu toco minha taça na dele sem muita vontade, e observo seu rosto quando ele me olha. Já tomei banho duas vezes, mas ainda assim parece que a morte havia beijado minha camiseta preta e meu jeans rasgado. Meu pai olha para a minha boca e para o meu pescoço, cujas marcas e chupões tentei esconder com uma echarpe cinza de jérsei. Seu sorriso rapidamente se transforma em uma expressão de desgosto, mas ele parece não ter percebido a minha aliança de casamento. Eu cuidadosamente deslizo minha mão esquerda para o bolso da calça, e a mantenho ali.

Ele coloca sua taça no bar do lado de fora da casa e afasta-se de minha mãe.

– Mulheres bem-sucedidas nos negócios são *damas* – ele diz, entre os dentes cerrados.

Sinto uma estranha gota de satisfação ao saber o quanto ele está desfrutando esse momento. Não tenho sido nada além de responsável e ambiciosa ao longo dos últimos quatro anos, tornando praticamente impossível que ele me criticasse constantemente. Então só agora ele está em seu lugar ideal – meu pai se sente muito mais confortável distribuindo insultos do que elogios.

– Nós fomos a Vegas para comemorar nossa formatura, pai. Nós não viramos prostitutas.

Não, Mia, você apenas acabou se casando com um estranho.

– Você ainda tem que amadurecer muito antes de merecer sua entrada na faculdade de Administração. Mesmo que detestasse a ideia de você se tornar uma dançarina pro resto da vida, ao menos admirava sua ambição. Agora, logo após se formar, você volta para casa como se estivesse... – ele balança a cabeça com desaprovação. – Nem sei o que você andou fazendo. Nenhum homem vai querer trabalhar com uma vagabunda que chega com os lábios machucados, chupões e cheirando a bebida barata. Vá se limpar, Mia.

Minha mãe solta um suspiro e parece chocada, olhando para ele como se fosse reprimi-lo por essa tirania. Mas sua energia se dissipa quando ele a desafia com o olhar. Ele marcha para dentro de casa, deixando seu drink para trás. Minha mãe fica no lugar, dizendo apenas:

– Oh, minha querida...

– Não diga nada, mãe. Estou bem.

Não quero que ela tome o meu partido. Estou indo embora em breve, e a vida dela é bem mais fácil quando ela permanece fielmente no time do David. Ela olha para mim de maneira conflituosa, e segue atrás de meu pai.

A porta de vidro fecha de maneira muito abrupta, e ainda consigo ouvir meu pai falando.

— Será que ela nunca vai aprender? Ela só vai jogar fora essa oportunidade por cima do meu cadáver.

Olho para o quintal perfeito de minha mãe. Gramado imaculado, flores exuberantes, cercas brancas impecáveis, e me sinto uma erva daninha no meio disso tudo. Eu sempre me senti deslocada aqui. Sinto-me uma completa estranha agora.

~

O posto de descoberta do Zoológico de São Diego não é o lugar mais popular para os visitantes. Mas atrás da casa dos répteis e depois do Wegeforth Bowl há uma série de exposições que permanecem quase silenciosas, mesmo quando o zoológico está abarrotado de turistas. Essa sempre foi minha metáfora favorita: encontrar o silêncio em meio ao caos. E esse é o lugar onde consigo pensar com mais clareza.

É terça-feira à tarde, e eu passo pelos turistas e famílias empurrando carrinhos de bebês na entrada do zoológico, viro à esquerda, passando pelos flamingos, e sigo em direção ao meu local secreto. Tenho que pensar sobre o que vou levar para Boston, e se consigo organizar tudo para me mudar semana que vem, e não daqui a três semanas, como havia planejado.

Tenho que pensar sobre qual emprego eu gostaria de arranjar. Garçonete. Ou trabalhar em uma padaria. Em alguma loja. Ser algum tipo de assistente. Talvez dançarina de uma casa noturna, só para provocar meu pai do outro lado do país. Minha mente afasta qualquer pensamento imediato relacionado à possibilidade de trabalhar como professora de dança. Eu viro a esquina e caminho em direção ao meu banco favorito, sentando-me e exalando o ar lento e pesado.

Eu definitivamente não *preciso* pensar sobre o fato de que a qualquer momento Ansel estará voando de volta a Paris.

— Você está certa — diz uma voz profunda e familiar, chegando distante pelo mesmo caminho. — Essa parte do zoológico é deserta.

Eu não conseguia acreditar. Abro meus olhos e vejo Ansel caminhando em minha direção. Ele senta-se no banco e estende o braço pelo encosto, descansando-o atrás de mim. Os dedos de sua mão direita se espalham pelo meu ombro.

Estou sem palavras.

É uma sensação familiar, mas por razões completamente estranhas a mim. Estou sem palavras pelo choque, e não porque me sinto retraída.

– O q-que... – eu começo, fechando meus olhos bem apertados.

Ele espera, pacientemente, deslizando as pontas dos dedos suavemente pela minha pele.

– O que você está fazendo aqui? Como você sabia...

– Você me contou que costuma vir aqui para pensar. Você disse que adora essa parte do zoológico, e eu devo admitir – ele diz, olhando em volta –, juro que não entendo. Só há concreto e lagartos adormecidos. Cheguei aqui uma hora atrás, mais ou menos – ele inclina a cabeça para o lado, sorrindo calorosamente, fingindo não ser um perseguidor terrível. – E estou aqui porque não posso ficar longe de você, Mia. Você é minha esposa.

Meus olhos se abrem de horror porque ele cai na risada, afastando seu braço do banco e descansando os cotovelos em suas coxas.

– Desculpe, isso não foi muito legal. Estou em São Diego porque meu voo sai do aeroporto daqui hoje à noite. Oliver tem uma reunião com o arquiteto que vai remodelar a loja dele, e é a última vez que nos veremos por um tempo. Nós viemos juntos ontem à noite, e hoje vim até aqui, esperando que fosse verdade o fato de você sempre vir a este lugar para refletir. E talvez para pensar um pouquinho também – diz ele, olhando para mim e sorrindo docemente. – Eu juro que estava brincando – completa.

– Mesmo assim, você veio aqui para me procurar – eu digo, afastando-me um pouco.

Ele coloca a mão no bolso de trás de sua calça e me entrega um pedaço de papel dobrado. Eu abro e percebo que é uma cópia da nossa certidão de casamento.

— Você não tinha uma cópia. Você nem sabia como soletrar meu sobrenome. Eu teria telefonado, mas apesar de ter me achado esperto por deixar meu número com você, eu percebi que não tinha o seu.

Estou me sentindo uma completa idiota. Ele realmente desviou de seu caminho para me entregar isso, e eu nem sequer mandei uma mensagem com o meu telefone.

— Obrigada — eu digo, quieta.

— Não tem problema.

Eu volto a me aproximar dele, colocando minha mão em seu braço, e enquanto a adrenalina se esvai de meu sangue, percebo como estou ridiculamente alegre por ele estar aqui.

— Então, espere. Oliver está abrindo uma loja em São Diego?

Acho que Lola não sabe que a loja seria exatamente na nossa cidade natal.

Ele concorda com a cabeça enquanto levanta minha mão e a beija.

— Ele vai se mudar para cá daqui a algumas semanas. Mas eu só queria que você tivesse esse papel antes da sua mudança — ele olha para o papel que seguro em minha mão, e fica em pé. — Eu não queria mandar pelo correio pra sua casa e correr o risco de seu pai abrir.

Eu engulo em seco, impressionada com sua consideração.

— Vou para o hotel para relaxar um pouco. Tenho um longo voo pela frente.

— Que horas você vai embora?

Ele olha para longe, encolhendo as sobrancelhas e pensando um pouco.

— Por volta das onze.

Ansel coloca as mãos no bolso, e eu não consigo ver se ele está ainda está usando a aliança. Ele olha para as minhas mãos e vê que ainda estou usando o anel.

— Meu e-mail é apenas o meu nome e sobrenome, no XMail — ele diz. — Podemos organizar tudo em setembro.

– Ok – eu concordo.

Ele se curva, beija o topo da minha cabeça e sussurra:

– Estarei no Hilton Bayfront até as oito da noite. Comprei uma passagem de ida e volta para você até Paris.

Em pé, ele encolhe os ombros e deixa um sorriso enorme se espalhar pelo rosto, enquanto minha mandíbula encosta no chão.

– O que eu posso dizer? Sou otimista. Ou completamente maluco. Depende para quem você perguntar.

Ele pode ser maluco, mas observo o traseiro dele enquanto ele vai embora, e é o máximo.

Sentada no meu refúgio cheio de concreto e lagartos, contemplo o pensamento de ir para casa e imediatamente descartar essa ideia. Penso em ir até a casa da Lola e jantar com ela e Greg, mas tenho certeza de que ela está ocupada contando tudo sobre nosso final de semana louco para seu pai. Ele deve estar rindo sem parar, e não quero ser uma estraga-prazeres sentimental. Penso em ir até a casa de Harlow em La Jolla, mas apesar de passar um tempo na praia sem pensar em nada soar uma ideia incrível, o amor genuíno e o foco intenso do clã Vegas seria um contraste grande demais para a esquisitice da minha própria família.

Então decido dirigir até o centro da cidade.

~

Ansel abre a porta e abre um sorriso enorme, que desaparece lentamente quando percebe que não tenho nada nas mãos, nem uma mala. Nada além da minha bolsa-carteira atravessando meu tronco.

– Eu não posso ir pra França com você – digo, olhando para ele com os olhos bem abertos, minha pulsação parece um tambor pesado na minha garganta. – Mas também não queria ir para casa.

Ele se vira para o lado para me deixar entrar, deixo minha bolsa cair no chão, e fico de frente para ele. Há apenas uma razão para eu estar aqui neste quarto de hotel, e acho que nós dois sabemos disso. É fácil fingir ser o amante dos filmes, indo até o hotel para uma última noite juntos. Não tenho que me esforçar muito para ser corajosa quando o cenário é tão seguro: ele está indo embora. É como se fosse um jogo. Uma peça. Uma personagem.

Não sei qual é a Mia que está tomando conta do meu corpo, mas estou ignorando tudo o que não for a sensação de estar tão próxima deste cara. Tenho que dar apenas um passo à frente para ele me encontrar no meio do caminho, deslizar as duas mãos pelo meu cabelo e cobrir minha boca com a dele. Oceano e verde; as roupas dele ainda têm meu cheiro.

O gosto dele... Quero ser tão preenchida por ele que qualquer outro pensamento se dissolve nessa vontade. Quero sua boca em todos os lugares, sugando-me por inteiro como ele faz. Adoro como ele adora meus lábios, como suas mãos já conhecem minha pele, mesmo após uma única noite juntos.

Ele me leva até a cama, com seus lábios, língua e dentes por toda a minha bochecha, boca e mandíbula. Eu caio para trás quando meus joelhos encostam na cama.

Ele pega a bainha do meu vestido e puxa-o confiante, tirando meu sutiã com um pequeno deslizar dos dedos. Ele me faz sentir como se eu fosse algo a ser revelado e admirado. Sou a recompensa no final de seu truque de mágica, exposta embaixo de sua capa de veludo. Seus olhos exploram minha pele, e posso perceber sua falta de paciência: a camisa jogada pelo quarto, os dedos mexendo no cinto de sua calça, a língua movendo-se no ar, querendo sentir meu gosto.

Ansel desiste de se despir e ajoelha-se no chão entre minhas coxas, separando minhas pernas, beijando-me sobre o tecido da minha calcinha. Ele mordisca e puxa o tecido, suga e lambe impacientemente; finalmente desliza pelas minhas pernas a última peça de vestimenta que me cobria.

Solto um gemido quando ele se inclina para frente, cobrindo o meu corpo com um longa e lenta lambida. Sua respiração deixa rastros de fogo enquanto beija meu clitóris, meu púbis, meu quadril. Puxo-o para cima, inclinando-me para observá-lo.

– Me diga o que você quer – ele diz próximo a meu quadril, com uma voz áspera.

Com isso, lembro-me levemente de ele ter me feito gozar com as mãos e com seu corpo, mas não com a boca. Posso sentir a necessidade dele de realizar essa conquista, e fico pensando há quanto tempo ele estava tentando fazer isso, então fico impaciente e o puxo para dentro de mim.

A verdade é que não tenho certeza do que eu quero. Sexo oral sempre foi uma parada quando se está indo para algum lugar. Uma maneira de me deixar molhada, de preparar o circuito do meu corpo. Nunca algo feito para que eu começasse a tremer, suar e xingar.

– Ch-chupe – eu disse, com alguma dúvida.

Ele abre a boca, chupando-me perfeitamente por um segundo, mas depois forçando demais.

– Não coloque muita força – fecho meus olhos, buscando a coragem de dizer para ele: – Como se você estivesse chupando meu lábio.

Essa era exatamente a orientação de que ele precisava e eu me recosto no colchão sem pensar, minhas pernas afastando-se mais. Ele fica ainda mais louco. As palmas das minhas mãos pressionam a parte de dentro das minhas coxas para que permaneçam abertas e sinto sons sendo pressionados contra mim, vibrando através do meu corpo.

Uma de suas mãos deixa meu corpo e eu sinto Ansel se mexendo. Percebo o movimento de seu braço. Apoiando-me em um cotovelo, olho para baixo e vejo que ele está se tocando, olhando para mim, fervendo.

– Deixe que eu faço – digo para ele. – Quero experimentar seu gosto, também.

Não sei de onde essas palavras estão vindo. Não sou eu mesma neste momento. Talvez nunca seja quando estou com ele. Ele concorda, mas não para de mexer sua mão. Eu adoro. Adoro o fato de não ser esquisito ou um tabu. Ele está louco por mim, está duro, e está cedendo à necessidade de se satisfazer e me dar prazer ao mesmo tempo.

Enquanto ele beija e chupa e lambe com uma fome safada, tenho receio de não gozar e jogar no lixo seu entusiasmo e esforço. E então sinto uma puxada forte, a ponta de algo que cresce mais e mais com cada respiração através da minha pele. Enrosco minhas mãos em seus cabelos, e com um movimento me encaixo nele.

– Ohhh...

Ele geme, com sua boca sedenta e seus olhos bem abertos e alucinados.

Eu saboreio a contração de meus tendões, meus músculos, meu sangue correndo tão quente e urgente por minhas veias. Posso senti-lo se juntando, espalhando, apressando, explodindo entre minhas pernas. Estou gemendo e me entregando, rouca, sem dizer uma palavra, apenas sons afiados. O eco de meu orgasmo ressoa a nossa volta enquanto me jogo para trás em cima do travesseiro.

Sinto-me como se estivesse drogada, e com algum esforço empurro-o para que seus lábios se afastem das minhas coxas e para que eu possa me sentar. Ele tropeça até ficar em pé, com as calças abaixadas na altura do quadril. Eu olho para ele, e pela luz que vem do banheiro posso ver sua boca molhada, como se ele estivesse voltado de uma caça, como se eu fosse uma presa que acabara de ser devorada.

Ele esfrega o rosto com o antebraço, dá um passo em direção à cama e eu inclino para frente para colocá-lo em minha boca.

– Já estou quase lá – ele diz, desesperado.

É um aviso. Eu posso sentir no movimento sobressaltado de seu quadril, no inchaço da cabeça de seu pau, na maneira com que ele pega minha cabeça como se quisesse parar e fazer esse momento durar mais, mas ele não consegue. Ele fode minha boca, parecendo já saber que não tem problema algum, e depois de seis estocadas pela minha língua, dentes e lábios, ele permanece imóvel, lá no fundo, gozando ao som de um gemido grave e áspero.

Retiro a minha boca e ele passa um dedo trêmulo pelo meu lábio, enquanto eu engulo.

– Tão bom... – ele diz, soltando a respiração.

Caio para trás em cima do travesseiro e sinto meus músculos completamente silenciosos depois do frenesi, desde o momento em que entrei no quarto. Estou pesada e anestesiada, e além do eco de prazer entre minhas pernas, a única que coisa que consigo sentir é meu sorriso.

O quarto foi tomado por uma luz cinza no final da tarde por causa do sol que entra pela janela, e Ansel deita por cima de mim com os braços rígidos, respirando forte. Sinto o olhar dele pela minha pele, enquanto descansa sobre meus seios e sorri ao mesmo tempo em que meus mamilos endurecem.

– Deixei marcas no seu corpo inteiro naquela noite – ele se curva, respirando por cima dos meus seios. – Me desculpe.

Eu dou risada e brinco com seus cabelos.

– Você não parece estar arrependido.

Ele sorri para mim, e quando se afasta para admirar seu trabalho, eu me entrego ao estranho instinto de cruzar meus braços sobre meu peito. Na dança, meu tamanho era um benefício, meus seios pequenos não eram um obstáculo. Mas no mundo do sexo, não os vejo como grandes estrelas.

– O que você está fazendo? – ele pergunta, empurrando meus braços enquanto tira suas calças. – É tarde demais para ficar tímida comigo agora.

– Me sinto muito pequena.

Ele ri.

– Você é pequena, *Cerise*. Mas adoro cada pequena parte sua. Eu não vi sua pele por horas – ao se curvar, ele circula meu mamilo com sua língua. – Descobri que você tem seios sensíveis.

E eu suspeito que *tudo* em mim é sensível quando é ele quem está me tocando.

A palma de sua mão espalha-se por um de meus seios enquanto ele chupa o outro, e sua língua começa a pressioná-lo, formando pequenos círculos. Começo a lembrar da pulsação deliciosa entre minhas pernas.

Acho que ele lembra também, porque a mão que estava em meu seio desliza até minhas costas, pela minha barriga e umbigo, pelas minhas pernas, mas ele não para de fazer círculos com a língua.

E então seus dedos chegam lá. Dois deles me pressionam, e ele começa a fazer o mesmo círculo, no mesmo ritmo. É como se um elástico conectasse sua língua e seus dedos, puxando mais forte e me aquecendo mais. Curvo minhas costas e levanto meu tronco, pegando sua cabeça e implorando em uma voz rouca que ele *continue, continue, continue.*

O mesmo ritmo, nos dois lugares, e me preocupo se vou me desfazer, derreter em cima da cama ou simplesmente desaparecer no nada, quando ele faz um zumbido com a boca sobre meu mamilo, seus dedos pressionando mais forte. Com um movimento rápido ao levantar a cabeça, ele me pergunta:

– Posso ouvir você mais uma vez?

Não sei se vou sobreviver. E não consigo sobreviver sem aquilo.

Com ele, meus sons são ásperos e livres, não consigo reprimir nenhuma palavra de prazer, e não preciso pensar em nada. Eu ofereço tudo a ele, e meus sons são estímulos para ele continuar me chupando freneticamente, enquanto arqueio minhas costas e começo a gritar:

Estou quase gozando...

Estou quase gozando...

Três dedos afundam em mim, e a palma de sua mão toma conta do lado de fora. É um prazer tão intenso que chega a doer. Ou talvez eu saiba o quanto isso é fácil, e como é bom, e eu tenho que decidir entre deixá-lo ou fazer alguma loucura para mantê-lo. Meu orgasmo dura tanto tempo que fico pensando sobre essa decisão diversas vezes durante esse prazer intenso. É tão longo que ele consegue trazer seus lábios dos meus seios para o meu rosto e me beijar, sugando todos os meus gemidos para dentro de sua boca. É tão longo que ele me diz que sou a coisa mais linda que ele já viu em sua vida.

Meu corpo se acalma e ele me beija lentamente até que só o canto da sua boca toque o meu. Eu tenho o gosto dele, e ele tem meu gosto.

Ansel inclina para o lado para tirar uma camisinha do bolso de sua calça.

– Você está muito dolorida? – ele pergunta, enquanto segura a camisinha na mão.

Estou dolorida, mas acho que nunca estarei cansada para ele. Eu preciso lembrar exatamente como é a sensação. A minha memória falha e difusa não será suficiente se eu tiver que deixá-lo ir hoje à noite. Eu não respondo em voz alta, mas o puxo para mim, flexionando meus joelhos pelas laterais de seu corpo.

Ele se ajoelha com as sobrancelhas retraídas, enquanto desenrola a camisinha pelo seu membro. Tenho vontade de pegar meu celular e tirar fotos de seu corpo e sua expressão séria e concentrada. Preciso das fotos para poder dizer depois, *Viu, Mia? Você estava certa sobre a pele dele. É suave e perfeita, assim como você se lembra.* Eu quero capturar, de alguma maneira, o jeito como suas mãos tremem, urgentes.

Quando ele termina, coloca uma mão ao lado da minha cabeça, e usa a outra para chegar mais perto de mim. No momento em que sinto sua pressão, percebo que nunca me senti tão impaciente na minha vida. Meu corpo quer devorar o dele.

– Venha comigo – ele diz, quase dentro de mim, e se afastando novamente. Uma tortura. – Por favor, Mia. Só durante o verão.

Faço que não com a cabeça, incapaz de encontrar palavras, e ele geme pela frustração e pelo prazer, enquanto me penetra lentamente. Eu perco o fôlego e a habilidade de respirar ou até de me importar se preciso mesmo inspirar e expirar, e levanto minhas pernas, querendo que ele entre mais fundo, querendo que ele entre em mim para sempre. Ele é pesado, grosso, e tão duro que quando seu quadril toca minhas coxas, quase beira o desconforto. É que ele está me fazendo perder o fôlego e sentir que não existe espaço suficiente em meu corpo para ele e para o oxigênio ao mesmo tempo, mas nunca me senti tão bem.

Eu diria a ele que mudei de ideia, que vou para a França com ele, se pudesse encontrar as palavras, mas com seus braços apoiados ao lado da minha cabeça, ele começa a se mover, e nunca senti nada igual. Nunca senti *nada* igual. Ele desliza lentamente, sólido, para dentro de mim, e sinto uma dor tão boa que até me sinto um pouco estranha ao pensar que essa sensação uma hora chegará ao fim.

Ele está apenas me aquecendo, mantendo seus olhos nos meus enquanto sai de mim lentamente e volta para dentro mais lentamente ainda, ocasionalmente deslizando sua boca sobre a minha. Mas quando raspo minha língua em seus dentes, ele se mexe para frente inesperada e repentinamente, solto um gemido apertado e isso o excita ainda mais. Ele começa a se mover, duro e suave por cima de mim, contraindo seus glúteos em minha direção.

Não sei bem quantas vezes transamos na outra noite, mas ele já deve ter percebido o que eu precisava, e ele parece adorar se observar me dando prazer. Ele levanta o tronco com a força dos braços, ajoelhando-se entre minhas pernas abertas, e já tenho noção de que, quando eu gozar, sentirei algo inédito. Percebo sua respiração pesada e minhas exalações agudas. Posso sentir o barulho de suas coxas batendo nas minhas, e ele se esfregando de leve, para dentro e para fora de mim.

Não precisarei de seus dedos ou dos meus ou de um brinquedo. Nós nos encaixamos. Sua pele desliza pelo meu clitóris repetidamente.

Lola estava certa quando provocou sobre como seria entre Ansel e eu. Fazemos papai-e-mamãe, e há bastante contato visual, mas não é algo precioso ou suave como ela imaginava. Não posso deixar de olhar para ele. Seria como fazer sexo sem tocá-lo.

O prazer sobe pelas minhas pernas como uma trepadeira, culminando em um calor nas minhas bochechas, no meu peito. Tenho medo de perder essa sensação, de estar perseguindo algo que não existe, mas ele se move mais rápido e tão forte que precisa segurar meu quadril com as mãos para que eu não caia da cama. Seus olhos observam meus lábios gemendo e meus seios, que pulam com suas estocadas. O jeito que ele me come faz meu corpo se sentir voluptuoso pela primeira vez em minha vida.

Abro minha boca para dizer que estou caindo, e nenhuma palavra sai além de *mais*, e *sim*, e *isso*, e *sim* novamente. Um pingo de suor desce de sua testa até meu seio e desliza pelo meu pescoço. Ele está se esforçando tanto, se segurando tanto, *esperando, esperando, esperando* por mim. Eu adoro a restrição, a fome e a determinação em seu rosto, e estou quase lá.

O calor atravessa meu corpo um segundo antes de eu cair.

Ele olha quando isso acontece. Ele me observa boquiaberto, aliviado, os olhos vidrados com sua vitória. O orgasmo me acomete de um jeito tão forte, consumindo-me tanto, que não sou mais eu mesma. Sou uma selvagem puxando-o para dentro de mim, tentando alcançá-lo mais e apertando sua bunda para que entre mais fundo em mim. Sou puro desespero embaixo de Ansel, implorando, mordendo seu ombro, abrindo minhas pernas o máximo possível.

Essa loucura o desconcerta. Posso ouvir o lençol se desfazendo do colchão e sinto o tecido amontoar sob mim enquanto Ansel o puxa para se apoiar, mexendo-se tão forte que a cabeceira da cama começa a bater na parede.

– Oh... – ele solta um grunhido, e o ritmo começa a me punir mais ainda. Ele enterra seu rosto no meu pescoço, gemendo. – Isso, isso, isso...

E então ele abre a boca em meu pescoço, chupando e pressionando, seus ombros tremendo sobre mim enquanto ele goza. Deslizo minhas mãos por suas costas, desfrutando da definição de seus músculos tensos, da curvatura de sua coluna enquanto ele permanece o mais fundo que pode dentro de mim. Eu me ajusto embaixo dele para sentir sua pele na minha, misturando meu suor com o dele.

Ansel apoia o corpo nos cotovelos e paira sobre mim, ainda pulsando enquanto pressiona as palmas das mãos na minha testa e as desliza sobre meus cabelos.

– É tão bom... – ele diz, com a boca perto dos meus lábios. – É tão bom, *Cerise*.

Então ele coloca a mão entre nossos corpos para tirar a camisinha. Sem olhar, ele a joga perto do criado-mudo e cai sobre mim no colchão, deslizando a mão sobre seu rosto, seu peito suado, até seu coração. Não consigo deixar de olhar para a aliança dourada em seu dedo anular. Sua barriga contrai cada vez que ele inspira, e salta com cada expiração forçada.

– Por favor, Mia.

É a última negação que tenho dentro de mim, e eu digo:

– Eu não posso.

Ele fecha os olhos e meu coração se despedaça, enquanto imagino a possibilidade não vê-lo novamente.

– Se nós não estivéssemos bêbados e loucos e mesmo assim tivéssemos casado, você viria pra França comigo? – ele pergunta. – Só pela aventura?

– Não sei.

Mas a resposta é que eu até poderia ir. Ainda não preciso me mudar para Boston. Eu planejo fazer isso em breve porque tive que deixar o apartamento onde estava morando, mas não quero voltar a morar com meus pais durante o verão inteiro. Um verão em Paris depois da faculdade é o que uma mulher da minha idade *deveria* fazer. Com Ansel como amante, e talvez como colega de quarto, seria uma aventura e tanto. Não teria o mesmo peso de me mudar para morar com ele como sua *esposa*.

Ele sorri de um jeito um pouco triste e me beija.

– Diga algo para mim em francês.

Já ouvi Ansel falando centenas de coisas enquanto ele se perdia no prazer, mas essa é a primeira vez que estou pedindo, e não sei por que estou fazendo isso. Parece perigoso, com sua boca, sua voz, seu sotaque... como se fosse chocolate quente.

– Você fala alguma coisa em francês?

– Além de *Cerise*?

Ele olha para meus lábios e sorri.

– Além disso.

– *Fromage. Château. Croissant.*

Ele diz "croissant" enquanto começa a dar risada, e quando ele diz isso, soa uma palavra completamente diferente. Não sei como soletrar o que ele acaba de falar, mas sinto vontade de me jogar em cima dele novamente.

– Bem, nesse caso eu posso dizer que *je n'ai plus désiré une femme comme je te désire depuis longtemps. Ça n'est peut-être même jamais arrivé* – ele se afasta, observando minha reação, como se eu tivesse a capacidade de decodificar aquelas palavras. – *Est-ce totalement fou? Je m'en fiche.*

Meu cérebro não consegue traduzir tudo isso em um passe de mágica, mas meu corpo parece saber que ele acabara de dizer algo extremamente íntimo.

– Posso perguntar uma coisa?

Ele concorda.

– O quê?

– Por que você não anula isso logo?

Ele torce a boca para o lado, e seus olhos parecem animados.

– Porque você escreveu algo nos nossos votos de casamento. Nós dois prometemos que iríamos ficar casados até o outono.

Demoro alguns segundos para me recuperar do choque ao ouvir isso. Eu devo ter sido bem mandona, com certeza.

– Mas não é um casamento de verdade – eu sussurro, e finjo não ver quando ele se contrai um pouco.

– O que significa essa promessa, já que vamos quebrar todas as outras, como por exemplo "até que a morte nos separe"?

Ansel vira-se e senta à beira da cama, com suas costas para mim. Ele se curva, pressionando as mãos em sua testa.

– Não sei. Eu tento não quebrar promessas. Tudo está sendo muito estranho para mim. Por favor, não pense que sei o que fazer só porque estou permanecendo firme até agora.

Eu me sento e vou até ele, beijando seu ombro.

– Acho que me casei de mentira com um cara muito legal.

Ele dá risada, mas então fica em pé, afastando-se de mim novamente. Percebo que ele precisa de distância, e sinto uma pequena dor entre duas das minhas vértebras.

Este é o momento. É agora que devo ir embora.

Ele coloca a cueca e se apoia na porta do armário, observando-me enquanto visto minha roupa. Coloco minha calcinha ainda molhada, mas a umidade agora está fria. Mudo de ideia, deixo-a cair no chão e coloco meu sutiã, meu vestido de jérsei e calço minhas sandálias.

Sem dizer uma palavra, Ansel entrega-me seu telefone e eu mando a mim mesma uma mensagem de texto, para que ele guarde meu número. Quando o devolvo, nós ficamos em pé, olhando para qualquer ponto que não seja nós dois, por alguns dolorosos segundos.

Pego minha bolsa procurando um chiclete, mas ele rapidamente vem em minha direção, deslizando suas mãos pelo meu pescoço e então segura meu rosto.

– Não vá.

Ele aproxima-se mais ainda, sugando minha boca de um jeito que ele parece gostar muito.

— Você tem o meu gosto, e eu tenho o seu.

Ele curva-se, lambendo minha língua, meus lábios, meus dentes.

— Eu gosto tanto disso. Vamos fazer este momento durar, só um pouco.

Sua boca move-se mais para baixo, pelo meu pescoço, mordiscando minha clavícula e o volume que meus mamilos fazem no meu vestido. Ele suga e lambe, levando-os para dentro da sua boca, até que o tecido fique ensopado. Meu vestido é preto, então ninguém pode saber além de nós mesmos, mas sentirei seu beijo gelado mesmo depois de sair do quarto.

Quero me jogar na cama com ele de novo.

Mas ele fica em pé, observando-me por um momento.

— Fique bem, *Cerise*.

Acabei de perceber que, pelo fato de estarmos casados, eu estaria traindo meu marido se dormisse com alguém nesse verão. Mas a ideia de ele ficar com alguém na França faz meu estômago se revirar. Não gosto nada dessa ideia, e imagino se ele pensa a mesma coisa, pela expressão de seu rosto.

— Você também — eu digo a ele.

Capítulo 6

Tenho certeza de que agora entendo a frase "de pernas bambas" porque estou odiando ter que sair do meu carro e ficar em pé. Já estive com outros três caras além de Ansel, mas mesmo com Luke sexo nunca foi tão bom assim, tão aberto e honesto. Mesmo depois de ter acabado e o calor ter se dissipado (além do fato de Ansel nem estar mais ao meu lado), sei que o teria deixado fazer qualquer coisa comigo.

Queria conseguir lembrar de nossa noite em Vegas com mais detalhes. Nós ficamos juntos por horas e não por alguns minutos, como hoje. Sei que, de algum maneira, aquela foi uma noite ainda mais honesta e livre e que eu estava ainda mais confiante do que hoje, por incrível que pareça.

O capô do meu carro bate forte e ecoa por nossa silenciosa rua suburbana. Minha casa parece escura, mas é cedo demais para todos estarem dormindo. Com esse tempo quente, minha família deve estar no quintal, jantando mais tarde.

Mas, quando entro pela porta, não ouço nada além de silêncio. A casa está completamente escura: sala de estar, sala de visitas, cozinha. O quintal está silencioso, e todos os quartos no andar de cima estão desertos. Meus passos não fazem muito barulho no azulejo espanhol do banheiro, e fazem mais silêncio ainda quando começo a caminhar sobre o carpete de veludo. Por alguma razão, entro em cada um dos quartos e não encontro ninguém. Desde os anos da faculdade (antes de mudar as minhas coisas para meu antigo quarto dias atrás), não havia ficado mais sozinha nessa casa, e percebo isso como um golpe físico. Sempre há alguém aqui junto comigo: minha mãe, meu pai, um de meus irmãos. Isso é muito *estranho*. Ainda assim, tenho um pouco de silêncio. Um tempo para mim. E com essa liberdade, uma corrente de eletricidade atravessa meu corpo.

Eu poderia ir embora sem ter que confrontar meu pai.

Eu poderia ir embora sem ter que explicar nada.

Em um impulso, tenho certeza de que é isso que eu quero. Corro para o meu quarto, encontro meu passaporte, tiro o vestido, coloco roupas limpas e pego a maior mala que encontro no armário do corredor. Enfio tudo que consigo achar no meu armário, e praticamente limpo o balcão de meu banheiro com o meu braço, empurrando tudo para dentro da nécessaire. A mala pesada desce batendo na escada atrás de mim até cair no corredor, enquanto escrevo um bilhete para minha família. As mentiras vão aparecendo, e reluto em escrever muitas coisas e parecer muito maníaca.

Apareceu uma oportunidade de eu ir para a França por algumas semanas! Com uma passagem grátis também. Estarei com uma amiga do pai de Harlow. Ela é dona de um pequeno negócio. Conto tudo mais tarde, mas estou bem. Telefono depois.

Amo vocês,
Mia

Eu nunca minto para minha família. Não minto para ninguém, na verdade. Mas agora não estou me importando. Agora que a ideia está na minha cabeça, pensar em não ir para a França me traz pânico – não ir para a França significa ter que ficar aqui por algumas semanas. Significa viver sob a nuvem de controle do meu pai. E também significa mudar para Boston e começar uma vida que não tenho certeza se quero.

Significa a possibilidade de nunca mais ver Ansel.

Olho para o relógio: faltam apenas quarenta e cinco minutos para o avião decolar.

Coloco minha bagagem no porta-malas, corro para o banco do motorista e mando uma mensagem para Harlow: "Se meu pai perguntar qualquer coisa sobre a França, apenas diga que sim".

A três quarteirões da minha casa, posso ouvir o telefone vibrar no banco de trás do carro, sem dúvida anunciando a resposta dela (Harlow raramente fica longe de seu telefone), mas não posso olhar agora. Eu sei o que me espera, e não tenho certeza de quando minha mente estará tranquila o bastante para eu responder sua mensagem perguntando:

```
O quê???.

Que porra você está fazendo???

Mia Holland, me liga agora, caralho!!!
```

Em vez disso, eu estaciono. Estou sendo otimista, então coloco meu carro no estacionamento de longa permanência. Carrego minha mala pelo terminal, faço o check-in, silenciosamente apressando a mulher no balcão de atendimento.

– Você está muito em cima da hora – ela fala com desaprovação, franzindo a testa. – Portão 44.

Concordando, bato com minha mão nervosa no balcão e saio correndo assim que ela me dá meu bilhete, dobrado organizadamente em um envelope. A checagem de bagagem está vazia em uma noite de terça-feira, mas, assim que passo por ela, o longo corredor que leva ao portão parece infinito. Estou correndo muito rápido para me preocupar com a reação de Ansel, mas a adrenalina não é bastante para calar a reclamação do meu osso da perna permanentemente fraco, enquanto eu me apresso.

Os passageiros já estão embarcando pelo nosso portão, e entro em pânico pensando que talvez ele já esteja no avião quando olho em volta na fila de embarque e não o encontro. Procuro ferozmente, com bastante atenção, e sinto uma ansiedade horrível agora que estou aqui. Contar que mudei de ideia, que quero ir para França e que quero...

morar com ele
confiar nele
estar com ele.

Isso requer uma coragem que não sei se tenho agora que estamos fora do quarto de hotel, quando tudo é um jogo temporário, ou fora do bar, onde a bebida me fez encontrar a personagem perfeita para interpretar a noite inteira. Até começo a calcular mentalmente o perigo de permanecer embriagada pelas próximas semanas inteiras.

Sinto alguém colocar a mão em meu ombro. Eu me viro e me vejo olhando para os olhos arregalados e confusos de Ansel. Sua boca abre e fecha algumas vezes, e ele balança a cabeça como se estivesse querendo entender.

– Eles deixaram você vir até aqui para se despedir? – ele pergunta, experimentando as palavras. Em seguida, começa a me observar com mais atenção. Estou com calças jeans brancas, uma camiseta azul sob um moletom verde. Tenho uma bagagem de mão pendurada em meu ombro, estou sem fôlego e imagino ter uma expressão de pânico em meu rosto.

– Mudei de ideia.

Ajeito a alça da bolsa no meu ombro e observo sua reação: seu sorriso não vem tão rápido como eu esperava, o que me deixa ainda mais ansiosa.

Mas ao menos ele sorri, e parece sincero. E então, confunde-me mais, dizendo:

— Acho que agora não posso mais me esparramar pelo seu assento no avião.

Não faço ideia do que dizer como resposta, então apenas sorrio de maneira esquisita e olho para meus pés. A atendente do portão chama outra seção do avião para o embarque, mas o microfone faz um barulho alto, e nós damos um pulo, assustados.

E então parece que o mundo inteiro silencia.

— Merda — eu sussurro, olhando para todo o caminho que acabei de fazer. É tudo muito iluminado, muito barulhento e muito longe de Vegas ou do quarto de hotel onde Ansel se hospedou em São Diego. *Que porra eu estou fazendo?*

— Eu não tenho que ir. Eu não...

Ele me faz parar de falar, aproximando-se de mim e beijando minha bochecha.

— Me desculpe — ele diz cuidadosamente, e beija a minha outra bochecha. — Estou muito nervoso agora. Não foi um comentário engraçado. Estou muito feliz com você aqui.

Ele expira o ar forte, e eu me viro quando sua mão pressiona minha lombar, mas parece que nossa bolha de calor estourou e saímos do palco para uma realidade mais iluminada ainda. Sinto uma pressão sufocante. Meus pés parecem ser feitos de cimento enquanto entrego o bilhete para a atendente, forçando um sorriso nervoso antes de entrar no corredor que leva ao avião.

Nós conhecemos bares escuros, conversas descontraídas, os lençóis limpos dos quartos de hotel. Nós conhecemos a possibilidade, a tentação da ideia. O faz-de-conta. A aventura.

Mas quando você escolhe a aventura, ela se torna vida real.

O corredor se enche de um zumbido estranho que sei que ficará na minha cabeça por horas. Ansel caminha atrás de mim, e penso se minha calça jeans está muito apertada e meu cabelo muito bagunçado. Posso senti-lo me observando, talvez com mais atenção agora que estou invadindo a vida real *dele*. Talvez ele esteja reconsiderando. A verdade é que não há nada romântico em embarcar em um avião e voar por quinze horas com uma pessoa praticamente estranha. A ideia é excitante, sim. Só que não há nada glamoroso em aeroportos extremamente iluminados ou aviões ridiculamente apertados.

Guardamos nossas bagagens e sentamos em nossos lugares. Estou no meio e ele no corredor. Um homem mais velho está lendo um jornal junto à janela, e ele pressiona os cotovelos invadindo de maneira bastante óbvia o espaço do meu assento.

Ansel ajusta seu cinto mais de uma vez e mexe na saída do ventilador acima de nós, direcionando-a para ele, e depois para mim, e então desligando. Ele liga a luz e suas mãos caem sobre seu colo, irrequietas. Finalmente, ele fecha os olhos e eu conto enquanto ele toma dez respirações profundas.

Ah, merda. Ele tem medo de voar.

Sou a pior companhia possível nesse momento, porque não falo livremente, muito menos quando alguma autoconfiança é necessária. Sinto-me agitada, e minha reação para esse agito é ficar completamente estática. Sou um ratinho em meio a um campo enorme, e parece que cada situação desconhecida em minha vida é uma águia voando por cima de mim. De repente, o fato de eu ter decidido fazer tudo isso se torna cômico.

Os anúncios são feitos, os preparos para qualquer desastre são realizados, e o avião decola, escalando pesado pela noite. Eu pego a mão de Ansel (porque é o mínimo que posso fazer), e ele a aperta forte.

Deus, quero tornar essa situação melhor.

Cinco minutos depois, sua mão amolece um pouco, e então desliza para longe da minha como se estivesse anestesiada, pesada de sono. Talvez se eu tivesse prestado mais atenção nele, ou se tivesse deixado ele falar mais na primeira noite quando nos conhecemos, ele poderia ter me dito sobre o quanto odiava voar. Talvez ele tivesse me contado que costuma tomar alguma coisa para dormir.

As luzes diminuem de intensidade e os dois homens ao meu lado estão dormindo, mas meu corpo parece não conseguir relaxar. Não é uma sensação normal estar agitada dessa maneira. É como ter febre alta, estar inquieta dentro da minha própria pele, incapaz de encontrar uma posição confortável.

Pego um livro que enfiei na mala sem olhar. Infelizmente, ele conta a história de uma grande diretora de empresa – presente de formatura do meu pai. A começar pela capa (uma foto da tal mulher vestindo um terno, à frente de um fundo azul), esse livro não será de grande ajuda para acalmar meu estômago azedo. Em vez disso, leio cada palavra do panfleto de segurança do avião, o catálogo de produtos que encontro no compartimento do assento à minha frente, e depois roubo a revista da companhia aérea do bolso de Ansel, folheando-a.

Ainda me sinto péssima.

Levanto minhas pernas, pressiono a testa em meus joelhos, ligo o ventilador na intensidade máxima. Tento respirar profundamente, mas nada parece ajudar. Nunca tive um ataque de pânico antes, então não sei bem se é isso que estou sentindo, mas acho que não.

Espero que não seja.

Somente quando a comissária de bordo me entrega o cardápio e as duas opções de refeição (salmão ou *tortellini*) fazem meu estômago se revirar é que percebo que o que estou sentindo não é apenas nervosismo. Também não é a ressaca que começa a se retirar do meu organismo. É outra coisa. Minha pele está quente e hipersensível. Sinto minha cabeça flutuando.

A comida começa a ser trazida pelo corredor, o cheiro de salmão com batatas e espinafre é tão pungente e forte que eu engasgo, enquanto me reviro no assento para chegar mais perto da corrente de ar do ventilador. Isso não é o bastante. Quero escapar para o banheiro, mas imediatamente percebo que não conseguirei fazer isso. Antes de tentar fazer com que Ansel acorde, procuro freneticamente pelo saco de papel no bolso do assento à minha frente, e quase não consigo abri-lo antes de vomitar violentamente dentro dele.

Tenho certeza de que nada pode ficar pior do que este momento. Meu corpo está no comando, e não importa o quanto meu cérebro ordene para que fique quieto e para que eu vomite como uma dama, de maneira silenciosa, não consigo. Solto um grunhido, sentindo outra onda de enjoo tomando meu corpo, e Ansel acorda assustado a meu lado. Ele pressiona a mão nas minhas costas, e grita "Oh, não!", trazendo minha humilhação completamente à superfície.

Não posso deixar que ele me veja assim.

Tento ficar em pé, tropeçando sobre ele sem conseguir deixá-lo se levantar de seu assento, e quase caio no chão do corredor. Os outros passageiros estão me olhando com expressões de choque, pena e nojo, mas eles devem estar felizes por eu ter conseguido segurar firme o saco cheio de vômito quando voei pelo corredor. Apesar de eu ter que me concentrar para andar enquanto tropeço em direção ao banheiro, na minha cabeça estou encarando as pessoas de volta. Será que elas já vomitaram em um avião no meio de quinhentas pessoas, incluindo seu novo marido desconhecido? Não? Então elas podiam ir se foder.

O banheiro vazio é um sinal de misericórdia. Abro a porta e praticamente caio lá dentro. Jogo o saco de papel no lixo e desmorono no chão, curvando-me em cima da privada. Sinto um ar gelado no meu rosto, e o líquido azul dentro do vaso começa a me dar ânsia novamente. Estou tremendo de febre, gemendo involuntariamente a cada vez que expiro. O que quer que eu tenha pegado está parecendo um trem correndo pelo trilho e batendo em um prédio em alta velocidade.

Há momentos na vida em que penso se as coisas podem piorar. Estou em um avião com meu novo marido, cujo entusiasmo por toda essa viagem parece estar pedindo trégua, e é neste profundo momento de autopiedade, absolutamente horrorizada, que também acabo de ficar menstruada.

Olho para minha calça jeans branca e tento conter o choro enquanto pego um pedaço de papel higiênico e dobro para enfiá-lo dentro de minha calcinha. Apoio minhas mãos trêmulas e fracas para me levantar, tiro meu casaco e o amarro em volta da cintura. Jogo um pouco de água no rosto, escovo os dentes com o dedo e quase engasgo, enquanto meu estômago se revira como se estivesse me avisando de alguma coisa.

Isso é um pesadelo.

Ouço uma batida silenciosa na porta, seguida pela voz de Ansel.

– Mia? Você está bem?

Encosto-me na pequena pia e, subitamente, passamos por uma área de pequena turbulência. O efeito é amplificado dentro do meu corpo. Estou quase passando mal com a sensação de ter o estômago caindo no ar. Depois de alguns segundos, abro um pouco a porta.

– Estou bem.

É claro que não estou bem. Estou horrorizada, e se houvesse alguma maneira de escapar deste avião por dentro dessa privada, eu tentaria.

Ele parece preocupado e sob o efeito do remédio. Suas pálpebras estão pesadas, e ele pisca os olhos lentamente. Não sei o que ele tomou para dormir, mas ele só apagou por uma hora, e balança o corpo um pouco como se fosse cair.

– Posso pegar algo para você?

A sonolência deixa seu sotaque mais forte, e suas palavras se tornam mais difíceis de serem entendidas.

– Se você tiver uma farmácia dentro da bagagem de mão...

Ele franze as sobrancelhas.

– Tenho ibuprofeno, eu acho.

– Não – eu digo, fechando os olhos por um momento. – Eu preciso de... coisas de garota.

Ansel pisca lentamente de novo, e a confusão faz com que suas sobrancelhas tentem se unir mais ainda. Quando ele enfim parece entender, seus olhos arregalam.

– É por isso que você estava vomitando?

Eu quase dou risada ao ver a expressão de seu rosto. A ideia de vomitar enquanto passo pelo período de menstruação todo mês parece horrorizá-lo.

– Não – eu digo, sentindo meus braços trêmulos pelo esforço que estou fazendo para me levantar. – É apenas uma coincidência fabulosa.

– Você não tem nada na sua bolsa?

Eu solto o maior grunhido já ouvido por um homem.

– Não. Eu estava um pouco... distraída.

Ansel concorda com a cabeça, esfregando o rosto, e quando afasta a mão, ele parece mais desperto e decidido.

– Fique aqui.

Ele fecha a porta com determinação, e posso ouvi-lo chamar uma comissária de bordo. Eu me sento na tampa do vaso sanitário, descansando os cotovelos nos joelhos e a cabeça nas mãos, enquanto ouço sua voz através da porta.

– Sinto incomodar, mas minha esposa... – ele diz, e depois toma uma pausa. Meu coração dispara com essas palavras. – Aquela que passou mal agora há pouco, ela acaba de entrar em seu... ciclo menstrual. E gostaria de saber se você tem alguma... coisa? Veja, isso tudo aconteceu muito rápido e ela fez as malas apressadamente, e antes disso nós estávamos em Vegas. Não sei por que ela veio comigo, mas eu *realmente* não queria estragar tudo. E agora ela precisa de um favor. Será que você poderia, hum... emprestar *quelque chose*?

Eu cubro minha boca enquanto ele continua a tagarelar, e daria qualquer coisa neste momento para ver a expressão da comissária do outro lado da porta.

– Quero dizer, *usar* – ele continua. – Não emprestar, porque acho que não é assim que funciona.

Ouço a voz de uma mulher fazendo uma pergunta.

– Você sabe se ela precisa de absorvente interno ou externo?

Oh, Deus. Isso não pode estar acontecendo.

– Hum... – eu posso ouvi-lo suspirar. – Eu não tenho ideia, mas eu te darei cem dólares se você me der os dois e encerrarmos essa conversa.

Oficialmente, pior que isso não fica. Só pode melhorar, daqui para frente.

~

Ainda assim, não há palavras para descrever a humilhação de ser empurrada em uma cadeira de rodas pela alfândega, pela área das esteiras de bagagem, e estar sentada no meio do Charles de Gaulle com um saco de papel na altura do rosto no caso de eu perder os dois goles de água que consegui engolir durante a última hora. O mundo parece muito iluminado e caótico, enquanto vozes francesas e agudas são disparadas de dentro das caixas de som à minha volta. Depois de uma eternidade, Ansel retorna com nossas malas e a primeira coisa que ele me pergunta é se eu tinha vomitado novamente.

Eu digo que ele deveria apenas me colocar em um voo de volta à Califórnia.

Eu *acho* que ele dá risada e diz "não".

Ele me encaixa no banco de trás de um táxi e entra no carro depois de mim, disparando algo em francês para o motorista. Ele fala tão rápido que não é possível que alguém consiga entendê-lo, mas o taxista parece conseguir. Nós nos afastamos da calçada e decolamos em uma velocidade irreal, saindo da área do aeroporto em meio a empurrões e chacoalhadas, aceleradas e curvas.

Quando entramos no centro da cidade e podemos ver edifícios surgindo e se aproximando acima de ruas envergadas, sinto-me angustiada. O motorista parece não saber onde o breque está localizado, mas com certeza sabe onde fica a buzina. Eu me enrosco ao lado de Ansel, tentando fazer com que o conteúdo do meu estômago não escale até minha garganta. Estou certa de que há milhões de coisas que eu gostaria de ver pela janela – a cidade, a arquitetura, o verde vibrante cuja luz posso sentir entrando no taxi –, mas estou tremendo, suando e quase inconsciente.

– Ele está dirigindo um taxi ou jogando vídeo game? – eu murmuro, quase incoerente.

Ansel dá risada perto da minha cabeça, sussurrando:

– *Ma beauté.*

O mundo para de chacoalhar por um momento e sou retirada de meu assento, sentindo braços fortes atrás de meus joelhos e nas minhas costas, levantando-me.

Ansel facilmente me carrega para dentro de um prédio, direto para um pequeno elevador. Ele espera enquanto o motorista pega nossas malas e as empurra para perto de nós. Posso sentir a respiração de Ansel em minhas têmporas e posso ouvir o barulho do elevador nos levando para o alto.

Viro-me para Ansel e encosto meu nariz na pele macia e quente de seu pescoço, desfrutando de seu cheiro – uma mistura de homem com refrigerante de gengibre e um pouco de sabonete, já que ele havia tomado um banho no quarto do hotel depois de termos nos encontrado.

E então eu me lembro. Meu cheiro atual deve ser assustador.

– Me desculpe – eu sussurro, virando a cabeça e tentando me afastar, mas ele me aperta contra ele, dizendo para eu ficar quieta.

Ele tenta encontrar as chaves em seu bolso enquanto me carrega, e quando entramos, ele me coloca em pé no chão. Somente agora meu corpo parece ter permissão de responder à viagem de táxi. Eu me viro, caio de joelhos e vomito qualquer água que tinha dentro de meu estômago diretamente no balde de guarda-chuvas próximo à porta.

Estou falando sério, não é possível minha humilhação se tornar ainda maior.

Atrás de mim, ouço Ansel encostar-se na porta. Então, ele desliza para baixo e atrás de mim, pressionando sua testa em minhas costas, entre as escápulas. Ele está tremendo com uma risada silenciosa.

– Oh, meu Deus – eu digo, soltando um grunhido. – Este é o pior momento de toda a história.

Porque é verdade, e de fato minha humilhação pode crescer mais ainda.

– Pobrezinha – ele diz, beijando minhas costas. – Você deve estar se sentindo péssima.

Eu concordo, tentando segurar o vaso, sem sucesso, quando ele me levanta segurando-me pelas costelas.

– Deixe o vaso no chão – ele diz, ainda rindo. – Vamos, Mia. Deixe o vaso que eu cuido disso.

Quando ele me deita em um colchão, mal consigo reparar na luz, e seu cheiro está em todo o lugar. Estou muito incoerente para ter curiosidade sobre seu apartamento, mas decido que preciso me lembrar de olhar em volta e elogiar o lugar assim que a vontade de me matar passar. Adiciono essa tarefa a uma lista de coisas por fazer, além de agradecê-lo abundantemente, pedir desculpas, e entrar em um avião de volta para a Califórnia, morrendo de vergonha.

Ele toca minhas costas de leve com sua mão e desaparece. Imediatamente caio no sono, e começo a ter sonhos intensos e confusos sobre dirigir ao longo de túneis escuros.

Ao meu lado, o colchão afunda onde ele senta e eu acordo de repente. De alguma maneira, sei que ele havia saído do quarto há apenas um minuto.

– Me desculpe – solto um gemido, trazendo os joelhos em direção ao peito com as mãos.

– Não precisa – ele coloca algo em cima de uma mesa próxima ao travesseiro. – Trouxe água para você. Beba com cuidado.

Ainda posso ouvir o sorriso em sua voz, mas ele faz isso de maneira leve, sem tirar sarro.

– Tenho certeza de que não foi assim que você imaginou nossa primeira noite aqui.

Sua mão desliza pelos meus cabelos.

— E nem você.

— Essa é a coisa menos sexy que você já deve ter visto — eu murmuro, enrolando-me na fronha do travesseiro, que tem o cheiro de Ansel.

— A coisa menos sexy? — ele repete, dando uma risada. — Não se esqueça de que eu pedalei através dos Estados Unidos na companhia de pessoas sujas e suadas.

— Eu sei, mas você não queria fazer sexo com nenhuma delas.

Sua mão fica parada em minhas costas, no lugar que ele estava massageando, e eu tomo consciência do que acabei de dizer. É ridículo pensar que ele vai querer me tocar depois das últimas quinze horas que se passaram.

— Durma um pouco, Mia.

Viram? Essa é a prova. Ele me chamou de Mia, e não *Cerise*.

~

Acordo de manhã, a alguma hora que desconheço. Posso ouvir pássaros, vozes e caminhões. Sinto cheiro de pão, café e meu estômago se contrai, rapidamente protestando, dizendo-me que ainda não estou pronta para comer. E assim que me lembro do dia anterior, uma onda de calor cobre minha pele, não sei se de vergonha ou febre. Eu me desfaço das cobertas e percebo que estou vestindo apenas uma camiseta de Ansel e uma calcinha.

Então ouço Ansel no outro quarto falando inglês.

— Ela está dormindo. Está passando muito mal desde ontem.

Eu levanto rapidamente ao ouvir essas palavras, e nunca senti tanta sede na vida. Pego o copo em cima do criado do mudo, levo aos meus lábios, e tomo a água em quatro grandes goles.

— É claro — ele diz, aproximando-se. Está do outro lado da porta. — Só um momento.

Rapidamente, seus pés pisam no quarto e quando ele vê que estou acordada seu rosto é tomado por expressões de alívio, e então incerteza, e depois arrependimento.

– Na verdade, ela já está acordada – ele diz ao telefone. – Aqui está ela.

Ele me entrega meu próprio telefone celular, e a pequena tela me avisa que meu pai está do outro da linha. Ansel cobre o bocal do telefone brevemente e sussurra.

– Ele ligou ao menos dez vezes. Eu coloquei seu celular para carregar, então felizmente... ou não – ele diz, com um sorriso como se estivesse pedindo desculpas –, ele ainda tem bastante bateria.

Meu peito dói e meu estômago se revira de culpa. Pressionando o telefone contra a orelha, só consigo dizer "Oi, pai. Eu..." antes que ele me corte.

– Qual o seu problema? – ele grita, sem esperar que eu o responda. Afasto um pouco o telefone da orelha para aliviar a dor de seus gritos. – Você está se drogando? É isso o que essa pessoa chamada Ansel quis dizer quando me contou que você está passando mal? Ele é seu traficante?

– O quê? – eu pisco os olhos e meu coração bate tão rápido que tenho medo de ter algum problema cardíaco. – *Não*, pai.

– Só uma viciada em drogas viajaria pra França sem nenhum aviso. Mia, você está fazendo alguma coisa ilegal?

– Não, pai. Eu...

– Você não existe, Mia Rose. *Inacreditável*. Sua mãe e eu estamos doentes de tanta preocupação, telefonando constantemente para você nos últimos dois dias.

Sinto a raiva em sua voz como se ele estivesse no quarto ao lado. Posso imaginar seu rosto todo vermelho, os lábios molhados de cuspe e sua mão tremendo ao segurar o telefone.

– Você nunca vai entender. *Nunca*. Espero que seus irmãos estejam melhores do que você quando tiverem a sua idade.

Eu fecho a boca, os olhos e bloqueio meus pensamentos. Mesmo de olhos fechados, posso sentir Ansel sentado ao meu lado na cama. Ele massageia minhas costas em círculos para me acalmar. A voz de meu pai é forte, sempre autoritária. Mesmo se eu abafasse ao máximo o telefone na minha orelha, sei que Ansel ainda poderia ouvir cada palavra. Posso imaginar o que ele disse a Ansel antes de eu ter atendido.

Ao fundo, consigo ouvir a voz da minha mãe murmurando, como se implorasse.

– David, querido, não faça isso.

Sei que ela está cuidadosamente tentando tomar o telefone das mãos de meu pai. Então ela desaparece e começo a ouvir duas vezes abafadas.

Não, mãe, não faça isso, eu penso. *Não faça isso por mim. Não vale a pena me defender agora e depois ter que ficar dias sendo ignorada e insultada.*

Meu pai volta a falar comigo. Sua voz está afiada como uma faca.

– Mia, saiba que você está completamente encrencada. *Completamente.* Se acha que vou te ajudar a se mudar para Boston, está completamente louca.

Eu deixo o telefone cair sobre o colchão. Ainda posso ouvir a voz de meu pai berrando, mas a água que acabei de tomar não quer assentar. Atravesso o quarto tropeçando em direção ao banheiro, caindo de joelhos em frente ao vaso sanitário. Agora, além da humilhação de Ansel ter ouvido meu pai gritar comigo ao telefone, ele tem a chance de me ver vomitando. De novo.

Tento me levantar para lavar o rosto, contorcendo-me sem sucesso para encontrar a descarga, caindo para o lado, exausta, em cima do azulejo gelado.

– Mia – diz Ansel, apoiando um de seus joelhos no chão, enquanto esfrega meu braço.

– Vou apenas dormir aqui até morrer. Tenho certeza de que Harlow vai enviar um de seus servos para retirar meu corpo.

Ansel dá uma risada e me levanta para que eu sente no chão, e então enfia minha cabeça embaixo de sua camiseta.

— Vamos lá, *Cerise* — ele murmura, beijando-me atrás da orelha. — Você está queimando. Deixa eu te colocar no chuveiro, e então vamos ao médico. Estou preocupado com você.

~

A médica é mais jovem do que eu esperava: uma mulher por volta dos trinta anos de idade, com um sorriso fácil e competência que me passa confiança através de seu contato visual. Enquanto uma enfermeira escuta meu coração, a doutora conversa com Ansel e, eu presumo, explica o que está acontecendo comigo. Só consigo entender o meu nome, então tenho que confiar que esteja relatando tudo exatamente como foi. Imagino que ele esteja falando algo do tipo: "O sexo foi ótimo, depois nos casamos, e agora ela está aqui! Me ajude! Ela não para de vomitar, é tão esquisito! O nome dela é Mia Holland. Existe algum serviço de devolução de garotas americanas para os Estados Unidos? *Merci!*".

A doutora se vira para mim e faz algumas perguntas com um sotaque estranho.

— Quais são os sintomas?

— Febre — eu digo. — E tenho enjoado com qualquer coisa.

— Qual foi a sua maior temperatura antes de vir até aqui?

Eu encolho os ombros e olho para Ansel, que responde:

— *Environ, ah, trente-neuf? Trente-neuf et demi?*

Eu começo a rir, mas não por causa do que ele acabara de falar, mas porque não tenho ideia da minha temperatura.

— Você acha possível estar grávida?

— Hum... — eu digo, enquanto rio junto com Ansel. — Não.

— Você se importa que eu tire seu sangue para fazer um exame?

— Para ver se estou grávida?

— Não — ela esclarece com um sorriso. — Para alguns testes.

Eu paro de falar quando ela diz isso, e meu pulso se apressa como se estivesse apostando uma corrida.

– Existe algum motivo para você achar que eu precise fazer um exame de sangue?

Ela faz que não com a cabeça, sorrindo.

– Não, me desculpe. Você deve estar apenas com um vírus que ataca o estômago. O sangue não... ah... – ela procura uma palavra por alguns segundos, e olha para Ansel como se pedisse ajuda. – *Ça n´a aucun rapport?*

– Não tem nada a ver com isso – ele traduz. – Eu acho... – Ansel começa a dizer e então sorri para a doutora.

Eu fico surpresa ao ver esse lado tímido dele.

– Eu acho que, já que estamos aqui, poderíamos fazer aqueles testes padrões para, ah... aquelas coisas transmitidas sexualmente.

– Oh – eu murmuro, compreensiva. – Sim.

– Tudo bem por você? – ele pergunta. – Ela fará os meus testes também.

Não sei o que me surpreende mais, se a expressão de seu rosto pela minha resposta, ou o fato de ele estar pedindo à doutora para fazermos os testes, no caso de algum dia eu conseguir parar de vomitar e conseguir transar novamente. Eu concordo, anestesiada. Estendo o meu braço e a enfermeira pega uma faixa de borracha para amarrá-lo logo abaixo de meu bíceps. Se fosse qualquer outro dia e eu não tivesse vomitado a metade do peso de meu corpo, eu certamente teria algo mais inteligente para dizer. Mas agora? Eu provavelmente prometeria à médica entregar-lhe meu primeiro filho para que ela conseguisse fazer meu estômago se estabilizar por apenas dez abençoados minutos.

– Você usa anticoncepcional? Ou gostaria de usar? – a doutora pergunta, olhando para mim.

– Pílula.

Posso sentir Ansel olhando para meu rosto, imaginando como uma pele verde como a minha consegue ficar corada.

Capítulo 7

Acordo sentindo lábios pressionando cuidadosamente minha testa, e forço meus olhos a se abrirem.

O céu diretamente sobre mim não é uma ilusão que venho imaginando durante toda a semana. O quarto de Ansel fica no último andar do prédio, e uma claraboia acima da cama permite a entrada da luz do sol da manhã. A luz alcança até o pé da cama, brilhante mas ainda não muito quente.

A parede distante desce inclinada desde o teto de quase cinco metros de altura, e ao longo da parede do quarto de Ansel há duas portas francesas que ele deixara abertas para a pequena varanda do lado de fora. Uma brisa morna atravessa o quarto, carregando os sons da rua.

Viro a cabeça e meu pescoço tenso reclama.

– Oi.

Minha voz soa como uma lixa esfregando um pedaço de metal.

O sorriso dele causa algo leve e mirabolante em meu peito.

– Estou feliz porque sua febre baixou.

Eu solto um grunhido, cobrindo os olhos com minha mão trêmula, enquanto a lembrança dos últimos dias volta. Eu vomitando em todos os lugares, incluindo em mim mesma. Ansel carregando-me para o chuveiro para me lavar, e depois para me esfriar da febre.

– Ai, meu Deus. Já estou morrendo de vergonha de novo.

Ele dá risada e me dá um beijo na têmpora.

– Estava preocupado com você. Você estava bastante doente.

– Existe algum lugar do seu apartamento que permaneceu intocado pelo meu vômito?

Ele levanta o queixo, os olhos brilhando como se estivesse achando graça, e olha para o canto.

– Ali atrás, o lado mais distante do quarto, está limpo.

Cubro meu rosto de novo, e meu pedido de desculpas é abafado pela minha mão.

– *Cerise* – ele diz, levando a mão ao meu rosto.

Instintivamente me afasto, sentindo meu estômago revirar. Eu imediatamente tenho vontade de corrigir essa minha reação vendo em seus olhos que o magoei, mas a mágoa desaparece tão rápido que eu já não tenho mais certeza se ela realmente esteve ali.

– Preciso ir trabalhar hoje – ele diz. – Eu quero te explicar antes de sair.

– Ok – isso soa um mau sinal, e tomo um momento para afastar o olhar de seu rosto. Ele está usando uma camisa social. Depois de fazer um cálculo mental, percebo que ele está precisando explicar algo, porque hoje é *sábado*.

– Quando fui até o escritório na terça-feira para pegar alguns arquivos e trazê-los para casa, a sócia com quem trabalho bastante viu minha aliança. Ela não ficou muito... feliz.

Meu estômago se revira e é este o momento em que a realidade do que estamos fazendo me atinge como uma onda enorme. Sim, ele me convidou para vir para cá, mas eu invadi sua vida diretamente. Mais uma vez me lembro do quão pouco eu o conheço.

– Vocês dois tem... alguma coisa?

Ele congela e tem uma leve expressão de horror em seu rosto.

– Oh, não. Deus, não.

Seus olhos verdes diminuem de tamanho enquanto ele me observa.

– Você acha que eu teria dormido com você, casado com você e *convidado* você para vir para cá se eu tivesse uma namorada?

Eu respondo com uma risada, que parece mais uma tosse.

— Acho que não. Me desculpe.

— Tenho sido o escravinho dela durante os últimos meses — ele explica. — E agora que estamos casados, ela está convencida de que perderei o foco.

Eu me contraio. O que nós fizemos foi tão precipitado. Tão estúpido. Ele não somente está casado, como brevemente estará divorciado. Por que será que ele não fez questão de esconder nosso contratempo em Vegas em seu local de trabalho? Será que ele é cuidadoso com *tudo*?

— Eu não preciso que você mude seu esquema de trabalho enquanto estou aqui.

Ele balança a cabeça de um lado para o outro.

— Eu só preciso trabalhar neste final de semana. Vai dar tudo certo. Ela vai superar o medo. Acho que ela estava acostumada com o fato de eu estar no escritório sempre que ela queria.

Eu aposto que sim. Franzo minha testa mais profundamente enquanto o observo, e de repente já não estou mais tão doente para sentir uma pequena corrente de ciúme deslizando em meu sangue. Com a luz do sol vinda do teto, iluminando os ângulos agudos de sua mandíbula e suas maçãs do rosto, surpreendo-me de novo com o fato de seu rosto ser tão maravilhoso.

Ele continua:

— Estou quase resolvendo um caso enorme, e então terei mais flexibilidade no horário. Desculpe-me se não estarei aqui durante todo seu primeiro final de semana.

Deus, isso é tão, *tão* esquisito.

Despeço-me dele, incapaz de dizer alguma coisa além de "Por favor, não se preocupe". Ele tem praticamente só me servido desde que cheguei, e sinto a vergonha e a culpa se juntarem em uma mistura azeda em meu estômago. Pelo que eu saiba, ele já viu o bastante do meu pior para desanimar completamente em relação a esse nosso jogo. Não me surpreenderia se após minha recuperação total ele sugira alguns hotéis que sejam do meu gosto para que eu durma até o final de minha estadia.

Que começo horrível para o nosso... o que quer que isso seja.

Já que eventualmente as oportunidades podem se tornar limitadas, quando ele caminha pelo quarto o observo de cima a baixo. Ele é tão alto, magro mas definido. Ternos foram criados exatamente para seu tipo de corpo. Seus cabelos castanho-claros estão bem penteados para longe de seu rosto, e a marca de sol em seu pescoço desaparece abaixo do colarinho de sua camisa. Ele não se parece mais com o rapaz casual e brincalhão que conheci em Vegas. Ele parece um jovem e baita advogado, e eminentemente mais "transável". Como é possível?

Apoio-me em um cotovelo, desejando ter uma lembrança mais vívida de como me senti ao deslizar minha língua por sua nuca e pescoço. Quero me lembrar dele indo à loucura, desesperado, desengonçado e suado, para desfrutar da ideia de saber que a mulher que ele verá hoje somente conhece seu lado mais arrumado e vestido.

Sua calça é azul-marinho e sua camisa é branca. Ele fica em pé em frente a um espelho estreito, amarrando uma linda gravata de seda azul e verde.

– Coma algo hoje, hein? – ele diz, enquanto alisa a camisa e pega um blazer azul pendurado em um cabide no canto do quarto.

Pela primeira vez, sinto-me aquela mulher que fica de joelhos e o traz de volta para a cama, fingindo que sua gravata precisa ser ajustada, como uma desculpa para puxá-lo para baixo dos cobertores.

Infelizmente, estou muito fraca para esse plano de sedução. Minhas pernas estão trêmulas quando saio da cama. Não estou muito sexy. Nem um pouco. E antes de ir tomar banho, antes mesmo de me colocar em frente a um espelho e definitivamente de tentar seduzir esse marido/estranho/gostoso com quem gostaria de ficar nua novamente, eu realmente preciso comer alguma coisa. Sinto cheiro de pão, frutas e o doce néctar dos deuses. Não tomo café da manhã há dias.

Ansel vem em minha direção de novo e seus olhos passeiam por todo meu rosto e depois meu corpo inteiro, que agora se esconde com uma das camisetas dele até o meio das coxas. Esqueci de colocar pijamas em minha mala, aparentemente. Ele confirma minha suspeita de que estou parecendo morta, quando diz:

— Há comida na cozinha.

Faço que sim com a cabeça e seguro as lapelas de seu blazer, precisando que fique só mais um pouco. Não conheço ninguém além de Ansel, e mal tive tempo para processar minha decisão de pegar aquele voo quatro dias atrás. Sou atingida por uma mistura de confusão e pânico.

— Esta é a situação mais esquisita de toda a minha vida.

Sua risada é profunda, e ressoa cada vez mais baixo quando ele se curva para beijar meu pescoço.

— Eu sei. É fácil fazer e difícil de manter. Mas está tudo certo, ok?

Bem, isso soou enigmático.

Quando o deixo ir, ele se vira para colocar o computador em um *case*. Sigo atrás dele para fora do quarto e congelo quando o vejo pegar um capacete de motocicleta de cima de uma mesa próxima à porta.

— Você tem uma moto? – pergunto.

Seu sorriso se estende de um lado ao outro de seu rosto quando ele faz que sim com a cabeça, lentamente. Vi como os carros são dirigidos nessa cidade. Não tenho muita confiança de que ele voltará inteiro.

— Não faça essa cara – ele diz, com um bico nos lábios, e depois abrindo um sorriso de fazer cair a calcinha. – Quando você andar de moto comigo, nunca mais entrará em um carro.

Nunca subi em uma moto antes, nunca tive vontade, e sempre fui contra veículos de duas rodas. Mas há algo no jeito que ele diz, como ele confortavelmente coloca o capacete embaixo do braço e a bolsa sobre seu ombro, que me faz pensar que talvez esteja certo.

Ele pisca para mim, vira-se e vai embora. A porta fecha com um clique silencioso.

E é isso. Fui abatida por uma infecção no estômago há dias, e agora que estou melhor Ansel não está aqui. E não são nem oito horas da manhã.

Fora do quarto, o apartamento espalha-se diante de mim com um contínuo de cozinha, sala e sala de jantar. Tudo parece tão *europeu*. A mobília é esparsa. Um sofá de couro, duas cadeiras modernas vermelhas sem apoio de braço, uma mesa de centro baixa. Do outro lado da sala há uma mesa de jantar com quatro cadeiras iguais. Nas paredes, uma mistura eclética de fotografias enquadradas e pinturas coloridas. É bastante impressionante para o apartamento de um solteiro.

O espaço é aberto mas não muito grande, e o mesmo teto inclinado está presente aqui. Em vez de portas francesas, a parede mais distante é alinhada por janelas. Caminho para uma delas, pressiono minhas mãos no vidro e olho para abaixo. Na rua, observo Ansel subir em uma moto preta brilhante, colocar seu capacete, ligar o motor e se afastar. Mesmo com a distância, ele parece ridiculamente gostoso. Espero ele desaparecer em meio ao trânsito antes de olhar para o outro lado.

Volto a respirar, fecho os olhos e me sinto um pouco tonta. Não por causa da lembrança que resta da náusea ou mesmo da fome, mas sim pelo fato de estar *aqui* – e não poder andar alguns quarteirões e chegar na minha casa. Não posso apenas pegar o telefone e acertar tudo com uma ligação rápida para minha família. Não posso encontrar um apartamento ou um emprego em Boston enquanto estou em *Paris*.

Não posso telefonar para minhas melhores amigas.

Encontro minha bolsa do outro lado do quarto e começo a procurar freneticamente pelo meu telefone. Há um bilhete grudado na tela, com a letra de Ansel dizendo que ele colocou meu número em seu plano internacional de celular. Isso me faz rir, talvez de um jeito um pouco maníaco, devo dizer, porque esse era justamente o pensamento que fazia meu coração bater no modo pânico: *Como vou telefonar para minhas amigas enquanto estou na França?* Isso diz muito sobre minhas prioridades absurdas. Quem se importa se eu não falo francês, se sou casada, se vou precisar apelar para minha poupança, e meu marido-desconhecido parece só trabalhar? Pelo menos a operadora de celular não vai levar meu fígado como pagamento pelos minutos usados.

Perambulo pelo apartamento enquanto o telefone de Harlow toca milhares de vezes a milhares de quilômetros de distância. Na cozinha, vejo que Ansel deixou pronto um café da manhã: *baguette* fresca, manteiga e frutas. Uma cafeteira está em cima do fogão. Ele é um santo e merece um prêmio incrível pelos últimos dias. Talvez um serviço constante de boquetes e cerveja. Ele está se desculpando por ter de trabalhar; eu é quem deveria pedir desculpas por ter de fazê-lo limpar meu vômito e comprar absorventes.

A lembrança me traz tanta vergonha que tenho certeza de que não poderei deixar que ele me veja nua com vontade de vomitar.

O telefone toca sem parar. Faço um leve cálculo; se estamos no meio da manhã aqui, lá deve ser bem tarde. Finalmente, Harlow atende ao telefone com um grunhido.

— Tenho que te contar a história mais vergonhosa de todas as histórias vergonhosas.

— Mia, aqui passa de meia-noite.

— Você não quer ouvir a maior humilhação da minha vida?

Ouço ela se sentar e limpar a garganta.

— Perceber que você ainda está casada?

Dou uma pausa e sinto o peso do pânico se estabilizar mais a cada minuto.

— Pior.

— E você voou até Paris para ser o brinquedo sexual desse cara o verão inteiro?

Eu dou risada. Antes fosse só isso.

– Sim, nós discutiremos a insanidade de tudo isso, mas primeiro tenho que te contar sobre a viagem até aqui. É tão horrível que queria que alguém colocasse drogas no meu café para eu poder esquecer.

– Você poderia beber um pouco de gim – ela diz, fazendo piada. Dou risada e meu estômago se revira em náusea.

– Fiquei menstruada no avião – eu sussurro.

– Oh, não! – ela diz, sarcasticamente. – Isso *não*.

– Mas eu não tinha absorvente, Harlow. E estava usando calça jeans branca. Em qualquer outra hora, eu pensaria "Sim, eu menstruo". Mas desse jeito? Nós acabamos de nos conhecer e posso pensar em quinhentas conversas que eu gostaria de ter com um cara gostoso semidesconhecido que não fosse "Acabei de ficar menstruada e sou uma idiota, então me deixe amarrar meu casaco na cintura para deixar tudo mais óbvio. E já que você é homem, acho que as chances não são muito grandes, mas você teria um absorvente para emprestar?".

Ela parece ter compreendido, porque fica quieta de repente, e diz:

– Ah.

Concordo com a cabeça, e meu estômago se revira enquanto relato as lembranças que restam.

– E para melhorar a situação, eu estava vomitando tudo graças a uma intoxicação alimentar.

– Lola também teve isso – ela diz, bocejando.

– Isso explica algumas coisas. Eu vomitei no avião. Quando desci do avião. No terminal do aeroporto...

– Você está bem?

Sua voz parece mais preocupada, e posso ver que ela está a cinco minutos de comprar uma passagem e vir até mim.

– Agora eu estou bem – eu certifico. – Mas nós viemos pro apartamento dele depois de uma viagem de táxi que foi...

Fecho os olhos e vejo o chão rodar à minha frente com essa lembrança.

– Eu juro que o maluco do Broc quando era bebê seria um motorista melhor. E assim que chegamos aqui eu vomitei no balde de guarda-chuvas do Ansel.

Ela parece ignorar a informação mais importante ao me perguntar:

– Ele tem um balde de guarda-chuvas? Homens fazem isso?

– Talvez ele o coloque ali para as visitas vomitarem – eu sugiro. – Eu tenho me sentido mal desde a noite de terça-feira, e tenho certeza de que ele me viu vomitar umas setecentas vezes. Ele teve de me ajudar a tomar banho. Duas vezes. E não foi muito sexy, não.

– Putz.

– Sim.

– A propósito, pode me agradecer por acobertar você com o seu pai – ela diz. Posso sentir o veneno em sua voz. – Ele me ligou e confirmei tudo sobre sua história enquanto arrancava um por um os cabelos do meu boneco de vodu do Dave Holland. Você está em Paris trabalhando como estagiária para um dos colegas do meu pai da área financeira do cinema. Mas se faça de trouxa quando você voltar para a casa de seu pai, que acaba de ficar careca.

– Ai, me desculpe por isso – a ideia de falar com meu pai neste momento me fez sentir enjoos novamente. – Ele conversou com Ansel, também. Na verdade, "gritou" seria uma descrição mais exata. Ansel não se abalou muito, aparentemente.

Ela dá risada, e me soa tão familiar que a saudade que eu tenho dela aperta minhas costelas de maneira dolorida.

– Mia, você vai ter que ralar para que tudo volte a ficar sexy.

– Eu sei. Não consigo imaginar que ele vá querer me tocar novamente. *Eu* não quero me tocar novamente. Provavelmente nem aquele vibrador enorme de coelho que você me deu no meu aniversário de vinte e um anos vai querer me tocar novamente.

Mas o humor evapora e o medo retorna, correndo apressado pelas minhas veias, fazendo meu coração bater forte e minhas pernas tremerem. Eu não estou em um mundo paralelo. Eu me joguei em uma órbita completamente diferente.

— Harlow? O que eu estou fazendo aqui? Será que cometi um erro terrível?

Ela demora bastante para responder, e rezo para que não tenha caído no sono no outro lado da linha. Quando ela fala, sua voz está mais desperta, mais forte e pensativa... Do jeito que eu precisava.

— É engraçado que você esteja me perguntando isso *agora*, Mia. E o que é mais engraçado é *você* ficar pensando se foi um erro, e eu estou aqui querendo comemorar com você de todas as maneiras possíveis.

— O quê? — eu pergunto, sentando-me no sofá.

— Quando você não quis anular a porra desse casamento estúpido, eu fiquei muito brava. Quando você ficou toda melosa pelo Ansel, achei que você tinha ficado louca e seria melhor que você trepasse com ele até cansar por duas noites. Mas então você foi para Paris para passar o *verão*. Você não faz loucuras, Mia, então presumo que você encontrou uma boa oportunidade e agora está desfrutando dela — ela pausa. — Presumo que você *se divirta* com ele.

— Eu me divirto, sim — admito. — Ou costumava me divertir. Antes de sangrar em aviões e vomitar em baldes.

— Você encontrou sua aventura e está indo atrás dela — Harlow diz, enquanto ouço o barulho de lençóis ao fundo e o som familiar de Harlow se virando para deitar de lado em sua cama. — E por que não? Estou muito orgulhosa de você, e espero que você aproveite muito aí.

— Estou morrendo de medo — admito, falando baixo.

Ela me lembra que tenho minhas economias, e que tenho vinte e três anos. Que não há nada que eu tenha que fazer aqui a não ser me divertir, pela primeira vez em... toda a minha vida.

— Você não tem que *realmente* trepar com Ansel durante todo o verão — ela diz. — Quer dizer, você poderia, mas você tem mais o que fazer do que se preocupar com o que ele está pensando. Saia de casa. Coma alguns *macarons*. Beba um vinho, mas não agora porque você está oficialmente proibida de vomitar até setembro. Vá viver novas experiências!

– Não sei por onde começar – admito, olhando pela janela. Além de nossa rua estreita, o mundo lá fora parece uma intrusão ofuscante de verde e azul. Posso ver quilômetros à frente: uma catedral, uma montanha, o topo de um prédio que lembro ter visto em fotos. Os terraços são de tijolo e bronze, banhados a ouro e pedras. Mesmo da janela do pequeno flat de Ansel, estou convencida de que acabo de pisar na cidade mais linda do mundo.

– Hoje? – ela diz, pensando. – É um sábado de junho, então haverá muita gente nas ruas. Pule o Louvre e a Torre Eiffel. Vá para os Jardins de Luxemburgo – Harlow diz, bocejando alto. – Me conte amanhã como foi. Vou voltar a dormir.

E desliga o telefone.

~

Eu juro que nada é mais surreal do que isso. Tomo o café da manhã na janela, observando a vista, e depois vou para o chuveiro, onde me depilo, me lavo e passo shampoo até que eu sinta cada parte de mim suficientemente esfregada. Quando saio do banho, o vapor começa a se dissipar e de repente me lembro de que não posso apenas ir para casa e pegar as coisas que esqueci de colocar na mala. Não tenho secador de cabelo nem chapinha. Não posso encontrar as garotas para contar tudo. Ansel não está em casa e não tenho ideia de quando ele voltará. Estou sozinha e, pela primeira vez em cinco anos, terei que apelar para as minhas economias que vi crescer com orgulho. Cada um de meus pagamentos do café onde trabalhei durante a faculdade foram diretamente para essa conta. Minha mãe insistiu. E agora isso vai me permitir passar um verão na França.

Um verão. *Na França.*

Meu reflexo no espelho sussurra *Que porra você está fazendo?* Pisco forte os olhos, forçando-me a entrar no piloto automático.

Encontro minhas roupas. Ansel separou um espaço para minhas coisas em seu armário e closet.

Você está casada.

Escovo meu cabelo. Meus objetos de higiene pessoal estão guardados em uma das gavetas do banheiro.

Você está morando com seu marido em Paris.

Começo a trancar o apartamento usando a chave extra que Ansel deixou para mim ao lado de uma pequena pilha de euros.

Pego-me observando aquelas notas de papel, incapaz de aliviar o incômodo que sinto por Ansel ter deixando dinheiro para mim. É uma reação tão visceral a maneira como meu estômago se contrai quando penso em viver às custas de alguém que não seja meus pais, eu acho. Logo me recomponho, até que ele volte para casa e possamos conversar sem que eu tenha que enfiar minha cabeça dentro da privada.

Em Las Vegas, e então em São Diego, estávamos na mesma situação. Ao menos *parecia* que estávamos, mais do que agora. Estávamos de férias, sem preocupações. Depois eu iria para Boston, e ele voltaria para seu emprego, sua vida, e seu apartamento bem decorado. Agora, sou uma mochileira pós-faculdade sem nenhum plano, a garota que precisa pedir direções até o metrô e que precisa do dinheiro para a comida, deixado ao lado da porta.

Deixo o dinheiro onde ele está e atravesso o estreito corredor até o elevador. É pequeno e há um espaço de pouco mais de sessenta centímetros ao meu redor, dos dois lados. Pressiono o botão marcado com uma estrela e o número um. O elevador grunhe e estremece enquanto desce, e as rodas e engrenagens fazem um zunido acima de mim até que aterrissamos com um tranco no piso térreo.

Fora do apartamento, tudo está bastante barulhento e venta muito. É quente e caótico. As ruas são estreitas e as calçadas são feitas de concreto e pedras. Começo a caminhar e paro na esquina onde a estreita rua encontra o que deve ser uma avenida maior e mais larga.

Há faixas para atravessar, mas as regras de pedestre não são claras. As pessoas descem da calçada sem olhar. Os carros usam as buzinas tão frequentemente quanto eu respiro e ninguém parecem se incomodar. Eles buzinam e seguem em frente. Não parece haver muitas pistas demarcadas, apenas um fluxo constante de carros que param e seguem e dão a preferência em uma lógica que não consigo entender. Os vendedores de rua oferecem salgados de massa assada e garrafas de refrigerante brilhantes. Pessoas usando ternos e vestidos, jeans e calças de ginástica passam apressadas por mim como se eu fosse uma rocha no meio de um rio. A língua que eles falam é lírica e veloz... e completamente incompreensível.

É como se a cidade estivesse esparramada saborosamente em frente a mim, preparada para me puxar para dentro de seu coração complexo e em direção ao mistério. Estou instantânea e profundamente apaixonada. Como poderia ser diferente? Para qualquer lugar que eu olhe, as ruas parecem os mais lindos cenários que já imaginei, como se o mundo inteiro fosse um palco aqui, esperando ver minha história se desenrolar. Não me sinto animada assim desde a época em que dançava e me perdia na dança, vivia para ela.

Uso meu celular para encontrar a estação de metrô em Abbesses, a apenas alguns quarteirões do apartamento de Ansel. Consigo localizar a linha que devo pegar e espero o trem chegar, esforçando-me para absorver o que está ao meu redor. Envio fotos de tudo que estou vendo para Harlow e Lola: pôsteres franceses de um livro que nós três amamos, sapatos de salto alto de uma mulher que já é naturalmente mais alta do que a maioria dos homens, o trem chegando veloz na estação, carregando o ar quente do verão e o cheiro de poeira do breque.

É uma viagem curta até o sexto *arrondissement*, onde os Jardins de Luxemburgo estão localizados, e eu sigo um grupo de turistas que parecem ter o mesmo destino em mente. Estava preparada para um parque, grama, flores e bancos, mas não para enormes espaços abertos como se estivessem em um ninho no centro desta cidade movimentada e apertada. Não estava esperando os largos caminhos alinhados por árvores perfeitamente podadas. Há flores em todo lugar: fileiras atrás de fileiras de espécies sazonais desabrochando, arbustos, flores silvestres e botões delicados de todas as cores imagináveis. Fontes e estátuas de rainhas francesas oferecem contraste à folhagem, e o topo dos prédios que vi somente em filmes e fotos aparecem a distância. Pessoas tomando sol se espalham em cadeiras de metal ou bancos ao ar livre, e crianças empurram pequenos barcos pela água, enquanto o Palácio de Luxemburgo observa tudo.

Encontro um banco vazio e acomodo-me, respirando o ar puro e o perfume do verão. Meu estômago ronca com o cheiro de pão de uma barraca próxima, mas eu o ignoro, observando primeiro como ele se comportará com o café da manhã.

É então que percebo *de novo* que estou em Paris. Oito mil quilômetros de tudo que eu conheço. Esta é a minha última chance de relaxar, absorver tudo, criar minha própria aventura antes de começar a estudar e iniciar a marcha regimentada de estudante até me tornar uma profissional.

Caminho por cada pedaço do parque, jogo moedas na fonte e termino de ler o livro que havia colocado no fundo da minha mochila. Por uma tarde, Boston, meu pai e a faculdade sequer existem.

Capítulo 8

Estou tão extasiada com o meu dia que paro em um pequeno mercado na esquina com a intenção de cozinhar um jantar para Ansel. Estou aprendendo tudo sobre Paris. Estou aprendendo a me adaptar à barreira da linguagem, e descubro que os parisienses não se sentem tão frustrados por eu não falar francês como imaginava. Eles só parecem odiar quando eu arrisco algo e acabo assassinando a língua. Tenho sido capaz de me virar apenas apontando, sorrindo, encolhendo os ombros inocentemente, e com *s'il vous plaît*. E então consigo comprar vinho e camarões, massa fresca e vegetais.

Começo a ficar nervosa quando caminho para dentro do elevador instável, que sobe fazendo barulho até o sétimo andar. Não sei se ele já está em casa. Não sei o que esperar, na verdade. Será que ele vai retomar de onde paramos em São Diego? Ou é agora que começaremos a... namorar? Ou será que a experiência dos últimos dias o deixou desanimado com esse nosso pequeno experimento?

Distraio-me enquanto cozinho e me impressiono com a pequena cozinha de Ansel. Consegui mexer em seu som e coloquei uma música eletrônica francesa para tocar, enquanto saltito feliz pelo cômodo. O apartamento começa a cheirar a manteiga, alho e salsinha quando ele chega, e meu corpo se contrai e se agita ao ouvi-lo colocar as chaves no pequeno vaso da mesa de entrada e deixar seu capacete logo abaixo no chão.

– Olá?

– Cozinha! – eu respondo.

– Você está cozinhando? – ele fala alto, fazendo a curva até a sala principal do apartamento. Ele está tão lindo que eu poderia devorá-lo. – Imagino que você esteja se sentindo melhor.

– Você não faz ideia.

– O cheiro é maravilhoso.

– Está quase pronto – eu digo, implorando para que minha pulsação desacelere.

Quando o vejo, a excitação dentro de mim desabrocha tanto que meu peito parece diminuir de tamanho.

Mas a expressão em seu rosto é de desânimo.

– O que aconteceu?

Meus olhos percorrem o caminho entre seus olhos até a panela sobre o fogão onde coloquei o camarão com a massa e os vegetais.

Ele recua.

– Parece inacreditável, mas é que... – ele esfrega a palma de uma de suas mãos por trás do pescoço. – Sou alérgico a frutos do mar.

Solto um gemido e cubro meu rosto.

– Puta merda, me desculpe.

– Não precisa se desculpar – ele diz, claramente desconcertado. – Como você poderia saber?

A pergunta paira entre nós, enquanto olhamos para qualquer ponto que não seja um para o outro. O número de coisas que sei sobre ele e ele sabe sobre mim parece uma gota no oceano, perto do número de coisas que não sabemos. Nem sei como voltar à fase de introdução.

Ele dá um passo à frente e diz:

– O cheiro está tão bom.

– Eu queria te agradecer.

Demoro um pouco para continuar a falar, e ele desvia o olhar pela primeira vez, pelo que consigo lembrar.

– Por ter cuidado de mim. Por me trazer aqui. Por favor, espere, vou pegar outra coisa.

– Vamos juntos – ele diz, aproximando-se de mim. Ele coloca as mãos em meu quadril, mas seus braços estão tensos e o movimento parece forçado.

– Ok.

Não tenho ideia sobre o que fazer com meus próprios braços, e em vez de agir como uma mulher normal e colocá-los ao redor de seu pescoço e puxá-lo para mais perto, cruzo os braços em frente ao meu peito, tocando minhas clavículas com o dedo.

Espero os olhos de Ansel brilharem com mistério ou ele me fazer cócegas, provocar ou fazer algo ridículo como de costume, mas ele parece cansado e tenso quando me pergunta:

– Seu dia foi bom?

Começo a responder, mas ele leva a mão para o bolso para pegar seu celular, que está vibrando. Ele franze a testa.

– *Merde*.

Essa palavra eu conheço. Ele voltou há menos de três minutos e já sei o que ele vai falar.

Ele olha para mim com uma expressão de desculpas.

– Tenho que voltar ao trabalho.

～

Ansel não está mais aqui quando acordo, e a única prova de que ele voltou em algum momento é um bilhete no travesseiro ao lado, dizendo-me que ele esteve em casa por algumas horas e que dormiu no sofá porque não queria me acordar. Juro que sinto algo dentro de mim se estilhaçar. Fui para a cama usando uma de suas camisetas limpas e nada mais. Maridos que acabaram de se casar não dormem no sofá. Maridos que acabaram de se casar não se preocupam em acordar sua nova esposa turista e sem emprego no meio da noite.

Eu nem me lembro se ele beijou minha testa novamente depois de partir, mas uma grande parte de mim tem vontade de mandar uma mensagem e perguntar, porque estou começando a pensar que a resposta a essa pergunta me dirá se devo ficar ou comprar uma passagem de volta para casa.

É fácil distrair-me no meu segundo dia sozinha em Paris: caminho pelas exposições e jardins do Museu Rodin, e depois desbravo as filas intermináveis da Torre Eiffel... cuja espera valeu a pena. A vista lá do topo é irreal. Paris é maravilhosa no nível do chão e a centenas de andares de altura.

De volta ao apartamento no domingo à noite, Lola me faz companhia. Ela está sentada no sofá em sua casa em São Diego, recuperando-se do vírus que nós duas pegamos, e respondendo minhas mensagens em uma velocidade encorajadora.

Acho que ele se arrepende de ter me trazido para cá.

Isso não faz sentido. Pelo visto, o trabalho dele está uma merda agora. Sim, ele se casou com você, mas ele não sabe se vai durar, então tem que cuidar do emprego, também.

Honestamente, Lola, eu me sinto bastante pra baixo, mas não quero ir embora ainda. Esta cidade é incrível! Você acha que devo me hospedar em um hotel?

Você está sendo sensível demais.

Ele dormiu no *sofá*.

Talvez ele estivesse doente?

Tento lembrar se ouvi algo do tipo. Não, ele não estava doente.

Talvez ele ache que você ainda está naqueles dias.

Sinto minhas sobrancelhas levantarem um pouco. Não tinha considerado isso. Talvez Lola esteja certa e Ansel pense que ainda estou menstruada. Talvez eu mesma tenha que tomar a iniciativa.

OK, essa é uma boa teoria.

Faça um teste.

Esqueça a camiseta. Hoje vou dormir nua, sem nenhuma coberta.

~

Acordo e olho para o relógio. São quase duas e meia da manhã e imediatamente tenho a sensação de que ele ainda não está em casa. As luzes do apartamento estão todas apagadas, e a cama está vazia e fria ao meu lado.

Então ouço um ruído, um zíper e um breve gemido vindo do outro quarto.

Desço da cama, coloco uma das camisetas que Ansel deixara no cesto, que tem exatamente o seu cheiro e por causa disso tenho que parar por um momento, fechar os olhos e encontrar meu ponto de equilíbrio.

Quando piso na sala e olho para a cozinha, eu o vejo.

Ele está curvado e uma de suas mãos segura o balcão. Sua camisa está desabotoada e sua gravata está ao redor do pescoço. Sua calça está abaixada e sua outra mão alisa seu pau rapidamente.

Estou fascinada com essa visão, com o erotismo puro de Ansel satisfazendo-se à meia-luz da janela. Seu braço se move rapidamente com o cotovelo flexionado, e posso ver a tensão dos músculos em suas costas através do tecido de sua camisa. Ele começa a mover o quadril em direção à sua mão. Dou um passo à frente, querendo ver melhor, e meu pé acaba pisando numa tábua que range no chão. O barulho ecoa pelo ambiente e ele congela, olhando para trás rapidamente.

Quando seus olhos encontram os meus, posso perceber que ele está morrendo de vergonha, mas lentamente começa a parecer derrotado. Ele deixa sua mão e sua cabeça se soltarem, levando o queixo em direção ao peito.

Caminho em direção a ele, sem estar certa de que ele me quer ou se ele quer qualquer coisa que não seja eu. Por qual outro motivo ele estaria aqui fazendo isso se eu estava nua em sua cama?

— Espero não ter acordado você — ele sussurra.

Com a luz vindo da janela, consigo ver o contorno marcante de sua mandíbula e seu longo pescoço. Sua calça está abaixo do quadril e sua camisa desabotoada. Eu quero sentir o gosto da sua pele, sentir a suave trilha de pelos abaixo de seu umbigo.

— Você me acordou, mas gostaria que você tivesse *tentado* me acordar, se você quisesse... — eu queria ter dito "me quisesse", mas não tenho muita certeza do que ele queria. — Se você estivesse precisando de algo.

Meu Deus! Menos sutil, impossível.

— Está tão tarde, *Cerise*. Eu cheguei aqui e comecei a tirar a roupa. Vi você nua na minha cama — ele diz, com o olhar fixo em meus lábios. — Não queria te acordar.

Faço que sim com a cabeça.

— Eu *imaginei* que você me veria nua em sua cama.

Ele exala lentamente pelo nariz.

— Eu não tinha certeza...

Antes que ele termine a frase, já estou ajoelhada na escuridão, afastando sua mão para lambê-lo, fazendo sua vontade reviver. Meu coração está batendo tão forte e estou tão nervosa que posso ver minha mão tremendo onde eu o toco, mas que se foda. Digo a mim mesma que estou encarnando Harlow, a confiante deusa do sexo.

Digo a mim mesma que não tenho nada a perder.

– Eu fui nua para a cama *de propósito*.

– Não quero que você se sinta obrigada a estar comigo desse jeito – ele diz.

Olho para ele, surpresa. O que aconteceu com o cara deliciosamente confiante que eu conheci uma semana atrás?

– Não estou me sentindo *obrigada*. Você está apenas ocupado...

Ele sorri, pegando bem na base de seu pênis e pintando uma linha molhada pelos meus lábios com a ponta da cabeça úmida.

– Acho que nós dois estamos um pouco inseguros.

Eu o lambo, brincando um pouco, provocando. Estou sedenta pelos ruídos que ele está fazendo, pelo seu grunhido forte e ansioso quando eu quase o engulo, e então me afasto para beijar e brincar mais um pouco.

– Eu estava pensando em você – ele admite sussurrando, observando eu desenhar com a língua uma longa linha, da base até ponta. – Eu mal consigo pensar sobre outra coisa.

Essa confissão desenrola algo que estava me sufocando e me deixando tensa, e só agora que ele disse isso percebi o quanto estava ansiosa. Sinto-me como estivesse derretendo. Isso me faz ter mais vontade de dar prazer a ele, chupá-lo mais, fazê-lo sentir a vibração da minha voz a seu redor, enquanto solto gemidos.

Vê-lo dessa maneira, impaciente e aliviado com meu toque, torna mais fácil a brincadeira de continuar sendo essa mulher sedutora, corajosa e descarada. Afasto-me e pergunto:

– Na sua cabeça, o que estávamos fazendo?

– Isso – ele diz, inclinando a cabeça de lado enquanto desliza uma de suas mãos pelos meus cabelos, ancorando-me. Preparo-me para que ele invada a minha boca completamente, então ele o empurra para dentro.

– Enfiando nessa boca...

Ele solta a cabeça para trás e fecha os olhos, com seu quadril se mexendo na minha frente.

— *C'est tellement bon, j'en rêve depuis des jours...*

Com aparente esforço, ele se endireita e depois se inclina para frente, parecendo mais bruto.

—Engula — ele sussurra. — Quero sentir você engolindo.

Ele dá uma pausa para que eu faça o que ele me pede, e começa a gemer forte enquanto o trago mais fundo na minha garganta com seu movimento.

— Você vai engolir quando eu gozar? Você vai gemer de vontade quando sentir? — ele pergunta, observando-me atentamente.

Concordo com a cabeça. Por ele, eu engulo. Quero tudo que ele me der. Quero dar tudo para ele também. Ele é a única âncora que tenho nesse lugar, e mesmo que esse casamento seja de mentira, eu quero aquela sensação de volta, quando tudo era livre e fácil entre nós naquela noite em São Diego, e na noite anterior também, da qual me recordo apenas de alguns fragmentos, alguns vislumbres de pele, sons e prazer.

Ele se move por alguns minutos, provocando-me prazer com seus grunhidos silenciosos, sussurrando que sou maravilhosa, entregando-me cada centímetro de si ao longo de minha língua, antes de tirá-lo da minha boca e começar a se masturbar, enquanto a cabeça de seu pau toca meus lábios e minha língua.

É assim que ele goza, de maneira bagunçada, espirrando dentro da minha boca, em meu queixo. É intencional, tem que ser, e me certifico disso quando olho para cima e vejo seu olhar escurecer ao ver seu orgasmo em minha pele, minha língua limpando tudo, instintivamente. Ele dá um passo para trás, passando o dedão de sua mão pelo meu lábio inferior, e se curva para me ajudar a limpar. Com uma toalha úmida, ele me limpa gentilmente e depois se afasta, preparando-se para ajoelhar, mas seu corpo amolece um pouco, e quando a luz da rua ilumina seu rosto, percebo que ele está quase caindo de exaustão. Ele mal dormira esses dias.

– Deixe-me dar prazer a você agora – ele diz, levando-me até o quarto.

Eu interrompo com uma de minhas mãos em seu cotovelo.

– Espere.

– O quê? – ele pergunta, e meus pensamentos tropeçam na rouquidão de sua voz, a frustração em ebulição, algo que nunca ouvira antes nele.

– Ansel, são três horas da manhã. Quando foi a última vez que você dormiu?

Na sombra, não consigo ler a expressão de seu rosto, mas consigo ver seus ombros parecendo muito pesados para sua moldura e o quanto ele parece cansado.

– Você não quer que eu te toque também? Eu gozei em seus lábios e você está pronta para dormir?

Balanço minha cabeça e não resisto quando ele me pega, deslizando a mão sob a sua camisa e pela minha coxa. Ele faz minhas pernas se afastarem com seu dedo, e solta um grunhido. Estou muito molhada, e agora ele sabe disso também. Sugando a saliva silenciosamente, ele começa a mexer sua mão, curvando-se para beijar meu pescoço.

– Deixe-me sentir seu gosto – ele geme, com a respiração quente em minha pele e os dedos deslizando sobre meu clitóris. Então ele os empurra para dentro de mim. – Já faz uma semana, Mia. Quero ter meu rosto coberto por você.

Estou tremendo em seus braços de tanto que eu o desejo. As pontas de seus dedos parecem o paraíso... sua respiração quente em meu pescoço, enquanto seus beijos me sugam, urgentes. Que diferença vai fazer quinze minutos a menos de sono?

– Ok – eu sussurro.

Espero ele terminar de escovar os dentes e deslizar pela cama usando apenas cueca, entro no banheiro logo depois.

— Me espere aí.

Eu escovo os dentes, lavo o rosto e digo ao meu reflexo no espelho que pare de pensar demais sobre tudo. Se o cara quer sexo, faça sexo. *Eu* quero sexo. Vamos fazer sexo! Caminho silenciosamente para dentro da escuridão. Minha barriga está quente, o espaço entre minhas pernas está pronto e alerta, e *agora é a hora*, eu penso. *É agora que a diversão começa, e vou poder desfrutá-lo, aproveitar essa cidade e esse pequeno pedaço da minha vida onde não tenho mais ninguém com quem me preocupar além dele e de mim mesma.*

A lua clareia o caminho do banheiro até o pé da cama. Apago a luz do banheiro e puxo o lençol para poder subir na cama a seu lado. Ele está quente, e o cheiro de sabonete e pós-barba provoca imediatamente o desejo que não havia sentido nos últimos dias, a necessidade desesperada de sentir suas mãos me pegando, dele me beijando e se mexendo em cima de mim. Mas quando deslizo minha mão pela sua barriga e peito, ele permanece imóvel, com seus braços pesados a meu lado.

Não consigo dizer nada na primeira vez em que abro a boca, mas na segunda tentativa, sussurro:

— Você quer transar? — contraio-me com a frieza das palavras, desprovidas de nuance ou sedução.

Ele não me responde, então me aproximo com o coração batendo forte e me enrosco em seu corpo rígido e quente. Ele está dormindo e sua respiração é sólida e constante.

~

Ele acorda antes de mim novamente, dessa vez vestindo um terno cinza-carvão e uma camisa preta. Ele parece estar pronto para uma sessão de fotos: retratos em preto-e-branco de Ansel pego desprevenido em uma esquina, com sua mandíbula esculpindo uma sombra através do céu. Ele curva-se sobre mim, prestes a dar um beijo ingênuo em meus lábios, quando meus olhos se abrem.

Ele vai de minha boca até minha têmpora, e meu estômago afunda quando eu percebo que hoje é segunda-feira, e ele vai trabalhar o dia inteiro de novo.

— Desculpe-me por ontem — ele diz baixinho em meu ouvido.

Quando ele se afasta, seu olhar vai dos meus olhos para os lábios.

No entanto, eu tive sonhos. *Sonhos quentes.* E não estou pronta para que ele me deixe ainda. Ainda posso imaginar a sensação de suas mãos e lábios, sua voz rouca depois de horas em cima, atrás, e por baixo de mim. Ainda me sinto sonolenta, o que me deixa corajosa o bastante para agir. Sem pensar, pego o seu braço e o puxo para debaixo das cobertas comigo.

— Sonhei com você — digo, sorrindo para ele.

— Mia...

Inicialmente, ele parece não ter certeza do que estou fazendo, e observo que ele finalmente compreende quando levo suas mãos nas minhas costelas e pelo meu umbigo. Seus lábios afastam-se e seus olhos arregalam-se. Ansel coloca a mão em meu quadril, deslizando seus dedos entre minhas pernas e sentindo-me com a mão inteira.

— Mia... — ele solta um grunhido, com uma expressão em seu rosto que não consigo ler exatamente. É uma mistura de vontade com ansiedade. Ao mesmo tempo, começo a me sentir mais desperta.

Ah, merda.

Seu blazer está dobrado por cima de seu outro antebraço, e a bolsa com o laptop está pendurada em seu ombro. Ele já estava de saída.

— Ah... — sinto uma corrente de vergonha subir pelo meu pescoço. Afasto sua mão de meu corpo, e digo: — Eu não queria...

— Não pare — ele diz, com a mandíbula tensa.

— Mas você está indo emb...

— Mia, por favor — ele diz, em uma voz tão baixa e suave que se derrete sobre mim como mel quente. — Eu quero.

Seu braço treme e seus olhos se fecham. Deixo que os meus façam a mesma coisa antes de despertar completamente e perder a cabeça. O que eu pensava quando estava em Vegas? Que eu queria uma vida diferente. Que eu queria ser corajosa. Eu não era corajosa lá, mas eu fingia ser.

Com meus olhos fechados, posso fingir novamente. Sou a bomba de sexo que não se importa com o emprego dele. Sou a esposa insaciável. Sou a única coisa que ele quer.

Estou molhada e inchada e o barulho que ele faz quando desliza os dedos sobre mim é irreal: um grunhido profundo e estrondoso. Estou com tanto tesão que poderia gozar somente com ele expirando o ar em minha pele, e quando ele parece querer me explorar e me *provocar*, eu me encaixo em seus dedos, procurando. Ele enfia dois dentro de mim, e eu pego seu braço, mexendo meu corpo e fodendo sua mão. Não consigo parar para me importar se estou parecendo desesperada.

Sinto um calor subir pela minha pele e finjo que é o calor da lâmpada do quarto.

– Ah, deixe-me ver – ele sussurra. – Solte tudo.

– Ahhh... – eu dou uma arfada. Meu orgasmo começa a tomar forma lentamente. A sensação cristaliza-se e amplifica-se, percorrendo o caminho onde seu polegar está circulando freneticamente minha pele até que esteja completamente tomada pelo orgasmo. Apertando seu braço com as duas mãos, solto um grito, agitada em seus dedos. Minhas pernas e braços e espinha parecem fluidas, cheias de calor líquido se fundindo enquanto o alívio inunda minha corrente sanguínea.

Abro os olhos. Ansel permanece imóvel, e então lentamente tira os dedos de mim e escorrega suas mãos para fora dos lençóis. Ele observa-me enquanto me torno cada vez mais alerta, afastando o sono completamente. Com a outra mão, ele ajeita a bolsa em seu ombro. O quarto parece ter um ruído próprio em meio ao silêncio, e apesar de eu tentar me agarrar em minha falsa confiança, posso sentir meu peito, meu pescoço e meu rosto se aquecerem.

– Me desculpe, eu...

Ele me silencia com seus dedos molhados em minha boca.

– Não faça isso – ele diz, rosnando. – *Não* peça desculpas pelo que acabou de acontecer.

Ele prende seus dedos com seus lábios pressionando os meus, e então desliza sua língua através dos dedos, pela minha boca, sentindo meu gosto e docemente soltando a respiração, aliviado. Quando ele se afasta o bastante para que eu consiga ver seus olhos, eles estão cheios de determinação.

– Voltarei cedo para casa hoje.

Capítulo 9

Era mais difícil controlar os gastos quando o euro ainda parecia um dinheiro de brinquedo para mim. Dadas as diferentes coisas que tenho sentido com Ansel aqui, em comparação com os Estados Unidos, e por mais que esteja apaixonada por esse lugar, parte de mim pensa que deveria ficar aqui por duas semanas, ver tudo o que conseguir nesse tempo, e então voltar para casa e fazer as pazes com meu pai para não ter que me prostituir ou virar dançarina de striptease quando me mudar para Boston e tiver que caçar um apartamento.

Mas a ideia de encarar meu pai agora faz minha pele gelar. Sei que o que fiz foi impulsivo e talvez até perigoso. Sei que qualquer pai nessa situação teria o direito de ficar bravo. O problema é que *tudo* faz meu pai ficar bravo. Com o tempo, nós nem nos importamos mais com isso. Pedi desculpas muitas vezes quando não precisava. Não consigo pedir desculpas dessa vez. Posso estar com medo e me sentindo sozinha, sem saber quando o trabalho de Ansel vai ficar mais tranquilo, o que vai acontecer conosco hoje à noite, amanhã ou semana que vem, ou o que vai acontecer quando eu me ver em uma situação onde não consigo me comunicar com ninguém, mas a verdade é que essa é a primeira decisão da minha vida que tomei sozinha.

Quando saio do banho, ainda estou completamente perdida em minha mente, pensando exageradamente sobre o que aconteceu hoje de manhã com Ansel. Na minha frente, o espelho do banheiro seca rápido, livre de qualquer gota de água ou sujeira, como se estivesse sido tratado com algum produto. Se estivesse sujo, eu me ofereceria para fazer uma limpeza e aproveitar para perder alguns quilos, mas não há absolutamente nada a fazer. A janela do banheiro também brilha, com o sol reluzindo por dentro. A curiosidade começa a aparecer em meus pensamentos, e ando pelo apartamento inspecionando tudo. O lugar está impecável, o que, segundo minha experiência, é bem estranho para um homem. Antes de chegar às janelas da sala de estar, já sei o que vou encontrar.

Ou o que eu *não* vou encontrar. Sei que pressionei minha mão contra o vidro em meu primeiro dia aqui, observando Ansel subir em sua moto. Sei que fiz isso mais de uma vez. Mas não há nenhuma marca ali, apenas mais vidro claro como um cristal. Ninguém esteve aqui a não ser nós dois. Em algum momento, durante o pouco tempo em que esteve em casa, ele tirou um minuto para limpar as janelas e os vidros.

~

A senhora que mora no andar térreo está varrendo a entrada de seu apartamento quando saio do elevador. Passo ao menos uma hora conversando com ela. O inglês dela aparece em fragmentos, misturado com palavras em francês que não consigo traduzir, mas de alguma maneira transformamos o que poderia ser uma conversa esquisita em algo surpreendentemente fácil. Ela me conta que o elevador foi instalado nos anos 70, depois de ela e seu marido terem se mudado para cá. Ela diz que os vegetais são melhores na Rue de Rome que no mercado da esquina. Ela me oferece pequenas uvas verdes com sementes amargas que me dão arrepios, mas não consigo parar de comê-las. E então ela me diz que está feliz em ver Ansel sorrindo tanto agora, e que ela nunca gostou *daquela outra*.

Empurro essa pequena informação e a tenebrosa curiosidade da minha mente e agradeço-a pela companhia. Ansel é lindo, bem-sucedido e charmoso. É claro que ele tinha uma vida antes de eu persegui-lo até o aeroporto. Uma vida que sem dúvida incluía mulheres. Não me surpreende saber que alguém estava com ele antes disso tudo. A questão é que só então percebo que ainda estou esperando para aprender *qualquer coisa* sobre ele, exceto como ele é quando está sem roupa.

~

Passo a maior parte do dia passeando pelo bairro e criando um mapa mental da área. As ruas continuam sem fim, loja após loja, beco após beco. É como entrar na toca do coelho, mas aqui sei que encontrarei a saída. Simplesmente preciso achar o famoso M do Métropolitain e conseguirei voltar facilmente para a rua de Ansel.

Minha rua, corrijo-me. Nossa. Juntos.

Pensar no lar dele como meu é como fingir que um set de filmagens é minha casa, ou aprender que euro é dinheiro de verdade. E toda vez que olho para minha aliança, tudo parece mais surreal.

Gosto dessa vista da rua ao entardecer. O céu brilha acima de mim, mas começa a escurecer à medida que o sol se põe no horizonte. Sombras longas cortam a calçada e as cores parecem mais ricas, mais saturadas do que jamais vi. Os prédios se aglomeram na rua estreita e a calçada quebrada e irregular parece o caminho para uma aventura. À luz do dia, o prédio de Ansel parece um pouco desleixado, tocado pela poeira, pelo vento e pela exaustão. Mas à noite parece se iluminar. Gosto do fato de nossa casa ser como uma coruja noturna.

Enquanto caminho pela calçada torta, percebo que essa foi a primeira vez que caminhei desde a Rue St.-Honoré até o metrô, desci na estação certa, e consegui vir para casa sem ter que checar o aplicativo em meu celular.

Atrás de mim, posso ouvir carros na rua, motos, sinos de bicicleta. Alguém em uma janela aberta. Todas as janelas estão abertas aqui. Portas de varandas e venezianas estão escancaradas para absorver o ar mais frio da noite, e as cortinas voam para fora com a brisa.

Sinto uma leveza em meu peito quando chego mais perto de nosso prédio, e minha pulsação dá um salto quando vejo a moto de Ansel estacionada na calçada logo em frente.

Encho meus pulmões de ar ao entrar no pequeno lobby e caminho em direção ao elevador. Minha mão treme quando aperto o botão para o nosso andar e me lembro de respirar. *Inspirar profundamente. Expirar profundamente. Manter o equilíbrio.* Essa será a primeira vez que Ansel chega em casa antes de mim. A primeira vez que realmente estaremos juntos no mesmo apartamento sem que um de nós esteja dormindo ou vomitando ou trabalhando de madrugada. Minhas bochechas queimam quando lembro de Ansel dizendo "Não peça desculpas pelo que acabou de acontecer" hoje de manhã, depois de ter me feito gozar com sua mão.

Oh, meu Deus.

Borboletas explodem em meu estômago, e uma mistura de nervosismo e adrenalina impulsiona-me para fora do elevador. Encaixo minha chave na fechadura da porta, respiro fundo e abro a porta.

– Querido, cheguei! – salto pela entrada do apartamento e paro ao ouvir a voz de Ansel.

Ele está na cozinha, com o telefone encostado em sua orelha, falando em um francês tão veloz que imagino como é que a pessoa do outro lado da linha está conseguindo entendê-lo. Ele está claramente agitado e repete a mesma frase, mais alto e de maneira mais irritada a cada vez.

Ele ainda não notou que eu cheguei, e embora eu não tenha ideia do que ele esteja dizendo ou com quem esteja falando, não consigo não me sentir uma intrusa. Sua irritação é como uma outra pessoa no ambiente, e eu silenciosamente coloco a chave na mesa, pensando se deveria voltar para o hall ou pedir licença para ir ao banheiro. Vejo o momento em que ele percebe o meu reflexo na janela da sala de estar. Seu corpo fica tenso e seus olhos arregalam.

Ansel vira-se e abre um pequeno sorriso, enquanto eu levanto minha mão e dou um pequeno aceno esquisito.

– Oi – eu sussurro. – Me desculpa.

Ele acena de volta e, com outro sorriso de desculpas, levanta um dedo sinalizando para que eu espere. Faço que sim com a cabeça e penso que sua intenção era a de que eu esperasse ele terminar a ligação... mas não. Em vez disso, ele aponta com a cabeça para o fundo do flat e segue em direção ao banheiro, fechando a porta atrás de si.

Só me resta observar, piscando para a simples porta branca. Sua voz é filtrada para fora pela sala de estar e, se é que isso é possível, está ainda mais alta do que antes.

Sinto-me como se estivesse murchando e deixo minha bolsa cair do meu ombro para o sofá.

Há algumas compras em cima do balcão: massa fresca, algumas ervas e um pedaço de queijo. Uma *baguette* enrolada em um papel marrom está ao lado de uma panela com água começando a ferver. A simples mesa de madeira está posta com pratos vermelhos brilhantes e um buquê de flores roxas, arranjadas em um pequeno vaso no centro. Ele estava cozinhando o jantar para nós.

Abro algumas das portas do armário, procurando uma taça de vinho, e tento ignorar as palavras que ainda consigo ouvir no outro quarto. Para uma pessoa que não conheço. Em uma língua que eu não falo.

Também tento abafar a ponta de inquietação que começara a rodear e apertar meu estômago. Lembro de Ansel me contando que sua chefe estava preocupada, que ele estava distraído, e imagino se é com ela que ele está conversando. Também poderia ser um dos caras, Finn ou Oliver ou Perry, aquele que não conseguiu ir para Vegas. Mas será que ele soaria tão frustrado conversando com sua chefe ou com um *amigo*?

Meus olhos viram-se para o quarto assim que a porta se abre. Dou um pulo, levando um susto, mas logo tento parecer ocupada. Pego um pouco de manjericão e procuro uma faca dentro da gaveta mais próxima do meu quadril.

– Me desculpe mesmo – ele diz.

Eu aceno para que ele não diga isso, e minha voz sai em um tom um pouco animado demais:

– Não se preocupe! Você não tem que explicar tudo para mim. Você tinha uma vida antes de eu chegar aqui.

Ele inclina-se para frente e dá um beijo em cada uma de minhas bochechas. Meu Deus, seu cheiro é tão bom... Seus lábios são tão macios... tenho que me segurar no balcão para manter o equilíbrio.

– Eu realmente *tinha* uma vida – ele diz, pegando a faca de minha mão. – Mas você também – ele sorri, mas não com os olhos. Não posso ver suas covinhas. Sinto saudade delas.

– Por que seu emprego acaba com a sua alegria? – pergunto, com vontade de ser tocada por ele novamente.

Com um sorriso surpreso, ele encolhe os ombros.

– Ainda sou considerado júnior na firma. Estamos representando uma empresa enorme em um caso bastante importante, então tenho milhares e milhares de páginas de documentos para ler. Acho que nem os advogados que trabalham lá há trinta anos lembram-se de trabalharem tanto quanto agora.

Levo um tomatinho para os lábios, fazendo um zumbido, e digo:

– Que merda – digo, antes de estourar o tomate dentro da boca.

Ele observa-me mastigar, concordando com a cabeça.

– É, sim – seus olhos escurecem e ele pisca uma vez, e depois outra, só que mais forte, e então eles clareiam quando encontram o meu olhar. – Como foi seu dia?

– Me sinto culpada por estar lá fora me divertindo tanto e você preso no escritório o dia inteiro – admito.

Ele coloca a faca em cima do balcão e vira-se para mim.

– Então... você vai ficar?

– Você *quer* que eu fique? – pergunto, com a voz carregada de timidez e com minha pulsação pesando na garganta.

– É claro que quero você aqui – ele insiste. Com uma de suas mãos, e de um modo descuidado, começa a desfazer o nó de sua gravata e a joga na extremidade do balcão. – Durante as férias, é fácil fingir que a vida real não existe. Eu não pensei em como meu emprego afetaria isso. Ou talvez achasse que você fosse mais esperta do que eu e menos impulsiva.

– Eu juro, estou bem. Paris não é exatamente horrível – digo, fazendo com que ele abra um sorriso iluminado.

– O problema é que gostaria de aproveitar você enquanto você está aqui.

– Você quer dizer meu charme brilhante e meu grande cérebro, não é? – pergunto com um sorriso, pegando o manjericão no balcão.

– Não, eu não me importo com seu cérebro. Quis dizer seus peitos. Eu realmente só me importo com peitos.

Dou risada e o alívio começa a gotejar em minha corrente sanguínea. Aí está ele.

– Quem deixou você se formar na faculdade de Direito, bobão?

– Não foi muito fácil, mas meu pai é um homem muito rico.

Dou risada de novo e ele aproxima-se de mim, mas imediatamente após ele tomar a iniciativa, o momento se torna esquisito de novo quando vou tocá-lo e nossas mãos colidem no ar. Pedimos desculpas em uníssono e ficamos ali em pé, olhando um para o outro.

– Você pode me tocar – digo para ele, logo antes de ele perguntar:

– Por que você nunca pega o dinheiro que eu deixo na mesa?

Pauso por um momento e digo, sussurrando:

– Estou sentindo uma vibe de prostituta nesta cena.

Ansel curva-se e dá risada comigo.

– Me desculpa. Não sei como dizer tudo que venho ensaiando o dia inteiro – ele passa uma de suas mãos pelos cabelos, que ficam em pé e ridículos, e *nossa*... eu quero passar meus dedos por eles, também. – É que eu me sinto tão culpado por não estar muito presente desde que você chegou, e quero ter certeza de que você está se divertindo.

Ah. A culpa está transformando ele em uma versão robótica do cara adorável com quem eu casei.

— Ansel, você não precisa cuidar de mim.

Seu rosto amolece um pouco, mas ele se recompõe.

— Eu quero contribuir de alguma maneira.

— Você me trouxe até aqui — eu relembro.

— Mas eu mal te vejo. E ontem à noite eu dormi... E você...

Observo sua língua sair de sua boca e molhar seus lábios. Ele olha minha boca e meus lábios se abrem.

— Isso é tão estranho — ele sussurra.

— É a coisa mais esquisita de todas — eu concordo. — Mas não vou aceitar seu dinheiro.

— Nós somos *casados*.

— Nós não somos *tão* casados assim.

Ele dá risada, balançando a cabeça, brincando como se estivesse chocado, mas a alegria traz de volta as covinhas em sua bochecha, o que faz com que meu coração cresça dez vezes dentro do meu peito. *Olá, amante.*

Nós somos casados legalmente, sim. Mas já estou confiando nele para ter um abrigo e comida. Não me sinto nem um pouco confortável em aceitar seu dinheiro quando nem sei seu nome do meio.

Puta merda, eu nem sei qual é seu nome do meio.

— Eu acho ótimo você estar se divertindo tanto — ele diz, cuidadosamente. — Você já foi até o Musée...?

— Qual o seu nome do meio? — eu disparo.

Ele inclina a cabeça, deixando que um pequeno sorriso provocante apareça no canto de seus lábios.

— Charles. Como meu pai.

Soltando o ar, eu digo:

– Ótimo. Ansel Charles Guillaume. É um bom nome.

Seu sorriso se fortalece lentamente, e ele parece querer que fiquemos no mesmo nível.

– Ok. Qual o *seu* nome do meio?

– Rose.

– Mia Rose?

Adoro a maneira com que ele diz Rose. O som do *r* se parece mais com um gato ronronando do que com uma letra.

– Você diz meu nome melhor do que qualquer um.

– Não poderia ser diferente – ele murmura, piscando para mim. – É oficialmente meu novo nome favorito.

Observo-o por um instante, sentindo um sorriso curvar minha boca lentamente.

– Estamos fazendo tudo ao contrário – sussurro.

Dando mais um passo para frente, ele diz:

– Então eu tenho que seduzi-la novamente.

Ah, a palpitação.

– Tem?

Seu sorriso aumenta perigosamente.

– Quero você em minha cama hoje. Nua embaixo de mim.

Ele está falando sobre *sexo*, e de repente sinto que não conseguirei comer nada de jeito algum. Meu estômago sobe até a boca, e minha calcinha praticamente cai de tanta ansiedade.

– É por isso que quero começar fazendo um jantar para você – ele continua, sem fazer ideia do que estou pensando. – Minha mãe me comeria vivo se soubesse o quão frequentemente costumo comer fora de casa.

– Bem, não consigo imaginar você chegando em casa à meia-noite e fazendo o jantar.

– Verdade – ele diz lentamente, alongando a palavra em algumas sílabas, enquanto dá mais um passo em minha direção. – Eu queria compensar por ontem à noite – ele sorri e balança a cabeça, enquanto olha para mim. – E por ter saído tão depressa hoje de manhã, depois de você ter usado meus dedos de maneira tão habilidosa – ele pausa, certificando-se de que tem toda a minha atenção, e continua: – Eu queria ter ficado.

Ah. Imagino se ele consegue ouvir o barulho do meu coração caindo de repente em direção ao meu estômago, porque parece que ele ecoa pela sala inteira. Minha mente está repleta de palavras, mas deve haver alguma desconexão entre meu cérebro e minha boca porque não consigo dizer *nada*. Cada pelo em meu braço está arrepiado enquanto ele me observa, esperando por uma reação.

Ele quer transar hoje à noite. *Eu* quero transar hoje à noite. Mas o que antes era fácil, de repente ficou tão... complicado. Será que deveríamos transar agora? Seria bom se fizéssemos no sofá, ou talvez até em cima da mesa... Ou devemos terminar o jantar e ir para o quarto, como gente civilizada? Olho pela janela vejo que o sol ainda brilha, filtrado pela claraboia acima da cama. Ele verá minhas cicatrizes. Todas elas. Sei que ele já as vira antes, e já as sentiu, mas isso é diferente. Não é sexo espontâneo, do tipo talvez-não-aconteça-nunca-mais, ou do tipo você-não-tem-ideia-de-quem-eu-seja-então-posso-ser-quem-eu-quiser. Também não é do tipo loteria, aconteceu-em-uma-oportunidade-perfeita. É sexo planejado, que podemos fazer quando quisermos. Sexo acessível.

Todos esses pensamentos e muitos outros mais correm pela minha cabeça enquanto ele ainda está me observando, esperando com olhos desconfiados. Estou pensando demais, e o medo de estragar tudo sobe como uma fumaça em meu peito e minha garganta.

– Você está com fome? – ele pergunta, esquivando-se.

– Eu não tenho que estar com fome.

Que porra isso significa, Mia?

— Mas... você está com fome agora? – ele esfrega a têmpora, compreensivelmente confuso. – Quer dizer, podemos comer primeiro, se você preferir.

— Eu não. Melhor não. Deixamos pra lá? Por mim tudo bem, se não comermos primeiro.

Com uma risada silenciosa, Ansel desliga o fogão e vira-se para mim. Ele toca meu rosto com as duas mãos, as palmas quentes nas minhas bochechas, e me beija. Seus lábios provocam os meus, e nossos dentes raspam gentilmente. Sinto seus dedos passarem pelos meus cabelos e ele puxa minha cabeça para trás, afastando-me o bastante para esfregar seu nariz no meu e levantar meu queixo. Seus dedos tremem com resistência na minha pele, e ele faz ruídos incisivos, mal conseguindo se controlar.

Puxo o ar para dentro enquanto a ponta da minha língua entra, e ele geme dentro da minha boca. Meus mamilos endurecem quando ele começa a nos direcionar para o quarto, sinto o peso dos meus seios e o calor entre minhas pernas.

Ele pisa no meu pé e murmura "desculpa", enquanto eu estremeço dizendo "está tudo bem", no meio do nosso beijo.

Meus olhos estão fechados, mas sinto o momento em que ele tira os sapatos, fazendo barulho pelo chão de madeira. Minhas costas encontram a beira de uma parede, e ele sussurra mais um pedido de desculpas dentro da minha boca, chupando minha língua e tentando me distrair. Seus dedos deslizam pela minha coluna, debaixo da bainha da minha camisa, e logo estão por cima da minha cabeça, esquecidos em alguma parte. Minha mão pega sua camisa até que sua pele esteja nua e quente, pressionada na minha.

Roupas são retiradas e ele literalmente tropeça ao tirar a calça. O quarto inclina-se e, quando abro os olhos novamente, vejo o teto e sinto os lençóis macios nas minhas costas. Ele beija meu pescoço e meu ombro, lambe o caminho até meu seio. Está mais escuro do que eu esperava aqui, e quase esqueço que estamos pelados até que Ansel fica de joelhos e se estende sobre mim, mexendo no criado-mudo e voltando com uma camisinha.

– Ah – eu digo, com minhas sobrancelhas quase se encontrando. Acho que estamos prontos para começar. Também acho que os resultados do exame de sangue ainda não estão prontos. – Nós vamos...?

Ele olha para o pacote.

– Eu chequei o correio, e... Nós não... Quer dizer. Se...

– Não – eu solto. – Ótimo. Está tudo bem.

Seria possível a situação ficar mais esquisita? Será que ele está pensando que tenho alguma doença? Será que ele acha que o que aconteceu em Vegas é uma ocorrência diária para mim? E ele? E *aquela outra* dele? Quilômetros de peito e braços desnudos estão à minha frente, seu abdômen chapado, seu pau duro protuberante entre nós dois. Quantas outras mulheres desfrutaram dessa exata visão?

– Nós definitivamente devemos usar camisinha como dois adultos responsáveis, até sabermos o resultado.

Ele concorda com a cabeça, e não gosto do jeito que suas mãos tremem quando ele abre a camisinha, quando começa a colocar e desenrolar o látex por seu membro. Minhas pernas estão abertas e ele se acomoda entre elas, fitando-me.

– Ok? – ele pergunta.

Eu digo que sim e engasgo com uma curta respiração quando seus dedos encontram o lugar onde estou molhada, movendo-se em pequenos círculos, e então são substituídos pelo seu pau.

E *ah*... ok. Isso é... bom.

– Ainda está bom? – ele pergunta novamente, e dessa vez eu levo as pernas ao redor de seu quadril e o aperto, trazendo-o para perto de mim.

Ele exala e empurra-se para dentro, parando um pouco quando seu corpo toca o meu. Os pequenos barulhos que ele faz vibram pela minha pele e eu faço que sim com a cabeça para dizer que estou bem, para que ele continue. Ele tira o pau de dentro de mim e o enfia de novo. Seu cabelo esfrega meu peito quando ele olha para baixo, observando o jeito que ele se move sobre mim. Mais e mais.

Observo cada inspiração que ele toma, cada palavra e grunhido que deixam seus lábios, o som de sua pele quando encosta na minha. Ouço um grito lá fora e olho para a janela. Ansel toca meu queixo e sorri quando ganha minha atenção de novo, e me beija. Ainda posso sentir o gosto do vinho que ele deve ter tomado quando começou a cozinhar, e o cheiro de seu creme pós-barba. Mas também posso ouvir os sons da rua e sentir o ar pesado e úmido do apartamento nos pressionando.

Acaba de me ocorrer que eu não tinha notado nenhuma dessas coisas antes, nem quando estávamos juntos em Vegas, nem em seu quarto de hotel. Estava tão perdida na fantasia do lugar e no que estávamos fazendo, fingindo ser outra pessoa com uma vida diferente, que esqueci de pensar e de me preocupar. Tudo o que eu queria era *ele*.

Ansel acelera e leva a mão entre nós dois, seus dedos escorrendo onde seu pau entra em mim, tocando meu clitóris. E é demais. Estar com ele é muito bom e seus sons são incríveis e começamos há apenas alguns minutos mas... ah... Eu sinto algo.

Ali? *Ali mesmo.*

– Sim...

Eu respiro e ele responde xingando, mexendo o quadril mais rápido. E... uau, isso definitivamente ajuda porque sinto um frio na barriga novamente. A pressão aumenta, pesada e *ali mesmo* novamente. Estou perto de gozar.

Será?

Sim.

Não.

... talvez?

Mudo meu quadril de posição e ele muda também, mais forte e mais rápido, até que a cabeceira começa a bater contra a parede e...

Acho que será difícil ignorar isso. Será que os vizinhos estão ouvindo?

Ai, consciência, cale a boca. Volto a fechar os olhos e concentro-me, respirando fundo e olhando para cima. Ansel está lindo sobre mim, sussurrando coisas obscenas em minha orelha. Algumas eu entendo, outras não. Ele poderia estar lendo uma lista de compras e eu ainda acharia uma delícia.

– Posso praticamente ouvi-la pensando, *Cerise* – ele diz no meu ouvido. – Pare.

Deus, estou tentando. Levo minhas pernas mais para o alto e tento guiá-lo, silenciosamente implorando para que o meu corpo retorne àquele estado em que meus braços e pernas derretem e eu não ouço nada além do ruído branco e do som de Ansel entrando em mim, mas... Merda, isso não está acontecendo. Corpo estúpido. Cérebro estúpido. Orgasmo temperamental e estúpido.

– Deixe-me ouvi-la – ele diz, soando como uma pergunta, como se ele estivesse dizendo "Você não precisa ficar quieta".

Eu estou quieta? Eu solto um grunhido, de tão esquisita que me sinto, e fecho os olhos, pensando se devo falar que ele não precisa esperar por mim, e lembrá-lo de que às vezes meu corpo demora demais, ou se... Nem acredito que estou pensando nisso, mas... Se devo fingir.

– Ansel – eu digo, e aperto forte seus ombros com as minhas mãos porque, francamente, não tenho ideia do que acabará saindo da minha boca. – Você é tão gostoso, mas...

Aparentemente, é tudo o que ele precisava ouvir.

– Oh, meu Deus... – ele geme. – Ainda não, ainda não.

Ele morde o lábio e enrosca meu cabelo com os dedos de uma de suas mãos, enquanto a outra pega na minha bunda, levantando-me mais para perto dele. Ele inclina-se e geme dentro da minha boca, e se eu não estivesse tão perdida em meus pensamentos, *meu Deus*, isso tudo seria um tesão.

– Caralho, caralho, caralho... – ele grunhe e enfia seu pau dentro de mim uma última vez, tão fundo que sou praticamente dobrada ao meio. O ar escapa de meus pulmões em uma lufada quando ele cai sobre mim, e eu pisco para o teto.

Este momento não me é estranho. É a mesma situação que vivi diversas vezes ao longo de minha vida. O momento em que meu corpo não consegue chegar lá, e fico preocupada, pensando se há algo errado comigo. Que eu talvez nunca tenha orgasmos com outra pessoa rotineiramente.

Ansel beija meus lábios, doce e demoradamente, e leva a mão até a camisinha para retirá-la.

– Você está bem? – ele pergunta, curvando-se para olhar para mim.

Alongo meu corpo e esforço-me para parecer estragada, e sorrio para ele.

– Absolutamente. Só estou... – dou uma pausa para soltar um bocejo bem dramático – *bemrelaxadaagora* – eu digo, com uma voz de sono.

Posso ver as palavras na ponta de sua língua formando a pergunta "Você gozou?".

– Você quer jantar? – ele pergunta, na verdade, beijando meu queixo. Sua voz treme levemente com um ar de incerteza.

Fazendo que sim com a cabeça, observo-o rolar para fora da cama, vestir suas roupas, e sorrir docemente para mim, saindo do quarto.

Capítulo 10

Mais três dias se passam em um borrão de passeios turísticos, comida sofisticada, café e pés cansados, e poucas horas em casa ao lado de Ansel. É fácil estar perto dele, com seu jeito brincalhão retornando quando ele consegue relaxar de seu dia. Ele tem a rara habilidade de me fazer falar e rir de qualquer coisa: vegetais, esportes, filmes, a relação entre o tamanho dos pés e do pênis, e meus lugares favoritos de serem beijados.

Mas nenhum de nós parece saber como resgatar o conforto de tocar o outro. Na quarta-feira à noite, no sofá, ele me abraça, beija a parte de cima da minha cabeça, traduzindo um filme dramático de ação francês em silenciosos sussurros. Ele beija minha testa ao sair para o trabalho, e sempre me telefona ao meio-dia e às quatro da tarde.

Mas ele parece ter colocado o sexo em minhas mãos... e estou falhando completamente. Quero dizer a ele que nunca serei a bomba sedutora que ele conheceu, e que ele deve soltar o Ansel selvagem para que eu me sinta confortável, mas ele está muito exausto para fazer mais do que tirar os sapatos quando chega em casa.

Eu finjo que estou em uma sequência de uma cena de cinema, desenvolvendo uma nova rotina matinal em minha fabulosa vida em Paris. Olho pela janela e tomo um gole do café que Ansel fez antes de sair, decidindo o que farei o dia inteiro e passando o olho pela pequena lista de traduções que ele deixou para mim.

- *Como você está? Comment allez-vous?*
- *Obrigada. Merci.*
- *Você fala inglês? Parlez-vous anglais?*
- *Onde fica o metrô? Où se trouve le métro?*
- *Onde fica o banheiro? Où sont les toilettes?*
- *Quanto é? Combien ça coûte?*
- *Como? Não, não estou interessada. Meu marido é perfeito.*
- *Comment? Non, ça ne m'interésse pas. Mon mari est parfait.*

Depois de tomar um banho e de me vestir, compro uma massa folhada na confeitaria próxima ao nosso prédio, onde converso com Simone, uma garota americana que trabalha lá, e depois caminho ou pego o metrô para algum lugar que ainda não conheci. O Quartier Latin, Montmartre, Musée d´Orsay, as Catacumbas. Planejo até mesmo um passeio de bicicleta por Versailles, onde posso ver os jardins e o palácio.

É uma vida de sonho, eu sei. É uma vida tão de sonho que o meu eu-futuro chega a odiar o meu eu-presente por ter tanto tempo e liberdade e ainda se sentir sozinho. É ridículo. É que... eu *gosto* de Ansel. Estou sedenta por passar mais tempo com ele.

Ao menos há o conforto em saber que posso ligar para Lola ou Harlow na hora em que elas estão saindo da cama. As duas estão vivendo através de mim, indiretamente. Na sexta-feira à tarde encontro um banco ensolarado do lado de fora do d´Orsay e ligo para Harlow para atualizá-la sobre toda a aventura em Paris.

Apesar de Harlow ter vindo para cá mais vezes do que consigo me lembrar, conto a ela sobre nosso apartamento, sobre o metrô, a massa folhada, o café e as ruas curvas e intermináveis. Digo que é fácil andar quilômetros e nem perceber, e que os marcos mais incríveis estão frequentemente escondidos nos lugares mais comuns... embora nada seja comum em Paris.

– E estou conhecendo pessoas! – eu digo. – Além de Ansel, quero dizer.

– Exemplos, por favor. Nós aprovaríamos?

– Talvez – eu falo, enquanto penso. – Há essa garota americana, que trabalha na padaria onde compro meu café da manhã. Seu nome é Simone, ela mora no Valley...

– Ai...

Eu dou risada.

– Mas ela usou a palavra *medonha* para falar que uma coisa era legal, e desde então não consigo lembrar do nome dela sem pensar na palavra "Simonha".

– É por isso que eu viraria lésbica por você, Mia – Harlow diz. – Você nunca diz nada, e de repente sai uma merda desse tipo da sua boca. Como na vez em que você me chamou de "Vadialow" quando tivemos aquela briga na sétima série e eu comecei a rir sem parar até fazer xixi na calça, lembra? Nós somos péssimas brigando.

– Me ouça – eu digo, me acabando de rir com a lembrança. – Ela não fala com a melhor amiga desde a quinta série porque a garota escolheu a mesma música que ela para a primeira dança de seu casamento.

Harlow pausa por um momento.

– Me dê outro exemplo que eu possa compreender.

– Você está falando sério? – afasto o telefone da orelha e olho para ele como se ela conseguisse ver minha expressão de julgamento do outro lado da linha. – E não se preocupe, Harlow, nem eu nem Lola iremos escolher nenhuma música da Celine Dion.

– Eu percebi que você está tirando sarro de mim, mas a mulher é incrível. Ao vivo, então, nem vou comentar.

Eu solto um grunhido.

– Ok. Outro exemplo, então – eu dou algumas opções. Poderia falar sobre a outra barista, a Rhea, sempre calada, que comecei a chamar em minha mente de Rheapelente, mas então lembrei do hábito mais esquisito de Simone.

– A Simonha diz "PDV" para tudo. Tipo...

– Espere – Harlow me interrompe. – O que significa "PDV"?

– Porra de vida.

– Uau, ok – ela diz. – E as pessoas usam isso para algo que não seja "Estou com câncer" ou "Estou preso embaixo de um caminhão"?

– Aparentemente – concordo. – Ela deixa cair dinheiro no chão, PDV. Derrama café na mão, PDV. Lasca uma unha, e não estou brincando: PDV. E lá fora na rua a cidade é insana. As pessoas dirigem como loucas, mas os pedestres andam como se estivessem pensando "Eu tive uma vida boa, tudo bem se terminar agora".

Harlow está gargalhando no outro lado da linha. Isso me conforta e faz com que meu mundo pareça maior novamente.

– E almoçam com uma garrafa de vinho e quatro expressos – digo, dando risada. – Por que não?

– Parece ser o meu tipo de cidade.

– Você já esteve aqui, por que estou descrevendo?

– Porque você sente minha falta?

Eu me espalho pelo encosto do banco.

– Eu sinto mesmo.

Ela pausa por um momento e pergunta:

– E o marido?

Ah, aí está.

– Ele está bem.

– Só isso? – ela pergunta, com a voz ficando mais baixa. – É só isso que você tem pra me dizer? Você está fora há duas semanas, morando com o Bebê Adonis, e tudo o que você me diz é que ele "está bem"?

Fecho os olhos e inclino minha cabeça em direção ao sol.

– Ele é um doce, mas trabalha demais. E quando está em casa, sou tão sedutora quanto uma caixa de papelão.

– Bem, você fez algum outro amigo? Amigos gostosos. Sabe, para mim? – ela pergunta, e posso ouvir o sorriso em sua voz.

Eu solto um murmuro.

– Na verdade, não. Quero dizer, estou aqui há uma semana e meia, e fiquei doente boa parte desse tempo. Conheci a mulher do andar térreo, e ela mal fala inglês, mas nós nos viramos.

– Faça com que Ansel te apresente a algumas pessoas para quando ele estiver fora.

– É... eu nunca o ouvi falando sobre seus amigos – começo a ficar um pouco confusa. – Quer dizer, não me entenda errado, nosso tempo juntos é tão escasso que não sei se quero dividi-lo com alguém. Será que isso é esquisito? Você acha estranho ele não ter mencionado encontrar com outras pessoas aqui?

– Bem, pode ser que ele tenha uma pilha de namoradas mortas escondida em algum lugar...

– Ha ha.

– Ou ele está mesmo ocupado. Eu costumava ficar sem ver minha mãe por semanas a fio enquanto ela estava no set de filmagem.

Puxo um fio de minha camiseta, pensando se Harlow poderia ter razão.

– Sim, acho que você está certa.

– Ou... Ele é homem, então gosta de fingir que você está feliz apenas andando pelo apartamento pelada o dia inteiro. Eu voto nessa hipótese.

– Eu aceito essa.

– Você estará em um avião em algumas semanas. Aproveite a liberdade. Encha seus dias com sol e vinho. Fique nua com caras franceses gostosos. Um em particular.

– Nós tivemos a transa mais esquisita da história do mundo na outra noite. Eu não conseguia parar de pensar sobre tudo. E não aconteceu mais nada nos últimos três dias, e eu *quero* tocá-lo constantemente. É uma tortura.

E é mesmo. Assim que termino de dizer a última frase, penso na pele suave de seu pescoço, na gentil mordida de seus dentes, nas linhas de seu peito e abdômen.

— Então saia da *sua* cabeça — ela diz, em um sotaque russo dramático. — E comece a dar atenção para a cabeça *dele*, se é que você me entende.

— Não entendo, Vadialow. Você poderia me explicar? A cabeça dele? Você quer dizer... do pênis dele? Gostaria que você parasse de falar em charadas.

— Bom, me diga uma coisa. Por que era fácil em Vegas e não está sendo fácil aí?

— Eu não sei... — franzo meu nariz enquanto penso. — Eu fingia ser o tipo de garota que faria isso. Sexo casual, sensual, blá, blá, blá.

Dando risada, ela diz:

— Então seja essa garota novamente.

— Não é tão fácil assim. Aqui é mais estranho. Tudo é amplificado. "Nós devemos fazer sexo porque me sinto muito atraída por você, e somos casados, também. Pessoas casadas fazem sexo. Bip bop bop, falha no sistema.

— Você está imitando um robô agora, não é?

Olho para minha mão levantada a meu lado, com os dedos juntos e estendidos.

— Talvez.

Sua voz se torna mais alta quando ela empurra as palavras para fora:

— Então seja alguém menos neurótica, sua louca.

— Cara, eu devia ter pensado nisso, Vadialow. Eu poderia totalmente ser alguém menos neurótica. Muito obrigada, meus problemas estão resolvidos.

— Ok, tudo bem — ela diz.

Posso até ver o seu rosto, posso ver exatamente o jeito que ela se inclinaria e falaria em um tom sério sobre seu assunto favorito: sexo.

– Aqui vai uma sugestão para você, docinho. Compre uma fantasia.

Sinto como se o céu tivesse acabado de se abrir e o universo jogado uma bigorna na minha cabeça.

Ou uma luva medieval.

Fecho os olhos e me lembro de Vegas, de como era fácil ser leve e não esperançosa. Fingir ser alguém mais corajosa do que eu. E de quando eu usei sua mão como um brinquedo sexual. Funcionou ali, também. Ser outra pessoa, perder-me no personagem.

Sinto a ideia tilintar em meus pensamentos antes de se espalhar, suas asas expandindo com pressa.

Brinque.

O que você mais gostava em dançar?, ele me perguntou.

Da habilidade de ser qualquer pessoa em cima do palco, eu disse. *Quero uma vida diferente hoje à noite.*

E então eu escolhi uma vida diferente, mas ela está imóvel aqui, definhando.

– Será que eu conheço você tão bem assim? – Harlow pergunta, enquanto seu sorriso viaja através do oceano pela linha telefônica.

~

Mesmo após a epifania de perceber que quando estou fingindo me sinto mais relaxada, ainda não sei muito bem o que pensar sobre isso. Uma fantasia... uma lingerie sexy para me ajudar a me concentrar? Ou estaria Harlow sugerindo que eu me esforçasse ao máximo e me transformasse em uma dançarina de cabaré, com luvas e tudo? Meu telefone ainda vibra continuamente com suas mensagens, todas cheias de páginas de internet e endereços de uma área conhecida como Place Pigalle.

E obviamente todos eles estão em um bairro próximo ao nosso apartamento, emprestando um sentido ainda mais determinado a esse plano.

Facilite pra mim, não é, Harlow?

Mas nenhuma fantasia é exatamente o que estou procurando: ou são muito escuras e sombrias, ou repletas de luzes neon brilhantes, e manequins posando com pedaços de assustadoras lingeries nas vitrines. Continuo a andar, seguindo o último endereço que Harlow me enviara, passeando por um beco estreito depois do outro. Tudo é quieto nas sombras, e também um pouco úmido, e eu continuo por alguns quarteirões antes de o céu finalmente aparecer em um pequeno quintal. Uns dez metros à frente, há uma pequena e discreta loja com a vitrine cheia de renda, veludo e couro.

Parece que fui transportada para um lugar do mundo de Harry Potter.

Abro a porta e de repente sinto cheiro de íris e sálvia. Uma fragrância tão calorosa e terrestre que relaxo imediatamente. Uma mulher sai de trás do balcão e de alguma maneira me diz "Olá", e não "*Bonjour*".

Ela veste um espartilho de couro, com seus seios invejavelmente apontando para cima. Suas pernas estão cobertas por jeans escuro, e os saltos de seus sapatos têm ao menos doze centímetros de altura, vermelhos como fogo.

Ao meu redor estão caixas de brinquedos: consolos e vibradores, punhos de borracha e algemas. Próximas à parte dos fundos da loja estão prateleiras com livros e vídeos, e ao longo da parede estão fantasias de todas as cores e todos os tipos.

— Você está procurando uma fantasia para vestir ou para brincar? – ela pergunta, ao notar meu olhar em direção às roupas.

Apesar de sua pergunta ser um pouco confusa, e mesmo que meu cérebro queira manter a atenção na suavidade de seu sotaque ao dizer "fantasia", sei o que ela quis dizer, porque é exatamente o motivo de eu ter vindo até aqui.

— Brincar – eu respondo.

Seus olhos brilham com um sorriso acolhedor. Um sorriso verdadeiro em uma pequena loja em uma enorme cidade.

– Vamos começar de leve, ok?

Ela caminha até os cabides que seguram fantasias que reconheço: enfermeira, empregada doméstica, estudante, gata. Deslizo a mão pelas roupas, sentindo a animação brotar entre minhas costelas.

– E então você pode voltar depois para agradá-lo ainda mais.

Capítulo 11

Chego em casa aliviada por Ansel não estar aqui ainda. Deixo uma sacola de comida sobre o balcão da cozinha, vou até o banheiro e tiro a fantasia de dentro da capa. Quando a seguro na minha frente, sinto a primeira pontada de ansiedade. A vendedora mediu meu busto, minha cintura e meu quadril para calcular meu tamanho. Mas essa coisa pequenina em minhas mãos parece que não vai caber.

Na verdade, ela cabe sim, mas não parece muito maior quando a visto. O corpete e a saia são de cetim rosa, sob uma renda preta delicada. O top traz meus seios juntos e para cima, criando um decote que nunca tive antes. A saia se expande para fora e termina vários centímetros acima de meus joelhos. Quando eu me curvo, a calcinha preta de pregas deve aparecer. Eu amarro o pequeno avental, arrumo o chapéu em minha cabeça, e visto a meia-calça preta até as coxas, ajeitando os laços cor-de-rosa nos joelhos. Logo após colocar os sapatos de salto alto com espetos e segurar o espanador de pó feito com penas, sinto-me sexy e ao mesmo tempo ridícula, como se essa combinação fosse realmente possível. Minha mente passeia como um pêndulo entre essas duas opções. Não é que eu não tenha ficado bem usando essa fantasia. É que eu honestamente não consigo imaginar o que Ansel vai pensar quando chegar em casa e me vir assim.

Mas, para mim, vestir a fantasia não é o suficiente. Fantasias sozinhas não fazem o show. Eu preciso de um roteiro, uma história para contar. Sinto que devemos nos perder em outra realidade hoje à noite, em que ele não tenha que se estressar com o trabalho que avança pelas horas da noite, e onde eu não me sinta como se ele tivesse oferecido uma aventura a uma garota que deixou seu brilho nos Estados Unidos.

Eu poderia ser a boa empregada que fez seu trabalho perfeitamente e merece uma recompensa. A ideia de Ansel agradecer e me recompensar faz minha pele se arrepiar e esquentar. O problema é que o apartamento de Ansel é impecável. Não há nada que eu possa fazer para torná-lo mais bonito, e ele não vai entender qual personagem deve interpretar.

Isso significa que eu tenho que me arriscar.

Olho em volta, pensando em qual lugar poderia bagunçar, onde ele notaria imediatamente. Não quero deixar a comida sobre o balcão, no caso do plano ser bem-sucedido e acabarmos na cama a noite inteira. Meus olhos se movem pelo apartamento e eu paro em frente às janelas. Mesmo com apenas a luz dos postes da rua atravessando o vidro, posso ver como elas brilham, impecáveis.

Sei que ele chegará a qualquer momento. Ouço o barulho do elevador, o ruído do metal quando as portas se fecham. Fecho meus olhos e pressiono as palmas das mãos na janela e as esfrego. Quando eu me afasto, dois longos borrões ficam para trás.

A chave se encaixa na fechadura, rangendo ao girar. A porta abre com o silencioso derrapar da madeira, e eu sigo até a entrada, com a postura ereta, as mãos entrelaçadas ao redor do espanador à minha frente.

Ansel deixa as chaves caírem na mesa, coloca o capacete no chão, e então olha para cima com uma expressão de surpresa.

– Uau. Olá.

Ele aperta dois envelopes com as mãos.

– Bem-vindo a sua casa, sr. Guillaume – eu digo, com a voz meio rouca ao pronunciar seu nome.

Estou me dando cinco minutos. Se ele parecer não querer brincar, não será o fim do mundo.

Não será.

Seus olhos primeiro se movem para o pequeno chapéu frisado preso ao meu cabelo, e então para baixo, passeando, como sempre fazem, pelos meus lábios, antes de deslizarem para meu pescoço, meus seios, minha cintura, meu quadril, minhas coxas. Ele olha para meus sapatos, e seus lábios se abrem.

– Pensei que você pudesse querer olhar a casa antes de eu ir embora – digo, agora de maneira mais forte.

Sinto-me incentivada por suas bochechas coradas e pelo calor em seus olhos verdes quando ele olha para o meu rosto.

– A casa está bonita – ele diz, com a voz rouca, quase inaudível.

Ele nem afastou o olhar de mim para o ambiente, então percebo que pelo menos ele está entrando no jogo.

Dou um passo para o lado, flexionando meus dedos para que eles não tremam quando a brincadeira começar de verdade.

– Sinta-se à vontade para checar tudo.

Meu coração está batendo tão forte que juro que consigo sentir meu pescoço pulsando.

Seu olhar instintivamente se move através de mim em direção às janelas atrás de nós, enquanto ele franze as sobrancelhas.

– Mia?

Eu caminho até o seu lado, escondendo meu sorriso de empolgação.

– Sim, sr. Guillaume?

– Você...

Ele olha para mim, procurando, e então aponta para a janela usando os envelopes em sua mão. Ele está envergonhado por eu ter descoberto essa compulsão. Ele está tentando entender o que está acontecendo, e os segundos passam dolorosamente devagar.

É um jogo. Brinque. Brinque.

– Esqueci de algum pedaço? – eu pergunto.

Seu olhar se estreita e sua cabeça cai levemente para trás quando ele compreende, e as cócegas nervosas que sinto em meu estômago se transformam em uma revolução. Não tenho ideia se foi um erro enorme tentar fazer isso. Eu devo estar parecendo uma louca.

Mas então me lembro de Ansel de cuecas no corredor, flertando. Lembro-me de sua voz quente no meu ouvido, chegando perto de mim, e Finn chegando perto dele, quase puxando as calças ao redor de seus calcanhares. Lembro-me do que Finn me contou sobre os caras que gostam de *My little pony* e também sobre o acaso. Sei que, lá no fundo, tirando o estresse do trabalho, Ansel topa qualquer brincadeira.

Merda. Espero que ele tope fazer *isso*. Eu não quero errar. Um erro me mandará para as trevas do silêncio constrangedor.

Ele vira-se lentamente, mostrando um de seus sorrisos fáceis que eu não via há dias. Ele me olha novamente, desde o topo da minha cabeça até os pequenos e perigosos saltos altos. Seu olhar é tangível, uma lufada de calor pela minha pele.

– É disso que você precisa? – ele sussurra.

Eu concordo, um segundo depois.

– Acho que sim.

Uma mistura de buzinas retumba da rua lá embaixo, e Ansel espera até que o apartamento fique silencioso novamente antes de começar a dizer alguma coisa.

– Ah, sim. Você se esqueceu de um pedaço.

Franzo minhas sobrancelhas fingindo estar preocupada e minha boca forma uma suave e redonda letra O.

Ele vira-se para mim com uma expressão brava, marchando para a cozinha e pegando uma garrafa sem rótulo. Posso sentir o cheiro do vinagre, e imagino se ele tem sua própria receita para limpar vidros. Seus dedos esfregam os meus quando ele me entrega a garrafa.

– Você deve consertar isso antes de ir embora.

Sinto meus ombros endireitarem-se confiantemente enquanto ele me segue até a janela, observando enquanto eu borrifo uma nuvem de azeite por cima das marcas. Sinto uma intensidade na minha corrente sanguínea, uma sensação de poder que eu não estava esperando. Ele está fazendo o que eu quero que ele faça, e apesar de ele me ter dado um pano para limpar a janela, é porque eu orquestrei tudo. Ele só está entrando no jogo.

– Limpe mais uma vez. Não deixe uma marca.

Quando eu termino, a janela brilha, impecável, e atrás de mim Ansel solta a respiração lentamente.

– Um pedido de desculpas parece apropriado, não?

Quando eu me viro para encará-lo, ele parece tão sinceramente insatisfeito que minha pulsação tropeça em minha garganta – quente e emocionada – e eu solto um "Me desculpe" sem jeito.

Ele levanta uma das mãos, os olhos piscando enquanto seu dedão esfrega meu lábio inferior para me acalmar.

– Muito bem.

Olhando para a cozinha, ele inspira lentamente, sentindo o cheiro do frango assando, e pergunta:

– Você fez o jantar?

– Eu encomendei... – eu pauso, piscando os olhos. – Sim, eu fiz o jantar para você.

– Eu gostaria de comer um pouco.

Com um pequeno sorriso, ele vira-se e caminha pela sala em direção à mesa de jantar, sentando-se e apoiando as costas no encosto da cadeira. Ouço o rasgar do papel quando ele abre a correspondência que estava segurando, e uma longa e silenciosa expiração quando ele a coloca na mesa a seu lado. Ele nem se vira para olhar para mim.

Puta merda, ele é muito bom nisso.

Vou até a cozinha, tirando a comida da caixa de delivery e faço o meu melhor para organizá-la em um prato, enquanto roubo olhares em sua direção. Ele ainda está esperando e lendo seu e-mail, pacientemente, completamente dentro do personagem enquanto espera que eu, sua empregada, lhe traga o jantar. Até agora, tudo certo. Vejo uma garrafa de vinho sobre o balcão, tiro a rolha e sirvo um copo para ele. O vermelho brilha descendo a lateral da garrafa enquanto escorre pela minha mão. Pego o prato e carrego o jantar até ele, deixando a comida silenciosamente sobre a mesa.

– Obrigado – ele diz.

– De nada.

Perambulo por um momento, olhando a carta que ele deve ter deixado para que eu veja. Ela está em cima da mesa, e a primeira coisa que observo é o nome dele logo em cima, e então a longa lista de caixas assinadas abaixo da coluna *Negatif* para cada doença sexualmente transmissível para as quais fizemos o exame.

E então vejo o envelope que ainda não foi aberto a seu lado, endereçado para mim.

– É meu pagamento? – pergunto a ele. Espero ele concordar, e o deslizo para fora da mesa. Abrindo rapidamente, passo os olhos pela carta, e sorrio. Está tudo certo.

Ele não pergunta o que diz a minha carta, e eu também não digo nada. Em vez disso, fico em pé logo atrás dele, meu coração batendo como um martelo em meu peito, observando-o devorar o jantar. Ele não me pergunta se já comi, e não me oferece nada.

Mas existe uma coisa interessante nesse jogo, um suave papel de dominação que ele deve assumir e que faz meu estômago tremular e minha pele aquecer. Gosto de observá-lo comendo. Ele curva-se sobre o prato com os ombros flexionados, e os músculos de suas costas ficam definidos e visíveis através de sua camisa social roxa-clara.

O que ele fará quando acabar? Será que ele continuará a brincar? Ou ele vai deixar o personagem, me levar para o quarto e me tocar? Eu quero as duas opções. Eu o quero especialmente agora que sei que sentirei cada centímetro de sua pele. Mas quero brincar mais.

Ele parece beber o vinho rapidamente, engolindo cada garfada da comida com longos goles. No início, pergunto-me se ele está nervoso (estaria escondendo muito bem). Mas quando ele coloca a taça em cima da mesa e faz um gesto para que eu a complete com vinho novamente, ocorre-me que ele está simplesmente imaginando até onde eu irei servi-lo.

Quando eu trago a garrafa e encho sua taça, ele diz somente um "*Merci*" silencioso, e então volta sua atenção para a comida.

O silêncio me deixa nervosa, e deve ser intencional. Ansel pode ser viciado em trabalho, mas quando está em casa, o apartamento nunca está quieto. Ele canta, conversa, bate com dedos nos móveis transformando-os em instrumentos de percussão. Percebo que estou certa e que o silêncio é mesmo intencional quando ele engole uma garfada e diz:

– Converse comigo. Me conte algo enquanto eu como.

Ele está me testando novamente, mas diferentemente de servi-lo com mais vinho, ele sabe que esse desafio é um pouco maior.

– Tive um bom dia no trabalho – eu digo.

Ele faz um zumbido enquanto mastiga, olhando para mim sobre um de seus ombros. É a primeira vez que pego um momento de hesitação em seus olhos, como se ele quisesse que eu contasse a ele tudo que fiz hoje de verdade, mas enquanto estamos jogando eu não posso.

– Fiz uma limpeza perto do Orsay, e depois perto da Madeleine – respondo com um sorriso, desfrutando do nosso código. Ele retorna para a comida e seu silêncio.

Sinto que devo continuar falando, mas não tenho ideia do que dizer. Finalmente, sussurro:

– O envelope... meu pagamento parece bom.

Ele pausa um momento, um tempo longo o bastante para que eu perceba sua respiração apressada. Minha pulsação acelera em minha garganta quando ele limpa a boca cuidadosamente e coloca o guardanapo ao lado de seu prato, e consigo senti-la também ao longo de meus braços e na minha barriga. Ele afasta-se da mesa, mas não fica em pé.

– Bom.

Pego seu prato vazio, mas ele me interrompe com a mão em meu braço.

– Se você continuar sendo minha empregada, saiba que eu nunca vou ignorar as janelas.

Pisco meus olhos, tentando decifrar seu código. Ele lambe os lábios, esperando que eu diga alguma coisa.

– Eu entendo.

Um sorriso pequeno e brincalhão começa a aparecer no canto de sua boca.

– Entende mesmo?

Fechando os olhos, eu admito:

– Não.

Sinto a ponta de seu dedo correr pela parte de dentro da minha perna, pelo meu joelho até o meio de minha coxa. Cada sensação é afiada como uma faca.

– Então, deixe-me ajudá-la a entender – ele sussurra. – Eu gostei de você ter consertado seu erro. Gostei de você ter me servido o jantar, e que usou seu uniforme.

Eu gosto que você esteja querendo brincar, é o que ele quer dizer, e ele o diz com a língua molhando os lábios e os olhos encarando meu corpo. *Na próxima vez eu entenderei*, é o que ele está dizendo.

– Oh... – eu expiro, abrindo os olhos. – Eu não posso me esquecer das janelas todas as noites. Talvez eu me esqueça de outras coisas em algumas noites.

Ele dá um sorriso, que desaparece assim que consegue controlá-lo.

– Tudo bem. Mas uniformes, no geral, são bem-vindos.

Um nó se desfaz em meu peito, como se agora eu tivesse uma confirmação de que ele entende o que estou fazendo. Ansel se sente confortável em sua própria pele. É o retrato da leveza. Já eu, a não ser que estivesse dançando, nunca fui uma garota leve. Mas ele me faz sentir segura para explorar todas as maneiras que posso usar para escapar de minha própria mente.

– Você ficou molhada ao me servir o jantar?

Com essa pergunta brusca, meus olhos voam para os dele e meu coração decola em uma velocidade frenética.

– O quê?

– Se ao me servir. O jantar. Você ficou molhada.

– Eu... acho que sim.

– Não acredito em você – ele abre um sorriso com uma curva sinistra em seus lábios. – Me mostre.

Levo minha mão trêmula para baixo da saia, colocando-a dentro da calcinha. Estou molhada. Vergonhosamente e maliciosamente molhada. Sem pensar demais, começo a me esfregar, enquanto ele assiste com os olhos mais escuros.

– Me dê para eu comer.

As palavras abrem algo dentro de mim e eu começo a gemer, liberando minha mão. Ele observa o caminho entre as minhas pernas até a boca dele, e posso ver meu dedo molhado contra a luz diminuta.

Toco seus lábios como se estivesse pintando, até que ele abre a boca e pressiono dois dedos para dentro. Sua língua é quente e se enrola nos meus dedos. É uma tortura. Eu quero sentir sua boca entre minhas pernas agora, e ele sabe disso. Ele segura meu punho para que eu não possa sair, enquanto chupa a ponta dos meus dedos, lambendo como se fosse meu clitóris, provocando-me até que meu corpo inteiro comece a doer. É aquele tipo de dor que vem com um prazer em seu rastro, com a promessa de mais.

– De novo.

Eu lamento um pouco, não querendo sentir a pressão de minha mão lá embaixo novamente sem me aliviar. Não me lembro da última vez que quis tão intensamente fazer sexo. Se é que é possível, estou ainda mais molhada. Ele me deixa deslizar meus dedos para dentro e para fora por mais tempo dessa vez, por tanto tempo que consigo sentir meu orgasmo lá longe, sabendo o quanto meu corpo quer se deixar levar.

— Pare — ele diz bruscamente, agora pegando no meu braço e levantando a minha mão. Ele chupa cada dedo, com os olhos fixos nos meus. — Suba na mesa.

Dou a volta por ele, empurrando seu prato para longe e levantando minha bunda em cima da mesa para sentar à frente dele, com as coxas dele prendendo as minhas.

— Deite — ele ordena.

Eu faço o que ele pede, soltando o ar trêmulo quando suas mãos sobem pelas minhas pernas e descem novamente, então ele tira meus sapatos pretos e elegantes de saltos altíssimos. Ele apoia meus pés em suas coxas e se inclina para frente, beijando a parte de dentro de meus joelhos.

O tecido de sua calça social é macio contra as solas dos meus pés, e sua respiração desliza minha perna acima, pelo meu joelho e pela minha coxa. Seu cabelo sedoso esfrega a minha pele, e sua mão se curva ao redor das minhas canelas, estabilizando-me.

Eu sinto tudo e é como se fosse feita de pura voracidade. Ela é quente e líquida, preenchendo meus membros e acabando com minha paciência. *Me toque*, meu corpo grita. Eu me contorço em cima da mesa e Ansel me estabiliza com uma mão firme em meu abdômen.

— Fique parada.

Ele expira uma vez, um longo fluxo de ar soprado diretamente entre minhas pernas.

— Por favor... — eu engasgo.

Adoro esse lado dele, eu quero mais, quero provocá-lo ao máximo, mas quero sua satisfação em mim também. Estou dividida entre tentar mostrar petulância e me aprofundar ainda mais nessa fácil posição de obediência.

— Por favor o quê? — ele beija a pele delicada bem ao lado do tecido de minha calcinha frisada. — Você quer que eu te recompense por ser uma empregada tão boa?

Abro minha boca, mas consigo somente emitir um som como se estivesse implorando, enquanto ele esfrega o nariz na minha buceta por cima do tecido, pressionando, beijando, mordendo e deslizando pelos meus lábios, meu osso púbico e meu quadril.

– Ou você quer que eu a puna por ser tão má, colocando as mãos nas janelas?

Os dois. Sim. Por favor.

Estou inacreditavelmente molhada, meu quadril empinado para cima, e pequenos barulhos escapam da minha garganta toda vez que sinto a pressão de sua respiração na minha pele.

– Me toque – eu imploro. – Quero sua boca em mim.

Fazendo um gancho com seu dedo, ele puxa a minha calcinha encharcada de lado, me dando uma lambida longa e direta com sua língua firme. Eu engasgo, arqueando as costas embaixo dele.

Ele abre a boca, chupando, urgente, e...

Bom...

Meu Deus...

Muito bom...

Lambendo-me com a língua pontualmente, os dedos pressionados e enrolados dentro de mim. Ele tira os dedos com um gemido quieto e diz:

– Fique olhando.

As próximas palavras são ditas perto da pele delicada de meu clitóris:

– Fique olhando eu te beijar.

Sua exigência é mais uma ameaça, um aviso, do que uma ordem, porque nem se eu quisesse eu conseguiria tirar os olhos de seu domínio sobre meu corpo.

– Você tem o gosto do oceano – ele geme, chupando-me com seus lábios e sua língua.

A sensação é muito intensa para ser chamada de prazer. É algo maior, que afasta todas as minhas inibições e me faz sentir mais forte e mais ousada para me apoiar sobre um de meus cotovelos e deslizar minha outra mão pelo seu cabelo, guiando-o gentilmente enquanto mexo meu quadril.

Parece impossível que eu possa sentir *mais*, mas quando ele percebe que estou quase lá, começa a gemer contra meu corpo, encorajando-me com a vibração de sua voz, com os dois dedos esfregando-me forte e sua língua molhada dando voltas e voltas.

Por um momento, fico um pouco tonta, e então começo a rolar, a pairar e a tremer através dos espasmos cheios de alegria, tão bons... estou no delicado limiar entre o prazer e a dor. É um orgasmo tão intenso que minhas pernas parecem querer se fechar sozinhas, enquanto meu quadril se curva para fora da mesa.

Mas ele me mantém aberta, com os dedos bombeando entre as minhas pernas até que eu começo a engasgar e me sentir mole, esforçando-me para sentar e puxá-lo para mim.

Ele fica em pé cambaleando, esfregando o braço em sua boca.

– É *assim* que você soa quando goza.

Seu cabelo está bagunçado das minhas mãos, os lábios inchados por me chuparem tão inteiramente.

– Vou te levar pra minha cama – ele diz, puxando a cadeira para trás, fora de nosso caminho.

Ele dá uma de suas mãos para mim e me ajuda a descer da mesa minhas pernas ainda estavam trêmulas. Enquanto caminha, ele afrouxa o nó de sua gravata, desabotoa a camisa e tira os sapatos. Assim que chegamos ao quarto, ele tira a calça e faz um gesto para que eu me sente na beira da cama.

Em dois passos, ele está na minha frente, com a mão abraçando a base de seu pau, enquanto o segura em minha direção, apenas dizendo:

– Chupe.

Quando ele se inclina, meus dentes rangem com tamanha vontade que tenho de sentir seu gosto. O travesseiro com o qual durmo todas as noites não chega perto da realidade de sua fragrância. É uma mistura de suor limpo, grama e água salgada. Seu cheiro é comestível, e a palavra *duro* não é o bastante para descrever a sensação que tenho quando coloco minha mão ao redor de seu pau. É como aço, seu corpo tão rígido que não sei o quanto mais ele conseguirá aguentar.

Eu o lambo várias vezes, para cima e para baixo, até que ele se torna escorregadio e molhado e desliza facilmente para dentro da minha boca. Estou tremendo, louca com seu cheiro de terra e a maneira com que ele se curva sobre mim. Ele nunca pareceu tão forte, quase um selvagem, pela maneira com que sua mão desliza pelos meus cabelos, primeiro me guiando cuidadosamente e depois me segurando para que ele possa penetrar profundamente com um gemido de alívio. Em outros momentos ele é silencioso, com as pontas dos dedos pressionando meu couro cabeludo, deixando-me tomar o controle novamente, e ocasionalmente empurrando mais fundo. Dentro de minha boca, ele parece tão inchado quanto meus lábios. É grosso e está precisando ser devorado. E eu o devoro. Nunca gostei tanto de fazer isso como quando estou com ele, com seu pau avantajado e sua pele esticada e bem apertada junto à cabeça grande. Enrolo minha língua ao seu redor, chupando e querendo mais.

Ele solta um ruído rouco e feroz e depois se afasta, pegando seu pau com uma de suas mãos.

– Tire a roupa.

Fico em pé com minhas pernas trêmulas, desfazendo-me das meias-calças, da saia, do bustiê, e finalmente da minha calcinha frisada. Ele me observa com olhos escuros e impacientes, e solta um grunhido:

– *Al-longe-toi.*

E levanta o queixo, repetindo quietamente em inglês.

– Deite-se.

Acomodo-me mais para cima na cama, com os olhos arregalados e grudados nele, enquanto deito e abro minhas pernas. Quero senti-lo. Só ele. Posso ver em seus olhos que agora ele sabe que eu lhe darei qualquer coisa, e lhe darei tudo. Ele se move rapidamente em minha direção, segurando a parte de dentro da minha coxa com uma de suas mãos, e me penetra em um longo empurrão.

Sinto todo o ar ir embora de dentro de mim, e por alguns segundos avassaladores, não consigo me recuperar. Tento me lembrar de como inspirar e expirar, e de como seu pau não está realmente empurrando todo o ar para fora de mim. É só uma sensação. Eu havia esquecido como era tê-lo dentro de mim dessa maneira: confiante, dominador. Mas a sensação de seu calor, nada entre nós dois, rouba meu ar, meus pensamentos, minha claridade.

Ele não se move por o que parece ser uma eternidade, apenas me observando, com os olhos passando por cada centímetro do meu corpo que ele pode ver de sua posição. Ele está tão endurecido que deve haver algum desconforto para ele, e eu posso sentir sua mão trêmula segurando o lençol, próxima à minha cabeça.

— Você precisa que eu te faça lembrar? — ele sussurra.

Concordo freneticamente com a cabeça, as mãos segurando as laterais de seu corpo enquanto meu quadril se move para fora da cama, sedento. Ele sai de mim tão lentamente que sinto minhas unhas cravando sua pele antes de perceber o que estou fazendo. Ele solta o ar entre os dentes, penetrando-me de volta com um grunhido grave.

E então ele vai para trás, e para frente, duro e violento, com seu ritmo quase me castigando. Ele está me punindo pela marca das minhas mãos na janela, e punindo a nós dois pela distância que se fez presente entre nós. Está me punindo por eu ter esquecido que sexo conosco é assim, e nada é melhor do que isso. Ele se inclina sobre mim, sua pele esfregando a minha exatamente onde eu preciso, o suor molhando sua sobrancelha e a suave expansão de seu peito. Eu me enrolo nele, beijando sua clavícula, seu pescoço, trazendo sua cabeça em direção à minha para que eu sinta o profundo retumbar de seu prazer contra meu dente, meus lábios, minha língua.

Minhas coxas tremem ao lado de seu corpo, o prazer está aumentando, e eu preciso mais de Ansel. Ele está mais duro. Meus dedos puxam seu quadril desesperadamente, e minhas palavras imploram e são ininteligíveis. Sinto minha liberação se contorcendo dentro de mim, mais e mais apertada até ela se soltar, explodindo em uma sensação como se tivesse levado um forte puxão, com minhas costas arqueando para fora da cama, chamando o nome de Ansel mais e mais.

Ele levanta o tronco com a força dos braços, observando-me enquanto me desfaço debaixo dele, e através da bruma de meu orgasmo eu o vejo como se ele estivesse escalando. Suas estocadas são longas e brutas, nossas peles se encontrando com um som grosseiro que me deixa mais maluca, e me faz pensar se estou mesmo à beira de ter outro orgasmo em breve.

– Ahhh...– eu solto em um gemido. – Estou...

– Me mostre – ele diz com um grunhido, trazendo uma mão entre nós e acariciando meu clitóris em círculos perfeitos.

Começo a cair da cama, meu corpo inteiro se contraindo em um segundo orgasmo tão forte que minha visão fica embaçada.

O pescoço de Ansel começa a ficar torcido e tenso. Seus dentes rangem e seu olhar fica mais estreito, enquanto solta o ar entre os dentes, dizendo:

– Porra...

Seu quadril se torna mais brutal, surrando-me e fazendo barulho contra minhas coxas. Ele cai sobre mim e eu posso sentir como ele se contorce por dentro, e o jeito com que ele estremece embaixo de minhas mãos.

Solto um gemido trêmulo, agarrando seu quadril com minhas pernas quando ele começa a se afastar.

– Não – eu digo, próxima à pele de seu pescoço. – Fique.

Ele se curva, com sua boca agarrada ao meu seio, chupando, e sua língua se aventurando até meu pescoço, minha mandíbula, enquanto seu quadril começa a se mover lentamente para frente e para trás. Ele parece insaciável, e apesar de saber que ele acabou de gozar, sinto que ainda não terminamos. Quando sua boca encontra a minha, estou perdida novamente no deslizar molhado de sua língua, a lenta pressão que ele faz para dentro e para fora de mim. Quando seu corpo relaxa dentro de mim parece durar apenas um segundo, e então o sinto se mexendo novamente, estendendo esse tempo até que ele se move em longos golpes para sua própria satisfação, com seu corpo pressionado junto ao meu.

Dessa vez nos movemos devagar, e ele me beija a todo segundo, profundamente e me explorando, deixando que eu escute a agonia e o prazer de nossos corpos tão completamente que começo a delirar.

~

Ele rola para o lado, gemendo em alívio. Eu me enrolo em seu corpo na escuridão, com meu coração ainda batendo apressado e minha pele molhada de suor.

– Ah... – ele sussurra, beijando o topo da minha cabeça. – Aí está ela.

Beijo seu pescoço, com a minha língua deslizando sobre a parte de baixo, onde experimento o gosto salgado do nosso suor.

– Obrigado por isso – ele diz. – Eu adorei o que você fez hoje à noite.

Minha mão passeia por seu abdômen e pelo seu peito, e eu fecho os olhos, dizendo:

– Me conte sobre a janela.

Ele congela ao meu lado por um momento, e então expira longa e lentamente.

– Talvez seja complicado.

– Não tenho nenhum lugar para ir agora – eu digo, sorrindo na escuridão.

Seus lábios pressionam minha têmpora, e ele diz:

– Minha mãe, como já te disse, é americana.

Com minha cabeça apoiada em seu peito, olho para seu rosto, mas no escuro não consigo enxergar sua expressão muito bem.

– Ela se mudou para a França assim que terminou o colegial, e então trabalhou como empregada doméstica.

– Ah... – eu digo, dando risada. – Talvez a escolha da fantasia tenha sido um pouco esquisita para você.

Ele solta um grunhido e me faz cócegas.

– Eu te garanto que, em momento algum, você me fez pensar na minha mãe essa noite.

Assim que me acalmo novamente ao seu lado, ele diz:

– Seu primeiro emprego foi numa casa bastante majestosa, que pertencia a um homem de negócios chamado Charles Guillaume.

– Seu pai – tento adivinhar.

Ele concorda com a cabeça.

– Minha mãe é uma mulher maravilhosa. É cuidadosa, meticulosa. Imagino que tenha sido uma funcionária perfeita. Devo ter herdado dela essas tendências, mas também do meu pai. Ele exigia que a casa estivesse impecável. Era obcecado com isso. Exigia que eu nunca deixasse uma só marca, em lugar algum. Nem nos espelhos, nem nas janelas. Nenhuma migalha na cozinha. Crianças não deviam ser vistas nem ouvidas – ele pausa, e quando volta a falar, sua voz é mais suave. – Talvez meu pai e o seu não sejam tão legais, mas acho que se dariam bem.

Seguro minha respiração, sem querer me mexer ou piscar ou fazer qualquer coisa que interrompa esse momento. Cada palavra é como se fosse um presente, e estou faminta por cada pedaço de sua história.

– Me conte mais sobre eles.

Ele me puxa para mais perto, deslizando suas mãos pela parte de trás da minha cabeça.

– Eles começaram a ter um caso quando minha mãe tinha apenas vinte anos, e meu pai tinha quarenta e quatro. Era bastante passional, pelo que minha mãe me contou. Isso tudo a consumia. Ela nunca havia planejado ficar na França por tanto tempo, mas ela se apaixonou por Charles e acho que nunca se recuperou.

– Se recuperou?

– Meu pai é um babaca – ele diz, rindo um pouco ironicamente. – Controlador. Obcecado pela casa, como falei. Com a idade, ele só piorou. Mas acho que ele deve ter um carisma ou algum charme que a atraiu.

Solto um sorriso na escuridão quando ele diz isso, sabendo que Ansel é um homem melhor, mas que certamente havia herdado o charme de seu pai.

– Durante esse tempo em que estiveram juntos, ele se casou com outra mulher. Ela morava na Inglaterra, mas meu pai se recusava a deixar sua casa para viver com ela, e minha mãe não sabia que essa esposa existia. Quando *Maman* ficou grávida de mim, meu pai queria que ela permanecesse nos aposentos dos serviçais, e não contou a ninguém que o filho era dele – ele ri um pouco e continua. – Mesmo assim, todos sabiam, e é claro que fui crescendo. Aos três, quatro anos, eu era a cara dele. Eventualmente, a esposa descobriu. Ela se divorciou de meu pai, mas ele decidiu não se casar com minha mãe.

Sinto meu peito contrair.

– Oh...

– Ele a amava – ele diz silenciosamente.

Estou obcecada com seu jeito de falar. O inglês é perfeito, mas seu sotaque eleva as palavras, transformando-as. Então seus "h" saem quase inaudíveis e seus "r" levemente guturais. Ele consegue soar polido e ao mesmo tempo rude.

– Ele a amava de um jeito estranho, e se certificou de sempre prover tudo para nós. Até insistiu em pagar quando minha mãe quis entrar na escola de culinária. Mas ele não é um homem que ama muito generosamente. Ele é egoísta, e não queria que minha mãe o deixasse, apesar de ele ter tido várias mulheres durante aqueles anos. Elas frequentavam a sua casa e o seu trabalho. Ele era bastante infiel, ao mesmo tempo em que era possessivo e louco por minha mãe. Ele dizia que a amava como ninguém. Ele esperava que ela compreendesse o seu apetite por outras mulheres, dizia não serem nada pessoais contra ela. Mas é claro que ela nunca poderia dormir com outro homem.

– Uau... – eu digo quietamente.

Na verdade, não consigo imaginar saber tanto sobre o casamento dos meus próprios pais. A história deles parece algo descolorido e estéril comparada a isso.

– Exatamente. Então, quando minha avó ficou doente, minha mãe agarrou a chance de sair da França e ir para casa em Connecticut e cuidar de sua mãe, até que ela faleceu.

– Quantos anos você tinha quando ela foi embora?

Ele engole um pouco de saliva, dizendo:

– Dezesseis. Morei com meu pai até começar a faculdade.

– E sua mãe voltou?

Consigo senti-lo balançando a cabeça ao meu lado.

– Não. Acho que ir embora foi muito difícil para ela, mas uma vez que ela foi, sabia que era a coisa certa. Ela abriu uma padaria, comprou uma casa. Ela queria que eu terminasse o colégio aqui, com meus amigos, mas eu sei que o fato de estarmos longe a consumia. É por isso que fui para os Estados Unidos estudar Direito. Talvez ela tivesse voltado para cá se eu pedisse, mas eu não poderia, não é?

Quando eu concordo, ele continua.

– Eu estudei em Vanderbilt, que não é muito próximo dela, mas mais perto do que a França – ele vira a cabeça para trás para me olhar. – Eu tenho intenção de morar um dia lá, nos Estados Unidos. Ela não tem mais ninguém.

Faço que sim com a cabeça, encaixando meu rosto em seu pescoço, sentindo um alívio tão enorme que estou até um pouco tonta.

– Você ficaria comigo? – ele pergunta baixinho. – Até que você tenha que ir para Boston?

– Sim. Se é isso o que você quer também.

Ele responde com um beijo que se torna mais profundo, e a sensação de suas mãos em meus cabelos e seu gemido em minha língua enchem minha mente com uma emoção que se parece um pouco com desespero. Rapidamente começo a morrer de medo de ter sentimentos verdadeiros e intensos por ele, de em algum momento ter que acabar com essa brincadeira de casamento, deixar a realidade voltar e ter que esquecê-lo. Mas eu afasto esses pensamentos porque é tão bom curtir esse momento. Seus beijos ficam mais lentos e mansos até que sobram apenas nossos sorrisos encostados um no outro.

– Que bom... – ele diz.

É o bastante por agora. Posso sentir o peso do sono atrás de meus olhos, em meus pensamentos. Meu corpo está dolorido e parece que foi perfeitamente usado. Em poucos segundos eu ouço o ritmo lento e estável da respiração de Ansel, dormindo.

Capítulo 12

Estou levemente alerta aos pesados murros na porta. Sento-me, desorientada. Ansel levanta depressa ao meu lado, olhando-me com uma expressão assustada e tirando os lençóis de cima de nós. Ele veste sua cueca boxer e corre para fora do quarto. Ouço sua voz conversando com quem quer que esteja lá, grossa e profunda de sono. Nunca o ouvi falar tão sério antes. Ele deve ter ido para o corredor e fechado a porta, porque sua voz desaparece após um pesado clique. Tento permanecer acordada. Tento esperá-lo e me certificar de que está tudo bem, e dizer o quanto adoro sua voz. Mas devo estar mais exausta do que penso, e esse é o último pensamento grogue antes de meus olhos fecharem novamente.

～

Sinto o ar deslizar embaixo dos lençóis e acariciar minha pele quando Ansel sobe na cama novamente. Sinto seu cheiro de grama, sal e tempero. Rolo para o lado com a mente ainda nebulosa e cheia de imagens quentes de sonho. E assim que sua pele fria toca a minha, sinto um fogo subir em meu estômago. Eu o quero de maneira instintiva, sinto o desejo acordando-me. O relógio ao lado da cama revela que são quase quatro horas da manhã.

Seu coração está batendo como um tambor embaixo da palma da minha mão. Seu peito está suave, rígido e desnudo, mas ele prende minha mão aventureira com a dele, e a interrompe para que eu não possa deslizá-la para seu abdômen e mais para baixo.

– Mia... – ele diz silenciosamente.

Gradualmente lembro que ele teve que ir até a porta.

– Está tudo bem?

Ele expira devagar, claramente tentando se acalmar, e eu consigo sentir, mais do que ver, seu gesto de negação com a cabeça na escuridão. A luz do céu sobre a cama deixa entrar uma pequena faixa do brilho da lua, que ilumina apenas nossos pés.

Pressiono meu corpo contra o dele, deslizando minhas pernas pelas suas. Os músculos de seus quadríceps são definidos e firmes abaixo da pele macia e quente. Eu paro quando chego em seu quadril, e ele arqueia as costas em minha direção, soltando um gemido. Ele ainda está apenas de cueca, mas embaixo da minha coxa ele está meio ereto. Na palma da minha mão, sinto seu coração voltando ao normal lentamente.

Não consigo estar tão próxima dele, mesmo que quase desacordada, e não querer sentir mais. Quero jogar longe os lençóis e arrancar sua cueca. Quero o calor de seu quadril pressionando o meu. Enquanto faço um zumbido contra sua pele e começo a me mexer em sua direção, meio inconsciente, meio instintivamente, passam alguns segundos antes que eu sinta seu corpo se estimular completamente.

Ele sente o efeito, e com outro gemido baixinho, rola o corpo para me encarar, tirando a cueca de seu quadril e libertando sua ereção.

– *J'ai envie de toi* – ele diz próximo ao meu cabelo, esfregando a cabeça de seu pau em mim, testando-me, antes de me penetrar com um som de fome. – Eu *sempre* quero você.

E então é sexo sem palavras ou pretextos, apenas nós dois trabalhando para chegarmos ao mesmo lugar. Meus movimentos são lentos, cheios de sonolência preguiçosa e aquela coragem do meio da madrugada, que me faz rolar por cima dele, apoiar minha cabeça em seu ombro enquanto deslizo em cima de seu membro. Seus movimentos também são lentos, mas porque ele está sendo intencionalmente gentil e cuidadoso comigo.

Geralmente, ele costuma ser mais falante. Talvez ele esteja tão calado porque está bem tarde, mas não consigo deixar de pensar que ele está se esforçando para sair do corredor e se concentrar no quarto.

Mas então suas mãos deslizam para as laterais do meu corpo, pegando meu quadril, fazendo qualquer incômodo desaparecer e ser substituído por um prazer crescente.

– Você fode tão bem – ele solta um grunhido, esfregando-se em mim e encaixando-se com meus movimentos.

Não me sinto mais sonolenta e relaxada. Estou perto de gozar, ele também está, e começo a perseguir o som de seu orgasmo, assim como o prazer que sinto subir pelas minhas pernas e descer pela minha espinha. Estou tão preenchida por ele, tão cheia de sensações, que isso é tudo o que eu sou agora: cristalina e quente, faminta e selvagem.

Ele me empurra e fico sentada, suas mãos puxando meu quadril para trás e para frente, fazendo-me montar em cima dele enquanto ele me penetra mais forte e mais fundo.

– Me fode – ele grunhe, levando uma de suas mãos para o meu seio, apertando-o. – Me fode mais forte.

E eu faço o que ele manda. Minhas mãos se tornam âncoras em seu peito e então eu me largo, escorrendo para cima dele mais e mais. Nunca me senti tão louca estando por cima, nunca me movi tão rápido. A fricção entre nós dois é incrível, escorregadia e agressiva, e com um suspiro eu começo a gozar. As unhas das minhas mãos cravam e apertam sua pele, e sons desesperados saem dos meus lábios.

Eu quero

Muito

Gozar muito

Forte, ah...

Meu Deus...

Minha incoerência arranca um grunhido selvagem de sua garganta e ele se senta, com os dedos agarrando meu quadril, seus dentes pressionando minha clavícula enquanto ele me penetra grosseiramente, gozando com um berro rouco, depois de uma bruta estocada final.

Seus braços formam um elástico apertado em volta de minha cintura enquanto ele pressiona o rosto em meu pescoço, tentando respirar normalmente. Sinto-me tonta e minhas pernas já estão doloridas. Ele parece não querer me largar, mas eu preciso mudar de posição. Lentamente, levanto-me e escorrego para seu lado na cama. Sem dizer nada, ele rola seu corpo para me olhar, puxando minha perna por cima de seu quadril, e roçando seu pau ainda duro pelo meu clitóris devagarinho enquanto beija meu queixo, minhas bochechas, meus lábios.

– Eu quero mais – admite ele, no quarto escuro. – Eu não sinto que terminei.

Levo minha mão mais para baixo e o deslizo cuidadosamente para dentro de mim. Não vai durar muito, mas quando o sinto dessa maneira, se mexendo lentamente, sem espaço entre nós, o escuro da noite espalhado pela cama como um cobertor de veludo, meus ossos doem com a intensidade de nós dois juntos.

– Eu só quero fazer amor com você o dia inteiro – ele diz próximo à minha boca, rolando o corpo para cima de mim. – Não quero pensar em trabalho, em amigos, ou em comer. Quero existir só com você.

Com isso, lembro-me de perguntar o que acontecera na porta.

– Você está bem?

– Sim. Eu só quero adormecer dentro de você. Talvez nossos corpos façam amor novamente enquanto nossos cérebros dormem.

– Não, quero dizer... – começo a falar cuidadosamente. – Quem estava na porta?

Ele fica parado.

– O Perry.

Perry. O amigo que não estava em Vegas com o resto do pessoal.

– O que ele queria?

Ele hesita, beijando meu pescoço. Finalmente, diz:

– Eu não sei. No meio da noite? Eu não sei.

Capítulo 13

Não preciso abrir os olhos para perceber que ainda está escuro lá fora. A cama é um ninho de cobertores quentes; os lençóis são macios e cheiram a Ansel e detergente. Estou tão cansada, flutuando naquele espaço entre o acordar e o sonhar, que as palavras sussurradas em meu ouvido soam como bolhas ascendendo do fundo da água.

— Você está franzindo a testa enquanto dorme?

Lábios quentes pressionam minha testa, e a ponta de um de seus dedos suavizam minha pele no mesmo lugar. Ele beija uma bochecha e depois a outra, esfregando seu nariz por minha mandíbula e de volta à minha orelha.

— Eu vi seus sapatos perto da porta — ele sussurra. — Você já andou Paris inteira? Eles parecem estar desgastados.

Ele não está tão enganado, na verdade. Paris é um mapa interminável que parece se desdobrar logo à minha frente. A cada esquina existe outra rua, outra estátua, outro prédio mais antigo e mais bonito do que qualquer coisa que já vira antes. Eu chego a um lugar e logo já quero saber o que está além dele. Nunca tive tanta vontade de me perder em um *lugar* como tenho agora.

— Adoro o fato de você estar tentando aprender minha cidade. E que Deus ajude os pobres garotos que veem você passar por eles com esse vestidinho de verão que vi pendurado no banheiro. Você terá admiradores te seguindo no caminho de casa, e serei obrigado a correr atrás deles para espantá-los.

Sinto Ansel sorrir contra um dos lados do meu rosto. A cama faz um barulho e sua respiração acaricia meus cabelos. Mantenho minha face relaxada, minhas expirações equivalentes, porque nunca mais quero acordar. E nunca mais quero que ele pare de falar comigo desse jeito.

– É sábado novamente... Tentarei chegar em casa mais cedo hoje à noite.

Ele suspira, e eu ouço a exaustão em suas palavras. Não tenho certeza se compreendi completamente o quão difícil isso é para ele; equilibrar o que ele enxerga como sua responsabilidade em relação a mim e a seu trabalho. Imagino que ele deva se sentir puxado em todas as direções.

– Eu pedi para que você viesse para cá, e estou sempre fora de casa. Nunca quis que fosse assim. É que... eu não pensei direito – ele ri próximo ao meu pescoço.

– Todo mundo que conheço reviraria os olhos em relação a isso. Oliver, Finn, especialmente minha mãe – ele diz, com carinho. – Eles falam que sou impulsivo. Mas eu quero ser melhor. Eu quero ser bom para você.

Quase começo a chorar.

– Você não vai acordar, *Cerise*? Não vai me dar um beijo de despedida com essa sua boca? Esses lábios que me deixam atordoado? Ontem eu estava em uma reunião e quando eles chamaram meu nome não tinha ideia sobre o que eles estavam falando. Tudo o que conseguia pensar era nos seus lábios de cereja ao redor do meu pau, e a noite passada... Ah, as coisas que eu imaginarei hoje... Você vai me fazer ser demitido, e quando não tivermos um centavo e estivermos morando na rua, você não poderá culpar ninguém além dessa boca.

Não consigo manter uma expressão séria e começo a rir.

– Finalmente – ele diz, grunhindo em meu pescoço. – Eu já estava pensando em acionar o alarme de incêndio.

~

Mesmo acordando sozinha, poucas horas depois, lembro-me do jeito que ele sussurrou perto dos meus ombros, e finalmente em minhas orelhas. Eu rolei meu corpo e deitei de costas, com os olhos ainda fechados enquanto me aconchegava nele em um abraço preguiçoso. O tecido de seu terno era áspero, a seda de sua gravata era sugestiva e roçava entre meus seios nus. Se estivesse mais desperta eu teria o puxado para baixo e o observaria encaixar as pontas dos dedos às marcas na minha pele.

Ansel me deixou o que comer pela manhã. Há café e um croissant embrulhado esperando-me em cima do balcão, e junto do chapéu que havia usado com minha fantasia de empregada há uma nova lista de frases em um rascunho ao lado do meu prato.

- *Que horas são? Quelle heure est-il?*
- *A que horas você fecha? A quelle heure fermez-vous?*
- *Tire sua roupa, por favor. Déshabille-toi, s'il te plaît.*
- *Me fode. Mais forte. Baise-moi. Plus fort.*
- *Eu preciso do consolo maior, do mesmo tamanho do meu marido. Je voudrais le gros godé, celui qui se rapproche le plus de mon mari.*
- *Esse foi o melhor orgasmo da minha vida. C'etait le meilleur orgasme de ma vie.*
- *Eu vou gozar na sua boca, garota linda. Je vais jouir dans ta bouche, beauté.*

Ainda estou sorrindo quando entro no banheiro e no chuveiro, e as memórias de ontem à noite passam como um filme em minha mente.

A pressão da água no apartamento de Ansel é terrível, e a água não chega a ser morna. Eu me lembro novamente do fato de não estar em São Diego, onde a única pessoa com quem precisava lutar por água quente a essa hora, tarde da manhã, era a minha mãe, depois de sua aula de ioga. Aqui há sete andares para serem levados em consideração, e eu faço uma nota mental para me levantar mais cedo amanhã, e sacrificar uma hora extra de sono por um banho quente. Mas essa não é a única coisa que eu perderia. Aqueles poucos momentos desprevenidos pela manhã quando Ansel pensa que ainda estou dormindo podem fazer valer um banho gelado. Muitos deles.

~

Simonha está lá fora fumando um cigarro quando passo pela padaria em direção ao metrô.

— Hoje já está sendo um puta pesadelo — ela diz, soltando um rastro de fumaça pelo canto da boca. — Nós já vendemos todos os doces que todo mundo ama, e derramei uma porrada de café em mim mesma. Porra de vida.

Não sei bem por que me sento com ela durante seu intervalo no trabalho, escutando-a desabafar sobre as dificuldades de ser uma jovem de vinte e poucos anos em Paris, sobre como seu namorado parece nunca conseguir desligar a máquina de café antes de ir embora, ou sobre como ela pararia de fumar, mas acha que há duas opções: cigarros ou homicídio de clientes — e a escolha é deles. Ela não é muito simpática com ninguém, na verdade. Talvez seja pelo fato de ser americana, e é reconfortante ter uma conversa normal com alguém que não seja Ansel, em uma língua que eu realmente entenda. Ou talvez eu esteja mesmo sedenta por contato humano, o que é... bastante deprimente.

Quando ela termina de fumar seu último cigarro e o café já esfriou completamente, despeço-me dela, caminho em direção ao metrô e exploro o máximo que consigo de Le Marais pela manhã.

Aqui há alguns dos prédios mais antigos na cidade. O bairro se tornou famoso pelas suas galerias de arte, pequenos cafés e boutiques exclusivas e sofisticadas. O que eu mais amo são as ruas estreitas e sinuosas, e como os pequenos quintais surgem de repente, implorando para serem explorados, ou simplesmente para que eu sente e leia um livro, me perdendo na história de outra pessoa.

Quando meu estômago começa a roncar e estou pronta para o almoço, meu celular vibra na bolsa. Ainda estou surpresa com a deliciosa sensação em meu peito quando vejo aparecer o nome e o rosto de Ansel em uma foto boba em que ele está com bochechas rosadas e um sorriso entusiasmado.

Será carinho o que eu sinto? Jesus, é definitivamente carinho, e quando ele está perto de mim eu basicamente tenho vontade de molestá-lo. Não é somente por ele ser lindo e charmoso, é porque ele é gentil e atencioso, e nunca ocorreria para ele ser áspero ou crítico. Há uma leveza inerente nele que me desarma, e não tenho dúvida de que ele deixa um rastro de corações partidos, em homens e mulheres, onde quer que ele vá, mesmo que não seja intencional.

Tenho quase certeza de que a mulher que administra a loja na esquina de nosso apartamento é um pouco apaixonada por ele. Na verdade, tenho quase certeza de que quase *todo mundo* que Ansel conhece é um pouco apaixonado por ele. E quem poderia culpá-los? Outro dia eu a observei contando algo para ele em um francês apressado, fazendo uma pausa e pressionando as mãos enrugadas em seu próprio rosto, como se tivesse acabado de se declarar para o menino mais bonito. Mais tarde, enquanto caminhávamos pela calçada tomando nosso sorvete, ele me explicou que ela havia dito para ele o quanto ele se parecia com o garoto por quem ela se apaixonara na universidade, e como ela pensava nele por um momento sempre que Ansel parava ali para tomar um café.

– Ela me agradeceu por fazê-la se sentir como uma garota novamente – disse ele, de maneira um pouco relutante, e depois virando-se para mim com um sorriso sedutor. — E que estava feliz por me ver casado com uma menina tão linda.

— Então basicamente você deixa as senhoras um pouco assanhadas.

— Eu me importo somente com essa senhora aqui.

E então beijou minha bochecha.

— E eu não quero te deixar assanhada. Quero você pelada e me implorando para gozar na sua boca inteira.

Nunca havia conhecido ninguém capaz de mostrar uma mistura tão grande de sexualidade descarada com inocência dissimulada. Assim, é com uma combinação de animação e medo que leio sua mensagem no celular, enquanto atravesso a calçada cheia de gente.

`A noite passada foi divertida`, ele começa.

Mordo meu lábio enquanto contemplo minha resposta. O fato de ele ter entendido o que eu estava fazendo, de ele ter entrado na brincadeira, e até ter sugerido que fizéssemos novamente, bem...

Respiro profundamente. `Muito divertida`, respondo.

`Foi bom ter relaxado e saído um pouco da sua cabeça?`

O sol está alto e deve estar fazendo perto de trinta graus aqui fora, mas apenas com uma frase ele conseguiu fazer com que arrepios entrassem em erupção pelos meus braços e pernas, e meus mamilos endurecessem. De alguma forma, falar sobre isso desse jeito, reconhecendo o que nós fizemos, parece tão sujo como ter visto aquela fantasia pendurada no armário essa manhã, ao lado das roupas que ele usa para ir trabalhar todos os dias.

`Foi sim`, eu digito. Se uma mensagem pudesse representar um suspiro, é assim que ela soaria.

Há uma longa pausa antes de ele começar a digitar novamente, e eu me pergunto se ele está se sentindo excitado como eu estou agora.

`Você faria novamente?`

Eu nem preciso pensar.

Sim.

Sua resposta vem lentamente. Ele parece estar digitando por uma eternidade.

Vá para a estação Madeleine, linha 14 do Chatelet. Ande até o número 19 da Rue Beaubourg-Centre Georges Pompidou (o grande museu, você saberá onde é). Suba pelas escadas até o último andar. Espere no bar do restaurante Georges às sete horas da noite. É a melhor vista de todas.

Estou próxima o bastante para caminhar até lá, e sinto uma pontada de excitação na espinha, que depois se derrama como um banho quente por minha pele. Meus braços e pernas parecem começar a pesar, meu corpo dói, e eu tenho que ir até uma área de descanso na frente de uma livraria para me recuperar. Imagino que isso seja o que um atleta sente nos últimos momentos antes de ouvir o tiro de início da corrida.

Não tenho ideia do que Ansel esteja planejando, mas estou pronta para descobrir.

~

É fácil encontrar o Centre Pompidou. Graças ao Google, sei que está localizado ao lado direito do rio de Paris e situado em uma área conhecida como o bairro de Beaubourg. Depois de ter explorado a cidade por dias, já consigo me localizar bastante bem. Mas apesar de ter visto uma foto do museu na Internet, não estou de maneira alguma preparada para a curiosidade monstruosa que parece nascer da cidade ao seu redor.

É como se o enorme prédio tivesse sido descascado de suas camadas exteriores, revelando os exatos pedaços que o mantém ereto, em sua fundação. Tubos em cores brilhantes como verde, azul, amarelo e vermelho são alternados com vigas de metal, e parecem mais com obras de arte, assim como os itens guardados ali dentro.

Sigo uma placa que me leva a uma praça grande e pavimentada, cheia de estudantes, famílias e grupos de turistas a passeio. Alguns artistas se apresentam rodeados por pequenas plateias e crianças correm pelo lugar, com suas risadas ecoando nos espaços vazios criados pela enorme edificação.

Assim como Ansel me instruiu, subo as maiores escadas rolantes que já vi, até o último andar. Elas são encapsuladas por um túnel de vidro e me permitem uma vista incrivelmente extensa de Paris, com os prédios no horizonte que só conheci através de livros. Consigo ver a Torre Eiffel imediatamente, à frente de um cenário lindo com um céu azul brilhante.

Meu reflexo pisca de volta para mim, vestindo um simples vestido de jérsei, com os cabelos pretos refletindo o sol da tarde. Meu rosto está corado de nervosismo, e estou tentando afastar o tremor da ansiedade de não fazer ideia do que está acontecendo, e ter deixado Ansel completamente no controle da situação. Será que ainda sou sua empregada? Faço uma pausa, pisando entre uma escada rolante e outra, enquanto começo a ser tomada pela próxima possibilidade. Nosso equilíbrio de poder já havia mudado desde que chegamos aqui. Para onde estou indo?

Começo a racionalizar.

Quando você se deixou levar ontem à noite, ele assumiu o controle e lhe deu a noite mais intensamente erótica da sua vida. Confie nele.

Respirando profundamente, saio da escada para o topo do prédio e caminho até o sofisticado restaurante. Uma mulher linda com cabelos vermelho-tomate e um vestido branco curto me conduz por um espaço que mais parece um cenário de um filme de ficção científica do que um lugar para jantar. Tudo é feito de metal escovado e pintado de um branco brilhante, com vigas de aço e polidas esculturas de cavernas. As mesas são sofisticadas e industriais, cada uma adornada com uma rosa cor de rubi de haste longa. A área de jantar externa é protegida por um vidro baixo para não prejudicar a vista... Uau, a vista é incrível.

Eu agradeço e sento no bar, checando se recebi alguma mensagem em meu telefone. Acabo de começar a escrever para Ansel, quando sinto um toque em meu ombro.

– Você se importa se eu me sentar aqui? – ele pergunta, nervoso. Logo percebo que este não é o mesmo jogo de ontem à noite. Devo estar deixando transparecer minha confusão, porque ele continua: – A não ser que você esteja esperando alguém, claro.

Estranhos. Isso eu consigo fazer. Nós conseguimos.

– Não, na verdade não estou esperando ninguém. Fique à vontade – digo, fazendo um gesto para o banco à minha direita.

Ansel sobe com seus um metro e oitenta de altura no banco feito de alumínio escovado e começa a brincar com o guardanapo de pano cuidadosamente dobrado. Não havia conseguido olhar para ele direito quando ele estava saindo hoje de manhã, então tento observá-lo enquanto ele se ajeita, brincando com seu novo personagem.

Ele está usando uma camisa que eu nunca tinha visto, de cor verde-escura com uma estampa tão delicada que tenho que olhar bem de perto para entender. Ansel veste perfeitamente sua calça social preta. Há um pouco de barba definindo a linha de sua mandíbula, e seus cabelos parecem estar um pouco mais bagunçados do que o normal, caindo sobre sua testa. Tenho o repentino desejo de enrolar meus dedos neles enquanto trago sua cabeça entre minhas pernas.

Tenho que desviar o olhar para recuperar a respiração. Esse cara é meu *marido.*

Você está incrível, é o que eu gostaria de dizer.

Como consegui encontrar alguém tão fácil e perfeito em Las Vegas, entre todos os lugares do mundo? É o que eu gostaria de perguntar.

Mas ao invés disso permaneço quieta, deixando-o me mostrar como esta noite deverá avançar.

– Acho que levei um fora – diz ele.

Agora que me recompus, volto a encará-lo.

– Isso é terrível. Não ligaram nem mandaram mensagem?

Ele faz que não com a cabeça, e desliza uma de suas mãos pelos seus cabelos, arrumando-os novamente.

– Deve ter sido melhor assim – diz, levantando o queixo, confiante. – Acho que não éramos tão compatíveis.

Ajeito-me para ficar de frente para ele.

– Esse era o primeiro encontro de vocês?

Ele balança a cabeça de um lado para o outro e abre a boca para falar, mas faz uma pausa quando o garçom para na nossa frente.

– *Un whisky-soda, s'il vous plaît* – ele diz para o homem, antes de se virar para mim, ansioso.

– Um... gim *et*... tônica? – falo como se fosse uma pergunta, e o garçom dá uma risada contida ao sair andando.

Ansel olha de maneira demorada para as costas do garçom e então limpa a garganta, continuando:

– Nós estávamos juntos há um tempo, mas... – ele para abruptamente, balançando a cabeça. Inclinando-se para perto de mim, com a voz um pouco mais grave, diz: – Não, ignore isso. Não quero fingir que estou traindo alguém.

Eu mordo meu lábio para conter meu sorriso. Meu Deus, como ele é fofo.

– O que eu quero dizer é que nos falamos ao telefone algumas vezes – conta ele, com seus olhos procurando pelos meus, como se essa nova história funcionasse melhor. – Nunca pareceu muito certo, mas pensei que se nos encontrássemos pessoalmente...

Eu concordo, balançando minha cabeça em simpatia.

– Lamento que ela não esteja aqui.

Ele inspira profundamente e relaxa os ombros, com seus lábios fazendo um bico que eu poderia mastigar.

— E você? Disse que não veio encontrar ninguém. Você está jantando sozinha? – ele pergunta e, levantando as mãos, continua: – E eu pergunto isso da maneira menos assustadora possível. Por favor, não chame o segurança.

Eu dou risada, girando o celular em cima do bar à minha frente.

— Sou nova na cidade. Foi um longo dia no trabalho e estava precisando de um drink. Um amigo disse que este lugar tinha a melhor vista da cidade.

— Um amigo?

— Um cara que eu conheço – provoco.

Ansel sorri e olha por cima de um de seus ombros.

— Seu amigo pode estar errado. Não sei se é possível superar a vista dali do topo – ele diz, fazendo um gesto em direção à Torre Eiffel.

O garçom coloca nossas bebidas em frente a nós dois, e levo a mão até meu copo, dizendo:

— Embora ali não sirvam álcool.

— Mas sim, você pode tomar champanhe no último nível, servido na taça de plástico mais sofisticada das redondezas. Não perca esse passeio, enquanto estiver por aqui.

— Você está me deixando com vontade de encarar filas terríveis e elevadores claustrofóbicos.

— Você deve fazer isso antes de ir embora – ele diz. – É um passeio para turistas, mas é preciso passar por isso ao menos uma vez na vida.

— Na verdade, eu vi, sim, o topo – admito, tomando um gole de meu drink. – Fui até lá sozinha em um dos meus primeiros dias na cidade. Não sabia que eles serviam bebidas lá, senão teria ficado um pouco mais.

— Talvez você possa ir com alguém na próxima vez – ele diz silenciosamente, como se um pedido de desculpas estivesse escurecendo sua expressão. Ele se sente culpado por eu estar tão sozinha. E eu me sinto culpada por interrompê-lo. Estamos vivendo tanto em nossas mentes que não fico surpresa por termos que fingir.

— Talvez — respondo com um sorriso. — E você mora aqui, em Paris?

Ansel faz que sim com a cabeça e toma outro gole de seu drink.

— Moro, sim. Mas minha mãe é americana. Viajei pelos Estados Unidos depois do colégio.

— Só viajou? — eu provoco. — Atravessando a América com uma mochila?

— Quase isso — ele diz, dando risada. — Durante o verão, antes de entrar na faculdade, participei de um programa chamado Pedale e Construa. Você já ouviu falar?

Balanço a cabeça um pouco, dizendo apenas:

— Já ouvi esse nome...

É claro que Ansel já mencionara antes, mas me sinto culpada por nunca ter perguntando mais para ele.

— É basicamente um grupo de pessoas, na maior parte estudantes universitários, que pedalam pelo país durante três meses, parando em alguns locais do caminho para trabalhar em construções.

— Eu fui para Vegas depois de me formar. Acho que você venceu.

— Bem, isso deve ser divertido também — ele diz, provocando-me com os olhos enquanto toma sua bebida. — Ouvi dizer que há muito com que se aventurar em Vegas.

— Sim — respondo, sorrindo. — Mas três meses? Em uma bicicleta?

Ansel ri.

— Três meses. Bem, onze semanas, para ser exato. Pedalando cerca de cem quilômetros por dia.

— Eu morreria. Você teria que ligar para minha mãe para me resgatar no quarto dia.

Ele observa-me exageradamente de cima a baixo, como se estivesse me examinando.

— Acho que você aguentaria o tranco.

Balanço a cabeça.

– Acredite, não sou boa em duas rodas. Então me conte. Você dormia em hotéis, ou...?

– Às vezes – ele responde, dando de ombros. – Alguns grupos ficam em igrejas ou outros lugares. Talvez com famílias. Meu grupo tinha um tipo de... – ele faz uma pausa para procurar a palavra, franzindo a testa. – Quando você dorme em uma barraca?

– Acampamento – eu digo, dando risada.

Ele estala os dedos.

– Isso! Geralmente nós ficávamos em um lugar por alguns dias para trabalhar, então formávamos um acampamento itinerante. Três ou quatro pessoas dividiam uma barraca de lona, dormindo nas piores camas que você pode imaginar.

Eu olho para ele agora, em sua camisa e calça social impecáveis, e fica difícil imaginá-lo como ele era em Vegas, vestido informalmente e trabalhando em construções. Fico observando seu pescoço e desfrutando dessa fantasia por um momento.

– Parece bastante intenso.

Ele concorda com a cabeça.

– Quatro de nós juntos o dia inteiro. Às vezes ficávamos esgotados com o calor. Era muito úmido e todos nós continuávamos a trabalhar até à noite. Era difícil, mas nunca me diverti tanto. Acho que nunca mais vou conhecer ninguém tão bem como conheço aqueles três.

Fascinada, saio de minha personagem por um momento.

– Você quer dizer Oliver, Finn e Perry.

Uma sombra avança sobre seu rosto, e ele faz que sim com a cabeça lentamente.

Merda.

– Desculpe, eu não queria...

Mas ele levanta uma de suas mãos.

– Não. Essas são as melhores relações e... são também as mais complicadas da minha vida. Isso faz algum sentido?

Eu concordo.

– Pedalei ao lado deles às vezes por oito ou dez horas por dia. Dormíamos os quatro em um espaço do tamanho de um banheiro. Juntos sentíamos saudade de nossas famílias, nos confortávamos, celebramos alguns dos momentos mais orgulhosos de nossas vidas. Viver praticamente grudados naquela idade fez com que os três meses parecessem uma vida inteira, e... Acho que é difícil quando a vida muda de um jeito que não imaginávamos ou queríamos.

Não sei pelo que esse Perry está passando, mas obviamente é algo com que Ansel tem dificuldade em lidar. Ele fica quieto por um instante, com a atenção voltada para seu copo. Não estou acostumada a vê-lo assim, e sinto como se estivessem pressionando meu peito. Não havia percebido o quanto estava faminta por detalhes sobre sua vida até chegarmos aqui, fingindo compartilhar essas coisas com um estranho, em segurança.

– Você não precisa falar sobre isso – digo baixinho.

– É que não há nada que eu possa fazer para consertar o que Perry está passando, e... Não estou querendo dar muita importância a mim mesmo, mas não é uma situação com a qual eu esteja familiarizado.

– Com o que quer que ele esteja lidando – eu digo –, você pode estar ao lado de Perry. Mas é a vida dele. Você não pode torná-la perfeita.

Ele me analisa por um instante, silencioso, abrindo a boca e fechando-a em seguida.

– Não, é que... – ele pausa e toma uma inspiração profunda. – Eu sei. Você está certa.

Eu quero dizer a ele que eu compreendo, que sei como é estar muito próxima de uma pessoa e senti-la se afastar sem poder puxá-la de volta, mas não consigo. As pessoas mais próximas em minha vida sempre foram Harlow e Lorelei. Elas são constantes desde o ensino fundamental. Quando Luke e eu nos separamos após o acidente, eu estava pronta para deixá-lo ir embora. E apesar de ocasionalmente ainda sentir o vazio que ele costumava preencher em minha vida, acho que eu sempre soube que não ia ficar com ele para sempre.

Querendo mudar de assunto, eu sussurro:

– Bem, na minha opinião, quem quer que tenha dado o fora em você era uma completa idiota.

Sua expressão facial é tomada por compreensão, e ele se ajeita em cima do banco para me encarar completamente, com um de seus cotovelos apoiados sobre o bar.

– Eu não sei – ele diz finalmente, mordendo o lábio inferior. – Estou começando a achar que ela me fez um favor, na verdade... – ele deixa esse sentimento pairar significativamente entre nós dois, e continuamos sentados ali em silêncio, ao som pesado da música retumbando ao nosso redor. – Você tem namorado? – ele pergunta de repente.

– Namorado? – balanço a cabeça, lutando contra um sorriso. – Não.

É tecnicamente verdade.

– Namorada? – pergunto em resposta.

Ele faz que não com a cabeça, e seus olhos piscam em direção à minha boca e depois ao meu olhar.

Assim que a conversa sobre o Pedalar e Construir segue em frente e mudamos de assunto, qualquer traço de tristeza e arrependimento parece desaparecer dos olhos de Ansel, e é como se fosse a primeira noite em que estivemos juntos. Só nós dois conversando por horas. Isso me ajuda a lembrar de detalhes que ainda não haviam retornado. Como o jeito que ele fala com as mãos, pausando apenas quando esquece alguma palavra. Sua sobrancelha franze quando ele se concentra, e eu começo a rir, como se fosse um pequeno jogo de charadas acontecendo, enquanto tento ajudá-lo encontrar a palavra certa. Ou o jeito que ele escuta com tanto cuidado, inclinando a cabeça em minha direção, com seus olhos continuamente inspecionando minha expressão. Ele me faz sentir como se eu fosse a única pessoa no planeta. Ele me olha como se estivesse a um segundo de me devorar inteira.

Não é surpresa que eu tenha pedido Ansel em casamento.

Ele me pergunta sobre minha vida em São Diego e escuta com a mesma atenção cativante, como se a noite em Vegas nunca tivesse acontecido e ele não soubesse de cada detalhe.

– E você adorava dançar – ele diz sorrindo, com o copo vazio abandonado a sua frente sobre o bar. Não é uma pergunta, mas uma observação.

– Adorava, sim.

– E estar no palco.

Eu suspiro.

– Eu *adorava* estar no palco.

Os olhos de Ansel se estreitam e um instante de silêncio se estende entre nós. Então ele diz:

– Eu tenho certeza.

Ele não mostra o mínimo de embaraço com o jeito que analisa meu corpo, com o olhar demorando em meus seios.

– Mas a faculdade de Administração – ele diz, piscando e voltando o olhar para o meu rosto – não é tão interessante.

Eu dou risada.

– Ah, não é.

– Então você vai estudar mesmo? Vai passar tanto tempo da sua vida fazendo algo que claramente te faz infeliz?

Uma centelha de pânico acende em meu peito, mas eu consigo apagá-la rapidamente. Este é meu lugar seguro, esse espaço que eu e Ansel encontramos, onde posso dizer ou fazer ou *ser* quem eu quiser.

Então eu evito responder, direcionando o foco para ele novamente.

– Muitas pessoas estão infelizes em seu emprego. Você ama o seu?

– Não esse em particular – ele responde. – Não.

– Mas você continua nele.

– Sim... – diz, pensativo. – Mas o meu é temporário. Eu sei o que quero fazer com a minha vida. Esse emprego é apenas uma porta que me levará a outro. Esse trabalho me permitirá escolher minha posição em qualquer lugar do mundo. Agora dois anos a mais estudando é bastante tempo, e eu vi o jeito que você reagiu quando eu toquei nesse assunto – ele ri suavemente. – Como se sua vida acabasse de passar como um flash na frente de seus olhos. Se a ideia da faculdade te faz infeliz...

Sua voz começa a ficar mais baixa e ele me observa, como se esperasse que eu mesma terminasse a frase.

– Eu não posso mais dançar – eu digo, para que ele se lembre. – Alguns parafusos em minha perna e três centímetros de osso artificial de liga de metal não é algo que consigo superar mesmo se me esforçar bastante. Não é um caso de vencer a matéria com a minha mente.

Ele gira seu copo, alargando o círculo escuro de condensação formado no porta-copos logo abaixo. O gelo tilinta contra a parede do recipiente vazio, e ele parece estar considerando algo cuidadosamente. Em seguida, diz:

– Não profissionalmente – ele adiciona, enquanto encolhe os ombros.

Balanço minha cabeça, mas não faço mais nada. Ele não entende.

– Sua carreira como dançarina de striptease... extinta antes mesmo de começar.

Minha garganta explode com uma risada.

– É uma tristeza, porque eu já tinha até escolhido um nome e mandado fazer doces com minhas iniciais e tudo.

Ansel inclina-se sobre o ar e então em minha direção. Seus olhos analisam meu rosto, depois minha boca e mais para baixo. É uma tentativa de sedução tão óbvia e tola que eu não consigo conter a risada. Esse é o cara de quem eu não conseguia tirar o olho em Vegas, aquele que atraía minha atenção não importa onde ele estivesse. Aquele a quem eu contei minha vida inteira em algumas horas, aquele com quem eu me casei, aquele com quem transei muitas vezes.

– Fico feliz que alguém tenha dado o fora em você – eu digo, esperando que a maneira com que estou olhando para ele faça-o sentir metade do que eu sinto quando ele me olha.

Ele esfrega um de seus dedos em meu joelho.

– Eu também.

Não tenho certeza do que fazer agora, então decido mostrar um pouco de coragem.

– Você gostaria de ir embora daqui? – eu pergunto. – Talvez caminhar um pouco?

Ele não hesita, apenas fica em pé e faz um gesto para o garçom nos trazer a conta.

– Vou ao banheiro rapidinho – eu digo.

Ele observa-me com olhos famintos.

– Estarei aqui esperando por você.

Mas quando saio do enorme banheiro de decoração antiga, ele está ali bem na minha frente, com a cabeça baixa e o rosto escondido pela luz fraca. Perigoso. Ele olha para cima com o som da porta, e sua expressão parece ainda mais forte na sombra – áspera e de repente aliviada pela luz neon. Nesse canto escuro, sua mandíbula lembra uma rocha cravada. Seus olhos estão assombreados e sua boca está suntuosa e exagerada.

Ele não me dá instante algum para hesitar, e apenas atravessa o pequeno espaço para me colocar de costas para a parede.

– Não consegui esperar – ele diz, pegando meu pescoço com a palma da mão fria e estabilizada, enquanto seu polegar pressiona a forte pulsação em minha garganta.

Ele me segura de maneira possessiva, tão diferente do Ansel que eu conheço que sinto uma corrente de medo subir pela minha coluna. Nesse jogo, ele é novamente um estranho. Nós não nos conhecemos e, além do que ele me contou na última hora, eu não devo saber nada sobre ele também.

Digo a mim mesma que uma garota esperta iria embora. Uma garota quieta e inteligente fingiria que tinha amigos esperando por ela logo atrás da porta. Ela não ficaria em um corredor escuro com um homem que não conhece, desfrutando tanto do jeito que ele está lhe pegando que ela nem pensa em sair.

– Eu posso ouvi-la pensando – ele sussurra, apertando-me mais forte. – Relaxe. Entre na brincadeira comigo.

E é exatamente o que eu preciso. Relaxo meus ombros e minha mente fica mais clara. A tensão derrete do meu corpo enquanto me entrego a ele.

Apesar do grande salto do meu sapato e de Ansel estar alguns centímetros mais alto, tenho apenas que levantar meu queixo para alcançá-lo, com a ponta do meu nariz esfregando o dele.

– Não costumo fazer isso – eu digo, perdida na ideia de fazer sexo casual, de deixar esse estranho sensual fazer o que quiser comigo. – Eu não costumo nem beijar no primeiro encontro. Eu nunca...

Fecho meus olhos e engulo um pouco de saliva, abrindo-os de novo para perceber Ansel olhando e sorrindo para mim.

– Eu sei.

Sua expressão diz: "Exceto aquela vez que você se casou comigo em Vegas".

Claro. Exceto aquela vez.

Ele pressiona uma de suas coxas entre minhas pernas e eu consigo sentir o quanto ele já está duro. Desfruto dos pequenos movimentos de seu quadril enquanto ele se mexe contra meu corpo.

– Quero você – ele murmura, beijando-me, casto e suave.

Ele se afasta, lambe os lábios e vem em minha direção de novo, gemendo suavemente próximo à minha boca.

– Posso?

– Agora?

Meu coração acelera, batendo tão forte por baixo do meu osso que consigo sentir meu peito se movendo com tamanha força.

Ele faz que sim com a cabeça e menciona me beijar.

– Aqui. O lugar está ficando cheio – ele diz, gesticulando em direção ao restaurante. – Temos que ser rápidos.

Parece que alguém acaba de acender um fósforo dentro do meu peito. Enrolo os dedos no tecido da camisa de Ansel, puxando nós dois para dentro do banheiro vazio. Ele me segue sem dizer uma palavra, beijando-me até que a porta feche atrás de nós e a fechadura trave.

De repente, sinto muito calor e fico mais sensível. Consigo sentir cada centímetro de roupa que nos separa. Suas mãos agarram meu rosto, sua língua deslizando na minha, e o gosto dele é tão bom que começo a ficar um pouco tonta.

O banheiro é escuro, iluminado apenas por uma faixa de luz neon cor-de-rosa. É tão fácil fingir aqui, perdidos em um lugar que faz tudo parecer um faz de conta, rodeados de sons do outro lado da porta. Sinto a batida da música fazendo o chão e meus pés tremerem, e é somente isso que me lembra da existência de outras pessoas neste planeta, além de nossos beijos e nossas mãos frenéticas enquanto tentamos nos aproximar e tirar nossas roupas do caminho.

Meu vestido sobe e sua camisa é tirada pela cintura de sua calça, o que me permite esfregar minhas unhas em seu abdômen. Suspiro quando o ar frio encontra minha pele bem ali, onde minha calcinha está úmida entre minhas pernas. Ele coloca a palma da mão sobre meu umbigo, com seus dedos deslizando abaixo do elástico de pequenas rendas... até estar com a mão inteira em mim, arrastando por cima e pelos lados, em todo lugar. Menos onde eu quero que ele toque.

– Eu quero sentir seu gosto – ele diz.

Eu me esfrego em sua mão, gemendo com a maneira que a ponta de seus dedos me provocam para dentro e para fora, concentrando umidade, movendo para frente e para trás sobre meu clitóris.

Ele me levanta e me leva até o balcão, onde eu me sento, e ele se ajoelha entre minhas pernas afastadas. Eu observo quando ele se inclina para frente, olhando para mim através de seus cílios e me tocando com sua mão, puxando minha calcinha de lado e passando a ponta da língua por cima de mim.

– Oh... – eu solto em um gemido alto.

Respiro de maneira tão pesada que fico com medo de desmaiar. Instintivamente levo minha mão para a parte de trás de sua cabeça, segurando-o perto de mim, e é tão louco vê-lo assim, com a cabeça baixa e banhado pela luz neon enquanto me lambe toda e geme pertinho.

Tento ficar parada sem mexer meu quadril ou exigir alguma coisa, mas cada nervo do meu corpo está concentrado em sua língua, enquanto ela se arrasta pelo meu clitóris.

– Dedos – eu digo, suspirando.

Ele fala um palavrão e enfia dois dedos lá no fundo. Sua língua se mexe em movimentos ensaiados, alternando entre lambidas curtas e demoradas.

– Oh, Deus... – eu digo, enquanto uma sensação começa a tomar conta de meu estômago, subindo pela minha espinha.

Enrolo minhas mãos em seus cabelos e mexo meu quadril cada vez mais forte junto de Ansel. Olho para baixo e observo, quase perdendo o fôlego quando vejo sua mão na parte da frente de sua calça, seu braço mexendo tão rápido que só consigo ver um borrão de movimento.

– Venha aqui para cima – eu digo, quase sem ar –, por favor.

Estou tão perto do orgasmo, *tão perto*, mas quero gozar com ele.

– Oh, sim... – ele diz, ficando em pé e tirando sua calça até o quadril.

Seus cabelos estão completamente bagunçados e suas bochechas e pescoço são banhados por cores. Sinto a cabeça de seu pau enquanto ele a desliza sobre mim, e estou tão molhada que apenas com um passo para frente, Ansel já começa a me penetrar.

Com um suspiro, ele apoia a cabeça em meu pescoço, tomando respirações profundas e equilibradas.

— Preciso de um segundo — ele diz, estabilizando meu quadril com as mãos. — *S'il te plaît.*

Quando ele se endireita novamente, coloca uma de suas mãos sobre meu ombro, amparando-se contra o espelho.

— Você é muito boa... — ele explica, afastando-se lentamente e penetrando-me de novo. — Você é boa pra caralho.

Ele constrói um ritmo, com seu quadril se mexendo contra o meu, e o som de seu cinto batendo no balcão enquanto ele me come. Agarro sua cintura com minhas pernas e ele leva as mãos até meu rosto e o segura, passando o dedão entre meus lábios. Posso sentir meu gosto em seus dedos, em sua boca, mas ele parece não conseguir se concentrar o bastante para me beijar.

— Quero assistir você gozando — ele sussurra, com os olhos movendo-se pelo meu rosto. Ele tira o dedão de minha boca e, como se fosse um pincel, traça uma linha úmida pelo meu lábio inferior. — Quero sentir você me apertando, e quero comer seus barulhinhos gananciosos.

Eu suspiro, levando as mãos na barra de sua camisa, puxando-o mais forte para dentro de mim.

— Diga o que *você* quer — ele diz, soltando um grunhido.

— Eu quero mais forte.

— Fale coisas sujas — ele diz, beijando minha boca. — Você pode fingir que nunca mais vai me ver novamente. Qual seu pensamento mais obsceno?

Meu olhar é direcionado para sua boca, enquanto digo:

— Quero que alguém nos ouça enquanto fodemos.

Suas pupilas se dilatam, refletindo o neon de volta para mim. Ele segura minhas coxas com força e começa a meter forte e deslizar para dentro de mim, grunhindo alto cada vez que seu quadril pressiona minhas coxas.

Alguém bate na porta e o momento é perfeito. Estamos trancados, mas se alguém entrasse, ouviria a pele de Ansel batendo na minha, veria minhas pernas em cada lado do quadril dele e meu vestido para cima enquanto ele me come.

– Mais depressa – eu digo, soltando um gemido mais alto do que deveria, levando a mão para trás e me segurando na torneira. Meus dedos parecem escorregar ao redor do metal gelado, e minha pele está corada e molhada de suor.

Eu me sinto tão preenchida, esticada, com meus braços e pernas moles. Seu corpo se encaixa perfeitamente junto ao meu e dentro de mim, o movimento de sua pelve esfregando meu clitóris com cada estocada. A sensação apertada em meu estômago cresce cada vez mais quente até que deixo minha cabeça cair para trás, gemendo enquanto gozo, alheia a tudo menos ao jeito que meu corpo tenta puxar Ansel para dentro. E eu me desfaço ao seu redor.

Ele me segue um instante depois, com seus movimentos ficando cada vez mais incisivos e frenéticos, e então estabilizando seu corpo no meu, ao som de um grunhido abafado junto à minha pele.

~

O ar da noite bagunça os meus cabelos e as pontas fazem cócegas no meu queixo, enquanto o cheiro de pão e cigarro flutua de um café no caminho para o metrô.

Olho por cima de meu ombro, onde estão estacionadas algumas fileiras de motocicletas na calçada.

– Onde está sua moto? – eu pergunto.

– Em casa – ele diz, simplesmente. – Eu a deixei lá mais cedo para poder caminhar com você.

Ele não diz isso para ganhar uma reação minha, então ele não vê quando eu olho para ele nessa hora. Nós não conversamos sobre o acidente hoje, embora pareça ser uma companhia constante cada vez que abordamos assuntos como a escola e a vida. Mas ele me mostrou que está sempre alerta sobre o que aconteceu e nunca irá forçar nada. Diferentemente de meu pai, que me deu uma bicicleta no meu primeiro aniversário fora do hospital, sugerindo que eu voltasse a montá-la insistentemente. A franqueza de Ansel é algo que ainda me surpreende. Enquanto eu tenho a tendência de agonizar a cada coisa que digo, preocupando-me se realmente serei capaz de falar algo, Ansel nunca tem um filtro. As palavras parecem tropeçar de sua boca, colorida como um doce, sem pensar mais de uma vez. Fico me perguntando se ele sempre foi livre assim, e se ele age desse jeito com todo mundo.

A hora do *rush* já passou, mas ainda temos sorte de encontrar assentos juntos no metrô. Sentamos lado a lado no trem cheio, e observo nosso reflexo na janela à frente. Mesmo com o vidro encardido e abaixo da luz fosforescente ríspida e piscante, é impossível não perceber o quanto ele é bonito. Nunca usei esse adjetivo para descrever um homem antes, mas quando olho para ele e observo os ângulos de sua mandíbula, a proeminência das maçãs de seu rosto, contrastando com sua boca quase feminina, é a única palavra que parece se encaixar.

Ele desfez o nó da gravata e desabotoou a parte de cima de sua camisa social, oferecendo um triângulo de pele suave e bronzeada. A abertura do tecido emoldura seu longo pescoço, e um pedaço de sua clavícula aparece só o bastante para que eu imagine por que nunca pensei nessa parte do corpo como sendo sensual.

Como se me adivinhasse observando-o, o olhar de Ansel muda do trilho do trem lá fora para meus olhos refletidos na janela. Nossos reflexos balançam com o movimento, e Ansel me olha também, abrindo um pequeno sorriso de reconhecimento desde os cantos de sua boca. Como é possível estar sentada aqui com esse silêncio como companheiro, quando uma hora atrás eu o tinha dentro de mim e minhas mãos estavam escorregadias de suor e meus dedos lutavam para segurar a torneira?

Mais passageiros entram a bordo do trem na próxima parada, e Ansel se move, cedendo seu assento a um homem mais velho com bolsas pesadas em cada uma de suas mãos. Eles trocam algumas palavras em francês que não consigo entender, e Ansel fica em pé à minha frente, com o braço estendido para cima, segurando a alça suspensa no teto.

Consigo ter uma visão excepcional de seu torso e da parte da frente de sua calça social. Que delícia...

O som de risadas chama minha atenção, e vejo um grupo de garotas sentadas a algumas fileiras de nós. Elas provavelmente são estudantes universitárias, alguns anos mais novas do que eu. Velhas demais para estarem na escola, mas claramente ainda estudantes. Elas sentam-se com as cabeças pressionadas juntas e se suas risadinhas e olhos arregalados são indicação de alguma coisa, eu sei exatamente o que elas estão olhando. Ou melhor, quem.

Olho para cima e vejo Ansel observando e escutando o homem mais velho, alheio aos olhares em sua direção.

Eu não as culpo, é claro. Se eu visse Ansel em um trem, tenho certeza de que praticamente quebraria meu pescoço ao tentar olhar melhor. Aquela noite em que o vi no bar em Vegas parece ter acontecido em outra vida. E é nesse momento que me pego tendo vontade de parabenizar o meu eu do passado por fazer ou dizer o que quer que seja que tenha atraído a atenção de Ansel, por algum milagre de Deus, ou álcool, ou algo que ainda não compreendi. Às vezes acho que meu eu do passado é um gênio.

Ele dá uma risada profunda e masculina por causa de algo que o homem acaba de dizer, e Deus me ajude, sua covinha reaparece com força total. Eu imediatamente lanço um olhar como a namorada – ou esposa – ciumenta que me tornei, e confirmo que todas as cabeças naquele grupo de garotas estão viradas, com os olhos arregalados e bocas abertas, e babando por ele.

E embora não tenha dito absolutamente nada, estou começando a imaginar se cada pensamento meu é de alguma maneira projetado em uma tela acima de minha cabeça. Porque é bem esse momento que Ansel escolhe para me olhar com uma expressão suave e acolhedora, enquanto leva um dedo para o meu lábio inferior, esfregando-o. Meu lado possessivo acende como uma chama em meu peito, e eu viro a cabeça em direção à sua mão, pressionando minha boca bem na palma.

Ansel está reluzindo quando o trem para em nossa estação. Ele pega minha mão enquanto me levanto e me conduz para fora, encaixando seu braço em volta da minha cintura assim que pisamos na plataforma.

– Você saiu cedo do trabalho – eu digo.

Ele ri.

– Só agora você percebeu?

– Não. Bem... sim. Não havia pensado nisso antes – eu digo. O que ele me contou sobre sua chefe e seu emprego volta à minha mente como um eco. – Você não será prejudicado por isso, não é?

Ele encolhe os ombros daquele jeito dele, fácil e desencanado.

– Eu posso trabalhar em casa – ele diz. – Comecei a trabalhar antes de todo mundo, e mesmo saindo cedo, trabalhei durante o horário normal. Só não cumpri catorze horas de trabalho. Eles terão que se ajustar.

Mas claramente eles não terão que se ajustar ainda. Ansel me beija docemente quando entramos no apartamento, e então caminha em direção a sua mesa, ligando seu computador. Como se fosse uma deixa, seu telefone toca e ele dá de ombros como se estivesse pedindo desculpas, atendendo a ligação com um *Âllo*.

Ouço uma voz masculina e profunda do outro lado da linha, e em vez de uma expressão de preocupação em relação ao trabalho, vejo um sorriso feliz se abrir no rosto de meu marido.

– E aí, Olls – ele diz. – Sim, estamos em casa.

Eu aceno, peço para que ele mande um "oi" para Oliver por mim, e então me viro em direção ao quarto, pegando meu livro do sofá e fechando a porta atrás de mim para dar privacidade aos dois.

A cama é larga e perfeita, e eu me deito do jeito errado, transversalmente, espalhando-me como uma estrela do mar. Posso ouvir os ruídos da rua subindo, e deixo que meus sentidos captem o cheiro de pão e alho tostado enquanto olho para meu livro, pensando sobre o que poderemos comer na hora do jantar. É claro que não consigo me concentrar em nenhuma palavra do livro.

Em parte por causa do jeito que o sorriso de Ansel ao telefone ainda permanece em minha visão, ou da maneira que ele falou, tão profunda, aliviada e relaxada, diferente do que tenho ouvido nas últimas semanas. Apesar de ele nunca agir de maneira esquisita, e apesar de termos acabado de ter o encontro mais incrível, ele ainda é um pouquinho formal comigo, e eu só consigo perceber isso agora, com a intimidade demonstrada com seu melhor amigo no outro lado da linha. É exatamente como sou com Lola ou Harlow: livre, sem filtros.

Ouço sua voz através da porta, querendo absorvê-la, suave como veludo, e sua risada profunda. E então escuto Ansel limpar a garganta e sua voz ficar mais grave.

– Ela está bem. Quer dizer, é claro, ela é incrível – ele pausa, e então ri silenciosamente. – Eu sei que você pensa isso. Você pensará isso até quando estivermos casados há trinta anos.

Meu estômago dá uma pirueta deliciosa, mas cai de maneira desconfortável quando ouço Ansel dizer:

– Não. Ainda não conversei com ela sobre isso – ele faz outra pausa, e então sua voz fica mais baixa. – É claro que Perry não apareceu aqui. Não que esse problema seja realmente uma ameaça para Mia.

Eu paro e inclino-me mais perto para ouvir melhor. Por que ele não disse a Oliver que Perry esteve aqui batendo na nossa porta ontem à noite?

Ouço um estranho toque de frustração em sua voz quando ele diz:
– Eu vou. Eu vou, Oliver. Cala a boca, porra.

Mas então ele ri novamente, removendo qualquer tensão da conversa que estou escutando através da porta, e eu pisco os olhos, completamente confusa. Qual é a história com Perry? Qual será esse problema e as questões que ficaram sem resposta sobre o porquê de ele não ter ido aos Estados Unidos? E como isso possivelmente me ameaçaria?

Ao balançar minha cabeça para clarear as ideias, percebo que preciso ir até ele para que saiba que eu posso ouvi-lo, ou ir embora. Ou ambos. Nós já temos bastante segredos, mesmo que não seja intencional. Ele tem, pelo menos.

Abro a porta do banheiro, vou até a sala e coloco minha mão em seu ombro. Ele leva um pequeno susto com o contato e vira-se para mim, levantando minha mão para beijá-la.

– Posso ouvir você – eu digo, indicando um pedido de desculpas, como se fosse minha culpa. – Vou até a esquina pegar algo para jantarmos.

Ele faz que sim com a cabeça, com um olhar de gratidão pela privacidade, e então aponta para a carteira na mesa de entrada. Eu a ignoro e caminho para fora da porta, percebendo que finalmente posso respirar aliviada pela primeira vez ao entrar no pequeno elevador.

Capítulo 14

Ansel está trabalhando, fazendo o possível para arranjar qualquer tempo para mim que ele conseguir, enquanto finjo que meus dias com ele e essa novidade chamada "hora do lazer" que acabei de descobrir não serão, em breve, algo que ficará no passado. A negação é minha amiga.

O que quer que estivesse incomodando Ansel parece se acertar: ele está mais feliz, menos ansioso, nossa vida sexual se tornou decididamente mais quente e menos preguiçosa, e ele nunca mais mencionou Perry ou aquela visita tarde da noite.

Em uma manhã, ele acorda antes do sol, andando sonolento pela pequena cozinha. Em vez de me dar um beijo de despedida e sair pela porta, ele me puxa para fora da cama e coloca uma maçã em uma de minhas mãos, um pequeno copo com café espresso na outra, e diz que teremos um dia livre compartilhado. Um domingo inteiro se estendendo à nossa frente. A excitação aquece meu sangue e me faz despertar mais depressa do que o cheiro pungente de café que preenche o pequeno apartamento.

Dou uma mordida na fruta e sorrio enquanto ele empacota nosso piquenique, e o sigo de volta ao quarto para observá-lo se vestir. Sou encantada com a maneira com que ele encara o próprio corpo tão confortavelmente, colocando cueca e calças jeans, e com o jeito com que seus dedos deslizam em cada botão de sua camisa. Sinto-me tentada a tirar suas roupas apenas para observá-lo colocar tudo de novo.

Ele olha para mim e me pega no flagra. Apesar da vontade de continuar observando, pisco os olhos para longe, pela janela, e tomo o café em um gole quente e perfeito.

– Por que você é sempre tímida comigo? – ele pergunta, vindo por trás de mim. – Depois do que fizemos ontem à noite?

Ontem à noite nós tomamos muito vinho e comemos pouco no jantar, e eu estava louca, fingindo ser uma estrela de cinema em Paris por apenas uma noite. Ele era meu segurança, direcionando-me até seu apartamento para me proteger e me seduzir. É estranho como uma pergunta tão simples pode se tornar impossível de responder. Eu sou tímida. Não é uma qualidade que aparece em certas situações, esse é o meu padrão. A magia não é por que ela aparece quando estou junto dele; é o quão facilmente ela vai embora.

Mas entendo o que ele está dizendo. Sou imprevisível em sua presença. Há noites como aquela no começo da semana, quando foi fácil conversar por horas, quando mesmo como estranhos nós nos conhecíamos por anos. E então há momentos como este, que deveriam ser mais fáceis do que qualquer coisa, e eu me viro, deixando que a energia entre nós desvaneça.

Fico pensando se ele acha que se casou com uma garota de duas personalidades: a exibida e a tímida. Mas antes que eu deixe os pensamentos me consumirem, sinto a pressão quente de seus lábios na parte de trás do meu pescoço.

– Hoje fingiremos que estamos em nosso primeiro encontro, menina tímida. Eu tentarei impressioná-la, e talvez mais tarde você me deixará dar um beijo de boa-noite em você.

Se ele continuar a deslizar as mãos pelas laterais do meu corpo como ele está fazendo e ficar chupando a pele delicada logo abaixo da minha orelha, pode ser que eu me entregue toda para ele muito antes de sairmos do apartamento.

Mas Ansel está cansado de ficar aqui dentro e me leva até o armário. Agora é a vez dele de me assistir colocando a roupa – e ele não esconde sua admiração enquanto eu coloco a calcinha, o sutiã, uma camiseta branca e uma saia longa e ajustada de jérsei. Assim que termino de me vestir, ele assobia suavemente e fica em pé, aproximando-se e segurando meu rosto com suas mãos. Com as pontas de dois de seus dedos, ele afasta minha franja para encarar meus olhos melhor. Para frente e para trás, ele procura.

– Você é realmente a mulher mais linda que eu já vi.

Beijando o canto da minha boca, ele adiciona:

– Ainda não parece real, não é?

Mas então ele sorri, como se essa verdade, que eu só ficarei por mais algumas semanas aqui, não o incomodasse.

Como você faz isso?, quero perguntar a ele. *Como achar graça do término iminente bem à nossa frente, e não conseguir sentir o peso dele?*

⁓

Sinto-me adorada e protegida no semicírculo formado pelo braço dele à minha volta enquanto passamos por sua motocicleta estacionada e seguimos em direção ao metrô. Sua mão carrega a bolsa com nosso almoço e ele a balança enquanto anda cantarolando uma canção, cumprimentando os vizinhos, inclinando-se para acariciar um cachorro em uma coleira. O filhote encara-o com olhos castanhos arregalados, virando-se como se quisesse segui-lo até em casa. "Você e eu, nós dois", eu penso. O fato de Ansel ter escolhido a profissão que escolheu – advogado – já é um choque, mas ele não ter feito nada mais ousado ou diferente com essa profissão – como ajudar senhoras idosas ou ser o divertido professor de Direito que grita e pula sobre as mesas – impressiona ainda mais.

– Onde estamos indo? – pergunto quando embarcamos no trem em direção à Châtillon.

– Ao meu lugar favorito.

Bato meu ombro no dele, uma repreensão bem-humorada por ele não me contar nada. No fundo, adoro isso. Amo o fato de ele ter planejado, mesmo que só tenha pensado nisso quando o sol nasceu essa manhã. Trocamos de trem na Invalides, e todo o processo parece tão familiar – esquivar-se de outras pessoas pelos túneis, seguir as placas, embarcar em outro trem sem sequer precisar pensar – que fico impressionada com o doloroso pensamento de que, independentemente do quanto eu esteja começando a pensar que esse lugar é minha casa, no fundo não é.

Pela primeira vez desde que cheguei aqui, quase um mês atrás, tenho absoluta certeza de que não quero ir embora.

A voz de Ansel atrai minha atenção para a porta.

– *Ici* – ele murmura, segurando minha mão e me puxando quando a porta dupla se abre com um ruído tempestuoso.

Saímos do metrô e caminhamos por algumas quadras até a paisagem aparecer, e então paro sem me dar conta com meus pés plantados na calçada.

Eu tinha lido sobre o Jardin des Plantes no guia que Ansel deixara para mim, ou nos pequenos mapas de Paris que encontrava jogados na minha bolsa transversal. Porém, em todos os meus dias explorando, não tinha conseguido ir até o local – e Ansel devia saber que eu não havia visitado este local ainda, porque agora estávamos aqui, parados na frente do que certamente era o mais lindo jardim que já vi.

O jardim parecia se estender por quilômetros, com gramados tão verdes que pareciam quase fluorescentes, e flores de cores que acredito jamais ter visto na natureza.

Andamos pelos caminhos sinuosos enquanto absorvíamos tudo. Cada flor que cresce no solo francês está representada neste jardim, ele me conta orgulhoso, e à distância, vejo os museus: um para Evolução, um para Mineralogia, um para Paleontologia, outro para Entomologia. Ciências tão honestas e puras que, ocultadas em arcos de mármore e paredes de vidro, fazem todos se lembrarem de como são nobres.

Tudo que consigo avistar é terra e solo, e tudo é tão colorido que meus olhos nunca deixam de se movimentar. Enquanto observo uma espessa cama de violetas e amores-perfeitos lavandas, minha atenção é atraída para mais abaixo no caminho, na direção de uma área ofuscante de malmequeres e zínias.

– Você deveria ver o... – Ansel para de andar e de cantarolar, pressionando dois dedos contra os lábios enquanto tenta encontrar a palavra em inglês.

Embora ele raramente tenha dificuldades para traduzir, não consigo não amar obsessivamente quando ele faz isso. Talvez fosse o estalar de sua língua, talvez a forma como ele desiste e diz a palavra em um francês suave e ronronado.

– *Coquelicots?* – ele fala. – Uma flor delicada da primavera. Vermelha, mas que às vezes também pode ser alaranjada e amarela?

Sem saber o nome em inglês, nego com a cabeça.

– Antes de florescer, os botões se parecem com testículos – explica Ansel.

Dando risada, tento adivinhar:

– Papoulas?

Ele assente, estalando os dedos, tão feliz comigo a ponto de parecer que eu plantei todas as flores desse lugar.

– Papoulas... Você deveria ver, na primavera, as papoulas que existem aqui.

Todavia, sem percebermos, a ideia se dissolve no ar entre nós. Ansel segura novamente minha mão para continuarmos andando.

Ele aponta para tudo à nossa frente: flores, árvores, calçada, água, construções, pedras – e me diz os nomes em francês, fazendo-me repeti-los de uma forma que parece se tornar mais urgente. Como se me enchendo de conhecimento eu simplesmente ficaria pesada demais para embarcar em um avião e decolar em algumas semanas.

Dentro da bolsa de lona, Ansel colocou pão e queijo, maçãs e pequenos cookies de chocolate. Encontramos um banco à sombra – não podemos fazer piquenique na grama aqui – e devoramos o menu como se não comêssemos há dias. Estar perto dele me deixa faminta de tantas formas ardentes e deliciosas. E, quando o vejo tirar o pão da bolsa, puxar e arrancar um pedaço com a mão, quando vejo os músculos de seu braço tensos com o movimento, fico imaginando como ele vai me tocar quando voltarmos ao seu apartamento.

Vai usar as mãos? Ou os lábios e os dentes daquela forma provocativa, mordiscando, como já fez? Ou estará tão impaciente quanto eu e arrancará minhas roupas tão rápido para logo estar sobre mim, dentro de mim, se movimentando com urgência?

Fecho os olhos, saboreando os raios do sol e a sensação daqueles dedos deslizando por minhas costas, curvando-se em volta do meu ombro. Ele fala um pouco sobre o que gosta no parque – a arquitetura, a história – e finalmente deixa as palavras desaparecerem quando pássaros aparecem sobre nós, batendo asas e cantando na copa das árvores. Por um instante perfeito, posso imaginar essa vida sendo infinita: domingos ensolarados no parque, com Ansel e a promessa de seu corpo sobre o meu quando o sol se for.

⁓

É a primeira vez que passamos um dia inteiro juntos sem poder tirar as roupas, tocar um ao outro, transar – o que, na verdade, é tudo o que sabemos fazer. Depois de quase onze horas andando e vendo tudo o que podemos encontrar à luz do dia, observo seus lábios se unirem para enunciar as palavras perfeitas, e as mãos largas e habilidosas de Ansel apontarem para construções importantes, e seus olhos verdes e cheios de malícia se fixarem em meus lábios e em meu corpo vezes suficientes para eu só conseguir querer sentir o peso dele se movimentando sobre mim.

Prendo-me ao pensamento e à familiaridade que cultivamos hoje sendo apenas nós – Mia e Ansel –, mas, assim que retornamos ao apartamento, ele beija o topo da minha cabeça e me serve uma taça de vinho antes de ligar seu laptop para verificar os e-mails do trabalho, prometendo não demorar. Enquanto ele se senta de costas para mim na pequena mesa, ajeito-me sobre minhas pernas no sofá, tomando meu vinho e observando a tensão pouco a pouco retornando a seus ombros. Ele envia um e-mail que deve ser intenso, pois seus dedos martelam o teclado e ele clica em "enviar" antes de se soltar novamente na cadeira e correr uma mão frustrada pelos cabelos.

– *Putain* – ele xinga, expirando brevemente.

– Ansel?

– Hum?

Ele inclina o corpo para frente para esfregar as mãos no rosto.

– Venha aqui, por favor.

Ansel respira profundamente mais uma vez antes de se levantar, e então vem até mim. Mas, assim que olho para seu rosto – os olhos estão apáticos, e a boca, repuxada em uma linha reta e exausta –, percebo que o feitiço foi quebrado e que irei para a cama sozinha. Voltamos à vida real, na qual a vida de Ansel é seu emprego misterioso e esgotante, e eu sou apenas algo temporário.

Estamos brincando de casinha outra vez.

– Você vai acabar tendo mais trabalho, não vai? – pergunto. – Quero dizer, por ter tirado o dia de folga.

Ansel dá de ombros e estende a mão para cuidadosamente prender meu lábio inferior entre o polegar e o indicador.

– Não me importo – ele inclina o corpo para baixo e beija minha boca, sugando meu lábio antes de se afastar. – Mas sim, amanhã precisarei ir ao escritório muito cedo.

Amanhã é segunda-feira, e ele já está atrasado com o trabalho.

– Por que você faz isso?

As palavras criaram uma sensação estranha em minha língua; nossas conversas sobre o trabalho dele sempre foram, em sua maior parte, ele pedindo desculpas por trabalhar tanto e eu lhe dizendo que entendia. Mas eu realmente não entendia e, neste momento, sinto-me atormentada por nunca ter lhe perguntado mais sobre o assunto. Além de saber que ele tem uma chefe furiosa como um dragão e que seu trabalho lhe renderá a posição sonhada algum dia, realmente não tenho ideia do que ele faz.

– Porque não conseguirei encontrar outra boa posição se deixar essa tão cedo. É um cargo de muito prestígio. Preciso cuidar com muita atenção desse processo.

Ele só precisa me contar um pouquinho – detalhes vagos sobre a corporação e a questão da propriedade intelectual e das táticas de vendas no cerne do caso – antes de eu me afastar para analisá-lo, surpresa.

Eu já ouvi sobre o processo. Conheço os nomes das duas empresas se enfrentando. É um caso tão grande que aparece constantemente na tevê, nos jornais impressos. Não é de se surpreender que ele esteja trabalhando tanto.

– Eu não tinha a menor ideia – digo a ele. – Como você conseguiu ir a Vegas?

Ansel enterrou os dedos nos cabelos e deu de ombros:

– Foi apenas durante três semanas, enquanto não precisavam de mim. Eles estavam reunindo depoimentos, e finalmente me deram alguns poucos dias de férias. Talvez seja muito mais normal tirarmos férias longas aqui na Europa do que é nos Estados Unidos.

Eu o puxo para o meu lado no sofá e ele vem, mas sua postura me diz que só vai ficar aqui por um instante. Logo Ansel acabará se levantando e retornando ao computador em vez de me acompanhar para a cama.

Deslizo minha mão pela frente de sua camiseta e me pego ansiosa para vê-lo se vestir para ir trabalhar amanhã. No mesmo instante, sinto um nó de culpa se apertar em meu estômago.

– Você usa terno e gravata no tribunal?

Rindo, ele inclina o corpo e diz contra a pele do meu pescoço:

– Eu não costumo ir ao tribunal. Mas não, no tribunal eles usam uma túnica tradicional. Eu sou o equivalente a um colaborador júnior aqui. A lei corporativa na França deve ser um pouco diferente da lei americana, embora ambas sejam diferentes da lei criminal. Acredito que aqui mais processos sejam decididos em volta de uma mesa.

– Se é diferente dos Estados Unidos, então você também pode atuar lá? Por que voltou para cá depois que terminou seu curso?

Ele murmura alguma coisa, sacudindo um pouquinho a cabeça enquanto beija meu maxilar, e, pela primeira vez, não responde minha pergunta. Não sei dizer se me sinto decepcionada ou fascinada.

– Espero que termine logo – digo a ele, pressionando minha mão contra seu rosto e, incapaz de resistir, acariciando seu lábio inferior com a ponta do polegar enquanto ele se movimenta daquele jeito tão característico. – Espero que não seja sempre assim. Gosto de quando fica aqui comigo.

Ele fecha os olhos e expira lentamente enquanto sorri.

– Você soa como uma verdadeira esposa quando diz isso.

Capítulo 15

Sinto-me quase aliviada por ele ir ao escritório na segunda-feira, assim posso voltar à lojinha naquela ruela, segurando a respiração com esperança de que esteja aberta. Acho que *role play* é algo divertido para Ansel; pelo menos espero que seja tão divertido para ele quanto é para mim. Afinal, temos a oportunidade de conhecermos um ao outro em pequenos vislumbres, mostrando quem somos e, ao mesmo tempo, fingindo não mostrar.

E esta noite quero fazê-lo falar.

A loja está aberta e a mesma vendedora cumprimenta-me com o calor do seu sorriso e o com o familiar cheiro de Íris. Ela segura minha mão, puxando-me na direção das lingeries e dos acessórios.

– O que você será hoje? – ela pergunta.

Preciso de vários segundos para encontrar as palavras e, mesmo assim, não respondo à pergunta.

– Preciso encontrar uma forma de resgatá-lo.

Ela estuda-me por um segundo antes de selecionar um uniforme de guerreira sexy, mas não é exatamente disso que estou falando. Então meus olhos deslizam para uma camisola de um vermelho tão brilhante que parece capaz de queimar meus dedos.

A risada da mulher é gutural e alta.

– Sim, hoje você o resgatará usando *isso*. Dessa vez, quando você chegar, queixo erguido e os olhos um pouco sacanas, eu acho.

Estendendo a mão na direção da parede, ela me passa o único acessório. E, quando olho para o que ela me entregou, o item parece vibrar em minhas mãos. Eu jamais teria escolhido isso sozinha, mas é perfeito.

– Divirta-se, *chérie*.

~

Fiz minha maquiagem de palco tantas vezes que simplesmente a reproduzo sem sequer precisar olhar, deixando os olhos sombreados e escuros, os lábios ainda mais cheios e vermelhos como uma sirene. Coloquei blush suficiente para parecer que não sou uma menina boazinha.

Dando um passo para trás, examino-me em um pequeno espelho dependurado à porta do quarto. Meus cabelos caem lisos, negros e macios contra meu queixo. Meus olhos castanhos andam mais amarelados do que esverdeados ultimamente. Minha franja precisa ser aparada; ela raspa nos cílios quando pisco os olhos. Entretanto, a mulher me encarando de volta gosta das sombras que essa franja cria. Ela sabe olhar além dos cílios e flertar, especialmente com chifres vermelhos saindo da faixa preta e fina escondida em seus cabelos.

A camisola é feita de renda e tem camadas de tule e suave macramé. As camadas criam a ilusão de cobertura, mas, mesmo com a iluminação fraca que deixei em todo o apartamento, meus mamilos estão claramente visíveis abaixo do tecido. A única outra peça que estou usando é uma calcinha fio-dental também vermelha, para combinar.

Dessa vez, não me sinto nervosa quando ouço as portas do elevador se abrirem no corredor e os passos regulares de Ansel se aproximando da porta.

Ele entra, solta a chave no pote e desliza o capacete por debaixo da mesa antes de se virar para onde estou sentada, em uma das cadeiras da sala de jantar que coloquei três metros à frente da entrada.

– Meu Deus, *Cerise*! – ele lentamente passa a bolsa transversal por sobre a cabeça, colocando-a com cuidado no chão. Um sorriso

aquecido começa a brotar no canto de sua boca. Quando ele percebe os chifres, esse sorriso preguiçosamente se espalha até o outro lado.
— Estou encrencado?

Nego com a cabeça, estremecendo ao perceber como seu sotaque transforma "encrencado" em minha nova palavra favorita. Em seguida, fico de pé e ando até onde ele está, permitindo que ele observe todo o modelito.

— Não — respondo. — Mas vejo que você se encontra em uma situação que gostaria de mudar.

Ele fica paralisado, arqueando lentamente as sobrancelhas.

— Uma *situação*?

— Sim — confirmo. — Uma situação *de trabalho*.

Os olhos dele adotam um ar de diversão.

— Entendo.

— Eu posso ajudar.

Dou um passo para mais perto e deslizo minha mão pelo seu pescoço até a sua gravata. Enquanto a solto, digo:

— Fui enviada até aqui para negociar um acordo.

— Enviada por quem?

— Meu chefe — respondo, piscando um olho.

Ele me estuda mais uma vez e estende a mão para arrastar a ponta do polegar por meu lábio inferior. A essa altura, esse é um toque familiar. Porém, em vez de abrir a boca e lambê-lo, eu mordo.

Com um leve arfar, ele puxa o dedo e dá risada:

— Você é irresistível.

— Sou *poderosa* — eu o corrijo. — Se tudo correr bem esta noite, com apenas um estalar dos meus dedos posso colocar um ponto-final nesse processo horrível que suga tanto do seu tempo.

Solto sua gravata e pisco os olhos para ver sua expressão relaxada se transformar em algo mais sério, mais suplicante.

– Você pode?

– Você me entrega a sua alma, e eu farei seus problemas desaparecerem.

O sorriso brota novamente em seu rosto e suas mãos deslizam para baixo, parando na minha cintura.

– Quando olho para você assim, sinto como se a alma fosse inútil – ele inclina o corpo para frente, passa o nariz pelo meu pescoço e inspira. – Está bem. Como negociamos essa transação?

Afasto suas mãos e tiro sua gravata, colocando-a em volta do meu pescoço.

– Ainda bem que você perguntou – desabotoando sua camisa, eu explico. – Vou fazer algumas perguntas para poder avaliar o valor da sua alma. Se você for puro, terminarei isso esta noite e o farei parecer o herói que venceu o inimigo. Agora, se sua alma for maculada, bem... – dou de ombros. – A coisa pode ficar feia, mas o processo vai desaparecer. E aí receberei meu pagamento.

A covinha em seu rosto torna-se visível.

– E que tipo de perguntas preciso responder?

– Preciso saber quão malvado você tem sido – abaixando a voz, acrescento: – e espero que você esteja sendo *muito* malvado. Meu chefe não gosta de pagar muito, e parecer um herói custa muito caro nesse meio.

Ele pareceu realmente confuso.

– Mas minha alma não se torna mais valiosa para você se eu for mais corrupto?

Negando com a cabeça, respondo:

– Só estou negociando te afastar dos anjos. Eu o conseguirei por um preço melhor se eles não o quiserem.

– Entendi – ele afirma, exibindo o sorriso de quem está se divertindo.

O silêncio instala-se entre nós e, com ele, a ameaça da tensão paira em volta do círculo que nossos corpos formam tão próximos um do outro. Dessa vez, as regras são todas minhas, o jogo é todo meu, o que me faz sentir poderosa. Meus dedos tremem contra o peito dele, fechando o círculo entre nós. Estamos em posições iguais. Sou a esposa querendo salvá-lo.

– Acredito que eu esteja à sua mercê, então – ele fala em voz baixa. – Se você puder fazer o que diz, então estou de acordo.

Inclinando a cabeça, ordeno:

– Tire a roupa.

– Toda a roupa?

O tom de diversão volta a estampar seu rosto.

– Tudo.

Ele puxa sua requintada camisa xadrez azul para fora dos ombros. Esforço-me para concentrar minha atenção em seu rosto, ciente de que a pele que ele está revelando muito possivelmente é minha coisa favorita na França.

– Como você começou a trabalhar com isso? – ele pergunta, abrindo o cinto.

– Meu chefe me encontrou sozinha vagando pelas ruas – respondo, incapaz de resistir e estendendo a mão, esfregando-a suavemente em seu peito. Adoro a forma como sua respiração faz o tórax subir, sua pele parecendo se apertar contra meus dedos. – Ele achou que eu seria uma boa negociante. Quando descobri que ia brincar com garotinhos bonitos como você, ficou impossível resistir.

Suas mãos puxam o cinto, libertando a suave tira de couro tão rapidamente a ponto de fazê-la estalar contra a calça. O couro cai no chão, e a calça não demora a seguir.

Quando o polegar de Ansel paira sobre o elástico da cueca boxer, sei que ele está me provocando, esperando que eu o olhe no rosto.

Mas não olho.

– Tire! – ordeno. – Preciso saber com o que estou lidando.

Ele abaixa a cueca e lentamente – confiantemente – dá um passo de modo a deixá-la para trás. Jamais me acostumarei à imagem de

Ansel completamente nu. Sua pele bronzeada, sua força... e a *aparência* de que ele tem um sabor delicioso. E, Deus, *eu sei* como é delicioso. Faço tudo o que posso para não cair de joelhos e lamber a linha úmida que corre de suas bolas até a cabeça de seu pau.

De alguma forma, consigo resistir, mesmo quando ele se abaixa, envolvendo a base de seu membro com o polegar e com o dedo médio e segurando-o como se o estivesse me oferecendo. Tiro a gravata dele do meu pescoço e estendo o braço para segurar sua mão. Empurro seus braços para trás das costas e o viro para amarrá-los na altura dos punhos. Prendo com força, mas não com força suficiente a ponto de ele não conseguir se libertar se quiser.

Fazendo-o dar meia-volta, empurro levemente seu peito.

— Vá se sentar no sofá. Chegou a hora das perguntas.

— Estou um pouco nervoso – admite com uma piscadela, mas anda confiante até o sofá, sentando-se cuidadosamente, ainda com as mãos presas atrás do corpo.

— Os homens sempre ficam nervosos quando chega essa parte – afirmo, cavalgando sobre suas coxas. Estendo a mão e uso o indicador para desenhar um círculo em volta da cabeça de seu membro. – Ninguém gosta de admitir as coisas terríveis que fez.

— E com quantos homens você já fez isso? – dessa vez, a voz dele denuncia alguma coisa. Ciúme, talvez. Ou talvez o sombrio frio na barriga que ele sente ao me imaginar brincando assim com outro homem.

— São coisas que preciso aprender sobre o homem com quem me casei.

— *Milhares* – sussurro, saboreando a forma como seus olhos brilham fortemente. – Sou a melhor negociante que se pode achar. Se quiser que eu me lembre dessa noite, é melhor me impressionar.

Ajeito minhas nádegas em suas coxas e então deslizo para frente, oferecendo ao seu pau uma leve fricção contra minha pele antes de me distanciar. Abaixo das palmas das minhas mãos, os ombros dele crescem enquanto ele força os punhos amarrados.

– Você fica molhada quando assume o controle, *Cerise?* – sussurra Ansel, parecendo dilacerado. Ele deixou de fazer seu papel na brincadeira, parecendo não conseguir se conter. – Eu queria poder lhe dizer como me sinto vendo-a assim.

Ele não precisa me dizer; posso *ver* o que isso faz com ele. Mas, no tempo de um batimento cardíaco, percebo o que ele está pedindo. É a mesma coisa da nossa primeira noite brincando de empregada e patrão: *me dê para eu comer.*

Ele só está fazendo de forma diferente.

Levo a mão entre as minhas pernas, deslizo o dedo abaixo do cetim e decido lhe oferecer uma pequena amostra. Fecho os olhos, gemo discretamente enquanto me acaricio, remexendo o quadril. Porém, quando puxo a mão de volta, em vez de levar meus dedos até sua boca, seguro-lhe o queixo com minha mão livre e traço uma linha úmida em seu lábio superior, logo abaixo do nariz.

Ansel geme, e é um ruído incrível, grave, dolorido, que quero gravar e tocar repetidas vezes enquanto deslizo sobre ele, cavalgando. Ansel está tão duro que seu pau forma um arco contra o umbigo, a cabeça quase pressionando a barriga. Uma leve gota se forma na ponta. E desliza, brilhando, por seu membro.

Minha boca saliva, meu peito aperta. Não acho que minha caçada será rápida. Nunca sei se é verdade, mas ele parece suficientemente rígido para se sentir desconfortável.

– Quer que eu coloque a boca em você antes das perguntas? – sussurro, deixando de fazer meu papel por um instante.

A tensão em seu pescoço e a expressão vulnerável em seu rosto me fazem querer cuidar dele.

– *Non* – ele diz rapidamente, mais rápido do que eu esperava. Seus olhos estão arregalados; os lábios, úmidos onde ele acabava de lamber, tentando limpar meu sabor de sua pele. – Me provoque.

Empurrando seu quadril, eu me coloco de pé, dizendo duramente:

— Está bem, então.

E inclino-me sobre a mesinha de café para pegar a prancheta e a caneta. Permito que ele observe demoradamente a parte de trás do meu corpo, minhas coxas e o fio dental de seda vermelha. Atrás de mim, ele expira longa e tremulamente.

Volto para perto dele, olhando minha breve lista. Escrevi algumas coisas apenas para lembrar o que eu queria perguntar porque, no calor do momento, sobre seu corpo nu e com ele me olhando como se mal conseguisse manter as mãos presas, acredito que eu me esqueceria de tudo.

Sentando-me novamente, deslizo a caneta pela pele suave de seu peito e balanço-a ligeiramente sobre os músculos apertados de suas coxas.

— Podemos começar com uma fácil.

Ele assente, olhando abertamente para meus seios.

— *D'accord.*

Certo.

— Se você já matou alguém, então realmente não vale muito para mim, afinal, teremos sua alma em algum momento, de uma forma ou de outra.

Ansel sorri, relaxando um pouco ao perceber como será a brincadeira.

— Nunca matei ninguém.

— Torturou?

Ele dá risada.

— Acredito que eu esteja sendo torturado no momento. Mas não, nunca torturei.

Piscando os olhos para a lista, digo:

— Podemos passar rapidamente pelos pecados capitais — levanto o olhar para ele e lambo os lábios. — É aqui que os homens costumam perder grande parte de seu valor.

Ele concorda, encarando-me atentamente, como se esta noite eu realmente tivesse o poder de mudar seu destino.

– Avareza? – pergunto.

Ansel deixa escapar uma risada discreta.

– Eu sou advogado.

Assentindo, finjo anotar a informação.

– Você trabalha para uma empresa que odeia, mas que lhe paga uma quantidade enorme de dinheiro para representar uma corporação enorme processando outra. Acho que isso significa que eu também posso marcar que você sofre de gula, certo?

A covinha se afunda sugestivamente enquanto ele ri.

– Acho que você está certa.

– Orgulho?

– Eu? – diz com um sorriso vencedor. – Sou tão humilde quanto se pode ser.

– Certo – lutando contra um sorriso, olho de volta para a lista. – Luxúria?

Ansel empurra o quadril para cima. Seu membro é uma forte presença entre nós enquanto olho para seu rosto, esperando-o falar. Porém, ele não responde em voz alta.

O calor faz minha pele formigar, e seu olhar é tão penetrante que finalmente tenho de desviar o olhar de seu rosto.

– Inveja?

Ele demora tanto para responder que o encaro novamente, tentando analisar sua expressão. Ansel está estranhamente contemplativo, como se nosso jogo fosse um exercício sério. E, pela primeira vez, percebo que talvez seja. Eu não poderia simplesmente lhe fazer as perguntas como Mia, sentada do outro lado de uma mesa na sala de jantar, embora eu gostaria de poder fazer isso. Ninguém pode ser tão perfeito quanto ele parece ser, e parte de mim precisa entender onde estão seus defeitos, onde está seu lado mais horrível. De alguma forma, é mais fácil me vestir de serva de Satanás para descobrir.

– Eu sinto inveja, sim – ele assume baixinho.

— Preciso que você seja mais específico — inclino meu corpo para a frente, beijando seu maxilar. — Inveja *de quê?*

— Eu não costumava ter esse sentimento. Aliás, tenho a tendência de ver o lado positivo de tudo. Finn e Oliver... ficam irritados comigo às vezes, dizem que sou impulsivo ou instável — ele afasta o olhar do meu. — Mas agora, olho para os meus melhores amigos e vejo que eles têm uma certa liberdade... Eu *quero* essa liberdade. Acho que isso deve ser inveja.

Sinto uma pontada. Uma pontada que se transforma em queimação e se arrasta até minha garganta, cobrindo a traqueia. Engulo em seco algumas vezes antes de conseguir dizer:

— Entendo.

Ansel imediatamente se dá conta do que disse e abaixa a cabeça para que eu o encare.

— Não é porque eu sou casado e eles não são — ele acrescenta rapidamente. Seus olhos se movimentam de um lado para o outro, buscando os meus, buscando compreensão. — Não se trata da anulação. Também não quero isso. Não é só porque prometi a você.

— Está bem.

— Invejo a situação deles de uma forma diferente do que você está pensando — ele faz uma pausa e parece esperar que minha expressão se suavize antes de admitir discretamente. — Eu não queria me mudar para Paris. Não por esse emprego.

Meus olhos se estreitam.

— Não queria?

— Adoro a cidade, ela é o centro do meu coração, mas eu não queria retornar da forma como retornei. Finn adora sua cidade natal, nunca quis deixá-la. Oliver vai abrir uma loja em São Diego. Invejo quão felizes eles estão exatamente onde querem estar.

Muitas perguntas se debruçam em minha língua, lutando para escaparem. Finalmente, lanço o mesmo questionamento de ontem à noite:

– Por que, então, você voltou?

Ele observa-me com olhos atentos. E, finalmente, apenas responde:

– Acho que me senti obrigado.

Acredito que ele esteja falando da obrigação do trabalho, aquele que ele seria louco se recusasse. Posso perceber que essa era uma oportunidade única em sua vida, muito embora ele deteste o emprego.

– Onde você preferiria estar?

Ele desliza a língua para fora da boca, umedecendo os lábios.

– Eu gostaria de pelo menos ter a *opção* de acompanhar minha esposa quando ela for embora.

Meu coração dá um salto. Decido deixar "preguiça" e "ira" de lado, pois me sinto muito mais interessada em prosseguir com esse assunto.

– Você é casado?

Ele assente, mas sua expressão não é a de quem está contente. Nem um pouco.

– Sim, sou casado.

– E onde está sua esposa agora, enquanto estou sentada em seu colo e usando essa peça minúscula de lingerie?

– Ela não está aqui – ele sussurra conspirativamente.

– Isso é um hábito para você? – pergunto, lançando um sorriso provocante. Procuro desfazer a nuvem séria que agora paira sobre nós. – Quero dizer, abrir a porta da sua casa para outras mulheres quando sua esposa não está? É bom que você a mencionou, já que a fidelidade é o próximo assunto da lista.

Ele fica cabisbaixo e... ah, droga! Atingi um nervo. Fecho os olhos, lembrando-me do que ele havia me contado sobre seu pai, que nunca fora fiel à mãe, lembrando-me de quando ele disse que o entra e sai de mulheres em sua casa por fim fez sua mãe se mudar para os Estados Unidos quando Ansel ainda era adolescente.

Penso em me desculpar, mas as palavras dele saem com mais rapidez do que as minhas:

– Já fui infiel.

Um enorme buraco negro se abre dentro de mim, engolindo meus órgãos na ordem mais dolorida: pulmões, depois coração e, por fim, quando tenho certeza de que estou sufocando, estômago.

– Nunca com minha esposa – ele por fim esclarece, após uma longa pausa, aparentemente alheio ao meu pânico.

Fecho os olhos, entorpecida com o alívio. Ainda assim, meu coração parece retornar ligeiramente enfraquecido ao corpo, batendo devagar quando percebo que ele é mais parecido com o pai do que com a mãe quando o assunto é traição.

– Estou tentando fazer melhor dessa vez.

Preciso de vários segundos antes de conseguir falar, mas, quando consigo, as palavras saem esganiçadas, um pouco sufocadas:

– Bem, isso certamente vira a negociação a meu favor.

– Tenho certeza que sim – ele sussurra.

Minha voz oscila um pouco.

– Precisarei dos detalhes, obviamente.

Por fim, um sorriso leve e incerto brota no canto de sua boca.

– É claro – ele inclina a cabeça novamente contra o sofá, observando-me com olhos atentos. – Conheci uma mulher daqui. Quero dizer, de perto daqui. De Orléans.

Fechando os olhos, Ansel faz uma de suas pausas costumeiras. Posso ver o pulso saltando em sua garganta. Embora sua explicação seja tão factual, tão desprendida, ele parece agitado.

Será porque eu estou usando lingerie e ele está completamente nu? Ou será que está preocupado com minha reação?

Pressiono uma mão contra seu peito.

– Conte – sussurro, a ansiedade fazendo um calafrio percorrer minhas veias. – Quero saber de tudo.

Quero. E não quero.

Abaixo da minha palma, ele relaxa.

– Eu estava estudando Direito e ficamos juntos, mesmo à distância. Ela estudava Moda aqui – ele se afasta e me observa antes de prosseguir. – Posso ser impulsivo com minhas emoções, sei disso. Depois de alguns meses... Sei que éramos mais amigos do que amantes, mas eu estava convencido de que o sentimento se transformaria outra vez em paixão quando eu me mudasse de volta para cá. Acreditei que era a distância que fazia as coisas não serem tão excitantes para mim – cada frase era cuidadosamente composta. – Eu estava solitário e... dividi minha cama duas vezes. Até hoje Minuit não sabe.

Minuit... Fiz uma busca em meu vocabulário limitado e, em um instante, lembrei que a palavra significava "meia-noite". Imaginei uma mulher bela, de cabelos negros, as mãos deslizando pelo peito dele como as minhas deslizam agora, as nádegas dela pressionadas contra as coxas dele, como as minhas estão agora. Imaginei seu pau, duro por ela como agora está duro por mim.

E pergunto-me se tenho o luxo de ter sua paixão só temporariamente, antes de esfriar. Quero perfurar meu ciúme com uma faca afiada.

– Eu me senti obrigado – ele repete, e finalmente olha outra vez para mim. – Ela me esperou, então retornei. Aceitei o emprego que odeio, mas eu estava errado. Não nos sentíamos felizes, nem mesmo quando eu já estava aqui de volta.

– Quanto tempo você passou com ela?

Ele suspira.

– Tempo demais.

Ele está aqui há quase um ano e terminou o curso de Direito pouco antes de retornar. "Tempo demais" não me dizia nada.

Mas é hora de voltar a algo melhor do que isso. O assunto é pesado, uma isca enorme em minha mente, empurrando meus pensamentos na direção de algo mais melancólico e sombrio. Não somos assim.

Estamos casados durante este verão. Casamentos de verão não são arrastados com assuntos pesados. Além disso, estou usando uma fantasia de diaba e ele está nu. Pelo amor de Deus! Quão a sério podemos nos levar nessa situação?

Finjo tomar nota de algo na prancheta e então olho de volta para ele.

– Acho que tenho todas as informações de que preciso.

Ele relaxa pouco a pouco: primeiro a perna abaixo de mim, depois o abdômen, os ombros e, por fim, a expressão. Sinto alguma coisa se desatar em mim quando ele sorri.

– E então, terminamos?

Estalo os dedos e faço que sim com a cabeça.

– Não posso fazê-lo sair disso com uma promoção, mas não acho que você quer ser promovido, de qualquer forma.

– Não se isso significar que tenho que ficar aqui muito mais tempo – ele concorda com uma risada.

– Amanhã a Capitaux vai deixar o caso e todos saberão que é porque você encontrou o documento que esclarece que a Régal Biologiques não cometeu nenhum delito.

Ele expira dramaticamente.

– Você me salvou.

– Então agora é minha vez – eu o recordo. – É hora de pedir meu pagamento.

Inclino-me para chupar seu pescoço.

– Hum, você gostaria de sentir minha mão ou... – ofereço.

– Sua boca – ele interrompe.

Com um sorriso sacana, afasto-me, negando com a cabeça.

– Essa não é uma das opções.

Ele expira impacientemente. Cada músculo se torna retesado e urgente abaixo de minhas mãos mais uma vez vagantes, e eu o provoco mais esfregando minhas unhas curtas em seu peito.

– Então me diga quais são as opções – ele rosna.

– Minha mão ou *a sua* mão – digo, pressionando meus dedos contra seus lábios para evitar que ele responda rápido demais. – Se escolher a minha mão, só terá isso, e continuará amarrado. Se escolher a sua mão, é claro que vou desamarrá-lo... mas você também pode me assistir enquanto eu uso minha mão em mim mesma.

Os olhos dele ficam arregalados, como se, de repente, ele não soubesse mais quem sou eu. E, para ser sincera, eu mesma já não sei quem sou. Nunca fiz isso na frente de outra pessoa antes, mas as palavras simplesmente saíram.

E acredito saber o que ele vai escolher.

Ansel inclina o corpo para a frente e beija-me docemente antes de responder:

– Eu uso a minha mão, você usa a sua.

Não sei se me sinto aliviada ou nervosa enquanto estendo a mão atrás dele e liberto seus punhos da gravata que os prende. Mais rápido do que eu esperava, Ansel me agarra pelo quadril e me joga para frente, deslizando o tecido da minha calcinha em seu pau, esfregando-se em mim com um gemido grave. Sem pensar, eu me movimento com ele, roçando sobre seu corpo e sentindo a pressão deliciosa de seu membro enrijecido contra meu clitóris. Eu não tinha me dado conta de quão excitada eu tinha ficado ao estar tão perto dele por tanto tempo, apenas ouvindo-o, brincando com ele. Estou molhada.

E eu *desejo* Ansel. Quero sentir seu pau grosso deslizando dentro de mim, a forma como meu corpo fica tomado por ele a ponto de eu não conseguir sentir mais nada. Quero ouvir sua voz me excitando, urgente em meu ouvido, desmoronando em uma mistura de inglês e francês e, por fim, quero ouvir os barulhos roucos e ininteligíveis de seu prazer.

Mas, para o bem ou para o mal, sou eu quem está no controle esta noite, e nem mesmo uma ordem de satanás me faria mudar de planos, independentemente de quão aquecida esteja a pele dele, independentemente de quão obsceno ele soe quando diz:

— Posso sentir que você precisa de mim, posso sentir como está molhada.

Saindo do colo dele, puxo o tecido vermelho por minhas pernas, e então o chuto sobre o colo de Ansel. Ele segura minha calcinha e a leva a seu rosto, observando-me com olhos semicerrados enquanto me sento na mesinha de café. Observo-o agarrar o pau e acariciá-lo uma vez, lentamente.

Sinto-me muito depravada fazendo essas coisas, mas fico surpresa por não me sentir *estranha*. Nunca vi nada tão sensual quanto Ansel se masturbando. Finjo que ele está sozinho, pensando em mim. Finjo que *eu* estou sozinha, pensando *nele*. E, assim, meus dedos deslizam sobre minha pele, e ele começa a se tocar com mais força, mais rápido, com a respiração ofegante.

— Mostre para mim — ele sussurra. — Mostre como você fode a sua buceta quando eu estou no trabalho pensando em você.

Deito-me de costas, virando a cabeça de modo que ainda consiga vê-lo, e então começo a usar as duas mãos. Ele quer ver eu me transformar. Afinal, é o que estamos fazendo: fantasia, atuação. Isso nos permite fazer o que quisermos. Deslizo dois dedos dentro de mim e uso a outra mão para circular o exterior do meu sexo... meu pulso aumenta quando ele geme, acelerando seus movimentos e me dizendo, com uma voz rouca, que quer me ver gozar.

O que sinto entrando em mim é uma imitação ruim de seus dedos, uma imitação ainda pior de seu membro, mas, com seus olhos voltados para mim e o ritmo de sua mão acariciando seu pau, sinto o fluxo de sangue em minhas coxas e a pesada pontada entre minhas pernas se tornando mais forte, mais forte... até meu corpo arquear sobre a mesa e gozar em um grito agudo. Com um gemido de alívio, ele goza depois de mim. Apoio-me em um cotovelo, vendo-o gozar na própria mão e barriga.

Logo Ansel está de pé e me empurra para o chão, caindo em cima de mim, ainda suficientemente ereto a ponto de conseguir me penetrar com um golpe ritmado e forte. Ele paira acima de mim, bloqueando até mesmo o menor sinal de luz das velas ainda queimando. Então, estende a mão para puxar a alça da minha camisola para fora do ombro, deixando um dos meus seios à mostra.

– Você acabou de gozar? – ele sussurra contra a minha pele.

Digo que sim. Meu pulso começa a voltar ao normal, mas senti-lo dentro de mim agora traz todas as sensações de volta à superfície. Posso sentir seu orgasmo ainda úmido em sua barriga, agora se encostando à minha, na mão que ele colocou em volta do meu quadril. Porém, senti-lo começar a enrijecer outra vez, dentro de mim, tão rapidamente, traz-me uma sensação vertiginosa de poder.

– Se *eu* tivesse sido o diabo esta noite... – ele começa, mas logo para, sua respiração ainda agitada tão perto do meu ouvido.

O ar entre nós parece parar completamente.

– O que, Ansel?

Seus lábios encontram meu ouvido, meu pescoço e sugam gentilmente antes de ele perguntar:

– Você já foi infiel?

– Não – deslizando minhas mãos por suas costas, sussurro. – Mas uma vez atirei em um homem em Reno, só para vê-lo morrer.

Ele dá risada. Sinto meu corpo apertando o dele enquanto seu membro cresce levemente, tornando-se ainda mais rígido.

Afasto-me suavemente para observá-lo.

– A ideia de se casar com uma assassina o faz sentir tesão? Tem algo errado com você.

— Adoro o fato de você me fazer rir — ele me corrige. — *Isso* me dá tesão. E também o seu corpo. E o que você fez esta noite.

Ele agarra meu outro seio por debaixo da camisola, acariciando o mamilo, passando o polegar de um lado para o outro. Ansel é suficientemente forte para me quebrar ao meio, mas a forma como acaricia minha pele é como se eu fosse valiosa demais para correr o risco de ser ferida.

Pensei que eu fosse a única a perceber o movimento novo e fascinante do meu quadril, o peso de meus seios, mas não sou. Ansel segura meus peitos, brincando e apertando-os. A culinária francesa tem sido boa para o meu corpo... embora eu tenha me entregado a ela um pouco mais do que deveria. Não importa. Adoro a sensação das minhas curvas. Agora só preciso encontrar o segredo das francesas para conseguir desfrutar desses menus e ainda continuar com a aparência de que conseguem caber dentro de um canudo.

— Você andou cuidando do seu corpo — ele arfa contra o meu peito, deslizando a língua pela minha clavícula. — Você sabe que seu marido quer que você tenha mais carne. Gosto de quadris mais cheios. Gosto de poder apertar sua bunda com minha mão, de sentir seus seios se esfregando em meu rosto enquanto estou te fodendo.

Como ele faz isso? Seus cabelos caem sobre um olho e ele parece quase um garoto. As palavras são roucas contra minha pele. Sua respiração, a ponta de seus dedos esfregando-se em minhas costelas, em meu seio inchado, em meu mamilo...

Ele começa a deslizar dentro de mim, lentamente, os lábios movendo-se contra meu pescoço, chegando ao meu ouvido. Meu corpo responde, provocando, feliz, desejando o prazer que sei que me fará explodir. Como se eu fosse feita de mil asas minúsculas batendo.

— Esta noite, *Cerise*... obrigado por querer *me salvar* — ele coloca uma leve entonação nas últimas palavras.

Meu cérebro precisa de um instante para processar essa entonação, mas a adrenalina corre rapidamente por mim, chegando à ponta dos meus dedos e fazendo meu coração acelerar.

Venha passar o verão na França.

Ele sabia que não havia tempo para isso em sua vida, mas não importava. Ele estava tentando me salvar primeiro.

Capítulo 16

Em algum lugar em meu subconsciente eu senti Ansel arrastando-se para cima da cama e passando sobre mim e por baixo do cobertor aquecido pelo sol. Ele me acorda com a pressão de seu olhar.

Alongo meu corpo, franzindo a testa quando vejo sua camisa impecavelmente passada; branca com pequenas formas geométricas roxas.

– Você está indo trabalhar? – pergunto, com minha voz ainda grave de sono. – Espere – continuo, uma vez que minha consciência começa a vir à tona. – Hoje é terça-feira. É claro que você vai trabalhar.

Ele beija meu nariz, deslizando a palma de uma de suas mãos pelo meu pescoço até meus seios e minha cintura.

– Só faltam algumas semanas para essa loucura terminar – ele diz.

– Para mim também – eu respondo, dando risada. Rapidamente meu sorriso se transforma em uma expressão de incômodo. – Ai... Por que eu falei isso? Agora quero comer um enorme croissant de chocolate até ficar feliz de novo.

– Croissant – ele repete, beijando-me e sussurrando. – Está melhor dessa vez, *Cerise*. Mas nós chamamos de *pain au chocolat*.

Ele toca meu lábio com o indicador. Eu sorrio e mordo a ponta de seu dedo. Não quero que ele se sinta frustrado com minha partida. Nós dois somos tão mais felizes quando fingimos que isso não vai acontecer.

Ele afasta a mão e desliza-a sobre meu seio novamente, dizendo:

– Tenho certeza de que a Capitaux vai se estabelecer uma hora.

— Queria que você não tivesse que ir.

— Eu também.

Ele me beija tão suavemente e com tanta vontade que sinto um inchaço dolorido no peito. Não pode ser somente meu coração, porque sinto como se o ar estivesse sendo sugado para fora do meu corpo também. Não pode ser somente meus pulmões, porque sinto minha pulsação acelerar. É como se Ansel tivesse se instalado dentro de minha caixa torácica, fazendo tudo sair do controle.

— Você tem algum plano muito importante para uma aventura hoje? – ele pergunta.

Faço que não com a cabeça.

— Então hoje você vai praticar francês – ele diz, decidido.

— Com quem?

— Com a Madame Allard, do andar térreo aqui do prédio. Ela ama você e pensa que nós dois teremos um filho em breve.

Meus olhos arregalam-se e pressiono as duas mãos em meu estômago.

— Eu não engordei tanto assim! – olho para minhas mãos e pergunto: – Engordei?

Ele dá risada e abaixa-se para me beijar.

— Você não parece muito diferente de quando chegou aqui. Me diz como você falaria "Eu não estou grávida" *en français*. Você pode ir até lá embaixo e contar a ela pessoalmente.

Fecho os olhos, pensando.

— *Je ne... suis pas...* hum... – olho para ele, como se pedisse ajuda. – Grávida.

— *Enceinte* – ele diz. Seu olhar passeia pelo meu corpo, e eu me alongo enquanto ele me observa, imaginando quais as chances de ele começar a tirar a roupa e fazer amor comigo antes de ir trabalhar.

Ele se afasta, mas consigo ver o volume apertado de sua calça social bem na área do zíper.

Eu toco-o com minha mão, arqueando as costas na cama, dizendo:

– Dez minutos.

Tento soar brincalhona, mas seus olhos mostram um pouco de tristeza.

– Eu não posso.

– Eu sei.

– Me desculpe, Mia – seu olhar procura o meu. – Eu sabia que estaria ocupado, o que eu estava pensando? Agora você está aqui e eu sou completamente *louco* por você. Como posso me arrepender?

–Pare – eu digo, passando minha mão por seu corpo. – Essa é a melhor decisão que já tomei em muito tempo.

Seus olhos se fecham quando eu digo isso, e ele se apoia na palma da minha mão e se abaixa até encostar no meu corpo nu.

– É estranho, não é? – ele pergunta baixinho, pressionando seu rosto em meu pescoço. – Mas não é mentira. Eu nunca fingi nada.

Em uma explosão de cores, imagens das últimas semanas brotam em minha visão, cada uma trazendo uma sensação de nostalgia e muita emoção. As primeiras duas semanas de desorientação, quando ele mal ficava em casa. A estranheza da primeira vez que fizemos amor depois de chegarmos a Paris. O fogo renovado entre nós na noite em que me fantasiei de empregada doméstica. Eu não conseguiria anular meu casamento com Ansel, assim como não conseguiria ir para os Estados Unidos nadando.

– O que nós vamos fazer? – pergunto, com minha voz desaparecendo na última palavra.

Ansel, minha luz do sol, retorna quando ele se afasta mostrando um sorriso, como se soubesse que, a cada vez, somente um de nós pode considerar o lado mais sombrio da nossa aventura impulsiva e maravilhosa.

– Nós vamos fazer muito sexo quando eu voltar pra casa – dessa vez, quando ele se afasta, percebo que ele está determinado a seguir em frente. – Quero ver o seu lado safado de novo.

O cobertor cai sobre mim com uma lufada de ar, e quanto ele se estabiliza, Ansel já não está mais aqui, e tudo o que posso ouvir é o clique pesado da porta de entrada se fechando.

~

Demora um tempo para a Madame Allard finalmente conseguir me perguntar se Ansel e eu teremos um filho – ela está determinada a tagarelar sobre o novo cachorrinho do prédio e as uvas frescas no mercado da esquina –, e demoro mais ainda para convencê-la de que não estou grávida. Sua alegria quando eu digo a frase *"Madame, je ne suis pas enceinte"* é o bastante para me fazer tentar pedir o almoço em francês.

Mas o garçom de sobrancelhas descontroladas, não muito simpático, faz-me reconsiderar, e acabo pedindo meu prato favorito – *soupe à l'oignon* – em meu inglês padrão, com um toque de pedido de desculpas.

Fico imaginando quantas pessoas que convivem com Ansel presumem que vim para cá porque estou grávida. Ele ficou fora por apenas três semanas, mas quem é que sabe o que as pessoas estão pensando? Será que ele contou para sua mãe? Seu pai?

E por que a ideia de estar grávida agora me faz rir? E também me traz um pouco de frio na barriga? *Enceinte* é uma palavra tão bonita. E mais bonita ainda é a ideia de estar *preenchida* – preenchida com Ansel, e com o futuro, e com tudo isso que estamos construindo. Mesmo que um bebê não esteja crescendo dentro de mim, um sentimento genuíno está.

Além de uma esperança brilhante. Imediatamente, sinto meu estômago se revirar.

Impulsivamente, pego meu telefone e envio uma mensagem a ele:

Os seus pais sabem que você está casado?

Como nunca me ocorreu perguntar isso antes?, eu penso.

Ele não me responde. Eu almoço e só depois de quase uma hora, quando estou a dois quilômetros do apartamento, caminhando sem destino por ruelas sinuosas, meu telefone vibra dentro de minha bolsa.

Minha mãe sabe, mas meu pai, não.

E então:

Isso incomoda você?

Sabendo que ele está trabalhando e que talvez eu só tenha sua atenção por um segundo, digito rápido:

Não. Meus pais não sabem. Só acabei de perceber que conversamos muito pouco sobre isso.

Conversaremos depois, mas não hoje à noite.

Olho para meu telefone por um instante. Isso me pareceu misterioso.

Por que não hoje à noite?

Porque essa noite você será malvada, e não boazinha.

Estou digitando minha resposta, basicamente *com certeza, venha para casa o mais rápido possível*, quando meu telefone vibra com outra mensagem... De Harlow.

Estou no Canadá.

Meus olhos se arregalam enquanto procuro alguma outra explicação além daquela a qual meu cérebro imediatamente se agarra. Harlow não tem família no Canadá, muito menos negócios. Digito minha pergunta tão rápido que tenho que corrigir erros em cinco palavras, sete vezes:

Você está aí dando pro Finn???

Ela não responde logo e, sem pensar, mando uma mensagem para Ansel para confirmar.

Não para Lola.

Na verdade, parece natural mandar uma mensagem para Ansel primeiro... *Puta merda*, agora nós temos pessoas em comum, uma comunidade compartilhada. Meus dedos tremem enquanto digito:

Harlow foi pro Canadá visitar o Finn esse fim de semana?!

Ansel responde minutos depois:

Eles devem ter mandado mensagens para nós ao mesmo tempo. Aparentemente Harlow chegou lá vestindo apenas um sobretudo.

Faço que sim com a cabeça enquanto respondo:

A Harlow faria mesmo algo assim. Como ela conseguiu passar pela segurança sem ter que tirar o casaco?

Não tenho ideia. Mas espero que eles não estejam tentando roubar nossa brincadeira com fantasias.

Meu sangue ferve deliciosamente com a ansiedade.

Que horas você vai chegar em casa?

Estarei aqui com o dragão até às nove da noite.

Nove da noite? Eu me frustro imediatamente, digitando *OK* e colocando o telefone de volta em minha bolsa. E então me ocorre um pensamento: ele quer que eu seja malvada? Eu serei malvada, sim.

~

Ultimamente Ansel tem me enviado mensagens na hora do jantar, quando ele está trabalhando e eu estou em casa. Essa rotina tem acontecido nos últimos quatro dias quando nossos horários se desencontram assim, mas de alguma maneira eu sempre espero por sua mensagem às sete horas, em seu intervalo do trabalho.

Estou pronta no quarto quando meu telefone vibra sobre o cobertor ao meu lado.

Não esqueça o que eu quero hoje à noite. Jante. Eu manterei você acordada.

Com as mãos trêmulas, pressiono o nome de Ansel para ligar para ele, e espero enquanto o telefone toca uma... duas vezes...

– *Âllo?* – ele responde, e então corrige para o inglês. – Mia? Está tudo bem?

– Professor Guillaume? – pergunto, em uma voz aguda e hesitante. – Seria esta uma boa hora para telefonar? Sei que você deve estar trabalhando...

O silêncio me dá as boas-vindas do outro lado da linha, e após vários instantes, Ansel limpa a garganta, silenciosamente.

– Na verdade, Mia... – ele diz, agora com a voz um pouco diferente, não como ele mesmo, mas como alguém rígido e irritado com a interrupção. – Eu estava no meio de algo aqui. O que é?

Minha mão desliza pelo meu torso, sobre meu umbigo e mais para baixo, entre minhas pernas abertas.

– Eu tinha algumas dúvidas sobre o que você estava me ensinando, mas posso ligar depois, num horário melhor.

Preciso ouvir sua voz e me perder nela para então encontrar coragem para fazer isso quando ele não está esperando, quando ele deve estar sentado à mesa com alguém.

Posso quase imaginar a maneira com que ele se inclina para frente, pressionando o telefone em sua orelha, ouvindo cuidadosamente cada som do outro lado da linha.

– Não, estou aqui agora. Vamos resolver isso.

Minha mão desliza para cima e para baixo e meus dedos pressionam minha pele. Finjo que é a mão de Ansel e que ele está com seu corpo sobre o meu, observando cada expressão do meu rosto.

– Hoje mais cedo, na aula... – começo, prendendo a respiração quando ouço Ansel soltar o ar forçadamente. Procuro em minha memória algum termo jurídico rudimentar de minhas aulas de Ciência Política dois anos atrás. – Quando você estava falando sobre política jurídica...

– Sim? – ele sussurra, e agora sei que ele deve estar sozinho em seu escritório.

Sua voz ficou rouca e instigante, tão profunda que, se ele estivesse aqui, eu poderia ver como a luz do sol derreteria em seus olhos e Ansel fingiria ser rígido e calculador.

– Acho que nunca me senti tão envolvida em uma palestra antes.

Seguro o telefone entre minha orelha e meu ombro, deslizando minha outra mão pelos meus seios, para cima e para baixo. Meus seios... Ansel os adora como ninguém. Eu sempre gostei deles, mas com seu toque, percebo o quanto eles são sensíveis e receptivos. Continuo:

– Nunca gostei tanto de uma aula como a sua.

– Nunca?

– E eu não conseguia parar de pensar... – eu digo, dando uma pausa dramática porque consigo ouvi-lo respirar, e quero mergulhar na sua cadência lenta e profunda. Sinto algo dentro de mim inflamar-se de *desejo*. – Estava pensando como seria se nos encontrássemos fora da escola.

Meu coração bate forte e apertado antes de ele responder:

– Você sabe que não posso fazer isso, srta. Holland.

– Não pode por causa das regras? Ou por que você não quer?

Meus dedos estão se movendo mais rápido, deslizando facilmente pela minha pele, molhada por causa do som da sua voz e da sua respiração no outro lado da linha. Posso imaginá-lo sentado atrás de uma mesa, com sua mão agarrando sua calça por cima do zíper. Somente imaginar tudo isso me faz suspirar.

– Por causa das regras – sua voz fica mais grave e acaba em um sussurro. – E também *não posso* querer. Você é minha aluna.

Sem querer, começo a gemer silenciosamente, porque sei que ele quer. Ele me quer mesmo afogado em trabalho e a quilômetros de distância.

Como eu me sentiria se fosse realmente sua aluna, ou uma das garotas do metrô, observando e desejando Ansel? E se ele fosse mesmo meu professor, e todos os dias eu tivesse que me sentar e escutar sua voz quieta e profunda, sem poder chegar mais perto, sem poder chamar sua atenção e deslizar minhas mãos pelo seu peito e por seus cabelos grossos?

– Mia, você não está fazendo nada inapropriado agora, está? – ele pergunta, com a voz rígida de novo.

É a primeira vez que não consigo ver seu rosto enquanto brincamos desse jeito, mas já o conheço o bastante para saber que ele está fingindo. Sua voz nunca é dura comigo, mesmo quando ele está aborrecido. Ele é sempre equilibrado e estável.

Minhas costas arqueiam para fora do cobertor, e sinto minhas coxas e minha barriga se arrepiarem e aquecerem.

– Você quer me ouvir? – pergunto. – Você gosta de me imaginar fazendo isso aqui em sua cama?

– Você está na *minha* cama? – ele fala, soltando ar entre os dentes, soando bravo. – Mia! Você está se tocando?

A excitação do jogo corre pelo meu pelo corpo, deixando-me tonta e quase entorpecida. Lembro-me do jeito que ele me olhou hoje de manhã, conflituoso, querendo me possuir antes de sair para trabalhar. Lembro-me da sensação de sua boca em meu pescoço quando ele subiu na cama ontem à noite, como ele me puxou contra seu peito e dormimos de conchinha a noite toda.

E então, quando eu mal começo a sussurrar:

– Ohhh...

Ouço Ansel gemer forte no outro lado da linha e me desfaço completamente em minha própria mão, fingindo que é a dele, sabendo que será muito melhor quando ele realmente estiver aqui mais tarde.

E ele pode me imaginar agora, porque ele já me viu fazendo isso.

Minhas pernas tremem e estou gemendo ao telefone, enquanto uma onda de calor e prazer escorregadio atravessa minha pele. Digo o nome de Ansel e algumas outras coisas que não parecem coerentes, mas o fato de saber que ele está me escutando e que isso é tudo o que ele pode fazer – por não poder tocar, ver ou sentir – prolonga meu orgasmo até que eu fique esgotada e suspirando. Minha mão desliza do meu quadril em direção ao colchão a meu lado.

Sorrio para o telefone, sonolenta e satisfeita... por agora.

– Mia.

Piscando os olhos, engulo um pouco de saliva e digo, sussurrando:

– Oh, Deus. Não acredito que eu fiz isso... Me descul...

– Não saia daí – ele solta um grunhido. – Logo estarei aí para cuidar dessa... indiscrição.

~

Acabei cochilando. Ouço o barulho da porta abrindo e a maçaneta batendo na parede do outro lado do quarto. Sento-me na cama, assustada, puxando minha pequena saia para cobrir as pernas e esfregando meus olhos. Ansel entra correndo no quarto.

– Que porra você acha que está fazendo? – ele ruge.

Eu me recolho perto da cabeceira, desorientada, com o coração batendo enquanto meu cérebro lentamente processa a adrenalina correndo em minha corrente sanguínea.

– Eu... você disse para eu não sair daqui.

Ele vem até mim e para ao lado da cama, desfazendo o nó de sua gravata com um gesto impaciente.

– Você invadiu minha casa...

– A porta estava aberta.

– ... e deitou em minha cama.

– Eu...

Viro-me para ele com olhos arregalados. Ele parece genuinamente aborrecido, mas então traz sua mão até mim, lembrando-me que é apenas um jogo, esfregando o dedão pelo meu lábio inferior.

– Mia, você quebrou centenas de regras da universidade e algumas leis hoje à noite. Eu poderia mandar prendê-la.

Fico de joelhos, deslizando minhas mãos por seu peito.

– Eu não sabia mais como chamar sua atenção.

Ele fecha os olhos, passando os dedos por minha mandíbula, meu pescoço e meus ombros nus. Não estou vestindo nada além de uma saia curta e calcinha, e as palmas de suas mãos deslizam sobre meus seios. Então ele as leva para trás de suas costas, com os punhos fechados.

– Você acha que não noto você em minhas aulas? – ele solta um grunhido. – Bem na frente, com seus olhos sobre mim o tempo inteiro, os lábios tão carnudos e vermelhos que só consigo ficar imaginando como seria senti-los em minha língua, no meu pescoço e no meu pau...

Lambo meus lábios, mordendo o de baixo.

– Eu posso mostrar a você.

Ele hesita, com os olhos se estreitando.

– Mas eu seria demitido.

– Prometo que não contarei a ninguém.

Seu conflito parece tão sincero. Ele fecha os olhos, com a mandíbula apertada. Quando eles se abrem novamente, Ansel inclina-se em minha direção e diz:

– Se você acha que isso é uma recompensa por ter invadido minha casa...

– Eu não acho...

Mas ele vê a mentira em meu rosto. Estou conseguindo tudo o que eu quero, e meu sorriso sombrio o faz urrar e levar as mãos grossas aos meus seios.

Minha pele se eleva para encontrar seu toque, e dentro de mim meus músculos e órgãos vitais se torcem como se estivessem sendo espremidos, trazendo calor para o meu peito e minha barriga, e mais para baixo, entre minhas pernas. Eu o quero tanto que me sinto agitada e urgente, como se essa necessidade estivesse agarrando minha garganta. Levo minhas mãos para seus cabelos, segurando-o sem deixar que ele se mova um centímetro para longe de mim.

Mas é tudo um truque. Ele se desfaz de mim rapidamente e se afasta para me observar com uma expressão convincente de furor em seus olhos.

– Eu tinha muito trabalho esperando em minha mesa quando você me ligou para fazer seu show.

– Me desculpe... – eu sussurro.

Estar perto dele me torna líquida, e minhas entranhas se tornam escorregadias, como se estivessem derretendo.

Seus olhos tremem até que se fecham, e suas narinas se expandem.

– O que você acha que causou em minha concentração, sabendo que você estava aqui, se tocando? Sabendo que você poderia ser minha?

Com seus olhos ancorando os meus e para justificar sua questão, ele desliza uma mão rude para dentro da minha calcinha, com dois de seus dedos procurando e afundando lá dentro, encontrando-me encharcada.

– Quem te deixou molhada assim?

Eu não respondo. Fecho os olhos, empurrando meu corpo na direção de sua mão, pego seu punho e começo a foder seus dedos sem que ele precise se mexer. Estou com tesão em todos os lugares. Especialmente aqui... estou me afogando com a necessidade de gozar. Com a necessidade de ele me fazer gozar.

Com um movimento rápido, ele tira seus dedos de mim e os enfia em minha boca, pressionando meu gosto em minha língua. Sua mão segura minha mandíbula, e seus dedos em minhas bochechas mantêm minha boca aberta.

– Quem. A deixou. Molhada.

– Você – consigo me desvencilhar de seus dedos intrusos e ele se afasta, tocando meu lábio inferior com um dedo indicador e um polegar. – Pensei em você o dia inteiro. Não só quando te liguei.

Encaro seus olhos, tão cheios de raiva e luxúria que fico sem ar. Eles suavizam quando continuo a olhar, e posso sentir nós dois vacilarmos em nossos personagens. Eu quero me derreter nele e sentir seu peso quente sobre mim. Continuo:

– Eu penso em você o dia inteiro.

Ele pode ver a verdade em minha expressão e seus olhos caem em meus lábios, suas mãos espalhadas gentilmente pelas laterais do meu corpo.

– Você pensa?

– E eu não me importo com as regras – digo a ele. – Ou que você tem muito trabalho. Eu quero que você ignore isso tudo.

Sua mandíbula fica tensa.

Eu digo:

– Quero você. O semestre acabará logo.

– Mia...

Posso ver o conflito em seus olhos. Será que ele sente isso também? Essa espera tão enorme que parece que tudo que há dentro do meu peito é empurrado para um canto apertado? Nosso tempo juntos está quase acabando. Como será possível ficar longe dele?

O que nós vamos fazer?

Meu coração dá um salto, pulsando tão forte que parece não ser mais um ritmo saudável. São como pratos de uma bateria batendo, e o profundo e pesado pulsar de um bumbo. Uma surra embaixo de minhas costelas. Eu sei que sentimento é esse. Ele precisa saber.

Mas será que é muito cedo? Estou aqui há menos de um mês.

– Ansel... eu...

Seus lábios encontram os meus e sua língua faz minha boca se abrir, sentindo meu gosto, rolando em meus dentes. Eu me pressiono contra ele, faminta por seu gosto de homem, oceano e calor.

– Não diga isso – ele diz em minha boca, de alguma maneira sabendo que eu iria colocar para fora algo sincero e intenso.

Afastando-se, ele procura meus olhos freneticamente, implorando.

– Eu não posso brincar de malvado hoje à noite se você disser isso. *D'accord?*

Faço que sim com a cabeça urgentemente e suas pupilas dilatam. Vejo uma gota de tinta dentro de seu olho verde e consigo até ver sua pulsação acelerar.

Ele é meu. Meu.

Mas por quanto tempo? A pergunta que me invade me deixa desesperada, precisando dele profundamente em cada parte do meu corpo, sabendo que ele não pode realmente tirar meu ar, mas o oferecendo a ele em pequenas explosões constantes.

Ele chega mais perto, e embora o aperto de sua mão em meus cabelos não suavize, eu pego sua camisa gananciosamente. Com meus dedos trêmulos, trabalho em cada botão e quando seu torso quente e macio é exposto, posso ouvir meu gemido febril e minhas mãos deslizando em sua pele, frenéticas. Fico imaginando como seria se eu o quisesse tanto quanto agora e não tivesse acesso a ele, e então, somente hoje – uma única e perigosa noite –, ele me deixasse tocá-lo, experimentá-lo, fodê-lo.

Eu seria *selvagem*. Seria insaciável.

Ele solta um grunhido quando demoro ao deslizar minhas mãos pelo seu peito, com as unhas arranhando seus pequenos mamilos, esfregando a provocante linha de pelos abaixo de seu umbigo em direção à sua calça. Impacientemente, ele segura meus cabelos, empurra seu quadril para frente e geme em aprovação quando eu rapidamente tiro seu cinto, abro seu zíper, e abaixo sua calça para libertar seu pau.

Ah...

Ele salta na minha frente, grosso e quente. Quando eu o seguro, parece aço em minha palma. Uso as duas mãos, apertando e deslizando, querendo que Ansel largue meu cabelo pra que possa me curvar e chupá-lo com a fome que estou sentindo.

Ele solta o ar em um gemido enquanto eu bombeio seu pau com a mão e então se curva para mim, capturando minha boca em um beijo brutal e dominador. Sua boca suga a minha, abrindo meus lábios, enquanto sua mão segura mais forte meus cabelos. Ele desliza a língua para dentro, empurrando forte e me fodendo com um ritmo inconfundível.

Eu não serei gentil, ele está dizendo. *Nem vou tentar.*

A excitação circula por mim e eu me liberto de sua mão, com a intenção de chupá-lo até que ele goze, mas com um grunhido gutural ele me empurra para a cama, curvando-se para tirar sua gravata e amarrar meus punhos à cabeceira.

– Seu corpo é para meu prazer – ele me diz, com um olhar sombrio. – Você está em minha casa, pequena. Eu tomarei tudo que quiser.

Ele chuta suas calças para longe e escala sobre mim, empurrando minha calcinha para baixo e minha saia para cima de meu quadril.

Com as mãos em minhas coxas, ele afasta minhas pernas, inclina-se para frente e me penetra grosseiramente.

É um alívio tão grande que me faz gritar. Nunca havia me sentido tão preenchida por ele. Estou faminta e satisfeita, querendo que ele fique assim para sempre. Mas ele não permanece profundamente em mim por muito tempo. Ele se afasta e depois vem contra mim, segurando a cabeceira da cama como uma alavanca, e me possuindo tão duramente que cada impulso faz meus dentes baterem e o ar é forçado para fora de meus pulmões.

É selvagem e frenético, seu corpo por cima do meu e minhas pernas enroladas em sua cintura, tão apertadas que imagino se estou machucando-o. Eu quero machucá-lo de um jeito doentio e sombrio, quero trazer cada sensação à superfície, fazê-lo sentir tudo ao mesmo tempo: luxúria, dor, necessidade, alívio... e sim, até o amor que estou sentindo.

– Eu queria terminar meu trabalho hoje – ele diz entre os dentes, com suas mãos apertando minhas coxas. Ele bombeia tão forte e rápido, me comendo grosseiramente, e seu suor começa a pingar desde suas têmporas até meu peito. Sua raiva é assustadora, emocionante, perfeita. – E em vez disso precisei vir até minha casa e lidar com uma estudante safada.

Seu quadril está batendo tão forte em mim e ele geme, com os olhos ficando mais pesados. Suas mãos grandes e ásperas pegam meus seios, e ele desliza o polegar pelo meu mamilo.

– Por favor, me faça gozar – eu sussurro, sinceramente.

Eu quero parar de brincar.

Eu quero brincar para sempre.

Eu quero sua aprovação, quero sua raiva. Quero o tapa agudo de sua mão em meu seio segundos antes de ele me fazer chegar ao clímax. *Ele sabia.*

– Por favor – eu imploro – Eu serei boa.

– Alunas malvadas não podem ter prazer. Em vez disso, eu levarei tudo e você poderá me olhar.

Ele está se mexendo tão forte que a cama começa a tremer, fazendo barulho embaixo de nós. Nunca fomos tão selvagens. Os vizinhos devem estar escutando, e eu fecho meus olhos, desfrutando ao saber que meu homem é completamente satisfeito na cama. Eu darei tudo a ele.

– Me veja gozar – ele sussurra, tirando seu pau de mim e segurando-o.

Sua mão voa para baixo e para cima e ele xinga, encarando-me.

O primeiro pulso de seu gozo atinge minha bochecha, e então meu pescoço e meus seios. Eu nunca poderei imaginar um som mais sexy do que o profundo gemido que ele faz quando goza, o jeito que ele fala meu nome e a maneira que ele me encara. Ele se curva, suado e quase sem ar; seus olhos passeiam por meu rosto, como se inspecionasse o jeito que ele me decorou. Escalando meu corpo para que seu quadril fique no mesmo nível de meu rosto, ele pressiona seu pau em meus lábios, ordenando silenciosamente:

– Limpe com sua língua.

Abro minha boca e lambo ao redor da cabeça, e então enfio tudo na boca, toda a pele, suave como veludo.

– Ansel... – sussurro quando me afasto, querendo ser nós mesmos agora. Querendo ele.

Seus olhos são preenchidos por um alívio, e ele desliza seu dedo pelo meu lábio inferior.

– Você gosta disso – ele murmura. – De me satisfazer.

– Sim.

Ele afasta-se, curvando-se para beijar minha testa enquanto cuidadosamente desata o nó que prendia minhas mãos.

– *Attends* – ele sussurra.

Espere.

Ansel retorna com um pano úmido e limpa minha bochecha, meu pescoço, meus seios. Ele o joga no cesto no canto do quarto e me beija docemente.

– Foi bom, *Cerise?* – ele sussurra, sugando meu lábio inferior, com a língua entrando gentilmente em minha boca. Ele geme baixinho, com seus dedos dançando nas curvas dos meus seios. – Você foi perfeita. Eu adoro estar com você desse jeito – sua boca se move pela minha bochecha e minha orelha. – Mas posso ser gentil agora?

Faço que sim com a cabeça, segurando seu rosto com as duas mãos. Ele me destrói com essa brincadeira, com esse comando que se derrete tão facilmente em adoração. Fecho os olhos, afundando minhas mãos em seus cabelos enquanto ele beija meu pescoço, chupa meus seios, meu umbigo e afasta minhas pernas com as mãos.

Estou dolorida de seu tratamento intenso de minutos atrás, mas ele é cuidadoso agora, assoprando uma suave corrente de ar contra mim, sussurrando:

– Deixe-me ver você.

Abaixando a cabeça, ele beija meu clitóris e lambe ao redor.

– Eu adoro sentir o seu gosto, você sabe disso?

Enrolo minhas mãos em volta do travesseiro.

– Acho que essa doçura é só para mim. Eu finjo que seu desejo nunca foi assim – ele afunda um de seus dedos lá dentro e o traz até meus lábios. – Para todo o resto nunca foi tão sedoso e doce. Diga-me que é verdade.

Eu deixo que ele enfie o dedo dentro da minha boca e eu chupo, querendo fazer com que essa noite dure para sempre. Sou louca por ele e espero que ele fique aqui comigo, e não vá se retirar para o trabalho até o nascer do sol.

– Não é perfeito? – ele pergunta, enquanto me observa chupando. – Nunca adorei tanto o gosto de uma mulher como adoro o seu. Ele escala meu corpo e suga meus lábios, minha língua. Ele está duro novamente, ou ainda está, e pressiona minha coxa. – Eu quero isso. Eu quero você. Sou completamente louco por você. Quero você demais, eu acho.

Balanço minha cabeça, querendo lhe dizer que ele pode me querer mais e mais loucamente, mas as palavras ficam presas em minha garganta quando ele volta seus lábios para a minha buceta, lambendo e beijando com tanta experiência que minhas costas arqueiam para fora da cama e eu começo a gemer.

– Assim? – ele ronrona.

– Sim.

Meu quadril sobe do colchão, sedento por seus dedos também.

– Eu seria seu escravo – ele sussurra, deslizando dois dedos para dentro de mim. – Não preciso de nada além disso, sua boca e suas palavras silenciosas. E eu serei seu escravo, *Cerise*.

Não sei como ou quando acontece, mas ele sabe como ler meu corpo, ele conhece minhas vontades. Ele me provoca, prologando e espremendo cada sensação, fazendo-me esperar pelo orgasmo que parece ter começado há dias. Com sua língua, seus lábios, seus dedos e suas palavras ele me leva até a beira mais e mais vezes até que eu comece a me contorcer debaixo dele, suando e implorando.

E logo quando acho que ele finalmente me deixará gozar, ele se afasta, esfregando sua boca com o antebraço, e volta a escalar meu corpo.

Apoio-me em meus cotovelos, com os olhos loucos.

– Ansel...

– Shhh... Eu preciso estar dentro quando você gozar.

Com as mãos rápidas, ele me vira de costas para que eu deite de barriga para baixo, afastando minhas pernas e me penetrando tão profundamente que engasgo, apertando o travesseiro com meus punhos. Seu gemido vibra pelos meus ossos, pela minha pele, e eu sinto seu som contínuo enquanto ele começa a se mexer, com seu peito pressionado em minhas costas e sua respiração quente na minha orelha.

– Estou perdido em você.

Suspiro, concordando freneticamente.

– Eu também.

Sua mão desliza por baixo de mim e pressiona-me, circulando meu clitóris. Estou quase lá...

Quase lá

Quase lá

E explodo como uma bomba no segundo em que ele pressiona seus lábios em minha orelha e sussurra:

– O que você sente, *Cerise?* Eu sinto, também. Porra, Mia, eu sinto *tudo* por você.

Capítulo 17

Não é que eu já não pense em Ansel durante a maior parte do meu tempo, mas depois de ontem à noite, eu simplesmente não consigo parar de pensar nele. Enquanto estou sentada no café com Simone no dia seguinte, estou pensando em ver se consigo fazer com que ele tire uma folga do trabalho amanhã, ou se talvez eu possa aparecer lá para vê-lo hoje à noite, para variar. Ser uma eterna turista sozinha está ficando um pouco chato, mas me manter ocupada é a alternativa preferível a ficar em casa o dia inteiro envolta em meus pensamentos, com o relógio de contagem regressiva marcando os minutos no fundo de minha mente.

— Porra, hoje o dia foi muito comprido — ela geme, depositando as chaves em sua bolsa, antes de começar a revirá-la para procurar seu cigarro eletrônico sempre presente, imagino.

Estar com Simonha é um conforto paradoxal: ela é tão desagradável que faz com que eu ame Harlow e Lola ainda mais, e ver as duas de novo é o que mais quero quando voltar para casa. Simone para um pouco e seus olhos se iluminam quando ela encontra o familiar cilindro preto em um dos compartimentos internos de sua bolsa.

— Finalmente, porra — ela diz, segurando-o perto de sua boca e então franzindo a testa. — Merda. Está morto. Foda-se essa droga, onde está meu Marlboro?

Nunca me senti vagabundeando tanto em minha vida, mas não me importo. Cada vez que considero me organizar para mudar de casa, minha mente vai para longe, distraída pela vida linda e brilhante à minha frente. Obviamente essa é a opção mais preferível, onde posso fingir que o dinheiro é infinito, não tenho que ir para a faculdade, e é fácil calar a voz implicante no fundo de meus pensamentos, dizendo-me que preciso ser um membro contribuinte da sociedade. *Só mais uns dias*, digo a mim mesma. Posso me preocupar com isso mais tarde.

Simonha consegue retirar de sua bolsa um maço de cigarros amassado e um isqueiro prateado. Ela o acende a meu lado, gemendo enquanto inala, como se aquele cigarro fosse melhor do que bolo de chocolate e todos os orgasmos juntos. Por um momento, começo a considerar seriamente começar a fumar.

Ela traga novamente, e a ponta queima a cor laranja na luz diminuta.

– Então, quando você vai embora mesmo? Em três semanas? Juro por Deus que quero sua vida. Morar em Paris só curtindo o verão inteiro.

Sorrio e olho para ela enquanto me ajeito. Mal consigo ver seu rosto através da pluma da fumaça pungente. Eu testo as palavras para ver como saem, se elas ainda soam com a mesma sensação de pânico:

– Começo a faculdade de Administração no outono.

Fecho os olhos por um momento e respiro. Sim, ainda sinto a mesma coisa.

Os postes de luz explodem em vida pelas ruas, auréolas caindo pelas calçadas abaixo. Sobre o ombro de Simone vejo surgir uma silhueta familiar: alta e esguia, com o quadril pequeno e ombros largos e fortes. Por um momento começo a me lembrar de ontem à noite, minhas mãos segurando sua cintura estreita enquanto ele se movia sobre mim. Sua expressão doce quando perguntou se poderia ser gentil. Até começo a envolver a mesa à minha frente com meus dedos, numa tentativa de me manter no lugar.

Ansel olha para cima quando chega perto da esquina, apressando um pouco o passo quando me vê.

– Oi – ele diz, inclinando-se em minha direção e dando um beijo demorado em cada uma de minhas bochechas.

Droga, eu amo a França. Ignorando o olhar arregalado de Simone e sua expressão de surpresa, ele se afasta o bastante para abrir um sorriso e me beija novamente, dessa vez em minha boca.

— Você saiu mais cedo — eu murmuro em outro beijo.

— Estou achando mais difícil trabalhar até tarde esses dias — ele diz com um pequeno sorriso. — Imagino por quê.

Encolho os ombros, sorrindo.

— Posso levar você para jantar? — ele pergunta, puxando-me para que eu me levante, entrelaçando seus dedos nos meus.

— Olá — diz Simone, acompanhada pelo som de seus saltos-altos de espetos batendo na calçada, e finalmente ele olha para ela.

— Sou o Ansel.

Ele dá um beijo em cada uma de suas bochechas, como de costume, e estou mais do que satisfeita quando vejo sua expressão abatida quando ele se afasta rapidamente.

— Ansel é meu marido — adiciono, ganhando como recompensa um sorriso que poderia fornecer energia para todos os postes da Rue Saint-Honoré. — Esta é Simone.

— Marido — ela repete, piscando os olhos rapidamente como se estivesse me vendo pela primeira vez.

Seu olhar se move de mim para Ansel, analisando-o de cima abaixo. Ela está claramente impressionada. Com um movimento de cabeça, ela guincha sua bolsa para cima de seu ombro, mencionando uma festa para qual ela se atrasará, arremessando um "parabéns" em minha direção.

— Ela foi agradável — Ansel diz, observando Simone indo embora.

— Na verdade, não foi — eu digo, dando risada. — Mas algo me diz que agora ela será.

~

Depois de andarmos alguns quarteirões em um silêncio de companheirismo, viramos em uma rua cheia de coisas típicas de Paris.

Como a maioria dos restaurantes nesse bairro, a parte da frente é estreita e discreta, grande o bastante para acomodar apenas quatro mesas de madeira cobertas por um toldo marrom e laranja com a palavra *Ripaille*. Há alguns painéis de cor creme e lousas rascunhadas com os pratos especiais do dia, e longas e finas janelas que projetam sombras tremeluzentes nas ruas de pedra lá fora.

Ansel segura a porta aberta e eu entro atrás dele, sendo rapidamente cumprimentada por um homem magro e alto com um sorriso acolhedor. O restaurante é pequeno mas confortável, e tem cheiro de menta, alho e algo escuro e delicioso que não consigo identificar imediatamente. Um pequeno número de mesinhas e cadeiras preenchem o único ambiente interno do restaurante.

– *Bonsoir. Une table pour deux?* – pergunta o homem ao alcançar uma pilha de cardápios.

– *Oui* – eu respondo, e consigo pegar o sorriso orgulhoso de Ansel, com covinhas e tudo. Somos levados para uma mesa no fundo, e Ansel espera eu me sentar para depois se acomodar em sua cadeira. – *Merci*.

Aparentemente meu domínio das duas palavras mais básicas em francês é incrível, porque ao presumir que sou fluente o garçom começa a disparar os especiais do dia. Ansel encara-me e eu balanço a cabeça quase imperceptivelmente, mais do que feliz em ouvi-lo explicar tudo para mim depois. Ele faz algumas perguntas e eu observo em silêncio, imaginando se um dia seu jeito de falar, os gestos de suas mãos, ou qualquer coisa que ele faça deixará de ocupar o primeiro lugar no ranking de tudo mais sensual que eu já vi.

Jesus, estou completamente envolvida.

Quando o garçom vai embora, Ansel inclina-se para frente, apontando os diferentes itens com suas mãos grandes e graciosas, e tenho que piscar os olhos algumas vezes e lembrar a mim mesma de prestar atenção.

Minha maior dificuldade sempre foi em relação aos cardápios. Há algumas coisas que ajudam: *boeuf*/bife, *poulet*/frango, *veau*/vitela, *canard*/pato, e *poisson*/peixe (não tenho a mínima vergonha em dizer que a razão de eu saber disso é por ter assistido *A pequena sereia* incontáveis vezes), mas ainda preciso de ajuda para entender o jeito que as comidas são preparadas, ou o nome dos diversos molhos e vegetais na maioria dos restaurantes.

– O prato especial do dia é *langoustine bisque*, que é... – ele faz uma pausa, franze a testa e olha para o teto. – Hum... É um marisco?

Eu sorrio. Deus sabe como eu acho encantadora sua expressão de confusão.

– Lagosta?

– Sim. Lagosta – ele concorda, satisfeito. – Sopa de lagosta com menta, acompanhado de uma pequena pizza. É bastante crocante, com lagosta e tomates-secos. Também há o *le boeuf*...

– O *bisque* – decido.

– Você não quer ouvir as outras opções?

– Você acha que tem alguma coisa melhor do que sopa e pizza com lagosta? – eu paro, tomando consciência do que estou falando. – A não ser que isso signifique que você não poderá me beijar.

– Tudo bem – ele diz, acenando com a mão. – Posso te beijar até perder os sentidos.

– Então é isso. Bisque.

– Perfeito. Acho que pedirei o peixe – diz.

O garçom retorna e os dois escutam-me pacientemente enquanto insisto em pedir meu próprio jantar, com um acompanhamento simples de vegetais com vinagrete. Sem conseguir esconder o sorriso, Ansel pede sua comida e uma taça de vinho para nós dois, ajeita-se em seu assento, apoiando um de seus braços sobre o encosto de uma cadeira vazia a seu lado.

– Veja, você nem precisa de mim – ele diz.

– Até parece. Como eu conseguiria pedir o maior consolo da loja? Quero dizer, essa é uma distinção muito importante.

Ansel ri alto, com os olhos arregalados e surpresos e suas mãos voando para abafar o som. Algumas das pessoas viram em nossa direção, mas ninguém parece ter se importado com sua explosão.

– Você é uma má influência – ele diz ao se recompor, levando a mão à sua taça.

– Eu? Você é quem deixou a tradução de *dildo* em um bilhete certa manhã, então...

– Mas você encontrou a loja – ele diz através de seu copo. – E tenho que dizer que devo eternamente a você por isso.

Sinto meu rosto se aquecer sob o olhar de Ansel e o significado implícito em suas palavras.

– É verdade – admito, sussurrando.

Nossa comida chega, e com exceção dos gemidos satisfeitos ou minha intenção explícita de sustentar os filhos do chef, ficamos em silêncio na maior parte do tempo enquanto estamos comendo.

Os pratos vazios são retirados da mesa e Ansel pede uma sobremesa para dividirmos: *fondant au chocolate*, uma versão mais sofisticada de um bolo de chocolate com cobertura que temos em casa, servido quente e com sorvete de baunilha picante. Ansel geme a cada colherada.

– Vê-lo comer isso é um pouco obsceno – eu digo.

Ele está de olhos fechados do outro lado da mesa, fazendo um zumbido ao redor da colher em sua boca.

– É minha sobremesa favorita – Ansel diz. – Apesar de não ser tão boa quanto a que minha mãe faz para mim quando eu a visito.

– Sempre me esqueço que você contou que ela estudou culinária. Eu não consigo me lembrar de uma sobremesa que minha mãe não tenha comprado em uma loja. Gosto de dizer que ela é domesticamente light.

– Um dia, quando eu for te visitar em Boston, nós podemos ir até a padaria dela em Bridgeport, e ela fará qualquer coisa que você quiser.

Posso praticamente ouvir os proverbiais sons de freio gritando em ambas as nossas mentes. Um distinto obstáculo na estrada acaba de surgir em nossa conversa, e ele permanece ali, brilhando insistentemente, impossível de ser ignorado.

— Você ainda ficará aqui por mais duas semanas? — ele pergunta. — Ou três?

A frase *você poderia me pedir para ficar* aparece em minha cabeça antes que eu consiga impedir, porque não, essa é... Não. Essa é realmente a pior ideia de todas.

Mantenho minha cabeça baixa, com os olhos no prato entre nós, rodeando a calda de chocolate na poça de sorvete de baunilha derretido.

— Acho que provavelmente devo ir embora daqui a duas semanas. Preciso encontrar um apartamento, me inscrever nas aulas...

Telefonar para meu pai, eu penso. *Começar a trabalhar. Construir uma vida. Fazer amigos. Decidir o que eu quero fazer com meu diploma. Tentar encontrar uma maneira de ser feliz com essa decisão. Contar os segundos até você me procurar.*

— Apesar de você não querer fazer tudo isso.

— Não — eu digo, inexpressiva. — Não quero passar os próximos dois anos da minha vida estudando para trabalhar em um escritório que odeio, com pessoas que gostariam de estar em qualquer outro lugar a não ser aquele, e ficar olhando para quatro paredes em uma sala de reunião.

— Essa foi uma descrição bastante profunda — ele comenta. — Mas acho que sua impressão da faculdade de Administração está um pouco... mal informada. Você não precisa acabar vivendo essa vida se não quiser.

Deixo minha colher encostada no prato e encosto-me na cadeira.

— Eu vivi com o homem de negócios mais dedicado do mundo durante minha vida inteira, e conheci todos os seus colegas e quase todos os colegas deles. Morro de medo de me tornar como eles.

A conta do jantar chega e Ansel a segura, não antes de dar um leve tapa em minha mão. Eu franzo minha testa, porque eu posso levar meu... marido para jantar. Mas ele me ignora, continuando seu movimento.

— Nem todos os executivos são como seu pai. Só acho que talvez você deva considerar outras utilizações para seu diploma. Você não precisa seguir o caminho dele.

~

A caminhada até nossa casa é silenciosa, e eu sei que é porque eu não respondi ao que ele falou, e ele não quer insistir. Ele não está errado: as pessoas utilizam os diplomas de Administração em todos os tipos de coisas interessantes. O problema é que eu ainda não sei qual é a minha coisa interessante.

— Posso te perguntar uma coisa? — eu digo.

Ele responde que sim, olhando para mim.

— Você aceitou o trabalho na empresa, apesar de não ser bem o que você quer fazer.

Ele concorda, e espera que eu termine de falar.

— Você não gosta muito do seu emprego.

— Não.

— Então qual é o seu emprego dos sonhos?

— Ensinar — ele diz, encolhendo os ombros. — Acho que Direito Empresarial é fascinante. Acho que Direito em geral é fascinante. Como nós organizamos a moral e a vaga bruma da ética em regras, e especialmente como construímos essas coisas enquanto novas tecnologias surgem. Mas eu não serei um bom professor se não houver praticado, e depois dessa posição, poderei encontrar uma vaga em uma faculdade em praticamente qualquer lugar.

Ansel segura minha mão durante os poucos quarteirões até chegarmos em nosso apartamento, pausando uma ou duas vezes para levar meus dedos até seus lábios e beijá-los. O farol de uma motocicleta faz o ouro de sua aliança brilhar, e eu sinto meu estômago contrair junto a uma sensação de medo dentro de mim. Não é que eu não queira ficar em Paris. Eu amo Paris. Mas não posso negar que sinto falta da familiaridade da minha casa, de conversar com as pessoas em uma língua que eu compreendo, dos meus amigos, do oceano. Ainda assim, estou começando a perceber que não quero deixar Ansel também.

Ele insiste que entremos em um pequeno bistrô na esquina para tomar um café. Eu me acostumei ao que os europeus chamam de café – intenso e em pequenas doses do mais delicioso expresso. Tenho certeza de que, além de Ansel, essa é uma das coisas de que mais sentirei falta nessa cidade.

Nos sentamos em uma pequena mesa lá fora, sob as estrelas. Ansel desliza sua cadeira tão perto da minha que não há lugar algum para apoiar seu braço a não ser ao redor de meus ombros.

– Você quer conhecer alguns dos meus amigos essa semana? – ele pergunta.

Olho para ele com uma expressão de surpresa.

– O quê?

– Christophe e Marie, dois de meus amigos mais antigos, vão dar um jantar para comemorar a promoção dela. Marie trabalha para uma das maiores empresas no mesmo edifício que o meu, e achei que você gostaria de ir comigo. Eles adorariam conhecer minha esposa.

– Parece uma boa ideia – concordo, sorrindo. – Estava com vontade de conhecer os seus amigos.

– Sei que deveria ter feito isso antes, mas... admito que eu estava sendo egoísta. Temos tão pouco tempo juntos, e não queria dividi-lo com mais ninguém.

– Mas você tem trabalhado muito – eu digo soltando o ar, enquanto ele basicamente repete minha conversa com Harlow.

Ele pega minha mão, beija os nós dos meus dedos, minha aliança, e entrelaça seus dedos nos meus.

– Quero exibir você.

Ok. Conhecer amigos. Ser apresentada como sua esposa. Isso é a vida real. É o que pessoas casadas fazem.

– Fechado – eu digo. – Parece divertido.

Ele sorri e inclina-se para frente, plantando um beijo em meus lábios.

– Obrigado, sra. Guillaume.

Uau, com direito a covinhas também. Eu me rendo.

A garçonete para em nossa mesa e eu me ajeito em minha cadeira, enquanto Ansel pede nosso café. Há um grupo de jovens garotas de oito ou nove anos de idade dançando ao som de um homem tocando guitarra lá fora. Suas risadas ecoam nos prédios apertados mais alto que o barulho dos poucos carros que passam e a água da fonte do outro lado da rua.

Uma delas gira e tropeça, aterrissando próxima ao pequeno deque onde estamos sentados.

– Você está bem? – eu pergunto, descendo para ajudá-la.

– *Oui* – ela diz, limpando a sujeira da parte da frente de seu vestido xadrez.

Sua amiga vem até nós também, e embora não tenha certeza do que ela esteja falando, pelo jeito que ela estende os braços e o tom de repreensão em sua voz, acho que ela está dizendo que a pirueta foi feita de maneira errada.

– Você está tentando fazer uma pirueta? – pergunto, mas ela não responde, olhando-me com uma expressão confusa.

– *Pirouette?*

Seu rosto ilumina-se e ela diz, animada:

– *Oui. Pirouette. Tourner.*

– Girar – Ansel oferece.

Ela estende os braços para os lados, com seu pé em ponta, e gira tão rápido que quase cai novamente.

– Uau – eu digo, e nós duas rimos enquanto a apanho no ar. – Talvez se você fizer... hummm... – deixando minha postura ereta, dou leves tapas em meu estômago. – Contraia.

Viro-me para Ansel, que traduz:

– *Contracte les abdominaux*.

A menina faz uma cara de concentração, o que deve significar que ela está contraindo os músculos do abdômen.

Mais garotas se juntam para me ouvir, então levo um segundo para movê-las de modo que todas tenham espaço.

– Quarta posição – eu digo, com quatro dedos das mãos no ar, com meu pé em ponta para o lado esquerdo, lado direito, e para trás. – Braços para cima, um para o lado, e o outro para frente. Bom. Agora *plié?* Dobrar?

Todas elas dobram os joelhos e eu faço que sim com a cabeça, sutilmente guiando suas posturas.

– Sim! Muito bom!

Aponto para meus olhos e depois para um ponto distante, parcialmente ciente de que Ansel está traduzindo tudo atrás de mim.

– Vocês devem se concentrar. Encontrem um ponto e não desviem o olhar. Então, quando vocês girarem... – minha postura está ereta, e então dobro os joelhos, salto desde a bola dos meus pés e giro, aterrissando em um *plié* – vocês voltam para a posição de onde começaram.

É um movimento tão familiar e tem tanto tempo que não sinto meu corpo fazendo-o que eu quase não percebo o som das pessoas vibrando. Principalmente Ansel, vibrando mais alto. As meninas estão quase tontas e ainda tentando girar, encorajando umas às outras e pedindo ajuda para mim.

Estava ficando tarde e eventualmente as garotas teriam de ir embora. Ansel pega minha mão, sorrindo, e eu olho por cima de meu ombro enquanto saio andando. Eu poderia ficar assistindo-as a noite inteira.

– Aquilo foi divertido – ele diz.

Olho para ele, ainda sorrindo.

– Qual parte?

– Ver você dançando daquele jeito.

– Foi só uma pirueta, Ansel.

– Deve ter sido a coisa mais sexy que eu já vi. É isso que você devia estar fazendo.

Solto um suspiro.

– Ansel...

– Algumas pessoas vão pra faculdade de Administração e tomam conta de cinemas ou restaurantes. Alguns têm sua própria padaria, outras, estúdios de dança.

– Você também, não.

Eu já ouvi isso antes, de Lorelei e da família de Harlow inteira.

– Eu não saberia como fazer isso.

Como se quisesse explicar, ele olha para trás por cima de seu ombro, na direção de onde viemos.

– Com todo o respeito, eu discordo.

– Essas coisas demandam dinheiro. Eu odeio pedir dinheiro pro meu pai.

– Então por que você pede dinheiro a ele se você odeia fazer isso? – ele pergunta.

Eu jogo a pergunta de volta para ele:

– Você não pede dinheiro pro seu pai?

– Peço – ele admite. – Mas há muito tempo eu decidi que é a única coisa pra que ele serve. E alguns anos atrás, quando eu tinha sua idade, não queria que minha mãe achasse que precisava me sustentar.

– Não tenho dinheiro suficiente para morar em Boston sem a ajuda dele – eu digo. – E acho que, de alguma maneira... ele me deve isso, já que estou fazendo o que ele quer.

– Mas se você estiver fazendo o que *você* quer...

– Não é o que eu quero.

Ele para no meio do caminho e levanta uma de suas mãos, sem parecer afetado com o peso dessa conversa.

– Eu sei. E não estou animado com a ideia de você ter que me deixar em breve. Mas tirando isso, se você for pra faculdade fazer algo que você quer, é uma decisão sua, e não dele.

Solto um suspiro, olhando rua abaixo.

– O fato de você não poder dançar profissionalmente não significa que você não pode trabalhar dançando. Encontre o ponto lá longe e não tire o foco. Não é isso que você disse pras meninas? Qual é o seu ponto? Encontrar uma maneira de manter a dança em sua vida?

Pisco os olhos para longe, onde as garotas ainda estão girando e rindo. O ponto de Ansel é ensinar as leis do Direito. Ele não mudou seu foco desde que começou.

– Ok, então – ele diz, parecendo aceitar meu silêncio como se eu estivesse concordando passivamente. – Você treina para ser professora? Ou você aprende a administrar seu próprio negócio? São dois caminhos diferentes.

A ideia de ser proprietária de um estúdio de dança causa uma reação explosiva em meu estômago: uma mistura de alegria intensa e muito medo. Não consigo imaginar algo mais divertido, mas nada pode arruinar meu relacionamento com minha família mais do que isso.

– Ansel... – eu digo, balançando a cabeça. – Mesmo se eu quiser abrir meu próprio estúdio, vou ter que começar do zero. Meu pai pagaria pelo meu apartamento por dois anos, enquanto eu estivesse estudando. Agora ele não está falando comigo, e ele não concordaria com esse novo plano de jeito algum. Há algo na dança... é como se ele não gostasse disso em um nível visceral. Estou percebendo agora que, o que quer que eu faça, terei que fazer sem a ajuda dele.

Fecho meus olhos e engulo saliva. Tirei umas férias mentais tão profundas que já me sinto exausta depois dessa pequena discussão. Continuo:

– Estou feliz por ter vindo para cá. De alguma maneira foi a melhor decisão que já tomei. Mas de algum jeito também tornou as coisas mais complicadas.

Ele inclina-se para trás, como se estivesse me analisando. Adoro o Ansel brincalhão, que pisca os olhos para mim sem nenhum motivo do outro lado do quarto, ou conversa adoravelmente com minhas coxas e seios. Mas acho que posso estar amando esse Ansel que parece realmente querer o que é melhor para mim, e que é corajoso o bastante por nós dois.

– Você é uma mulher casada, não é? – ele pergunta. – Você tem um marido?

– Sim.

– Um marido que ganha bastante dinheiro agora.

Encolho os ombros e olho para longe. Conversar sobre dinheiro é excessivamente esquisito.

Ao mesmo tempo em que ele costuma brincar e me fazer rir, não há nada além de sinceridade em sua voz quando ele me pergunta:

– Então por que você precisaria depender do seu pai para fazer o que você quer?

~

No andar de cima do nosso apartamento, sigo Ansel até a cozinha e me encosto ao balcão, enquanto ele abre um armário para pegar uma garrafa. Ele se vira, deixa cair dois comprimidos de ibuprofeno na palma de minha mão e me entrega um copo d'água. Eu olho para minhas mãos e depois para ele.

– É o que você deve fazer – ele diz, encolhendo os ombros. – Depois de tomar duas taças de vinho, você sempre deve tomar ibuprofeno com um copo grande de água. Você é peso-leve.

Lembro-me novamente de como ele é observador, e como consegue captar coisas quando acho que ele nem está prestando atenção. Ansel fica em pé, olhando-me quando engulo as pílulas e coloco o copo vazio no balcão, próximo ao meu quadril.

A cada segundo que passa e não estamos nos beijando ou nos tocando, sou tomada pelo medo de que o conforto fácil que temos hoje vai evaporar e ele vai sentar na sua mesa no escritório – e eu irei sozinha para o quarto.

Mas hoje à noite, enquanto olhamos um para o outro sob a luz diminuta proporcionada pela única lâmpada acima do fogão, a energia entre nós parece apenas crescer mais ainda. Parece real.

Ele esfrega sua mandíbula e inclina seu queixo em minha direção.

– Você é a mulher mais linda que eu já vi.

Meu estômago se revira.

– Não sei se acredito que eu...

– Fique – ele me interrompe, sussurrando. – Morro de medo do dia em que você for embora. Estou perdendo a cabeça pensando nisso.

Fecho meus olhos. Parte de mim estava querendo que ele dissesse isso, mas a outra parte estava com medo de ouvir essas palavras. Coloco meu lábio entre os dentes, mordendo-o para esconder o sorriso quando olho para ele.

– Achei que você tivesse me falado para ir pra faculdade e abrir meu próprio negócio.

– Talvez eu ache que você deveria esperar até eu terminar esse caso. Então podemos ir juntos. Viver juntos. Eu trabalho e você estuda.

– Como eu poderia ficar aqui até a primavera? O que eu ficaria fazendo?

Tem sido maravilhoso, mas não consigo imaginar viver outros nove meses como uma turista.

– Você pode encontrar um emprego, ou apenas pesquisar sobre o que precisa fazer para abrir um estúdio. Nós moraremos juntos, e você pode adiar a faculdade por um ano.

Se é que é possível, isso é ainda mais insano do que ter vindo até aqui, para começar. Ficar em Paris significa que não há término para nós. Não há anulação, nem casamento de mentira, e sim todo um novo caminho se abrindo pela frente.

– Acho que não consigo ficar aqui estando sozinha durante tanto tempo...

Ele recua pouco, deslizando uma de suas mãos por seus cabelos.

– Se você quiser começar agora, volte para Boston e eu vou para lá na primavera. É que... É isso mesmo que você quer?

Balanço minha cabeça, mas posso ver que em seus olhos que Ansel está lendo meu gesto corretamente como um *eu não sei*.

Durante minhas primeiras semanas aqui, senti-me como se estivesse completamente livre, e também como uma sanguessuga. Só que Ansel não me convidou para vir até aqui somente para ser generoso ou para me salvar de um verão onde eu só ficaria em casa ou me preparando para começar a faculdade. Ele o fez por essas razões, mas também porque me *queria*.

– Mia?

– Hum?

– Eu gosto de você – ele diz sussurrando.

Pelo jeito que sua voz treme, acho que sei o que ele está dizendo verdadeiramente. Sinto as palavras como um respiro caloroso pelo meu pescoço, mas ele não se aproxima. Ele nem está me tocando. Suas mãos estão segurando o balcão atrás dele, na altura de seu quadril. Essa confissão nua e crua é de certa maneira mais íntima à distância, sem contar com a segurança de beijos ou rostos encostados em pescoços. Ele continua:

— Eu não quero que você vá embora sem mim. Uma esposa deve ficar ao lado do marido, e o marido deve ficar ao lado da esposa. Sei que estou sendo egoísta com você, pedindo para você mudar para cá e esperar até que minha carreira deslanche antes de você ir embora, mas é isso.

É isso.

Desvio o olhar dele para os meus pés descalços no chão, deixando que o forte retumbar do meu coração tome conta de mim por um instante. Estou aliviada, aterrorizada... mais do que tudo, estou eufórica. Ele me disse na outra noite que não poderia continuar brincando de malvado se eu falasse em voz alta, e talvez seja o mesmo medo vindo novamente – não poderemos manter tudo leve e não poderemos nos desapegar em algumas semanas se um de nós disser a palavra *amor*.

— Você acha que algum dia você poderia... – ele começa a falar, após alguns instantes de silêncio, com os lábios para o lado em um sorriso – gostar de mim?

Meu peito se contrai com a vulnerabilidade sincera de sua expressão. Concordo com a cabeça, engolindo o que parece ser uma bola de boliche em minha garganta, e digo:

— Eu já gosto de você.

Seus olhos flamejam de alívio, e as palavras saem tropeçando em um longo fluxo misturado:

— Eu darei uma nova aliança para você. Nós faremos tudo de novo. Encontraremos um novo apartamento com memórias apenas nossas...

Começo a rir e de repente a chorar.

— Eu gosto deste apartamento. Eu gosto da minha aliança de ouro. Gosto das memórias fraturadas de nosso casamento. Não preciso de nada novo.

Ele inclina a cabeça e sorri para mim, enquanto as covinhas de suas bochechas flertam comigo descaradamente, e é tudo o que consigo captar. Faço um gancho com meus dedos, levo-os até o cinto de sua calça e o puxo para mim.

– Vem cá.

Ansel dá dois passos em minha direção, pressionando seu corpo tão perto do meu que eu preciso inclinar meu queixo para conseguir olhá-lo.

– Já acabamos de conversar, então? – ele pergunta, com as mãos deslizando por minha cintura, segurando-me.

– Sim.

– O que você quer fazer agora?

Seus olhos conseguem expressar animação e voracidade ao mesmo tempo.

Deslizo uma de minhas mãos entre nós e coloco a palma em sua calça jeans, querendo senti-lo tomar vida ao meu toque.

Mas ele já está duro, e geme quando eu o pressiono, fechando os olhos. Suas mãos seguem pelo meu peito, meus ombros e mais para cima, tocando meu pescoço.

Seu polegar em meu lábio inferior é como um gatilho: sinto um calor se espalhar por mim e se transformar imediatamente em uma fome tão quente que minhas pernas amolecem. Abro a boca e lambo a ponta de seu dedo até que ele o enfia lá dentro, com seus olhos sombrios me observando chupá-lo. Enquanto isso, seu pau cresce mais ainda, apertado em minha mão.

Ansel me vira para o lado direito, e eu caminho de costas para fora da cozinha. Mas ele para depois de dar alguns passos, segurando meu rosto e me beijando.

– Fala de novo?

Busco seu olhar como se quisesse saber o significado daquilo, e finalmente entendo.

– Que eu gosto de você?

Ele faz que sim com a cabeça e sorri, fechando os olhos enquanto ele se curva para lamber meus lábios com a ponta de sua língua.

– Que você *gosta* de mim.

Ansel olha para mim através da franja que cai em sua testa, inclinando minha cabeça para trás com sua mão em minha mandíbula.

– Deixe-me ver seu pescoço. Mostre-me toda essa pele linda.

Arqueio meu pescoço e as pontas de seus dedos deslizam sobre minha clavícula, fortes mas gentis.

Ele tira a minha roupa primeiro, sem pressa. Assim que minha pele fica exposta ao ar frio do apartamento e ao calor de sua atenção, pego sua camisa e solto-a. Quero minhas mãos em cada parte dele, ao mesmo tempo, mas elas sempre são atraídas pela suave expansão de seu peitoral. Tudo o que eu acho mais sexy está ali: a firmeza, a pele quente. A batida pesada de seu coração. Os espasmos marcantes de seu abdômen quando eu arranho suas costelas com minhas unhas. A trilha de pelos macios que sempre tenta minhas mãos a irem mais para baixo.

Mesmo sendo um apartamento pequeno, o quarto parece estar longe demais. Seus dedos deslizam pelo meu colo, apenas passando meus seios, como se aquele não fosse o lugar de sua intenção. E então sinto-os em minha barriga e mais para baixo... no lugar que eu estava esperando que ele enfiasse dois dedos, brincando comigo. Mas em vez disso sua mão passa pela minha coxa, enquanto ele observa meu rosto. As pontas de seus dedos demoram em cima de minha cicatriz, na pele que não é muito sensível mas que também não está muito adormecida.

– É estranho eu gostar tanto da sua cicatriz.

Tenho que lembrar a mim mesma de respirar.

– Você achava que era a primeira coisa que eu tinha notado, mas não foi. Eu nem prestei atenção nela até o meio da noite, quando você finalmente deitou na cama e eu beijei você do dedão do pé até o quadril. Talvez você a odeie, mas eu não. Você a *conquistou*. Eu me impressiono com você.

Ele afasta-se um pouco para se ajoelhar e seus dedos são substituídos por seus lábios e língua, quentes e molhados contra minha pele. Deixo minha boca se abrir e meus olhos se fecharem. Sem essa cicatriz, eu nunca estaria aqui. Talvez eu nunca conheceria Ansel.

Sua voz é rouca contra minha coxa.

– Para mim, você é perfeita.

Ele puxa-me para o chão com ele, minhas costas contra a parte da frente de seu corpo e minhas pernas envoltas nas dele. Posso ver nosso reflexo na janela escura do outro lado da sala, o jeito como estou espalhada ao redor de suas coxas.

Ele acaricia-me com os dedos, deslizando-os para cima e para baixo na minha buceta, provocando-me como se me penetrasse. Sua boca chupa e lambe meu pescoço até chegar em minha mandíbula, e eu viro a cabeça para que ele possa beijar meus lábios. Sua língua desliza para dentro e se enrola na minha. Ansel empurra seu dedo do meio para dentro de mim e eu solto um gemido, e ele continua enfiando como se estivesse sentindo cada centímetro meu.

Soltando meu lábio do meio de seus dentes, ele pergunta:

– *Est-ce bon?*

Está bom? Palavras tão diluídas para algo que eu tenho certeza de que preciso. A palavra *boa* parece tão vazia, tão sem graça, como cor esbranquiçada em um papel.

Antes de eu perceber que já havia respondido, minha voz preenchendo o quarto.

– Mais. Por favor.

Ele desliza sua outra mão pelo meu corpo até minha boca, enfiando dois dedos na minha língua e tirando-os molhados. Ansel esfrega-os em meu mamilo, fazendo um círculo no mesmo ritmo que sua outra mão, que está entre minhas pernas. O mundo agora se resume a esses dois pontos de sensação – o bico de meu seio e seus dedos em meu clitóris – e se encolhe mais ainda até que tudo que eu sinta sejam círculos molhados e quentes e a vibração de suas palavras em minha pele.

– Oh, Mia...

Já me senti desamparada antes: quando estava presa embaixo de um carro, sob o comando áspero de um instrutor, ou aguentando o desdém voraz de meu pai. Mas nunca dessa maneira. Este tipo de desamparo é liberador. É como se a terminação de cada nervo estivesse aflorando e se embebesse de sensações. É como eu me sinto quando sou tocada por alguém a quem eu confio meu corpo e meu coração.

Mas eu quero senti-lo dentro de mim quando me despedaçar, e minha liberação está muito perto da superfície. Levanto meu quadril, seguro Ansel com as mãos e me abaixo ao longo de seu membro enquanto nós dois soltamos grunhidos estremecidos.

Ficamos sem nos mexer por alguns segundos, enquanto meu corpo se ajusta ao dele.

Deslizo meu corpo para frente e para cima. Para trás e para baixo. De novo, e de novo, fechando meus olhos somente quando sua voz trêmula diz:

– Por favor... Mais rápido... Mais rápido, Mia...

Ele desliza suas mãos pela parte da frente de meu corpo, pelo meu pescoço. Seu polegar esfrega a pele delicada de minha garganta.

Não deveria ser tão fácil me trazer de volta a esse ponto outra vez, e de novo, mas quando Ansel leva uma mão até minha coxa e a move entre minhas pernas, com as pontas dos dedos circulando, e sua voz de sexo rouca e baixa me dizendo quão bom é... Não consigo evitar que meu corpo se entregue completamente.

– *C'est ça, c'est ça.*

Não preciso que ele traduza para mim. É isso, ele diz. É ele me tocando com perfeição, e meu corpo respondendo como ele já sabia que aconteceria.

Não sei em qual sensação me concentrar. É impossível sentir uma coisa de cada vez. Seus dedos explorando meu quadril, seu pau pesado entrando e saindo de mim, sua boca em meu pescoço chupando, chupando e chupando tão perfeitamente até que o lugar fique dolorido onde ele deixa uma marca.

Parece que ele está tomando conta de cada parte de mim: preenchendo minha visão com as coisas que ele está fazendo, com as mãos em meu colo e fazendo meu coração bater tão forte e rápido que sinto medo e animação em proporções iguais.

Ele eleva seu corpo abaixo de mim, movendo-se até que eu me apoie em minhas mãos e joelhos, e nós dois gememos com maior profundidade; a nova visão na janela, Ansel me segurando por trás. Suas mãos enrolam-se em meu quadril, sua cabeça inclina-se para trás e seus olhos fecham enquanto ele começa a se mexer. Ele é o retrato da felicidade, o quadro do alívio. Cada músculo em seu torso está flexionado e coberto de suor, mas ele consegue parecer mais relaxado do que eu já vira antes, preguiçosamente me penetrando.

– Mais forte – eu digo a ele, com minha voz grave silenciada pela necessidade.

Seus olhos abrem-se e um sorriso sombrio espalha-se por seu rosto. Cravando seus dedos ainda mais fundo na pele ao redor do meu quadril, ele me penetra brutalmente uma vez, dando uma pausa, e depois segue em um perfeito ritmo de punição.

– Mais forte.

Ansel aperta meu quadril, inclinando-o e soltando um grunhido forte enquanto empurra seu pau profundamente para dentro, tocando-me em um lugar que eu nem sabia que existia e me fazendo gemer, tomada por um orgasmo tão repentino e avassalador que pareço perder a força em meus braços. Caio sobre meus cotovelos enquanto Ansel me segura pelo quadril, movimentando-se em um ritmo constante, com sua voz saindo em grunhidos ásperos e profundos.

– Mia... – ele diz, estabilizando-se atrás de mim e depois tremendo ao começar a gozar.

Eu colapso como se não tivesse mais ossos, e ele me pega, apoiando minha cabeça em seu peito. Com minha orelha pressionada contra ele, posso ouvir o pesado retumbar vital de seu coração.

Ansel coloca-me deitada de costas, voltando a me penetrar como ele sempre faz, mesmo que já tenhamos terminado, observando-me com olhos claros e sérios.

– Foi bom? – ele pergunta baixinho.

Faço que sim com a cabeça.

– Você gosta de mim?

– Gosto.

Nossos quadris se mexem lentamente, tentando nos segurar.

Capítulo 18

— Então, a que horas é essa festa? – pergunto, com a voz abafada no travesseiro.

Ansel tem seu corpo apoiado pesadamente em cima de mim, sua frente em minhas costas, o tecido de seu terno pressionando minha pele nua e seus cabelos fazendo cócegas em um dos lados de meu rosto. Começo a rir, lutando para escapar, mas isso só o encoraja mais.

— Hum... Você é tão pesado. Tem tijolos no seu bolso? Sai de cima de mim.

— Mas você está tão quentinha – ele reclama. – E macia. E você cheira tão bem. Como mulher, sexo e eu.

Seus dedos encontram as laterais do meu corpo e se enrolam, fazendo cócegas, sem parar, até que ele me coloca deitada de costas e fica ali, pairando sobre mim, com seu polegar trilhando minha boca.

— A festa começa às sete – ele diz, com os olhos verde-musgo preenchidos por um peso que me diz que ele preferiria tirar esse terno a sair dessa cama. – Eu encontrarei você aqui e iremos juntos. Prometo não me atrasar.

Ele se inclina para baixo e me beija, fazendo um som que é algo entre contentamento e anseio, e sei que ele está dizendo a si mesmo para não se deixar levar. Que mesmo que isso seja bom, poderemos aproveitar mais tarde. *Depois* do trabalho.

Levo a mão para baixo de seu paletó, tiro sua camisa para fora da cintura de sua calça, e procuro sua pele sem pedir desculpas.

– Posso ouvir você pensando – eu digo, repetindo a frase que ele usara para mim ao menos uma dúzia de vezes. – Está pensando quanto tempo você ainda tem.

Ele solta um gemido e deixa a cabeça cair sobre meu pescoço.

– Não acredito que houve um tempo em que eu costumava acordar e sair por aquela porta antes mesmo do alarme soar. Agora não quero ir embora.

Deslizo as mãos por seus cabelos, esfregando levemente seu couro cabeludo. Ele se esforça para manter a maior parte de seu peso fora do meu corpo, mas sinto que ele relaxa mais a cada segundo.

– *Je ne veux pas partir* – ele repete, agora com a voz um pouco rouca. – *Et je ne veux pas que tu partes.*

E eu não quero que você vá embora.

Pisco os olhos em direção ao teto, querendo guardar cada detalhe deste momento em minha memória.

– Mal posso esperar para exibir você hoje à noite – ele diz, agora mais alegre, apoiando-se em seu cotovelo e olhando para mim. – Mal posso esperar para contar a todo mundo como eu consegui fazer com que você me pedisse em casamento. E vamos ignorar o desagradável detalhe de que você estará partindo em breve.

– Esconda meu passaporte e eu fico aqui para sempre.

– Você acha que já não pensei nisso? Não se surpreenda se você chegar em casa um dia e ele tiver desaparecido – ele inclina-se, beijando-me e afastando-se. – Ok, isso é assustador. Está em cima da cômoda, no lugar dele.

Eu dou risada, expulsando-o.

– Vá trabalhar.

Ele solta um grunhido e rola para sair de cima de mim, deitando de costas na cama.

– Se eu não tivesse uma reunião com um cliente hoje, que eu estou esperando há meses, ligaria pro escritório e diria que estou doente.

Apoio meu queixo em seu peito, olhando para seu rosto.

– É um cliente importante?

– Muito importante. O que acontecer hoje pode significar a diferença entre esse caso ser resolvido nas próximas semanas ou se arrastar por meses e meses.

– Então, você precisa começar a trabalhar.

– Eu sei – ele diz, soltando a respiração.

– E eu estarei aqui, esperando por você às sete.

Mal termino a frase e ele se vira para mim, sorrindo novamente.

– E você não chegará atrasado.

Ele se senta na cama, segurando meu rosto com as mãos e beijando-me profundamente, com direito a língua e dentes, e seus dedos deslizam pelo meu corpo e esfregam meu mamilo.

Ansel fica em pé rapidamente e faz a versão mais hilária do mundo da dança do robô. Ele diz as próximas palavras em uma voz de computador:

– Eu não chegarei atrasado.

– Você acabou de fazer isso para eu pensar que você é adorável mesmo se chegar tarde hoje à noite?

– Eu não chegarei atrasado!

Mas ele continua imitando um robô, com os cabelos ondulados caindo sobre a testa, e então sai do quarto imitando o Michael Jackson.

– Pior dança do mundo! – grito para ele. Mas é uma completa mentira. Ele tem ritmo e uma leveza em sua pele que não pode ser ensinada. É divertido assistir a um verdadeiro dançarino, mesmo quando ele não está dançando, e eu poderia ficar olhando Ansel por horas.

Ele dá risada e grita de volta:

– Fique bem, esposa!

E a porta se fecha atrás dele.

~

Mas é claro que ele se atrasa.

Ansel chega ao apartamento correndo às sete e meia e se torna um furacão em atividade: tirando a roupa de trabalho, colocando calças jeans e uma camisa casual de botão. Beija-me rapidamente enquanto vai apressado até a cozinha pegar uma garrafa de vinho, e então segura minha mão, guiando-me para fora do apartamento e para dentro do elevador.

– Oi – ele diz sem fôlego, pressionando-me contra a parede enquanto aperta o botão para o térreo.

– Oi – eu mal consigo falar porque ele já está me beijando, com os lábios famintos e me explorando, sugando meu lábio inferior, minha mandíbula, meu pescoço.

– Diga-me que você quer muito, muito mesmo, conhecer meus amigos, ou eu levo você de volta para casa para tirar sua roupa e transarmos até você ficar dolorida.

Dou risada, afastando-o de leve e beijando seus lábios mais uma vez.

– Eu quero conhecer seus amigos. Você pode tirar minha roupa depois.

– Então me conte uma história sobre a Madame Allard, porque é o único jeito de perder essa ereção.

~

O prédio de Marie e Christophe fica apenas a poucos quarteirões de onde nós saímos do metrô, e quanto conseguimos avistar o edifício, eu paro e observo. O apartamento de Ansel consegue ser pequeno e arejado. Não há nada exagerado ou pretensioso: é um prédio antigo, leve e confortável como ele. Já este lugar... não é assim.

A fachada é de pedra, e embora tenha um ar antigo, facilmente se misturando às construções ao redor, ela foi claramente renovada, e não deve ter custado pouco. Os apartamentos no andar térreo são ancorados por um conjunto de degraus largos, equipados com portas vermelhas e maçanetas brilhantes de bronze. Os apartamentos do segundo e terceiro andar gabam-se de janelas em arco que levam a sacadas individuais, com ornamentos de aço e flores de metal surgindo de videiras moldadas de maneira complexa.

Árvores estão alinhadas na rua movimentada, e abaixo de suas sombras convidativas, paro um momento para me recompor e me preparar para um ambiente repleto de estranhos e conversas que provavelmente não entenderei. Ansel pressiona a palma de sua mão em minhas costas e sussurra:

– Está pronta?

Semanas atrás, a ideia de fazer isso sem Lola ou Harlow para ajudar a manter a conversa se eu perdesse Ansel entre as pessoas e ficasse muda me deixaria horrorizada. Não sei como será lá em cima, mas se a risada explosiva vinda da janela é alguma indicação, a festa já está acontecendo a todo o vapor, mesmo que ainda seja um pouco cedo. Só espero que todos sejam simpáticos, como Ansel me prometeu que seriam. Vejo um relance de nosso reflexo e fico um pouco desconcertada. Eu me olho toda manhã, mas de algum jeito minha imagem é diferente nas janelas desse lugar. Meu cabelo está mais comprido e minha franja está ajeitada para o lado, em vez de atravessar minha testa em uma linha reta. Engordei um pouco e me sinto menos como um menino e mais como uma mulher. Minha saia é de uma pequena loja perto da Montmartre, e meu rosto está quase desprovido de maquiagem, mas ainda reluzente. Faz sentido que eu pareça diferente. Eu *me sinto* diferente. Ansel me protege com o braço ao redor da minha cintura, e eu vejo no reflexo quando ele se curva para atrair minha atenção.

– Ei.

– Eu estava olhando praquele casal bonito – gesticulo em direção à janela.

Depois de nos analisar por alguns longos e silenciosos instantes, ele tasca um beijo em meus lábios.

– Vamos lá, *Cerise*.

Marie atende a porta com um ganido feliz, e nos leva para o meio da multidão, beijando minhas bochechas e passando-me para os braços abertos de Christophe.

– É a Mia do Ansel! – ele grita em inglês para todo mundo, e o ambiente cheio de gente se vira em minha em direção com olhos arregalados e curiosos enquanto Ansel entrega a garrafa de vinho para Marie.

– Oi.

Levanto minha mão, acenando meio sem graça, reaproximando-me de Ansel e sentindo seu braço em minha cintura novamente.

– Estamos tão felizes em finalmente conhecê-la! – Marie diz, beijando minhas bochechas novamente. – Você é ainda mais linda do que na foto.

Meus olhos se arregalam e Marie dá risada, entrelaçando seu braço no meu e me puxando para dentro do apartamento, para longe de meu marido, que é imediatamente engolido por uma roda de amigos. Ele levanta o queixo, observando enquanto Marie me guia pelo corredor.

– Eu ficarei bem – grito para ele sobre meu ombro, mesmo que seja uma meia-verdade. Eu realmente não esperava ser separada dele apenas segundos depois de entrar por aquela porta.

Lá dentro, tudo é elaborado, como imaginei que seria. O corredor é coberto por um papel de parede dourado cor de damasco, e de onde estou consigo ver duas lareiras de mármore emolduradas com delicadeza. Prateleiras estão explodindo com livros; lindos e pequenos vasos estão alinhados em uma parede. A outra contém janelas do chão até o teto, de frente para um quintal luxuoso. Apesar do amontoado de coisas aqui dentro, o apartamento é charmoso e tão grande que mesmo com o grande número de pessoas andando por ali, há bastante espaço para criar um certo grau de intimidade.

Passamos por uma pequena biblioteca e seguimos por um corredor formado por pessoas bebendo e conversando, que parecem ficar quietas quando eu passo (talvez eu esteja sendo um pouco paranoica, mas não acho que seja o caso), e então entramos numa cozinha branca e brilhante.

— Vou levar você de volta, mas eles são como lobos. Estão animados em vê-la e conhecê-la. Deixe que eles o ataquem primeiro — Marie derrama uma quantia generosa de vinho em uma taça e envolve minha mão nela, dando risada. — Como você diz "força em uma taça"?

— Coragem líquida? — eu ofereço.

— Sim! — ela diz, estalando os dedos e beijando minha bochecha outra vez. — Há muitas pessoas legais aqui. Elas adoram seu marido e vão adorar você também. Olhe em volta, vou apresentá-la para todo mundo daqui a um minuto!

Ela sai correndo quando a campainha toca novamente, e depois de esperar um instante para ver se é Ansel que está entrando na cozinha (e não é), viro-me para olhar pelas janelas altas e estreitas com uma vista maravilhosa para Montmartre.

— Aposto que é impossível se cansar dessa vista.

Viro-me e encontro uma linda mulher ruiva olhando entre o par de portas francesas. Ela deve ser só um pouco mais velha que eu, e seu sotaque é pesado, tão carregado que demoro alguns instantes para traduzir o que ela fala.

— É linda — concordo.

— Você é americana?

Quando faço que sim com a cabeça, ela pergunta:

— Você mora aqui? Ou está visitando?

— Moro aqui — respondo, e faço uma pausa. — Bem... por enquanto. É um pouco complicado.

— E é casada — ela diz, apontando para minha aliança.

— Sim.

Sem prestar muita atenção, giro a aliança de ouro ao redor do meu dedo. Não sei como ela não ouviu o anúncio escandaloso de

Christophe quando chegamos aqui há cinco minutos, e parece-me estranho que essa seja uma das primeiras coisas que diz para mim.

– Qual é o nome dele?

– Ansel – eu digo. – Ansel Guillaume.

– Eu o conheço! – ela exclama, abrindo um sorriso grande. – Conheço Ansel há muitos anos.

Ela inclina-se como quem está conspirando, e adiciona:

– Muito lindo e muito charmoso.

O orgulho mistura-se com desconforto em meu peito. A mulher parece ser simpática, mas um pouco insistente. Acho que perdemos uma introdução mais suave em nossa conversa.

– Ele é, sim.

– Então você está aqui como estudante? Ou a trabalho? – ela pergunta, tomando um gole de sua taça de vinho tinto.

– Estou aqui só durante esse verão – explico, relaxando um pouco. Minha timidez pode ser confundida com distração, eu penso. Talvez as pessoas interpretem a intensidade dela como agressão. – Começo a faculdade no outono.

– Então em breve você vai embora – ela diz, franzindo a testa.

– Sim... ainda estou tentando encontrar o melhor momento.

– E o seu marido? O emprego dele é muito importante, não é? Ele não pode ir embora com você.

Sua expressão não mostra nada além de um tipo educado de interesse, mas sua corrente de perguntas me deixa desconcertada. Quando não respondo por um instante, ela me pressiona.

– Vocês não conversaram sobre isso tudo?

– Hum... – começo, mas não tenho ideia do que responder.

Seus olhos azuis são grandes e penetrantes, e consigo ver algo maior dentro deles. Dor. Raiva reprimida. Eu olho através dela e vejo que há algumas pessoas na cozinha agora, e estão todos nos observando fascinados, com os olhos arregalados em simpatia, como se estivessem assistindo a um acidente de carro em câmera lenta.

Viro-me para ela, enquanto começo a suspeitar ansiosamente.

– Me desculpe... Acho que não perguntei o seu nome.

– Eu ainda não disse qual é – ela diz, inclinando um pouco a cabeça. – Talvez eu esteja te enganando ao fingir que não estou familiarizada com a sua situação. Veja, eu conheço Ansel muito, muito bem.

– Você é Minuit?

Seu sorriso é exultante, de um jeito esquisitamente maldoso.

– Minuit! Sim, perfeito. Sou Minuit.

– Achei que você tivesse cabelos pretos. Não sei por que... – eu murmuro, mais para mim mesma do que para ela.

Tenho a sensação de estar me equilibrando em uma gangorra. Não sei se conseguirei sair ilesa dessa conversa. Quero me virar e procurar por Ansel desesperadamente, ou Marie, mas Minuit está me observando como um falcão, parecendo se alimentar de meu desconforto.

Em algum lugar atrás de mim, ouço a risada profunda de Ansel vindo pelo corredor em nossa direção, e posso ouvi-lo cantar algumas frases de uma música de um rapper francês que ele tem tocado nas últimas duas semanas enquanto se barbeia de manhã.

– Eu de-devo ir... – digo, colocando meu drink sobre a mesa a meu lado. Quero encontrar Ansel. Quero puxá-lo de lado e contar sobre essa conversa. Quero que ele me leve para casa e apague de minha memória a expressão tenebrosa dessa mulher.

Minuit pega meu braço e me interrompe.

– Mas me diga, você está gostando do meu apartamento, Mia? Minha cama? Meu noivo?

Meu coração literalmente para de bater e minha visão fica turva.

– Seu noivo?

– Nós íamos nos casar antes de você aparecer. Imagine minha surpresa quando ele voltou de uma viagem boba com uma esposa americana.

— Eu não... – sussurro, olhando em volta como se alguém fosse me ajudar. Algumas pessoas me olham com pena, mas ninguém parece ser corajoso o bastante para interromper.

— Veja, ele somente me chamava de *Minuit*... – ela explica, com os cabelos ruivos deslizando pelo ombro enquanto ela se inclina para a frente – porque eu nunca conseguia dormir. Nós compramos uma cama nova para nosso lindo apartamento. Nós tentamos *tudo* para que eu ficasse cansada – inclinando a cabeça, ela continua. – Você gosta de dormir na nossa sofisticada cama em nosso maravilhoso apartamento?

Abro a boca e depois a fecho de novo, balançando a cabeça. Minha pulsação está acelerada, e minha pele está úmida e vermelha.

Eu darei uma nova aliança para você. Nós faremos tudo de novo. Encontraremos um novo apartamento com memórias apenas nossas... Preciso dar o fora daqui.

— Estávamos juntos por seis anos. Você tem ideia do que esse tempo significa? Seis anos atrás você era apenas uma criança.

Seu sotaque é tão forte que tenho dificuldade em acompanhá-la, apegando-me a palavras individuais para formar alguma compreensão. Mas eu entendo *seis anos*. Ansel chamou isso de "muito tempo", mas nunca em meus sonhos mais loucos imaginei que seria uma porção tão significante da vida deles. Ou que eles iriam se casar. Nem sei quando foi que eles se separaram. Presumo que tenha sido quando ele se mudou para cá um ano atrás, mas pelos círculos escuros embaixo de seus olhos e pela maneira que sua mão está tremendo em volta de sua taça, sei que estou errada.

Meu coração parece se desfazer, pedaço a pedaço.

Ouço Ansel entrar na cozinha e gritar:

— *J'ai acheté du vin!*

Ele diz isso enquanto segura duas taças de vinho no alto para a pequena plateia que se formou ali.

Mas sua expressão muda completamente quando seus olhos flagram os meus do outro lado do ambiente, e então mudam o foco para a mulher ao meu lado.

Ela inclina-se mais perto, sussurrando diretamente em meu ouvido:

– Seis anos atrás você ainda nem tinha sido atropelada por um caminhão, não é?

Minha cabeça vira rápido em sua direção, e eu encaro seus olhos azuis tão cheios de raiva que perco o fôlego.

– O quê?

– Ele me conta *tudo*. Você é um pequeno ponto no tempo – ela diz entre os dentes, juntando o polegar com o dedo indicador. – Você tem ideia de quantas vezes ele faz coisas loucas? Você é seu impulso mais ridículo, e ele não tem ideia de como consertar esse erro. Meu gosto ainda estava na boca dele quando vocês se encontraram naquele lixo de hotel.

Tenho vontade de vomitar. A única coisa que sei é que preciso me mover, mas antes que consiga colocar um pé na frente do outro, Ansel está do meu lado, envolvendo meu braço com firmeza.

– Perry – ele diz entre os dentes. – *Arrête. C'est ma femme. C'est Mia. Que'est-ce que tu fous là?*

Perry?

É isso mesmo? *Perry?*

Pisco os olhos em direção ao chão enquanto começo a ver tudo fazer sentido. Seus melhores amigos no mundo. Os quatro: Ansel, Oliver, Finn e Perry. Não é outro homem... é uma mulher.

Uma mulher com quem ele esteve durante *seis anos*.

Quatro de nós juntos o dia inteiro... Acho que nunca mais vou conhecer ninguém tão bem como conheço aqueles três... Essas são as melhores relações e... são também as mais complicadas da minha vida... Juntos sentíamos saudade de nossas famílias, nos confortávamos, celebramos alguns dos momentos mais orgulhosos de nossas vidas.

Sinto meu rosto se aquecer e meus lábios se separarem em um suspiro. Quantas vezes Ansel deixou que eu presumisse que Perry era outro homem, um *amigo*? Eu contei a ele tudo sobre mim, minha vida, meus medos e relacionamentos, e ele falou apenas vagamente e de maneira generalizada sobre Minuit e o relacionamento "longo demais" entre eles dois.

Ela parece estar adorando, como uma leoa que acabara de capturar uma gazela. Ela enrola o braço em volta do bíceps de Ansel, mas ele se esquiva para me segurar novamente.

– Mia.

Eu escapo dele.

– Acho que vou embora agora.

Há milhões de outras coisas que eu poderia dizer, sendo mais incisiva, como Harlow ou Lola o seriam neste momento, mas pela primeira vez fico feliz de não dar voz a nenhuma delas.

Ele me chama, mas já estou correndo em direção às escadas e tropeçando pela espiral estreita. Atrás de mim, seus pés pisam forte, e meu nome ecoa corrimão abaixo.

– Mia!

Minha mente parece se curvar para longe da tentativa de compreender o que acabara de acontecer na festa, como dois ímãs em direções opostas.

A calçada está vazia, rachada e entortada quando chego à Rue La Bruyère, correndo pela pequena curva até a Rue Saint-Georges. É engraçado saber onde estou indo agora, e conseguir fugir apropriadamente.

Paro entre dois prédios para respirar um pouco. Acho que ele foi para o outro lado. Não ouço mais sua voz.

Há muitas coisas que preciso entender agora: o quão rápido eu consigo fazer minhas malas, quando poderei ir embora, e por que Ansel me largou para ser golpeada por uma mulher com quem ele planejava se casar antes de eu chegar. Não tenho ideia sobre o porquê de ele ter escondido isso de mim, mas sinto as pontadas de pânico empurrando minhas entranhas, dificultando minha respiração.

Quão antiga é essa cidade? A placa do prédio onde estou encostada diz que ele foi construído em 1742. A estrutura dele sozinha foi erguida antes de qualquer caso de amor acontecer nesse país. O nosso deve ser o mais jovem, apesar de sempre ter parecido que estávamos continuando o que nossas almas começaram em um ponto muito mais distante na linha do tempo.

Agora sei que eu o amo, e que o que temos é verdadeiro, e que provavelmente comecei a amá-lo desde o primeiro segundo em que o vi do outro lado do bar, desfrutando tanto da minha felicidade. Porque apesar de tudo o que Harlow e Lola têm a dizer sobre isso, eu acredito completamente.

É possível se apaixonar tão rápido assim.

Capítulo 19

A dois quarteirões do nosso apartamento, sinto que ele está atrás de mim novamente, longe o bastante para me dar um pouco de espaço, mas perto a ponto de saber onde estou. Lá em cima, no corredor estreito, enquanto pego minhas chaves desajeitadamente, ele aparece correndo pela porta da escada, sem fôlego. Pelo menos ele foi esperto o bastante para me deixar subir sozinha pelo elevador.

O apartamento está escuro agora, o sol já não está mais se demorando no céu, e não me importo em manter as luzes apagadas. Em vez disso, encosto no batente da porta do quarto e fico olhando para o chão. Ele para em frente à cozinha, do lado oposto ao meu, mantendo uma distância de quase dois metros entre nós dois. Sua respiração volta ao normal lentamente. Nem preciso olhar diretamente para ele para saber que está se sentindo miserável. Do canto do meu olho posso ver sua postura desleixada e a maneira que ele me olha.

— Fale comigo — ele sussurra, finalmente. — É uma sensação horrível, Mia. Nossa primeira briga e não sei o que fazer para ficar tudo bem.

Balanço a cabeça, olhando para meus pés. Nem sei por onde começar. Isso é muito mais do que uma primeira briga. A primeira briga acontece quando ele deixa o assento do vaso levantado constantemente, ou quando lava meu vestido novo de seda em água quente. Isso é diferente. Ele me deixou sem saber nada sobre Perry, sobre sua noiva... *por dois meses*, e eu nem sei por quê.

Estou me afogando em humilhação. Nós dois parecemos ser inacreditavelmente ingênuos por pensarmos que isso não passa de uma piada. Essa história toda é uma recuperação épica para ele. Seis anos de relacionamento com ela e então ele se casa com uma estranha? Chega a ser quase cômico.

— Só quero ir para casa. Amanhã, eu acho — eu digo, sem forças. — Estava planejando ir embora em breve mesmo.

Eu achava que ele estava encostando na parede, mas percebo que não quando ele parece cair para trás.

— Não vá — ele diz, soltando a respiração. — Mia, não. Você não pode ir embora mais cedo por causa disso. Converse comigo.

Minha raiva ressurge, renovada pela pequena amostra de incredulidade em sua voz.

— Eu posso, sim, ir embora por causa disso! Como você pôde me deixar cair nessa armadilha? Eu não sabia de nada!

— Eu não sabia que ela estaria lá! — ele insiste. — Marie e Christophe são velhos amigos, e ela não os conhece, na verdade. Não sei por que ela estava lá!

— Talvez porque vocês estavam *noivos*? Nem sei por onde começar. Você mentiu para mim, Ansel. Por quanto tempo mais você iria me deixar pensar que Perry era um cara? Quantas vezes nós conversamos sobre *ele*? Por que você não me contou desde o primeiro momento em Vegas quando eu perguntei onde "ele" estava?

Cuidadosamente, ele dá um passo à frente, com as mãos levantadas como se estivesse se aproximando de um animal ferido.

— Quando você chamou Perry de "ele" pela primeira vez, ninguém pensou em corrigi-la porque nós estávamos em um *bar*. Não tinha ideia de que nós ficaríamos bêbados e nos casaríamos algumas horas depois.

— Já estou aqui há *semanas*. Você poderia ter me dito assim que eu cheguei que sua noiva mora perto e que, a propósito, ela é Perry, o quarto membro da sua gangue. Perry não é homem!

Pressiono minha mão trêmula em minha testa, lembrando-me da noite que alguém veio até a porta enquanto dormíamos, lembrando quão distraído Ansel estava quando voltou para a cama, e eu praticamente nua perguntei quem era e ele disse que era Perry, mas novamente não me corrigiu quando chamei Perry de *ele*.

– Oh, meu Deus, e aquela noite em que alguém veio até a porta? E quando cheguei você estava falando com *ela* ao telefone, não era? Você saiu do quarto para ir falar com a garota com quem você iria se casar mas, opa, acabou se casando comigo! Não é à toa que ela está puta da vida!

Ele tenta falar junto comigo em pequenas palavras soltas, dizendo:
– Não. Mia. Espere.

E finalmente consegue dizer alguma coisa:
– Não é assim. Depois de Vegas, eu não sabia como contar a você! Será que eu precisava dar tanta importância a isso tão cedo? Ela não era mais minha namorada! Mas então ela me ligou, veio até aqui...

– Ela era sua noiva. *Não* sua namorada – eu corrijo.

– Mia, não. Nós nos separam...

– Você encontrou com ela? Além daquela noite?

Ele me avalia ansiosamente.

– Nós almoçamos juntos duas vezes.

Eu quero bater nele por isso. Especialmente porque eu *nunca* pude almoçar com ele durante a semana.

– Eu sei, Mia – ele diz, lendo a expressão em meu rosto. – Eu sei. Me desculpe. Eu achei que se conversássemos pessoalmente ela pararia de me ligar e...

– E ela parou?

Ele hesita, antes de falar.

– Não.

Ansel tira o celular do bolso.

– Você pode ler as mensagens dela, se quiser. Ou ouvir os recados que ela deixou na caixa-postal. Você pode ver que eu nunca a encorajei. *Por favor*, Mia.

Levo as mãos para meus cabelos, querendo gritar com ele. Mas não sei se consigo abrir a boca novamente sem explodir em lágrimas. A última coisa que quero fazer é ouvir a voz dela novamente.

– Eu queria contar tudo a você naquela noite em que brincamos de pecador e diabo – ele diz. – Mas não sabia como, e então seguimos em frente. Depois disso, te contar pareceu se tornar impossível.

– *Não é* impossível. É simples. Você tinha apenas que me corrigir em uma das centenas das vezes que eu falei errado e dizer que não, Mia, Perry é *uma menina* e estávamos juntos há *seis anos*, porra, e a propósito, eu ia me casar com ela. Em vez disso você me conta sobre Minuit e me engana deliberadamente.

– Eu não queria que você se preocupasse! Nunca imaginei que você iria conhecê-la!

Fico boquiaberta e meu estômago se revira. Finalmente, a verdade. Ele simplesmente esperava que não teria que *lidar* com isso.

– E você acha que isso justifica? Você mentiu pra mim omitindo a verdade. Você acha que se eu nunca a tivesse conhecido estaria tudo bem?

Ele balança a cabeça continuamente.

– Não é isso que eu quis dizer! Nós precisávamos de bases – ele diz, gesticulando freneticamente, esforçando-se para encontrar as palavras.

Mesmo agora meu coração se contorce por ele, em ver como ele parece perder a fluência no inglês quando está aborrecido. Ele respira profundamente e, quando abre os olhos e começa a falar de novo, sua voz está mais estável:

– Nós dois estávamos em uma posição não muito favorável quando você veio para cá. Foi algo que nós fizemos por impulso. Meu trabalho é um pesadelo para mim agora, mas eu queria passar mais tempo com você. E então tudo se tornou mais divertido, como uma aventura. Era... – ele faz uma pausa e sua voz falha um pouco. – Era *real*. Nós precisávamos de mais tempo, só nós dois. Não queria que mais nada entrasse nesse apartamento, especialmente ela.

Assim que ele diz tudo isso, as palavras parecem ecoar de volta para ele, e sua expressão muda.

— Ela *morava* aqui — faço com que ele se lembre. — Mesmo quando você me contou sobre Minuit, você não me disse que moravam juntos, que estavam noivos, que estavam juntos por tantos anos. Que vocês transavam *naquela* cama. Se você tivesse me contado sobre ela logo que cheguei aqui, a história inteira, não teria sido um problema. Mas hoje à noite, a única pessoa naquela festa que não sabia o que estava acontecendo era eu, sua *esposa*.

Viro-me, caminhando em direção ao quarto, planejando me deitar na cama, mas subitamente me lembro que essa é a cama onde eles dormiam juntos, esperando que talvez Perry dormisse melhor nela. Solto um grunhido, girando e trombando com o largo peitoral de Ansel.

Quando tento passar, ele me para, segurando meus ombros com mãos trêmulas.

— Por favor, não vire as costas para mim.

Sinto como se um tornado estivesse destroçando minha mente, mas, como sempre, mesmo estando tão brava com ele a ponto de gritar, a sensação de seu corpo tão próximo de mim e suas mãos deslizando pelos meus braços é tão confortante que alguma ordem parece surgir do caos. Seus olhos suavizam e ele pisca em direção à minha boca.

— Nós temos que continuar conversando sobre isso.

Mas quando eu tento falar, as palavras saem engasgadas, e começo a gaguejar.

— V-v-v-v... — fecho os olhos e tento de novo. — V-v-v-você... *Merda!*

Abro os olhos, sem saber que reação verei em seu rosto, já que ele nunca me ouvira gaguejar antes, e isso nunca mais havia acontecido comigo.

Seus olhos estão arregalados e seu rosto contorcido em dor, como se ele tivesse me quebrado.

— Droga, Mia.

– N-n-não.

– Mia... – ele solta um grunhido, pressionando seu rosto em meu pescoço.

Afasto-o com as mãos, querendo qualquer coisa menos sua pena neste momento. A raiva faz minhas palavras saírem mais ásperas, e minha língua relaxa com cada coisa que digo.

– V-você estava c-com ela há tanto tempo... E eu só... Hoje à noite *eu* me senti como a outra, você me entende? Ontem pela primeira vez me senti como se fosse sua esposa. Mas hoje parece que eu roubei você *dela*.

–*Não* – ele diz, com uma expressão de alívio tomando conta de seu rosto enquanto tira meu cabelo de meu rosto para beijar minha bochecha. – É claro que terminei com ela antes de conhecer você.

Merda. Eu tenho que perguntar.

– Mas quanto tempo antes de você partir?

Seu rosto muda e eu sinto como se pudesse ouvir cada segundo passando, enquanto ele hesita em responder.

– Ansel.

– Alguns dias.

Meu coração afunda e fecho os olhos, sem conseguir encará-lo.

– Ela se mudou enquanto você estava fora, não é?

Outro momento de hesitação.

– Você se separou de sua namorada de seis anos somente alguns dias antes de ter se casado comigo.

– Bem, tecnicamente nós nos separamos três semanas antes de eu conhecer você. Eu estava pedalando pelos Estados Unidos antes de ir para Vegas – ele lembra. – Mas parecia que nosso relacionamento já tinha terminado muito tempo antes disso. Nós dois sabíamos que era o fim. Ela está se apegando a algo que não existe mais.

Ele segura minhas bochechas com as mãos e espera até que eu olhe para ele.

– Eu não estava procurando por nada, Mia, mas é por isso que confio no que sinto por você. Nunca quis ninguém do jeito que eu te quero. É algo que nunca senti.

Quando fico sem falar nada, ele me pergunta:

– Posso contar para você agora? Contar tudo?

Não me esforço para responder em voz alta. Por um lado, parece ser um pouco tarde para uma confissão total. Mas uma parte doentia de mim quer saber tudo.

– O Pedale e Construa começou em maio e foi até setembro – ele começa. – Finn, Olls, Perry e eu ficamos próximos poucos dias após as orientações iniciais. Foi o tipo de experiência em que todo mundo é jogado em um lugar junto, e algumas amizades se solidificam e outras não. A nossa se solidificou.

Ele faz uma pausa, passando os dedos por meus cabelos.

– Mas não tivemos um caso imediatamente, Perry e eu. Não era sexual. Ela queria. Ao menos Oliver e Finn sempre insistiam que ela queria algo comigo desde os primeiros dias. Acho que comecei a perceber o que eles estavam falando quando chegou julho, talvez. E em agosto senti tanto carinho e amizade por todos eles que eu daria tudo a ela – Ansel afasta-se para poder me ver na luz difusa da lua, e continua. – Até mesmo sexo. Nós só transamos duas vezes durante a viagem. Uma noite aleatória em agosto, quando estávamos muito bêbados. E então, algumas semanas depois, mesmo sendo um pouco esquisito e pesado, passamos a última noite juntos antes de a excursão chegar ao fim.

Meu estômago revira-se em uma combinação de alívio e dor e eu fecho os olhos, forçando para longe a imagem de suas mãos pelo corpo dela, e suas bocas cheias uma da outra.

– Depois disso, Perry veio para cá e eu me mudei para Nashville para estudar. Nós estávamos juntos sem mesmo ter discutido sobre isso. Ela presumiu que nós estávamos, e eu queria dar isso a ela. Nós nos víamos duas vezes por ano, talvez, e todo o resto que contei a você era verdade. Ela me conheceu bastante na viagem, com certeza. Mas eu tinha *vinte e dois anos*. Não era o homem que sou hoje, e nos afastamos rapidamente.

Sua voz fica mais grave, como se estivesse incomodado.

– E como um caso amoroso, não havia muita paixão, Mia. Era... – ele xinga e esfrega uma das mãos pelo rosto. – Como em... como posso dizer? – ele olha para mim e eu desvio, incapaz de resistir ao jeito adorável que seus lábios fazem bico enquanto ele procura a palavra certa. – *Cendrillon?* O conto de fadas com a madrasta?

– Cinderela? – tento adivinhar.

Ele estala os dedos, fazendo que sim com a cabeça, e continua:

– Como em Cinderela. Acho que nós dois queríamos que o sapato de cristal servisse. Você está me entendendo?

– Sim.

– Ela foi quem eu traí duas vezes. É a minha maior culpa, Mia. Percebi que não conseguia mais continuar, que eu fiz exatamente o que sempre disse que não iria fazer, como meu pai... Eu telefonei a ela para fazer a coisa certa de uma vez, terminar tudo, e... – ele faz uma pausa, respirando fundo. – Perry mal conseguia esperar para me contar que ela tinha recusado um trabalho com design em Nice para que pudéssemos finalmente ficar juntos em Paris.

Eu pisco para longe, recusando-me a me sentir mal por ele.

– Então, eu... – ele começa a se distrair, procurando a palavra certa, e sinto-me mais do que feliz em ajudar dessa vez.

– Você foi um fracote.

Ele faz que sim com a cabeça.

– Ok, eu fui. E não foi justo com ela. Eu deveria ter terminado.

– Nós dois sabemos que vim para cá para escapar dos meus problemas. Mas durante todo esse tempo você tem agido como um benfeitor, quando *você* está escapando, também. Você me usou para escapar de ter que lidar com ela. Você é impulsivo e faz as coisas sem pensar, e olhe, você se casou comigo. Você convenceu você mesmo de que estava sendo responsável ou fazendo a coisa certa ao me trazer de volta, mas você estava realmente tentando compensar seus erros do passado com Perry. *Eu* sou o seu jeito de compensar isso. *Eu* sou sua prova de que você não é como seu pai.

– *Non...* – ele insiste, com a voz afiada como uma lâmina. – Eu me escapei em você, sim. Mas não porque eu estava usando você para provar algo a mim mesmo, para consertar algum erro. Eu não tinha a obrigação de comprar sua passagem de avião, não tinha a obrigação de segui-la até o zoológico. Eu *sei* que não sou o meu pai. É por isso que me desapontei comigo mesmo e com a maneira com que tratei Perry. Eu me escapei em você porque eu *me apaixonei* por você.

Deixo essas palavras ecoarem pelo ambiente até serem abafadas pelo som de buzinas, motocicletas e caminhões de entrega passando pelas estreitas ruas de pedra tarde da noite. Nem sei o que pensar. Meu coração me diz para que eu confie nele, que ele não estava escondendo coisas de mim por razões abomináveis, e que só estava sendo esquisito e difícil encontrar a hora certa.

Mas minha mente me diz que é tudo uma grande besteira, e que se ele quisesse ter desenvolvido uma verdadeira confiança entre nós, ele não teria usado o apelido dela comigo, e teria me contado quem ela era, que eles moravam juntos *aqui*, e que um de seus amigos mais próximos agora é sua ex-noiva. Quero empurrá-lo para longe por ter escondido informações em nosso lugar mais seguro: durante nossas brincadeiras, e a honestidade que ela nos permitia.

O fato não é que ele tem um passado que me incomoda. É o jeito que ele tem me deixado no escuro, mantendo-me separada do resto de sua vida, mentindo até que alcançasse um marco imaginário onde ele poderia ser honesto. E na verdade, se é intencional ou não, isso não importa. Talvez ele não achasse que iríamos continuar juntos depois que o verão acabasse.

– Você sente uma paixão verdadeira por mim? – ele pergunta silenciosamente. – De repente estou muito preocupado de ter arruinado tudo.

Depois de mal conseguir completar uma respiração, faço que sim com a cabeça, mas de um jeito que devo ter respondido as duas perguntas: a real e a implícita. A paixão que sinto por ele é tão intensa que me empurra para os braços dele agora, mesmo estando brava desse jeito. Minha pele parece se arrepiar de calor quando estou tão próxima assim. Seu perfume é arrebatador. Mas eu também estou preocupada de ele ter arruinado tudo.

– Eu nunca senti isso antes – ele diz, próximo aos meus cabelos. – Amor como esse.

Mas minha mente continua voltando para o mesmo ponto, para a mesma traição sombria.

– Ansel?

Seus lábios esfregam minha têmpora.

– Como você pôde ter contado a ela sobre meu acidente? O que fez você pensar que não havia problema em compartilhar isso com ela?

Ansel congela ao meu lado.

– Eu *não* contei.

– Ela sabia – eu digo, voltando a ficar brava. – Ansel, ela sabia que sofri um acidente. Ela sabia sobre minha perna.

– Não porque eu contei – ele insiste. – Mia, eu juro. Se ela ouviu alguma coisa sobre você, além de seu nome e que você é minha esposa, foi de Oliver ou Finn. Eles ainda são amigos. Isso tem sido esquisito para todo mundo.

Ele procura meu olhar, com a voz mais grave, e continua:

– Eu não sei por que ela foi conversar com você. Não sei por que ela foi até você hoje à noite. Ela sabe que eu não gostaria que ela fizesse isso.

– Você conversou com ela ao telefone – eu digo, para que ele se lembre. – Ela veio até aqui no meio da noite. Vocês se encontraram para almoçar mesmo quando você estava tão ocupado que não poderia nem tomar o café da manhã comigo. Talvez ela não pense que vocês dois realmente tenham terminado.

Ele demora alguns segundos para responder, mas suas mãos se espalham possessivamente pelo meu colo, com seu polegar indo em direção ao meu pescoço.

— Ela sabe que nós terminamos. Mas não vou fingir que foi fácil. Não tem sido fácil para ela saber que você está aqui comigo.

Há uma suavidade em sua voz que eu não consigo aguentar, uma certa pena por Perry e o que ela está passando que me deixa louca. Em algum lugar do meu cérebro racional, fico feliz por ele se importar em como ela está lidando com isso — significa que ele não é um completo babaca, e que ele é um bom homem. Mas, francamente, ele fez um estrago tão grande que não tenho energia para admirá-lo enquanto estiver brava desse jeito.

— É, eu não me preocuparia tanto. Tenho certeza de que ela saiu ganhando hoje à noite.

Eu afasto-o quando ele tenta me segurar.

— Mia, não é...

— Apenas pare.

Ele pega meu braço quando começo a sair andando e vira-me, pressionando minhas costas na parede e observando-me com um olhar tão intenso que sinto arrepios em toda a minha pele.

— Eu não quero que isso seja difícil para nenhuma de vocês — ele diz, com uma voz deliberadamente paciente. — E sei que a maneira com que lidei com isso foi completamente errada.

Fecho os olhos, pressionando meus lábios unidos para calar o zumbido vibrante que sinto com seu toque firme. Eu quero empurrá-lo, puxar seus cabelos e sentir o peso dele em cima de mim.

— Eu segui *você* quando você saiu do apartamento — ele lembra, curvando-se para beijar minha mandíbula. — Eu *sei* que não é mais minha obrigação me assegurar de que ela esteja bem. Mas se o que ela sente por mim é apenas uma fração do que eu sinto por você, eu quero ter cuidado com o coração dela, porque não consigo imaginar o que eu faria se você me abandonasse.

Parece impossível que somente algumas palavras possam fazer meu peito se contrair.

Ele lambe o lóbulo da minha orelha, murmurando:

– Isso me destruiria. Eu preciso saber que você está bem agora.

Suas mãos ocupam-se com meu corpo de um jeito apertado e desesperado. Talvez para me distrair e dar confiança a ele mesmo. Ele leva as mãos para a frente do meu corpo, pelas minhas coxas, pegando minha saia e levantando-a acima do meu quadril.

– Ansel... – tento avisá-lo, mas mesmo quando viro minha cabeça para longe de seus lábios, minha pelve se entrega a seu toque. Minhas mãos se contraem a meu lado, querendo mais, e mais força, precisando de confiança.

– Você *está* bem? – ele pergunta entredentes, próximo a minha orelha.

Eu não quero virar meu rosto quando ele beija meu queixo de novo, nem quando ele se move mais para cima, beijando minha boca. Mas quando ele leva sua mão entre minhas pernas e solta um grunhido, dizendo que vai me deixar completamente molhada, seus dedos deslizam para dentro de minha calcinha e eu consigo empurrar seu braço para longe.

– Você não pode consertar isso com sexo.

Ele afasta-se com os olhos arregalados e confusos.

– O quê?

Estou incrédula.

– Você acha que pode me acalmar apenas me fazendo *gozar*?

Ele parece estar perplexo, quase bravo pela primeira vez.

– Se isso faz você se acalmar e se sentir melhor, quem se importa *como isso acontecerá*? – suas bochechas afloram com uma vermelhidão quente. – Não é isso que nós temos feito o tempo todo? Tentando encontrar um jeito de ficarmos casados e sermos íntimos mesmo quando as coisas se tornam assustadoras ou novas ou muito surreais para processar?

Estou abalada, ele está certo. É exatamente o que temos feito, e eu *quero* ser puxada para fora desse momento. Distrair-me, virar-me, lidar com isso, o que quer que seja, eu quero fazer. Quero parar de conversar sobre isso tudo. Quero que ele tire todas as dúvidas da minha cabeça e me dê a parte dele que só eu posso ver agora.

– Tudo bem. Me distraia – eu o desafio, com os dentes cerrados. – Vamos ver se você consegue me fazer esquecer o quanto estou brava agora.

Ele leva um momento para processar o que acabei de dizer, e então se inclina em minha direção, com os dentes arranhando minhas mandíbulas. Solto a respiração pelo nariz, minha cabeça cai para trás, contra a parede, e eu me entrego. Suas mãos voltam para minha cintura, agora me segurando mais forte, puxando minha blusa para cima, por minha cabeça, tirando minha saia pelo meu quadril e deixando-a cair no chão.

Ele me toca com sua mão, sugando o ar pelos dentes, e diz:

– *Tu es parfaite.*

Mas não posso tocá-lo com gentileza. Sinto-me punitiva, egoísta e ainda muito brava. Essa combinação faz um som de engasgo sair de minha boca e sua mão para no lugar onde ele estava tirando minha calcinha de lado.

– Seja brava – ele diz, com a voz rouca. – Me *mostre* sua braveza.

Demora um instante para que as palavras cheguem à superfície, mas quando elas saem, não me pareço comigo:

– Sua boca.

Eu libero a garota que se permite sentir raiva, que pode punir. Empurro forte seu peito, ambas as palmas bem nos seus músculos peitorais, e ele tropeça para trás, com os lábios separados e olhos arregalados de excitação. Empurro-o de novo e seus joelhos encontram a beira da cama e ele cai para trás, levando seu corpo em direção à cabeceira, observando-me persegui-lo e escalar em cima dele até que meu quadril está no mesmo nível de seu rosto, e estou segurando seus cabelos com a minha mão.

– Eu *não* estou bem – digo a ele, segurando sua cabeça para trás enquanto ele tenta se aproximar de mim para me beijar, me lamber, talvez até me morder.

– Eu sei – ele diz, com os olhos sombrios e urgentes. – Eu *sei*.

Abaixo meu quadril e ouço um gemido primitivo sair de minha garganta quando sua boca aberta faz contato com meu clitóris e ele o suga, levantando seus braços e segurando-me forte em volta do meu quadril. Ele está louco e faminto, soltando grunhidos, implorando, e gemendo satisfeito quando começo a me mexer e montar nele, com minha mão segurando seus cabelos.

Sua boca é suave e forte, mas ele está me deixando controlar tudo. A pressão e a velocidade são tão boas, mas *Deus, eu quero que você me penetre tão profundamente que o sentirei até na minha garganta.*

Ansel ri próximo à minha pele, e então percebo que acabo de dizer isso em voz alta. A irritação toma conta de mim com uma vermelhidão quente e eu afasto-me, humilhada. Vulnerável.

– Não – ele sussurra. – Não, não. *Viens par ici.*

Venha aqui.

Eu o faço se esforçar para isso acontecer, com os dedos me seduzindo e seus ruídos implorando suavemente até que ele finalmente puxa meu quadril de volta e pressiona seus dedos em minha pele para caçar meu prazer novamente. Estou mais uma vez montando em seu rosto para dar a ele o que ele precisa nesse nosso jogo louco.

Sinto arrepios em todo lugar, no pescoço, nos braços... sinto-me hipersensível e superaquecida. Mas a sensibilidade é quase insuportável onde ele está me beijando, porque é muito bom e quase impossível que eu esteja chegando ao clímax *tão cedo...*

tão cedo

muito cedo, porra...

mas eu estou.

A parte de cima do meu corpo cai para a frente e meus dedos batem na cabeceira e estou gozando, gritando, pressionando meu corpo tão forte em sua boca que não sei se ele está conseguindo respirar, mas ele ainda está louco embaixo de mim, com suas mãos segurando meu quadril e não deixando que eu me afaste nem por um segundo, até que meus músculos relaxam e ele pode sentir meu orgasmo se acalmar em seus lábios.

Sinto-me devastada e adorada quando meu corpo mole cai devagar sobre a cama. Sinto seu medo, seu amor e seu pânico, e finalmente libero o choro que tenho segurado em minha garganta por horas. Em um momento rápido e silencioso, sei que nós dois temos certeza de uma coisa: estou indo embora.

Ansel leva a boca para minha orelha, e sua voz está tão travada que mal a reconheço quando ele me pergunta:

– Alguma vez você já sentiu que seu coração está se contorcendo dentro do seu peito, e alguém o está apertando com as mãos?

– Sim – sussurro, fechando os olhos. Eu não posso vê-lo assim, com a tristeza que tenho certeza que verei em seu rosto.

– Mia? Mia, eu sinto muito.

– Eu sei.

– Diga-me que você ainda... gosta de mim.

Mas eu não consigo. Minha raiva não funciona assim. Então, ao invés de esperar que eu responda, ele se curva para beijar minha orelha, meu ombro, sussurrando próximo ao meu pescoço palavras que não entendo.

Lentamente, voltamos a respirar normalmente e sua boca encontra a minha. Ele me beija assim para sempre, e eu deixo que ele faça isso. É a única maneira de dizer a ele que ainda o amo, apesar de também estar dizendo adeus.

~

Parece ir contra meus instintos o fato de eu levantar primeiro da cama e me vestir no escuro enquanto ele dorme. Tiro as roupas do armário o mais silenciosamente possível e jogo-as dentro de minha mala. Meu passaporte está onde Ansel disse que estaria, na gaveta de cima da cômoda, e isso faz rasgar um pouco mais este fio que ainda está me segurando. Deixo todos os meus objetos de higiene pessoal para trás; colocá-los na mala faria muito barulho e não quero acordar Ansel. Vou realmente sentir muita falta de meu novo e sofisticado creme facial, mas acho que não teria coragem de ir embora se Ansel acordasse, observando-me silenciosamente, e especialmente se ele tentasse me fazer desistir.

É um lampejo de hesitação que eu deveria ouvir, talvez um sinal de que não tenho certeza se essa é a melhor ideia que já tive, mas eu não dou ouvidos. Eu mal olho para ele, ainda vestido e esparramado por cima do cobertor, enquanto estou fazendo as malas, me trocando e procurando um pedaço de papel e uma caneta na mesa da sala.

Porque se eu voltar até o quarto e vê-lo de novo, acho que não conseguiria desviar o olhar. Só agora percebo que não tomei muito tempo para apreciar o quanto ele estava gostoso ontem à noite. A camisa de botões azul-escura, ajustada a seu peitoral largo e a sua cintura estreita, está desabotoada bem abaixo de seu pescoço, e minha língua parece crescer com a necessidade de me curvar e sugar as minhas transições favoritas: do pescoço ao peito, do peito aos ombros. Sua calça jeans está gasta e perfeita, desbotada pelo tempo em todos os melhores e mais familiares lugares. Em sua coxa, por cima do zíper de botão. Ele nem tirou seu cinto marrom favorito antes de adormecer; ele está apenas aberto, com sua calça desabotoada na altura de seu quadril, e de repente meus dedos coçam para puxar o couro das passadeiras da calça, para ver e tocar e sentir sua pele só mais uma vez.

Não sei se realmente consigo, mas parece que posso ver o tropeçar da pulsação em sua garganta, e imagino o gosto quente de seu pescoço em minha língua. Eu sei como suas mãos sonolentas passariam pelo meu cabelo enquanto eu tiraria sua cueca pelo quadril. Até sei o alívio desesperado que eu veria em seus olhos se eu o acordasse agora mesmo; não para dizer adeus, mas para fazermos amor mais uma vez. Para perdoá-lo com palavras. Sem nenhuma dúvida transar para fazer as pazes com Ansel seria tão bom que eu esqueceria, enquanto ele estivesse me tocando, que um dia houve qualquer distância entre nós dois.

E agora que estou aqui, esforçando-me para fazer silêncio e ir embora sem acordá-lo, tomo consciência de que não posso tocá-lo de novo antes de ir. Sinto-me como se estivesse engolindo um pesado caroço em minha garganta, um choro que acredito que escaparia em um suspiro agudo, como vapor sob pressão empurrado para fora de um bule. Sinto a dor como um murro em meu estômago, punindo-me mais e mais vezes até que eu queira bater de volta.

Sou uma idiota.

Mas, droga... Ele também é.

Levo longos e doloridos segundos para desviar o olhar de onde ele está, em direção à caneta e papel em minhas mãos.

Que diabos eu devo escrever aqui? Não "adeus", acho. Se eu o conheço bem – e o conheço, mesmo que eu tenha me surpreendido ontem à noite –, ele não se contentará apenas com ligações e e-mails. Eu o verei novamente. Mas estou indo embora enquanto ele dorme, e dada a realidade de seu emprego, pode ser que eu fique um mês sem vê-lo. Este não é exatamente o momento certo para um "até breve", de qualquer maneira.

Então opto pelo caminho mais fácil e o mais honesto, mesmo que meu coração pareça se contorcer em um nó em meu peito enquanto escrevo.

> Isso não significa nunca. Só significa não agora.
> Todo meu gostar,
> Mia.

Eu realmente preciso entender meus próprios problemas antes de culpa-lo por ter guardado os dele em uma caixa embaixo de sua cama, figurativamente falando.

Mas que porra... Eu queria que isso significasse *agora, sim, para sempre.*

Capítulo 20

Ainda está escuro quando saio para a calçada, e a porta do hall do prédio se fecha atrás de mim. Um táxi está me esperando com a lâmpada no topo do carro apagada ao estacionar na calçada e sua forma emoldura um círculo de luz artificial, vinda do poste acima. O motorista olha para mim por cima de sua revista, com a expressão azeda e o rosto alinhado com o que parece ser uma expressão de desgosto.

De repente, percebo meu estado, com o cabelo bagunçado e a maquiagem ainda borrada ao redor dos meus olhos, usando uma calça jeans e moletom escuros, como se eu fosse um tipo de criminosa fugindo nas sombras. A frase "escapando da cena do crime" rodeia minha cabeça e odeio o fato de ela soar tão correta para o momento.

Ele sai do carro e encontra-me na parte de trás, com o porta-malas já aberto, e um cigarro queimando suspenso em sua boca carrancuda.

– Americana? – pergunta ele com um sotaque forte, enquanto lufadas de fumaça escapam a cada sílaba.

Sinto meus nervos se irritarem, mas apenas faço que sim com a cabeça e nem me esforço para perguntar como ele sabia ou *por que*, visto que já sei a resposta: eu me destaco como um polegar inflamado.

Ou ele não nota minha falta de resposta ou não se importa, porque ele pega minha mala e levanta-a sem esforço, depositando-a dentro do carro.

É a mesma mala que trouxe quando cheguei, e a mesma que escondi depois de alguns dias porque parecia muito nova e deslocada no meio do apartamento acolhedor e confortável de Ansel. Ao menos é o que disse a mim mesma na época ao guardá-la dentro do armário perto da porta do banheiro, onde ela não serviria como um lembrete da minha efêmera estadia aqui, ou que meu lugar na vida de Ansel terminaria tão logo quanto o verão.

Eu mesma abro a porta do carro e entro, fechando-a o mais silenciosamente possível. Eu sei como os ruídos passam pelas janelas abertas e não permito a mim mesma olhar para cima ou imaginá-lo deitado na cama, acordando em um apartamento vazio, ou ouvindo uma porta de táxi se fechando na rua.

O motorista senta-se no banco da frente e seus olhos ansiosos encontram os meus no espelho retrovisor.

– Aeroporto – eu digo, e rapidamente olho para longe.

Não tenho certeza do que estou sentindo quando ele liga o carro e começamos a deslizar pela rua. Será tristeza? Sim. *Preocupação, raiva, pânico, traição, culpa?* Tudo isso. Será que cometi um erro? Será que tudo isso foram más escolhas colossais, uma atrás da outra? Digo a mim mesma que terei que ir embora de qualquer maneira. Isso está acontecendo apenas um pouco antes do planejado. E mesmo se não fosse isso, foi a decisão correta para ter um espaço, alguma perspectiva e claridade... certo?

Quase começo a dar risada. Estou sentindo tudo, menos clareza.

Eu vacilo tão loucamente entre *ontem à noite não foi nada* e *ontem à noite foi um ponto de decisão*, entre *ir embora é a coisa certa a fazer* e *dê meia volta, você está cometendo um grande erro*, que começo a duvidar de cada pensamento meu. Estar sozinha e presa em minha própria mente em um voo de treze horas será uma tortura.

O táxi avança rapidamente pelas ruas vazias, e meu estômago se revira tanto quanto na minha primeira manhã aqui, mas dessa vez por uma razão completamente diferente. Há uma parte de mim que até gostaria que eu vomitasse agora, para que pelo menos eu pare de sentir a dor constante que estou sentindo desde ontem à noite. Ao menos sei que o enjoo passaria uma hora e eu poderia fechar os olhos, fingir que o mundo não está girando, e que não há um buraco em meu peito, com bordas cruas e quebradas.

A cidade passa rápido em um borrão de pedras e concreto, silhuetas industriais pontuando o mesmo horizonte de prédios erguidos há centenas de anos. Pressiono a testa no vidro e tento bloquear qualquer momento daquela primeira manhã com Ansel. O quanto ele foi doce e atencioso, e o quanto eu estava nervosa, com medo de estragar tudo e que tudo terminasse antes mesmo de começar.

O sol ainda não nasceu, mas consigo enxergar as árvores e campos de grama, borrões enlameados de verde que emolduram e conectam a distância entre as extensões de terreno urbano. Tenho a sensação esquisita de estar me movimentando ao contrário no tempo, apagando tudo.

Pego meu telefone e abro o aplicativo da companhia aérea. Faço o cadastro e procuro voos disponíveis. Minha decisão de ir embora parece ainda mais evidente à luz brilhante da tela do celular cortando a escuridão, refletida de volta para mim nas janelas a meu lado.

Fico parada olhando para a cidade de destino e quase começo a rir quando estou em dúvida sobre a escolha, porque já decidi o que vou fazer.

O primeiro voo do dia parte em pouco mais de uma hora, e parece fácil demais fazer as seleções necessárias e reservar minha viagem de volta quase sem nenhum percalço.

Ao terminar, desligo o telefone e guardo-o na bolsa, olhando para a cidade turva enquanto ela começa a acordar no outro lado do vidro.

Não há nenhuma mensagem, então presumo que Ansel ainda esteja dormindo, e se eu fechar os olhos ainda consigo vê-lo, com o corpo estendido pelo colchão, a calça jeans quase para fora do quadril. Consigo lembrar como estava sua pele na luz diminuta enquanto eu juntava as minhas coisas, e o jeito que a sombra o desenhava como se ele estivesse coberto de carvão. Não consigo imaginá-lo acordando e percebendo que fui embora.

O táxi estaciona ao lado da calçada e eu vejo o valor no taxímetro. Meus dedos tremem enquanto procuro a carteira e conto o dinheiro. As notas largas e coloridas ainda parecem tão estranhas em minhas mãos que em um impulso dobro a pilha inteira e as coloco na mão do motorista.

No avião, não há celulares e nem e-mails. Não paguei para ter acesso à internet, então não há nada para me distrair da trilha interminável de imagens e palavras ecoando de volta para mim em dramática e enlouquecedora câmera lenta: a expressão no rosto de Perry lentamente se transformando de amigável a calculadora e então em pura fúria. Sua voz quando me perguntou se eu estava gostando da sua cama, do seu *noivo*. O som de passos no chão, de Ansel, de nossas palavras gritadas e a sensação do sangue preenchendo minha cabeça apressadamente, e minha pulsação raptando qualquer som.

Tirando as poucas horas de sono que consegui arranjar, essa é a minha trilha sonora durante o voo inteiro, e se for possível, sinto-me ainda pior quando finalmente aterrissamos.

Movimento-me como névoa do avião até a alfândega e a área de bagagem, onde minha única mala enorme me espera na esteira. Ela não parece mais muito nova, está gasta em alguns lugares, como se tivesse sido jogada, caído no chão e presa na esteira – parece muito próxima de como eu me sinto agora.

Em um café, abro meu laptop e encontro o arquivo que negligenciei durante todo o verão, rotulado como "Boston".

Ali dentro está toda a informação que preciso para a faculdade, os e-mails sobre horários e orientações que chegaram nas últimas semanas, ignorados por tantas semanas, mas guardados a salvo onde prometi que lidaria com eles mais tarde.

Aparentemente, mais tarde significa hoje.

Com a energia fornecida por uma caneca de café e a sensação crescente de finalmente ter tomado a decisão certa, entro no portal estudantil de MBA da Universidade de Boston.

Eu recuso a ajuda financeira.

E recuso minha vaga no programa.

Finalmente tomo a decisão que deveria ter tomado anos atrás.

E então telefono para o meu ex-conselheiro acadêmico, e preparo-me para a humilhação.

~

Fico olhando para a parte de aluguéis do jornal local. Parte do trato de ter aceitado entrar para a faculdade é que meu pai pagaria meu apartamento. Mas depois do que acabei de fazer, não acho que ele vai me sustentar, mesmo que na atual situação isso pareça ser o melhor a fazer. Sei que é mais fácil para ele quebrar algo com suas mãos do que dar um centavo para mim. De qualquer jeito, não posso mais continuar vivendo às custas dele. Ter morado em Paris mandou minhas economias às favas, mas após uma rápida olhada no jornal, vejo que existem alguns lugares pelos quais posso pagar... Especialmente se conseguir encontrar um emprego relativamente rápido.

Ainda não estou pronta para ligar meu telefone e encarar o que tenho certeza de ser uma montanha de ligações perdidas e mensagens de Ansel, ou pior ainda, nenhuma ligação ou nenhuma mensagem, então uso um telefone pago em frente à loja de conveniência na rua perto do café.

Minha primeira ligação é para Harlow.

– Alô? – ela diz, claramente desconfiada do número desconhecido. Eu sinto tanta falta dela que sinto lágrimas brotarem nos cantos dos meus olhos.

– Oi – eu digo. Essa palavra sai completamente coberta de saudades.

– Oh, meu Deus! Mia! Onde você está, porra? – há um momento de pausa em que eu imagino que ela esteja afastando o telefone de sua orelha, olhando novamente para o número. – Puta merda, você está *aqui*?

Eu engulo o choro.

– Cheguei há algumas horas.

– Você está em casa? – ela grita.

– Sim, estou em São Diego.

– Por que você não está na minha casa nesse momento?

– Eu tenho que organizar algumas coisas.

A minha vida, por exemplo. Na França, encontrei meu foco na distância. Agora só tenho que manter meus olhos colados nele.

– Organizar? Mia, o que aconteceu com Boston?

– Olhe, te explico mais tarde, mas será que você pode falar com seu pai para mim? – minha respiração treme. – Sobre anular meu casamento?

Então, aí está, a palavra que tem incomodado meus pensamentos. Dizer isso em voz alta é uma merda.

– Ah... Então foi tudo ladeira abaixo.

– É complicado. Mas fale com o seu pai por mim, está bem? Eu preciso cuidar de algumas coisas, mas eu ligo para você.

– Por favor, venha até aqui.

Pressionando a palma da mão em minha têmpora, tudo o que consigo dizer é:

– Amanhã. Hoje só preciso organizar minhas ideias.

Depois de uma longa pausa, ela diz:

– Vou pedir pro meu pai procurar o advogado dele hoje à noite, e depois conto a você o que ele disse.

– Obrigada.

– Você precisa de mais alguma coisa?

Engulo um pouco de saliva, e apenas digo:

— Acho que não. Vou procurar apartamentos, depois encontrar um quarto em algum motel e dormir um pouco.

— Apartamentos? Motel? Mia, venha aqui e fique *comigo*. Minha casa é enorme, e posso trabalhar meu problema com o volume do sexo, se isso significa que terei você como minha colega de quarto.

O apartamento de Harlow seria ideal, em La Jolla, perfeitamente situado entre a praia e o campus, mas agora que meu plano já está formado, estou inabalável.

— Eu sei que estou soando como uma psicopata, Harlow, mas prometo que te explico depois porque eu quero fazer as coisas desse jeito.

Depois de uma pausa, sinto que ela está aceitando. Para ela, foi notavelmente fácil. Devo estar soando tão determinada quanto me sinto.

— Está bem. Amo você, docinho.

— Amo você também.

Harlow envia um e-mail para mim com uma pequena lista de lugares para eu olhar, com suas opiniões e comentários em cada um. Tenho certeza de que ela ligou para o agente imobiliário de seus pais para que ele encontrasse coisas que se encaixassem exatamente às suas especificações de segurança, espaço e preço. E apesar de ela não saber onde eu quero morar, estou tão grata pela tendência intrometida de Harlow que quase começo a chorar.

O primeiro apartamento que vejo é bom e está definitivamente dentro do meu orçamento, mas é muito longe da Universidade de São Diego. O segundo é próximo o bastante para caminhar, mas fica bem em cima de um restaurante chinês. Eu debato comigo mesma por uma hora inteira antes de decidir que eu nunca suportaria ficar constantemente cheirando a *kung pao*.

O terceiro está descrito como "confortável". Já está mobiliado, fica em cima de uma garagem em um silencioso bairro residencial, a dois quarteirões de um ponto de ônibus por onde passa uma linha direta para a faculdade. E graças a Deus, porque depois de pagar a conta de longo prazo do estacionamento do aeroporto, será impossível comprar uma vaga para estacionar no campus da faculdade. Sinto-me aliviada de o apartamento ter sido listado apenas hoje pela manhã, porque tenho certeza de que será arrebatado rapidamente. Harlow é uma deusa.

A rua é alinhada por árvores e eu paro em frente à ampla casa amarela. Um largo gramado se espalha nos dois lados do caminho de pedra da entrada, e a porta da frente é verde-escura. Quem quer que more aqui adora plantas, porque o jardim é impecável, com flores brotando aos montes.

Isso me lembra o Jardin des Plantes e o dia que passei com Ansel, aprendendo (e rapidamente esquecendo) como dizer tudo aquilo em francês, caminhando por horas de mãos dadas. Isso me lembra a promessa de um futuro onde eu poderia passar dias assim com ele sempre que eu quisesse.

Julianne, a proprietária, conduz-me para dentro da casa, que é tão perfeita como eu estava imaginando. É pequena, mas acolhedora e agradável, com paredes bege e rodapés brancos. Um sofá cor de creme fica no centro da sala principal. Um dos cantos se abre para uma pequena cozinha, com uma janela com vista para o quintal compartilhado. A arquitetura aberta me lembra tanto o apartamento de Ansel que sinto meu coração doer, e tenho que fechar os olhos e respirar fundo.

– Um quarto – ela diz, e cruza até o outro lado para acender uma luz.

Eu a sigo e olho por dentro. Uma cama de casal ocupa quase o espaço inteiro, e há algumas estantes de livros brancas suspensas acima.

– O banheiro fica ali. Geralmente eu vou embora antes de o sol nascer, então você pode estacionar aqui atrás.

– Obrigada – eu digo.

– Os armários são pequenos, a pressão da água é horrível, e eu garanto que os garotos adolescentes que cuidam do jardim serão como porcos com você, mas são adoráveis e silenciosos, e há máquinas de lavar e secar na garagem, que você pode usar quando quiser – ela diz.

– É perfeito – eu digo, olhando em volta. – Uma máquina de lavar e secar são o paraíso absoluto e eu posso definitivamente lidar com adolescentes agindo como porcos.

– Oba! – ela diz, abrindo um largo sorriso.

Por um pequeno e desesperado instante, consigo me imaginar morando aqui, indo de ônibus para a faculdade, começando a organizar minha vida no agradável estúdio em cima da garagem dela. Tudo que quero dizer é *por favor, deixe-me mudar para cá agora.*

Mas é claro que ela é racional, e com um pedido de desculpas em seus olhos ela me pede para preencher o formulário de antecedentes.

– Tenho certeza que dará tudo certo – ela diz, piscando para mim.

~

Só fiquei fora algumas semanas, mas ao entrar em um motel em minha cidade, senti como se estivesse voltando a um lugar que evoluiu sem minha presença. Ao dirigir para o motel, encontro um pedaço escondido de São Diego que nunca explorei antes, e apesar de esse canto de minha cidade sombria parecer estranho, a ideia de que há um futuro diferente daqueles que imaginei para mim aqui é poderosa e reconfortante.

Minha mãe me mataria por eu não ficar em casa. Harlow quer me matar por eu não ficar com ela. Mas mesmo com a luz diminuta e o barulho da rodovia ao lado de minha janela, isso é exatamente o que estou precisando. Checo meu extrato bancário pela quinquagésima vez desde que aterrissei. Se for cuidadosa, conseguirei chegar bem até o começo da faculdade, e então, graças ao meu ex-conselheiro e ao homem que conseguiu minha entrada no programa de MBA que me daria as boas-vindas cordialmente na Universidade de São Diego, eu terei um pequeno e raro subsídio para me ajudar. Mas embora o aluguel seja razoável no estúdio, ainda ficaria apertado para mim e meu estômago se revira quando penso em ter que pedir dinheiro a meu pai. Não falo com ele há mais de um mês.

Você está casada? Você tem um marido, não é? Ansel disse, e Deus, essa noite parece ter acontecido há tanto tempo. Enrolando-me nos lençóis que cheiram à cândida e fumaça de cigarro em vez de grama no verão e tempero, esforço-me para respirar sem perder completamente a cabeça às oito da noite em um quarto escuro de motel.

Meu negligenciado telefone de repente parece pesar em meu bolso, e eu o pego, deixando meu dedo pairar sobre o botão antes de finalmente o ligar.

Leva alguns momentos para iniciar, e então vejo que tenho doze ligações perdidas de Ansel, seis recados na caixa postal, e ainda mais mensagens de texto.

`Onde você está?`, diz a primeira mensagem.

`Você foi embora, não foi? Sua mala não está aqui.`

`Você não levou tudo.` Eu o imagino acordando, percebendo que não estou ali, e andando de quarto em quarto, vendo as coisas que escolhi trazer comigo e aquilo que decidi deixar para trás.

`Sua aliança não está aqui, você a levou? Por favor, ligue para mim.`

Deleto o resto das mensagens mas não os recados de voz. Uma parte secreta em mim sabe que vou querer ouvi-los mais tarde, quando estiver sozinha e sentindo saudade dele. Bem, sentindo *mais* saudade.

Eu nem sei como responder.

Eu percebo agora que Ansel não pode ser a resposta aos meus problemas. Ele estragou tudo por não ter me contado a verdade sobre Perry e o passado deles, mas tenho quase certeza de que isso teve mais a ver com o fato de ele ter sido um garoto estúpido do que com o fato dele ter me deixado no escuro. É por isso que você deve conhecer alguém *antes* de se casar com essa pessoa. E a verdade é que a mentira dele foi conveniente para mim também. Eu estive me escondendo em Paris, usando-o e usando os milhares de quilômetros entre a França e os Estados Unidos para evitar as coisas erradas em minha vida: meu pai, minha perna, a inabilidade de criar um novo futuro para mim mesma sem ser aquele que eu perdi. Perry pode ter sido uma vaca, mas ela estava certa sobre uma coisa: a única pessoa que estava seguindo em frente nesse relacionamento era Ansel. Eu me contentei em sentar ali e esperar, enquanto ele saía para conquistar o mundo.

Eu rolo e me deito de costas, e em vez de responder Ansel, escrevo uma mensagem em grupo para minhas garotas.

Acho que encontrei um lugar para morar. Obrigada por mandar a lista, H. Estou realmente tentando não perder a calma agora.

Deixe-nos ir até o seu motel, Harlow responde. Estamos ficando malucas por não saber que diabos está acontecendo.

Amanhã, eu prometo a elas.

Aguente firme, Lola diz. A vida é feita desse pequenos momentos horríveis e expansões gigantescas de coisas incríveis entre eles.

Amo vocês, eu respondo. Porque ela está certa. Esse verão foi a coisa mais incrível que eu já vivi.

Capítulo 21

Julianne é realmente uma deusa porque ela me liga antes das oito da manhã. Com o fuso horário, eu acordo antes das cinco, e estou caminhado pelo pequeno quarto de motel como uma louca, rezando para que tudo dê certo e não tenha que passar outro dia caçando apartamentos.

–Alô? – eu respondo, com o telefone tremendo em minha mão vacilante.

Posso ouvir o sorriso em sua voz.

– Está pronta para se mudar?

Respondo com meu "sim" mais grato e entusiasmado, e então olho em volta do quarto encardido depois de desligar o telefone e começo a rir. Estou pronta para me mudar para um apartamento que fica a dez minutos da casa de meus pais, e não preciso levar quase nada comigo.

Mas antes de ir, há mais uma ligação que preciso fazer. Mesmo que meu pai tenha se recusado a reconhecer minha paixão pela dança, ou mesmo que ele se recuse a ser gentil em relação a esse assunto, existe uma pessoa que realmente esteve em todos os meus recitais, que me levou a cada ensaio e performance, e costurou à mão meus figurinos. Ela fazia minha maquiagem quando eu era pequena e me observou fazendo eu mesma quando cresci e me tornei teimosamente independente. Ela chorava durante meus solos e levantava-se para me aplaudir. Estou horrorizada em perceber *somente agora* que minha mãe tolerou a reprovação do meu pai por anos enquanto eu dançava, e ela só tolerava porque aquilo era o que eu queria fazer. Ela esteve presente quando me mudei para o quarto de hospital por um mês, e me levava silenciosamente para os dormitórios da universidade quando eu estava deprimida e desanimada.

Eu não fui a única que perdeu um sonho depois do acidente. De todas as pessoas em minha vida, minha mãe entenderá a escolha que estou fazendo.

Posso ouvir o choque em sua voz quando ela atende o telefone.

– Mia?

– Oi, mãe.

Eu espremo os olhos, tomada por uma emoção que não tenho certeza se conseguirei articular muito bem. Minha família não costuma conversar sobre sentimentos, e o único jeito que consegui aprender foi sob a ameaça de tortura de Harlow. Mas a consciência da força de minha mãe durante minha infância e o que ela fez para me ajudar a ir atrás de meu sonho é provavelmente algo que eu deveria ter percebido muito tempo atrás.

– Estou em casa – faço uma pausa. – Não irei para Boston.

Minha mãe chora em silêncio. Ela faz tudo em silêncio. Mas conheço a cadência de sua respiração e seus pequenos suspiros tão bem quanto o cheiro de seu perfume.

Dou a ela o endereço do meu apartamento, conto que estou me mudando hoje e que contarei tudo a ela se vier me ver. Não preciso de minhas coisas, e não preciso do seu dinheiro. Só preciso da minha *mãe*.

～

Dizer que pareço com minha mãe é um eufemismo. Quando estávamos juntas, sempre sinto que as pessoas acham que eu sou sua versão *De volta para o futuro*, que viajou dos anos 1980 para os dias de hoje. Temos o mesmo tipo de corpo, olhos castanhos idênticos, pele cor de oliva e cabelos escuros e lisos. Mas quando ela sai de seu enorme carro na calçada e eu a vejo pela primeira vez em mais de um mês, tenho a sensação de estar olhando para o meu reflexo em um espelho distorcido. Sua aparência é a mesma de sempre, o que significa que ela não está exatamente reluzente. Sua resignação, sua *acomodação*... poderia ter sido eu. Papai nunca quis que ela trabalhasse fora. Ele nunca se interessou muito por seus passatempos, como jardinagem, cerâmica ou viver de uma maneira ecologicamente correta. Ela ama meu pai, mas anulou sua vida por um relacionamento que não lhe dá muito em troca.

Ela parece pequena quando levo meus braços em sua volta para abraçá-la. Quando me afasto, esperando ver um rosto preocupado ou hesitante – afinal, ela não deveria estar brincando com o inimigo, David ficará furioso! –, tudo o que vejo é um enorme sorriso.

– Você está maravilhosa – ela diz, puxando seus braços e levando-me para dentro.

Isso... Ok, isso me surpreende um pouco. Tomei banho sob a ineficiente goteira de um chuveiro de motel, não estou usando maquiagem, e provavelmente acabaria fazendo sexo grosseiro para ter acesso à máquina de lavar roupa. A foto mental que tenho de mim mesma está entre um abrigo de moradores de rua e um zumbi.

– Obrigada?

– Graças a Deus você não está indo para Boston.

E com isso, ela se vira e abre o porta-malas de seu carro e tira dali uma caixa gigante contendo um alívio surpreendente.

– Trouxe seus livros e o resto das suas roupas. Quando seu pai se acalmar, você pode ir até lá para pegar qualquer coisa que eu tenha esquecido.

Ela fica olhando para a expressão de surpresa em meu rosto por um instante antes de fazer um gesto em direção ao carro.

– Pegue uma caixa e mostre-me sua casa.

A cada passo que nós damos na escada em direção ao meu pequeno apartamento em cima da garagem, uma epifania me golpeia direto em meu estômago.

Minha mãe precisa de um propósito tanto quanto nós precisamos.

Esse propósito costumava ser eu.

Ansel estava com medo de encarar seu passado, como eu estava com medo de encarar meu futuro.

Abro a porta da frente, com a caixa gigante quase caindo dos meus braços, e de algum jeito consigo levá-la até a mesa na sala de estar e jantar. Mamãe coloca a caixa com minhas roupas sobre o sofá e olha em volta.

– É pequeno, mas adorável, Pirulito.

Acho que ela não me chama assim desde que eu tinha quinze anos.

– Eu gosto bastante, na verdade.

– Posso trazer algumas das fotografias do estúdio da Lana, se você quiser alguma arte.

Meu sangue vibra em minhas veias. É por isso que eu vim para casa. Minha família. Meus amigos. Uma vida que quero construir aqui.

– Tudo bem.

Sem muitos preâmbulos, ela se senta e olha diretamente para mim.

– Então.

– Então...

Sua atenção se move para minha mão esquerda, pendurada imóvel a meu lado, e só agora eu percebo que ainda estou usando minha aliança de casamento. Ela não parece nem um pouco surpresa.

– Como estava Paris?

Com uma respiração profunda, mudo de lugar para me sentar a seu lado no sofá e descarregar tudo em uma corrente de palavras. Conto a ela sobre a suíte em Vegas, como senti que aquela era a última loucura que eu estava fazendo, o último momento de diversão que eu teria até um certo ponto, quando eu me daria conta, por um passe de mágica, de que eu queria ser exatamente como meu pai. Conto a ela sobre como conheci Ansel, que ele era como um brilho de sol, e que me senti como se estivesse me confessando com ele naquela noite. Descarregando. Tirando todo o peso.

Conto a ela sobre o casamento, mas pulo cem por cento a parte do sexo.

Conto sobre ter escapado de minha vida para ir a Paris, sobre a perfeição da cidade, e como me senti inicialmente ao acordar e perceber que estava casada com um completo estranho. Mas também como essa sensação foi embora e o que surgiu, então, foi um relacionamento do qual não estou certa de querer desistir.

Novamente, pulo cada detalhe da parte do sexo.

É difícil explicar a história sobre Perry, porque mesmo quando começo a contar, ela deve entender que essa foi a razão de eu ter ido embora. Então, quando chego à parte sobre a festa e ter sido encurralada pela Besta, quase me sinto uma idiota por não ter percebido antes o que estava para acontecer.

Mas minha mãe, não. Ela ainda suspira, e é essa pequena reação que libera o dilúvio de lágrimas, porque durante esse tempo todo fiquei pensando que eu era uma grande idiota. Será que sou uma idiota júnior, que deveria ter ficado em Paris para resolver as coisas com o homem mais gostoso do mundo? Ou sou uma idiota master por ter ido embora por causa de algo que qualquer outra pessoa consideraria minúsculo?

O problema de estar no olho do furacão é que você não consegue perceber quão grande ele realmente é.

– Querida... – mamãe diz e faz uma pausa, sem falar mais nada.

E não me importa. Essa última palavra carrega um monte de outras que comunicam compaixão e um tipo de proteção feroz vinda e uma mamãe-urso. Mas também preocupação em relação a Ansel, já que tudo que contei sobre ele está correto, eu acho. Ele é bom, e é carinhoso. E ele *gosta* de mim.

– Querida... – ela repete silenciosamente.

Sou atingida por outra epifania. Não fico em silêncio porque gaguejo. Eu fico em silêncio porque sou como minha mãe.

– Tudo bem, então... – eu digo, trazendo meus joelhos em direção a meu peito. – Há mais uma coisa. E é por isso que estou aqui, e não em Boston.

Conto a ela sobre estar passeando pela cidade com Ansel, e nossas conversas sobre a escola, minha vida, e o que eu *realmente* quero fazer. Digo que foi ele quem me convenceu – mesmo que ele não saiba disso – a me mudar para cá e voltar para meu antigo estúdio de dança à noite para dar aulas, e ir para a faculdade durante o dia para me preparar o máximo possível para um dia ter meu próprio negócio. Para ensinar crianças como se movimentar e dançar do jeito que seus corpos quiserem. Digo a ela que o Professor Chatterjee concordou em me aceitar no programa de MBA da Universidade de São Diego em meu antigo departamento.

Depois de absorver tudo isso, mamãe se recosta no sofá e me analisa por um momento.

– Quando foi que você cresceu, Pirulito?

– Quando eu conheci *ele*.

Ai. Pancada bem no estômago. E minha mãe consegue ver também. Ela coloca a mão em cima da minha, sobre meu joelho.

– Ele parece ser... bom.

– Ele é bom – eu sussurro. – Tirando o segredo sobre a Besta, ele é incrível.

Faço uma pausa e adiciono:

– Será que o papai me evitará para sempre?

– Seu pai é difícil, eu sei, mas ele também é esperto. Ele queria que você pegasse seu diploma de MBA para que você tivesse *opções*, não para que você fosse igual a ele. O que acontece é que você nunca precisou usá-lo para fazer o que ele queria. Ele mesmo sabe disso, não importa quanta pressão ele coloca em você para seguir o mesmo caminho.

Minha mãe fica em pé, caminha até a porta e faz uma pausa, enquanto eu começo realmente a perceber que não conheço meu pai tão bem assim.

– Me ajude a trazer as últimas caixas, e depois vou para casa. Venha jantar na próxima semana. Agora você tem outras coisas para consertar.

~

Eu tinha prometido a Lola e Harlow que elas poderiam vir me visitar assim que eu me mudasse, mas depois de arrumar todas as minhas coisas, estou exausta e não quero fazer nada além de dormir.

Deito na cama e seguro o telefone tão forte em minha mão que sinto a palma ficar escorregadia, e esforço-me para não ler novamente cada uma das mensagens de Ansel pela centésima vez. A última que chegou desde que acabei de desfazer minha mala diz:

Se eu fosse até aí, você me veria?

Começo a rir, porque apesar de tudo, não poso simplesmente decidir parar de amá-lo. Eu nunca me recusaria a vê-lo. Não consigo nem tirar a aliança de casamento do meu dedo.

Olhando para o telefone, abro a janela de mensagem de texto e respondo a ele pela primeira vez, desde que o deixei dormindo no apartamento.

Estou em São Diego, sã e salva. É claro que eu veria você, mas não venha até que você finalize o seu trabalho. Você se esforçou muito por isso.

Releio o que escrevi e adiciono: Não vou a lugar algum.

Exceto de volta aos Estados Unidos enquanto você dorme, eu penso.

Ele responde imediatamente.

Finalmente! Mia, por que você foi embora sem me
acordar? Estava ficando maluco aqui.

E então, outra mensagem: Não consigo dormir. Sinto sua
falta.

Fecho os olhos e só agora percebo o quanto precisava ouvir isso. A sensação me aperta forte em meu peito, como se uma corda estivesse amarrada em meus pulmões, espremendo-os juntos. Minha mente cuidadosa me diz para apenas dizer *obrigada*, mas em vez disso rapidamente digito *eu também*, e jogo meu telefone longe na cama antes que eu diga mais alguma coisa.

Sinto tanta falta dele que parece que estou amarrada em um corpete, incapaz de trazer ar o bastante para dentro de meus pulmões.

Quando pego o telefone de novo já estou acordada na manhã seguinte, e perdi suas próximas três mensagens: Eu te amo.

E então: Por favor, diga-me que eu não estraguei tudo.

E depois, Por favor, Mia. Diga alguma coisa.

É aqui que eu desabo pela segunda vez, porque pela marcação do tempo eu sei que ele escrevera as mensagens no escritório, em seu *trabalho*. Consigo imaginá-lo olhando para o telefone, incapaz de se concentrar ou fazer nada até que eu respondesse. Mas eu não respondi. Enrolei-me como uma bola e adormeci, sentindo a necessidade de desligar, como se tivessem me tirado da tomada.

Pego meu telefone novamente, e apesar de ser sete da manhã, Lola me atende ao primeiro toque.

~

Pouco mais de uma hora depois, abro a porta rapidamente e corro em direção a uma massa de braços e cabelos selvagens.

– Pare de avançar nela – diz uma voz sobre o ombro de Harlow, e sinto outros dois braços me tocarem.

Ninguém poderia imaginar que faz só dois meses que não nos vemos, pelo jeito que estou chorando no ombro de Lola, segurando as duas como se elas fossem sair voando.

– Senti tanta falta de vocês – eu digo. – Vocês nunca irão embora daqui. É pequeno, mas podemos fazer funcionar. Eu estava na Europa. Eu posso fazer isso aqui dar certo.

Seguimos tropeçando até minha pequena sala de estar em uma confusão de risadas e choros, e eu fecho a porta atrás de nós.

Viro-me e vejo Harlow observando-me e analisando-me.

– Que foi? – pergunto, olhando para minha calça capri de ginástica e minha camiseta. Percebo que não estou pronta para o tapete vermelho, mas sua inspeção parece um pouco desnecessária. – Pega leve, polícia da moda. Tudo o que tenho feito é desfazer minhas malas e dormir.

– Você parece diferente – ela diz.

– Diferente?

– Sim. Mais sexy. A vida de casada fez bem a você.

Reviro meus olhos.

– Presumo que você está se referindo às minhas gordurinhas laterais. Tenho um relacionamento não muito saudável com *pain au chocolat*.

– Não – ela diz, chegando mais perto para examinar meu rosto – Você parece... mais suave? De um jeito bom. Feminina. E eu gosto do cabelo um pouco mais comprido.

– E o bronzeado – Lola adiciona, caindo no sofá. – Você está bem *mesmo*. Seus peitos também.

Dou risada e me espremo para sentar ao lado dela.

– É isso que acontece com você se você for morar na França sem ter que trabalhar, tendo uma loja de doces na esquina.

Nós ficamos em silêncio e depois do que parece uma eternidade, percebo que sou eu quem tem que comentar o fato de que eu *estava* na França, e agora estou *aqui*.

— Sinto-me um ser humano horrível pelo modo que fui embora. Lola me prega com seu olhar.

— Você *não é*.

— Pode ser que você discorde quando eu explicar.

A mão de Harlow já está levantada no ar.

— Não há necessidade. Nós sabemos o que aconteceu, mas não graças a você, sua otária misteriosa.

É claro que elas ouviram a história inteira. Mais precisamente, Lola ouviu de Oliver, que ouviu de Finn, que teve a sorte de ligar para Ansel somente uma hora depois de ele ter acordado e percebido que sua esposa e todas as suas posses haviam desaparecido. Para um grupo de homens, eles são incrivelmente fofoqueiros.

Nós nos atualizamos por meio do conforto e intimidade que adquirimos durante os últimos vinte anos, e é tão mais fácil colocar tudo para fora pela segunda vez desde que eu cheguei.

— Ele estragou tudo — Harlow certifica assim que chego à parte em que estamos indo para a festa. — Todo mundo sabe. Aparentemente, Finn e Oliver estavam falando para ele contar a você sobre a situação há semanas. Perry telefona para ele toda hora, manda mensagens de texto, e liga para Finn e Oliver para conversar sobre isso sem parar. A separação deles parece não ter surpreendido ninguém além dela, e até isso poderia ser debatido. Acho que Ansel estava preocupado que isso pudesse assustar você, e está contando os dias para se mudar para cá. Por tudo que eu ouvi, ele está completamente apaixonado por você.

— Mas nós todos concordamos que ele deveria ter contado tudo — diz Lola. — Parece que você foi pega de surpresa.

— Sim — eu digo. — Na primeira vez em que ele me leva a uma festa, essa garota simpática começa a conversar comigo e então seu rosto se derrete e ela se transforma em um demônio vingativo — encosto minha cabeça no ombro de Lola. — E eu sabia que ele tinha namorado por bastante tempo, então não sei se era uma grande coisa ele me contar sobre Perry, que eles moraram juntos, e até que estavam noivos. Talvez fosse esquisito, mas ficou mais esquisito ainda por ser um grande segredo. Além do mais, seis anos com alguém que você não ama desse jeito? Parece loucura.

Lola fica em silêncio, e então murmura.

– Eu sei.

Eu odeio o pequeno toque de deslealdade que sinto quando o critico dessa maneira. Ansel foi moldado por sua experiência ao crescer em meio ao relacionamento estranho, possessivo e repleto de traição que seus pais tinham. Tenho certeza de que lealdade e fidelidade significam mais para ele do que o amor romântico em si, ou ao menos ele achava que era assim. Fico pensando, também, se todo o tempo que ele passou com Perry foi para provar que ele não era tão volúvel quanto seu pai. Tenho certeza também de que o fato de ficar casado comigo está *um pouco* relacionado a isso, não importa se a minha insistência tenha sido maior no começo. Preciso decidir se estou bem com o fato de nosso casamento ter a ver com ele provar algo para si mesmo, *e também* me amar.

– Como ele está? – Harlow pergunta.

Encolho os ombros e me distraio brincando com os cabelos de Lola.

– Está bem – eu digo. – Está trabalhando.

– Não foi o que eu perguntei.

– Bem, depois de toda essa brincadeira de telefone sem fio, vocês provavelmente devem saber mais do que eu – esquivando-me, eu pergunto: – Como está Finn?

Harlow dá de ombros.

– Não sei. Bem, eu acho.

– Como assim você não sabe? Não acabou de vê-lo?

Ela dá risada e faz um gesto de aspas com as mãos no ar enquanto repete as palavras *vê-lo* ao soltar a respiração.

— Posso assegurar a você que eu não fui até o Canadá por causa da personalidade brilhante dele ou de suas habilidades de conversação.

— Então você foi lá por causa do sexo.

— Sim.

— E foi bom o bastante para voltar?

— Eu não sei. Se estiver sendo honesta, eu não *gosto* muito dele, particularmente. Ele é definitivamente mais bonito quando não fala nada.

— Você realmente é uma ogra.

— Adoro o fato de você fingir que está surpresa. Finn e eu? Não funciona.

— Tudo bem, Mia, chega de evitar o assunto — Lola diz. — O que acontecerá agora?

Eu suspiro e digo honestamente:

— Não sei. Quer dizer, é isso que eu devo fazer agora, não é? Faculdade? Descobrir o que quero fazer da minha vida? A irresponsabilidade foi ter ido pra França, pra começar. E agi como adulta ao voltar pra casa. Então por que sinto que está tudo ao contrário?

— Ah, eu não sei — Harlow murmura. — Talvez porque pareça que vocês estavam tentando descobrir como traçar um novo plano juntos?

Faço que sim com a cabeça. É verdade.

— Eu me sentia tão segura com ele. Meu cérebro às vezes não sabia, mas meu corpo sim. Não sei qual a cor favorita dele ou o que ele queria ser quando tinha dez anos, mas nada disso importava. E as coisas tolas que eu sabia sobre Luke, a enorme lista de tópicos na minha cabeça que eu achava que nos tornava compatíveis... Parece tão ridículo quando comparo com os meus sentimentos em relação a Ansel.

— Se você pudesse apagar esse único fato de todo o seu tempo com ele, você ainda estaria lá?

Eu nem preciso pensar.

— Com certeza.

– Olhe, eu a vi perder a coisa mais importante da sua vida, e não havia nada que eu ou ninguém pudesse fazer para mudar aquilo. Nós não podíamos voltar no tempo. Não podíamos consertar sua perna. Não podíamos fazer com que você dançasse novamente – Harlow diz, com a voz surpreendentemente trêmula. – Mas eu posso dizer a você para não ser uma idiota agora. É difícil pra cacete encontrar o amor, Mia. Não estrague tudo por causa de algumas linhas estúpidas no mapa.

– Pare de fazer sentido – eu digo. – Minha vida já está muito confusa agora sem que você a faça ficar pior.

– E se eu conheço você bem, tenho certeza de que também chegou à mesma conclusão. Você só precisava de alguém mais inteligente para dizer primeiro. Quer dizer, não estou menosprezando o que ele fez, foi uma coisa babaca, realmente. Só estou bancando o advogado do diabo aqui.

Fecho os olhos e encolho os ombros.

– Então estamos falando sobre a grande palavra que começa com A, não é?

– Anal? – eu digo, ironicamente.

Ela para e me encara. Quando Harlow está funcionando no modo em que ela faz você entrar em contato com seus sentimentos, é melhor não fazer brincadeiras.

– O que eu estou *querendo dizer* – ela diz, ignorando-me –, é que isso não tem só a ver com transar com o doce e safado garoto francês.

– Mas nunca foi só sexo com o garoto francês – eu digo a ela. – Acho que foi isso que assustou você.

– Porque é *algo grande* – ela diz, e então tocamos nossas palmas das mãos como em comemoração, e todas nós gritamos. – Foi o que ela disse!

Mas sua expressão fica sóbria novamente.

– Mesmo quando Luke foi embora... – ela continua. – Eu sabia que você ficaria bem. Eu disse pra Lola que era difícil naquele momento, mas que se déssemos a você algumas semanas, você sairia daquela rapidinho. Mas isso é diferente.

– Chega a ser ridículo como isso é diferente.

– Então, você... O quê?

Quando eu ainda não tenho ideia do que ela está perguntando, ela continua:

– Você me pediu para que eu conversasse com meu pai sobre a anulação, mas é isso que você realmente quer? Vocês dois têm conversado? E não encolha esses ombros novamente, ou vou atravessar esse sofá e dar um soco em você.

Eu me contraio e dou de ombros.

– Nós trocamos mensagens de texto.

– Vocês são duas crianças? – Harlow pergunta, esmagando minha mão. – Porque você não *telefona* para ele?

Eu dou risada e digo a elas:

– Não estou pronta para ouvir a voz dele ainda. Ainda estou me estabilizando. Eu provavelmente pegaria o próximo voo para Paris se o escutasse falando meu nome.

Ajeitando-me para sentar e virando-me para olhar para as duas, continuo:

– Além disso, Ansel está lá subindo a escada, enquanto eu sou um ratinho correndo dentro de uma roda. Preciso colocar minha cabeça no lugar para que, se ele vir até aqui, não fique parecendo que ele tenha que cuidar de mim – paro de falar e olho para as duas, que ainda me observam com uma expressão completamente neutra. – Eu precisava crescer, e o fato de Ansel ter agido como um idiota me empurrou para fora do ninho. Foi ele que me deixou empolgada para voltar para cá e estudar. Só gostaria de não ter vindo brava desse jeito.

– Não seja muito exigente consigo mesma – Lola diz. – Estou muito feliz por você estar aqui.

– Deus, eu também – concorda Harlow. – Estava tendo problemas de insônia com todas as suas ligações no meio da noite.

Jogo um travesseiro nela.

– Rá, rá.

– E quanto ao emprego? Você sabe que meu pai contrataria você para ficar sentada lá parecendo linda em um de seus escritórios. Está a fim de confundir a cabeça de alguns executivos de meia-idade durante o verão?

– Na verdade, eu consegui um emprego.

– Isso é ótimo! – Lola pega minha mão.

Sempre cética, Harlow continua a me observar.

– Onde?

– Meu antigo estúdio de dança – eu digo.

E é tudo isso que eu tenho a dizer, na verdade, porque um segundo depois Lola e Harlow já estão em cima do meu colo.

– Estou tão orgulhosa de você – Lola sussurra, com os braços apertados em volta dos meus ombros.

– Nós sentimos falta de te ver dançando. Merda, acho que vou começar a chorar – diz Harlow.

Começo a rir, fazendo meio esforço para empurrá-las para longe de mim.

– Não será a mesma coisa, meninas, eu...

– Para nós, será, sim – afirma Lola, afastando-se o bastante para me olhar bem.

– Tudo bem, tudo bem... – diz Harlow, ficando em pé para nos observar. – Chega desse sentimentalismo todo. Vamos pegar algo para comer, e então vamos às compras.

– Vão vocês duas. Estou indo pro estúdio daqui a pouco para conversar com Tina. Preciso tomar um banho.

Lola e Harlow trocam olhares.

– Tudo bem, mas depois que você terminar, nós vamos sair. Drinques por minha conta – diz Lola. – Um pequeno trato de boas-vindas para nossa Docinho.

Meu telefone vibra em cima da mesa e Harlow o apanha, empurrando-me com seus longos braços de amazona glamorosa.

– Ah, e Mia...

– Sim? – eu digo, tentando me esquivar dela.

– Atenda a merda do telefone quando Ansel ligar, ou telefone você mesma para ele. Você tem dez mensagens de voz, sem contar as mensagens de texto. Não precisa ser hoje nem amanhã, mas pare de ser fracote. Você pode ir pra faculdade e trabalhar e fingir que não está casada, mas não pode nos enganar fingindo que não está completamente apaixonada por esse cara.

~

Minha viagem até o estúdio é definitivamente esquisita. Estava esperando que fosse me sentir nervosa e nostálgica, mas assim que chego à estrada, percebo que, apesar de ter feito esse caminho centenas e centenas de vezes, minha mãe estava me acompanhando todas as vezes. Nunca estive atrás do volante nessa jornada em particular.

Ela desencadeia algo em mim, uma vontade de tomar controle sobre um caminho que percorri tão passivamente por tanto tempo. O discreto shopping aparece logo após o lotado cruzamento entre as ruas Linda Vista e Morena, e depois de estacionar, levo alguns minutos para processar o quanto ele está diferente. Há uma nova loja de iogurte, um Subway. O grande espaço onde costumava funcionar um restaurante chinês agora é um estúdio de caratê. Mas escondido bem no centro do corredor, atualizado com uma nova placa e fachada de tijolos, está o estúdio de Tina. Faço força como se estivesse tendo que engolir um caroço em minha garganta, numa tentativa de tranquilizar meu estômago que começa a revirar. Estou tão feliz em ver esse lugar, mesmo que pareça diferente, e também um pouco triste porque ele nunca será novamente o que ele significava para mim.

Estou me sentindo tonta, com uma mistura de emoção, alívio e tristeza, e *um pouco de tudo*, mas não quero minha mãe, Harlow ou Lola nesse momento. Eu quero Ansel.

Procuro o telefone desajeitadamente em minha bolsa. O ar quente parece me pressionar como uma parede, mas eu o ignoro, enquanto minhas mãos trêmulas digitam minha senha e encontro a foto de Ansel na minha lista de favoritos.

Com uma respiração tão pesada que me preocupo em estar tendo um ataque de asma, escrevo as palavras pelas quais eu sei que ele tem esperado, que eu deveria ter enviado no dia em que fui embora.

```
Eu gosto de você.
```

Aperto o botão "enviar".

```
Desculpe-me por ter ido embora daquele jeito,
```
adiciono apressada.
```
Eu quero que fiquemos juntos. Sei que
está tarde aí, mas posso ligar para você? Vou ligar.
```

Deus, meu coração está batendo tão forte que posso ouvir o sangue correndo apressado em minhas orelhas. Minhas mãos estão tremendo, e eu tenho que parar um instante, encostar em meu carro e me recompor.

Quando estou finalmente pronta, abro meus contatos novamente e pressiono seu nome. Leva um segundo para conectar, e o toque começa a soar através da linha.

Ouço tocar muitas vezes, e a ligação finalmente cai na caixa de mensagens. Eu desligo sem deixar recado. Sei que ele já está no meio da noite lá, mas se seu telefone está ligado – e claramente está –, e se ele quisesse falar comigo, atenderia. Afasto qualquer pensamento incômodo e fecho os olhos para encontrar algum conforto e percebo como me sinto bem em admitir a mim mesma e a ele que não estou pronta para que nosso relacionamento acabe.

Ao abrir a porta do estúdio, vejo Tina em pé lá dentro, e sei pela expressão em seu rosto, com a mandíbula tensa, lágrimas caindo em seus cílios inferiores, que ela estava me observando desde que saí do carro.

Ela parece mais velha, como esperado, mas com a boa postura e delicadeza de sempre, tem os cabelos grisalhos puxados para trás em um coque, e seu rosto sem nenhuma maquiagem exceto por sua marca registrada: o batom vermelho-cereja em seus lábios. Seu uniforme é o mesmo: blusa preta, calça preta de ginástica e sapatilhas de balé. Um milhão de memórias rodeiam essa mulher. Tina puxa-me para um abraço e sinto-a tremer junto a mim.

— Você está bem? — ela pergunta.

— Estou melhorando.

Ela afasta-se e observa-me, arregalando seus olhos azuis.

— Então, conte-me.

Faz quatro anos que não vejo Tina, então só posso presumir que ela esteja querendo dizer *me conte tudo*. Inicialmente, depois de ter saído do hospital, ela veio até minha casa para me visitar pelo menos uma vez por semana. Mas eu comecei a inventar desculpas de por que eu precisava sair de casa ou estar lá em cima com a porta fechada. Eventualmente, ela parou de vir.

Ainda assim, sei que não preciso me desculpar pela distância. Em vez disso, dou a ela uma versão altamente abreviada dos últimos quatro anos, terminando em Vegas, Ansel, e meu novo plano. Juro que cada vez fica mais fácil contar a história.

Quero muito esse emprego. Preciso que ela saiba que eu estou bem, que estou *realmente* bem, então me certifico de estar parecendo forte e calma. Sinto orgulho de minha voz não ter vacilado nenhuma vez.

Ela sorri quando termino de falar e admite:

— Ter você comigo aqui é um sonho.

– Para mim também.

– Vamos fazer uma pequena observação antes de começarmos. Quero me assegurar de que você se lembra de nossa filosofia, e que seus pés se lembram do que fazer.

Ela tinha mencionado uma entrevista informal ao telefone, mas não uma sessão de instrução, então meu coração dispara imediatamente, batendo rápido contra meu peito.

Você consegue, Mia. Você vivia e respirava isso.

Seguimos pelo pequeno corredor, passando pela grande sala reservada para sua classe de adolescentes, em direção ao pequeno estúdio no final, utilizado para aulas particulares e iniciantes. Sorrio para mim mesma, esperando ver uma fila de garotinhas esperando por mim, vestindo collants pretos, meias-calças cor-de-rosa e pequenas sapatilhas.

Todas as cabeças viram-se para nós quando a porta se abre e minha respiração é sugada de meu corpo em uma expiração rápida.

Seis garotas estão alinhadas na sala de aula, três de cada lado de um homem alto ao centro, com os olhos verdes cheios de esperança e travessura quando encontram os meus.

Ansel.

Ansel?

O que é...?

Se ele está aqui agora, ele já estava no prédio meia hora atrás quando telefonei. Será que ele viu que eu liguei? Será que leu minhas mensagens?

Ele está usando uma camiseta preta justa, que se agarra aos músculos de seu peitoral, e calça social cinza-escura. Seus pés estão descalços e seus ombros alinhados da mesma maneira que as garotas a seu lado, muitas das quais estão roubando olhares e quase não conseguem reprimir os risos.

Lola e Harlow o enviaram aqui, tenho certeza.

Abro minha boca para falar, mas sou imediatamente cortada por Tina que, com um sorriso de reconhecimento, passa por mim, com o queixo levantado quando ela anuncia para todos:

– Classe, essa é Mademoiselle Holland, e...

– Na verdade, é Madame Guillaume – corrijo silenciosamente, e viro-me rapidamente para Ansel, quando ouço um som involuntário de surpresa vindo dele.

O sorriso de Tina é radiante.

– Perdoem-me. Madame Guillaume é a nova instrutora aqui, e eu guiarei vocês pelos alongamentos e por sua primeira coreografia. Classe, por favor, deem as boas-vindas à sua nova professora!

Seis pequenas garotas e uma voz profunda dizem em uníssono:

– Olá, Madame Guillaume!

Mordo meu lábio, segurando-me para não rir. Nos olhamos novamente e, em um instante, sei que ele leu minhas mensagens e mal consegue conter sua felicidade por estar aqui, e por ter me ouvido dizer que sou sua esposa. Ele parece cansado, mas aliviado, e parece que estamos tendo uma conversa inteira só através de nossos olhares. Preciso fazer esforço para não ir até ele e me deixar ser envolvida por aqueles braços longos e fortes.

Como se estivesse lendo minha mente, Tina tosse em um aviso e eu pisco os olhos, ajeitando minha postura e respondendo:

– Olá, garotas. E Monsieur Guillaume.

As meninas começam a rir, mas são rapidamente silenciadas pelo olhar atento de Tina.

– Nós também temos um convidado hoje, como puderam claramente perceber. Monsieur Guillaume está decidindo se quer se inscrever na academia. Por favor, façam o seu melhor para dar o bom exemplo, e mostrá-lo como nos comportamos em cima de um palco.

Para a minha surpresa, Ansel parece pronto para mergulhar no mundo de uma pequena bailarina. Tina dá um passo para trás em direção à parede, e eu a conheço bem o bastante para saber que isto não é um teste. É apenas uma surpresa. Eu poderia apenas rir e dizer para que comecem a alongar o corpo enquanto converso com Ansel. Mas ele parece estar pronto para a ação, e eu quero que ela veja que eu consigo fazer isso, mesmo com a maior e mais linda distração do mundo bem à minha frente.

– Vamos começar com alguns alongamentos.

Coloco uma música suave para tocar e peço para as meninas fazerem o que estou fazendo: sento-me no chão com as pernas estendidas para frente. Curvo-me para baixo, alongando os braços até que as mãos toquem os pés, e digo a elas:

– Se sentirem dor, flexionem um pouco as pernas. Quem pode contar até quinze para mim?

A classe inteira está tímida. Quero dizer, exceto por Ansel. E é claro que ele silenciosamente começa a contar em francês:

– Un... Deux... Trois...

As meninas olham para ele e se mexem no chão.

Nós continuamos com os alongamentos: o exercício na barra mais baixa, o espacate de jazz, que faz as garotas chiarem e perderem o equilíbrio. Praticamos algumas piruetas, e penso que, mesmo se viver até os cem anos, nunca conseguirei parar de rir da imagem de Ansel fazendo uma pirueta. Mostro a elas o alongamento com as pernas afastadas encostadas em uma parede. É possível que eu esteja fazendo isso puramente para o benefício de Ansel, mas nunca admitirei. As garotas tentam me imitar, riem mais um pouco, e algumas delas tomam coragem o bastante para começar a mostrar a Ansel o que fazer com seus braços e alguns saltos e giros que elas mesmas inventaram.

Quando a aula começa a ficar muito barulhenta e caótica, Tina chega aplaudindo e me abraçando.

– Eu assumo o comando agora. Acho que você tem outra coisa para lidar. Verei você aqui segunda-feira às cinco horas.

— Amo muito você — eu digo, abraçando-a forte.

— Também amo você, querida — ela responde. — Agora vá dizer isso para *ele*.

~

Ansel e eu saímos da sala e caminhamos em silêncio pelo corredor. Meu coração está batendo tão forte que parece turvar minha visão cada vez que pulsa. Já fora do estúdio e depois de ter sido surpreendida, estou tão estarrecida que não sei por onde começar.

Uma brisa quente nos envolve quando abrimos a porta para a rua, e Ansel observa-me cuidadosamente, esperando minha deixa.

— *Cerise...* — ele começa, inspirando o ar, trêmulo.

Ao nos olharmos novamente, sinto o peso de cada momento de silêncio. A mandíbula dele se contrai enquanto nos encaramos, e quando ele engole a saliva, posso ver as covinhas aparecerem em suas bochechas.

— Oi — eu digo, com a voz apertada e sem ar.

Ele dá um passo para fora da calçada, mas ainda parece pairar sobre mim.

— Você me ligou logo antes de eu chegar.

— Eu liguei do estacionamento. Era muita coisa para processar, estando aqui... Você não me atendeu.

— O uso de telefones dentro do estúdio é proibido — ele responde com um sorriso fofo. — Mas eu vi a ligação acendendo a luz da minha tela.

— Você veio direto do trabalho? — pergunto, levantando o queixo e apontando para sua calça social.

Ele faz que sim com a cabeça. Há pelo menos um dia de barba por fazer sombreando sua mandíbula. A imagem de Ansel saindo do trabalho e indo direto para o aeroporto para vir até mim, sem ter tempo para jogar algumas coisas dentro de uma bolsa, é o bastante para deixar minhas pernas amolecidas.

– Por favor, não fique brava – ele diz. – Lola me ligou para contar que você estava aqui. Eu estava a caminho para encontrar com vocês três para jantar. Harlow também mencionou que quebraria minhas duas pernas e outras protuberâncias se eu não tratasse você da maneira que merece.

– Não estou brava.

Balanço a cabeça, tentando clarear as ideias.

– É que... Não consigo acreditar que você está realmente aqui.

– Você acha que eu ficaria lá deixando para consertar tudo em algum momento no futuro? Não conseguia ficar tão longe de você.

–Bem... Eu fico feliz.

Consigo perceber que ele quer perguntar "Por que você foi embora daquela maneira? Por que você nem me disse adeus?". Mas ele não pergunta. E ele ganha pontos significativos por isso, também. Porque embora minha entrada e saída da França tenham sido ambas por impulso, ele foi a razão nas duas vezes: uma feliz, e a outra de partir o coração. Em vez disso ele me observa, com os olhos se demorando em minhas pernas visíveis através da meia-calça cor da pele, e abaixo da minha saia curta de dança.

– Você está linda – ele diz. – Na verdade, você está tão bonita que estou um pouco sem saber o que dizer.

Estou tão aliviada que me jogo para frente. Ele me abraça e apoia seu rosto em meu pescoço. Seus braços parecem longos o bastante para envolverem minha cintura diversas vezes. Consigo sentir sua respiração em minha pele e o jeito que ele treme contra meu corpo.

– Isso é tão bom – eu digo para ele, e nosso abraço parece durar para sempre.

Seus lábios encontram meu pescoço, minha mandíbula, e ele começa a sugar e mordiscar. Seu hálito é morno, com cheiro de menta, e Ansel sussurra palavras em francês que não consigo traduzir, mas também não há necessidade. Consigo ouvir *amor, vida, meu,* e *desculpa,* e então suas mãos seguram meu rosto e sua boca encosta a minha, com seus dedos tremendo em minha mandíbula. Damos um único e casto beijo, sem língua ou nada mais profundo, mas o jeito que estou tremendo parece prometê-lo que há muitos mais por vir, porque ele se afasta parecendo vitorioso.

– Vamos lá, então – ele diz, com suas covinhas agora mais profundas. – Deixe-me agradecer suas garotas.

Estou faminta por ele, para que fiquemos sozinhos, mas de alguma maneira estou ainda mais animada somente por tê-lo aqui assim, com minhas amigas. Pego-o pelo braço e puxo-o para dentro do meu carro.

~

Ansel volta a colocar sua camisa social enquanto me conta sobre seu voo, a sensação esquisita de sair logo depois do trabalho e chegar aqui ao amanhecer e ter que esperar o dia inteiro para me ver... Todos os pequenos detalhes que rodeiam a grande pergunta: e agora? Roubo olhares dele enquanto dirijo. Com o céu escurecendo atrás dele, Ansel parece inegavelmente refinado e maravilhoso em sua camisa social cor de lavanda e calça cinza ajustada. Apesar de eu estar claramente vindo direto de uma aula de dança, não vou me trocar. Se voltássemos para minha casa, tenho certeza que ficaríamos por lá, e eu preciso ver minhas garotas para agradecê-las. E talvez mais importante ainda deixar que *ele* as agradeça.

Coloco um sapato baixo mais confortável e levo Ansel para encontrar Harlow e Lola no Bar Dynamite, puxando-o pelo meio das pessoas e abrindo um sorriso enorme por essa pessoa estar comigo – *meu* marido, *meu* Ansel. Elas estão sentadas em um sofá em curva, tomando drinques, e Lola me vê antes de Harlow. Tenho certeza que ela vai começar a chorar imediatamente.

– Não – aponto para ela e dou risada. Apesar de sempre se mostrar forte, ela é uma manteiga derretida. – Nós não vamos fazer isso.

Ela ri, balançando a cabeça e enxugando as lágrimas. É uma estranha imagem turva de cumprimentos, minhas pessoas favoritas e meu marido abraçando-se como se fossem melhores amigos que não se veem há algum tempo.

Mas isso é verdade, de certa maneira. Eu o amo, e elas o amam também. E eu amo as duas, então ele as ama também. Ele tira duas barras de chocolate do bolso de dentro da jaqueta pendurada em seu braço e entrega uma para Lola e outra para Harlow.

– Por terem me ajudado. Comprei no aeroporto, então não fiquem muito animadas.

Elas duas pegam as barras, então Harlow olha para seu chocolate e depois para Ansel.

– Se Mia não transar com você hoje, eu transo.

Ele fica vermelho, sua covinha aparece, dá uma risada silenciosa, os dentes pressionam seus lábios, e eu já estou enlouquecida. Pode me matar agora.

– Sem problemas – eu digo para Harlow, jogando a jaqueta de Ansel no sofá e arrastando-o para a pista de dança enquanto ele arregala os olhos e sorri. Honestamente, não me importa a música que está tocando, ele ficará ao meu lado a noite inteira. Envolvo-me em seus braços e pressiono meu corpo junto ao dele.

– Vamos dançar de novo?

– Ainda vamos dançar muito – eu digo. – Você deve estar percebendo que estou seguindo seu conselho.

– Estou tão orgulhoso de você – ele sussurra. Ele apoia a testa na minha e depois se afasta, olhando para mim. – Você acabou de insinuar que vai transar comigo hoje à noite – seu sorriso se torna maior e suas mãos começam a tremer em volta da minha cintura.

– Jogue suas cartas direito.

– Eu esqueci minhas cartas – seu sorriso murcha dramaticamente. – Mas eu trouxe meu pênis.

– Vou tentar não quebrá-lo dessa vez.

– Na verdade, acho que você deveria tentar ao máximo.

O baixo da música faz a pista estremecer, e quase temos que gritar para ter essa conversa descontraída, mas o clima se esvai, algo esfria entre nós, e o momento se torna um pouco pesado. Nós sempre fomos os melhores na paquera, os melhores no sexo, mas até agora tivemos que fingir sermos outras pessoas para nos abrirmos sinceramente.

– Converse comigo – ele diz, curvando-se para sussurrar as palavras em meu ouvido. – Me conte o que aconteceu na manhã em que você foi embora.

– Eu senti que tinha que bater o meu pé e encarar o que viria depois – eu digo baixinho, mas ele ainda está perto de mim e sei que está me ouvindo. – Foi sacanagem sua não ter me contado sobre Perry, mas, apesar disso, foi o empurrão que eu estava precisando.

– Me desculpa, *Cerise*.

Sinto um aperto no peito quando ele me chama por esse apelido, e eu deslizo minhas mãos em seu peito.

– Se nós formos tentar fazer isso dar certo, preciso saber que você me contará as coisas.

– Eu prometo. Eu contarei.

– Me desculpa por ter ido embora daquela maneira.

Posso ver a covinha em seu rosto por um milésimo de segundo.

– Me mostre que você ainda está usando sua aliança, e eu perdoo você.

Levanto a mão esquerda e ele fica olhando por um momento antes de se curvar e beijar o fino anel de ouro.

Nós ficamos mais um tempo abraçados, sem nos mexermos muito, enquanto as pessoas ao redor dançam, pulam e balançam na pista. Encosto a cabeça em seu peito e fecho os olhos, respirando cada parte dele.

– Enfim, já acabamos de resolver isso. É sua vez de tagarelar sobre hoje.

Com um pequeno sorriso, ele curva-se para perto, primeiro beijando minha bochecha direita e depois a esquerda. E então ele toca seus lábios nos meus por alguns longos e perfeitos segundos.

— Minha cor favorita é verde — ele diz contra minha boca, e começo a rir.

Suas mãos deslizam pelas laterais do meu corpo, com os braços envoltos em minha cintura enquanto ele se curva mais perto, beijando-me até o pescoço.

— Quebrei o braço quando tinha sete anos de idade, tentando andar de skate. Eu amo a primavera e detesto o inverno. O nome do meu melhor amigo de infância era Auguste e sua irmã mais velha chamava-se Catherine. Foi com ela que dei meu primeiro beijo, quando eu tinha onze anos e ela tinha doze, na despensa da casa do pai dela.

Meus dedos deslizam sobre seu peito, por sua garganta e se entrelaçam atrás de seu pescoço.

— Meu maior trauma foi minha mãe ter ido embora para os Estados Unidos, mas tirando isso, apesar de meu pai ser um tirano, minha infância foi bem agradável. Na escola, eu era muito ruim em matemática. Perdi a virgindade com uma garota chamada Noémi quando eu tinha catorze anos — ele beija minha bochecha. — A última mulher com quem transei foi com minha esposa, Mia Rose Guillaume — beija a ponta do meu nariz. — Minha comida favorita é pão, e sei que isso soa horrivelmente chato. E não gosto de frutas secas.

Começo a rir e o puxo para lhe dar um beijo verdadeiro, finalmente, e *oh, meu Deus*. Sua boca é quente, já acostumada à minha. Seus lábios são suaves, mas dominantes. Sinto que ele mal consegue esconder sua necessidade de tocar, experimentar e foder, e suas mãos deslizam pela minha bunda, puxando meu quadril para seu corpo. Sua língua mal toca a minha e nós dois soltamos um gemido, afastando-nos com a respiração pesada.

— Acho que nunca havia feito uma mulher ter um orgasmo com a minha boca antes de conhecer você — ele admite. — Adoro beijar você ali. E adoro sua bunda, é perfeita — com isso, sinto seu pau se mexer contra minha barriga enquanto suas mãos me apertam. — Gosto de qualquer tipo de sexo com você, mas prefiro ficar por cima... Você faz com que o papai-e-mamãe seja uma posição suja, do jeito que você me segura e se mexe abaixo de mim.

Puta merda. Eu me contorço em seus braços.

– Ansel.

– Eu sei exatamente o som que você faz quando goza. Você nunca poderia fingir comigo – ele sorri, e continua a frase. – De novo.

– Me fale sobre coisas cotidianas – eu imploro a ele. – Isso está me matando.

– Eu odeio matar aranhas porque acho que elas são incríveis, mas eu faria isso por você, se você tiver medo delas. Odeio estar de passageiro em um carro que prefiro dirigir – ele me beija na direção da minha orelha, sussurrando: – Nós podemos morar em São Diego, mas eu quero ao menos passar o verão na França. E talvez poderíamos trazer minha mãe para morar conosco quando ela for mais velha.

Meu peito quase dói com a força de cada batida do meu coração.

– Ok.

Ele sorri e eu toco sua covinha com a ponta do meu dedo.

– E você realmente vai se mudar para cá?

– Acho que em fevereiro – ele diz, encolhendo um pouco os ombros. Como se fosse fácil assim, e como se já estivesse tudo resolvido.

Sinto-me aliviada, e estou dividida. Fico feliz que tudo esteja dando certo facilmente, mas ainda estamos em junho. Fevereiro está tão longe.

– Parece que vai demorar muito.

– Eu venho visitar você em setembro, outubro, novembro, dezembro, janeiro...

– Quanto tempo você vai ficar aqui?

Por que mesmo eu não fiz essa pergunta antes? De repente estou morrendo de medo da resposta.

– Só até amanhã.

Meu estômago se revira e sinto um vazio de repente.

– Posso faltar na segunda-feira – ele diz –, mas preciso trabalhar na terça para a primeira fase da audiência.

Não temos muito tempo. Já estou puxando-o pelo meio das pessoas para voltarmos à mesa.

– Meninas...

– Eu sei, Docinho – Harlow diz, concordando com a cabeça. – Vocês têm só doze horas. Não tenho ideia do que vocês estão fazendo nesse lugar. Vão embora.

Então não só elas sabiam que ele estava vindo, mas também que ele estava indo embora. Eles conversaram sobre tudo. Como eu amo minhas amigas.

Dou um beijo em Harlow e em Lola e atravessamos o bar em direção à saída.

~

Não sei como nós conseguimos voltar para meu apartamento sem tirar nossas roupas no meio do caminho. Eu rezo para que não acordemos Julianne quando tropeçamos e nos beijamos andando pela entrada dos carros, e esbarramos na garagem, onde Ansel desliza suas mãos por baixo do meu vestido e sob minha calcinha, implorando-me para me sentir. Seus dedos estão quentes e dominantes, puxando para o lado a renda frágil e esfregando minha pele para cima e para baixo.

– Parece que você não existe – ele sussurra. – Preciso de você nua. Preciso ver você.

– Então me leve lá para cima.

Nós tropeçamos e fazemos barulho ao subirmos as escadas de madeira até meu apartamento, batendo nossos corpos na porta enquanto ele beija meu pescoço e suas mãos famintas apertam meu traseiro, puxando-me para ele.

– Ansel...

Começo a rir, empurrando seu peito com leveza para poder encontrar as chaves em minha bolsa.

Assim que entramos, nem me incomodo em ligar as luzes por não querer tirar minhas mãos de seu corpo para achar o interruptor. Ouço minhas chaves caírem no chão, seguidas de minha bolsa e do casaco dele, e então somos só nós dois no escuro. Ele tem que se curvar para mim, envolvendo seus braços em minha cintura para me levantar à altura de sua boca.

– Eu gosto do seu apartamento – Ansel diz, sorrindo enquanto me beija.

Concordo com a cabeça, tirando a camisa da cintura de sua calça.

– Você gostaria que eu mostrasse o lugar para você?

Ele dá risada quando percebe que estou frustrada no escuro, com meus dedos desajeitados na sua camisa. Para que tantos botões?

– Você me mostraria sua cama, não é? – ele diz, afastando minhas mãos e terminando rapidamente de desabotoar a camisa, finalmente a tirando.

– E a mesa. E o sofá – eu digo, distraída pelos caminhos de pele perfeita e macia. – Talvez o chão. E o chuveiro.

Faz apenas alguns dias desde que o toquei, mas um ano parece ter se passado, e as palmas das minhas mãos deslizam pelo seu peito, e minhas unhas se curvam pelas linhas definidas de sua barriga. O som que ele faz quando me inclino para frente para beijar seu peitoral é algo parecido com um rosnar e um gemido.

Ele começa a tirar meu collant pelos meus ombros, puxando-o para baixo pelos braços até que minhas mãos fiquem presas ao lado do meu corpo.

– Vamos começar pelo quarto. Podemos fazer o circuito mais tarde.

– Nós temos doze horas para aproveitar – eu digo. Ele prende meu lábio inferior com seus dentes e eu solto um gemido. Senti tanta falta dele que me pareceu que havia um elástico prendendo meu peito, que agora se soltou e eu posso respirar profundamente, preenchida.

A cama é a maior coisa do apartamento, e no escuro ele a encontra facilmente.

Ansel caminha de costas até o colchão enquanto continua me beijando, e se senta, puxando-me para entre suas pernas abertas. Suas mãos deslizam pela pele da parte de trás das minhas coxas, para cima e para baixo até que seus dedos alcancem as bordas da minha calcinha. O poste de luz da rua projeta um cone iluminado através de uma parede, e eu consigo ver apenas seu rosto e seus ombros. A calça dele está aberta e seu pau já está duro, com a cabeça saindo por cima do elástico de sua cueca, e o resto de seu membro está pressionado em seu abdômen.

Ele me puxa para frente e eu sinto o calor de sua boca em meu pescoço.

— Doze horas não são o bastante – ele diz, empurrando as palavras contra minha pele. Ele faz uma linha com a língua entre meus seios, chupa meu mamilo pela renda de meu sutiã. Eu me esforço para livrar minhas mãos e ele percebe, puxando minhas roupas ao longo do meu corpo, fazendo-as caírem no chão.

Finalmente consigo me mover, e passo minhas mãos pelo seu cabelo, e tudo é exatamente como me lembro. Os sons, seu cheiro, o jeito que meu corpo se aquece quando ele beija a pele abaixo da minha clavícula. Como pude pensar que conseguiria sobreviver um dia sem ele?

— Quero você sem isso – Ansel diz, levando as mãos às minhas costas para tirar meu sutiã.

Suas mãos passam pelas alças, movendo-as na direção contrária enquanto elas caem pelos meus braços, com as mãos deslizando pelos meus ombros e então pelo meu peito e segurando meus seios. Ele inclina-se para frente e leva a palma da mão inteira para um deles, enquanto beija o outro.

Ele faz um pequeno som de aprovação e leva uma de suas mãos para a minha bunda.

– Quero você sem isso, também.

Sua boca se fecha sobre um mamilo e sua língua brinca com a ponta.

Este é o ponto onde eu precisaria desaparecer dentro de outra pessoa para aquietar minha mente com fantasias e faz de conta. Mas agora a única pessoa que quero ser sou eu mesma.

– Você também. Tira a calça.

Eu observo-o com uma fome irrestrita, e ele puxa o resto de suas roupas para o chão.

Ansel não me deixa me afastar muito, e deita bem próximo à cabeceira da cama, esperando até que eu deslize meus dedos pela renda da minha calcinha e a tire pelo meu quadril. Sem dizer nada, ele pega em seu pau bem na base e começa a se masturbar.

Subo na cama, pairando sobre ele com minhas coxas encaixadas em cada lado de seu quadril. Ele libera seu pau, que salta para fora e encosta duro em sua barriga. Seus olhos estão arregalados e focados no espaço entre nossos corpos, diminuindo cada vez mais. Com mãos impacientes, ele segura meu quadril e empurra-me para o alto, posicionando-me em cima dele.

Sua mandíbula está contraída e o pescoço arqueado para trás em cima do travesseiro, soltando um grunhido:

– Me toque.

Arrasto minhas mãos pelo seu peito e mais para baixo, deslizando meus dedos pelo seu membro e segurando suas bolas e seu quadril. Há algo tão sujo em estar em cima dele dessa maneira. Estou completamente nua, exposta. Não posso esconder meu rosto em seu pescoço e desaparecer embaixo do peso e conforto de seu corpo.

Isso é novo para nós, vê-lo aqui em *meu* apartamento e em *minha* cama, com seus cabelos bagunçados no centro do meu travesseiro. Seus olhos estão vidrados, seus lábios cor de ponche estão vermelhos dos meus beijos, e isso me torna possessiva de um jeito que nunca me senti antes.

— Você está tão quente — ele diz, levando a mão entre minhas pernas. — Está prontinha.

Seus dedos deslizam facilmente ao longo de minha pele, explorando, e então ele pega seu pau e o traz contra mim. Não consigo parar de olhar para seu rosto e sua concentração onde nossos corpos estão se tocando, e é como se o ar tivesse sido sugado do quarto, incinerado com um único suspiro.

Ele se aproxima com cada pequeno movimento de seu quadril para cima, mais perto, mais perto, até que ele está lá, finalmente, quase pressionando lá dentro. Eu afundo nele lentamente, respirando tão forte e rápido, sem conseguir fechar meus olhos porque a expressão em seu rosto é irreal: os olhos fechados apertados, os lábios separados, as bochechas vermelhas enquanto ele suspira embaixo de mim, dominado.

Sinto-me preenchida demais, sinto que é muito para mim, então espero um segundo até que meu corpo se acostume com a sensação de Ansel dentro de mim tão profundamente. Mas não é isso o que eu quero. Eu não *quero* ficar imóvel. Quero senti-lo deslizando grosso para dentro de mim e suas mãos ficando mais famintas. Quero senti-lo a noite inteira.

Começo a me movimentar lentamente sobre ele, perdida em sua reação, assim como ele parece estar perdido ao me sentir. Suas mãos seguram meu quadril, ancorando-me e ao mesmo tempo deixando que eu dirija, e ele finalmente abre os olhos, observando meu rosto e sorrindo, mostrando sua essência pura: olhos brilhantes, covinhas brincalhonas e sua boca doce e indecente.

— Faça um show para mim, *Cerise*. Quebre-me.

Com um sorriso, levanto meu corpo e deslizo para baixo, e então um pouco mais rápido, e mais rápido, fascinada com a pequena ruga entre suas sobrancelhas enquanto olha para meu rosto, concentrado. Ele ajeita o quadril, satisfaz-se quando eu suspiro, e leva as mãos para me tocar, acariciar, esfregar, e silenciosamente sussurra para que eu cavalgue mais rápido e mais forte.

– Deixe-me *ouvir* você fodendo – ele grunhe, empurrando seu pau para dentro de mim. – Deixe que minha pequena selvagem escape.

Ele observa com atenção, absorto, quando começo a gozar, e suspira:

– Oh, Mia... Isso...

Minhas mãos estão plantadas em seu peito, meus olhos focados em seus lábios entreabertos, e eu imploro:

– Por favor, oh, por favor... – sinto minha cabeça começar a cair para trás enquanto o prazer começa a subir. – Quase, *quase*...

Ele faz que sim com a cabeça e abre um pequeno sorriso, pressionando seus dedos mais forte em minha pele, assistindo enquanto eu me desfaço em pura sensação, tremendo em sua direção, e finalmente fechando meus olhos com a intensidade de tudo, o alívio e a liberação, enquanto caio sobre seu peito.

O mundo gira, o lençol macio toca minhas costas, e sinto sua mão entre minhas pernas, tocando-me e então me penetrando novamente, desta vez por cima de mim; estocadas longas e certeiras, com seu peito pressionando o meu. Ele está quente e sua boca se move pelo meu pescoço, pela minha boca, que ele chupa e experimenta, soltando palavrões em grunhidos e palavras como *molhada, gozo, pele doce e molhada,* e *mais fundo, tão fundo.*

Deslizo as mãos pelas suas costas, apertando sua bunda e desfrutando dos músculos que saltam quando ele se mexe, envolvendo-se em mim e movimentando-se forte quando afasto minhas pernas mais ainda. Cravo minhas unhas em sua pele e começo a tremer embaixo dele, sentindo outro orgasmo chegando pelas beiradas.

Suspiro seu nome e ele aumenta a velocidade enquanto olha para meu rosto, grunhindo e dizendo:

– Sim. Porra.

Sua sobrancelha está suada, seus olhos focados em meus seios, meus lábios, e então ele afasta seu corpo somente o bastante para poder ver onde está me penetrando. Ele está molhado por minha causa, e duro em todos os lugares, com os músculos tensos e prontos para se romperem e explodirem. Essa sempre foi nossa melhor posição, a fricção, o encaixe dele em mim, e como ele circula seu quadril, olhando nossos corpos e então o meu rosto, para baixo e para cima novamente, finalmente exalando o ar quando suspiro:

– Oh...

Ele geme de alívio quando empurro minha cabeça no travesseiro, enlouquecendo embaixo dele e gozando com um gemido agudo.

– Estou quase lá... – ele grunhe, arqueando a cabeça para trás e fechando os olhos.

– Oh, Deus... Mia...

Ele cai sobre mim e seu quadril pressiona-me tão forte e profundo que estamos praticamente esmagados na cabeceira, com suas mãos curvando-se sobre o travesseiro ao lado da minha cabeça. Ele geme forte quando goza, e o som ecoa pelo telhado e através das paredes ainda vazias.

Meus sentidos retornam, um de cada vez: primeiro a sensação de Ansel dentro de mim, o peso de seu corpo, quente e escorregadio de suor. Meu próprio corpo está tenro, coberto de prazer.

Ouço a sua respiração forte em meu ouvido e ele dizendo baixinho:

– Eu te amo.

Depois disso, consigo sentir o gosto e o cheiro de sua pele salgada quando beijo seu pescoço, e começo a perceber a forma de seus ombros sobre mim, e seus movimentos lentos quando ele começa a se mexer de novo, apenas sentindo.

Ele tira meus cabelos do meu rosto e olha para mim.

– Eu quero fingir – ele diz.

– Fingir?
– Sim.

Ele usa as mãos para levantar seu tronco acima de mim e eu deslizo minhas mãos sobre seu peitoral suado, tocando-o onde ele desaparece dentro de mim. Sinto um tremor subir pela espinha, o calor de seu olhar e o peso de sua atenção enquanto ele analisa a expressão em meu rosto.

– Fingir o que? – eu pergunto.

– Que já se passaram seis meses – seus dedos penteiam meus cabelos, suavizando as mechas úmidas sobre minha testa. – E já estou morando aqui. Quero fingir que já terminei meu trabalho, e estamos juntos. Permanentemente.

– Ok.

Levo as mãos para seu rosto, puxando-o em direção ao meu.

– E talvez você tenha uma fantasia de dançarina de striptease e finalmente aprendeu a fazer malabarismos – ele me beija e então se afasta, unindo as sobrancelhas e uma expressão séria de brincadeira. – Você não tem medo de altura, tem?

– *Essa* é sua fantasia?

Ele inclina a cabeça e abre um sorriso malicioso.

– É certamente uma delas.

– E as outras? – eu pergunto.

Por ele eu colocaria qualquer fantasia, mas sei que poderia facilmente ser eu mesma. Quero passar todas as noites amando tanto quanto eu amo agora.

Pela centésima vez, fico pensando se as palavras que acabei não falando estão escritas acima da minha cabeça, porque seu sorriso cresce, alcançando seu olhar de uma maneira que suga todo o ar de meus pulmões.

– Acho que você terá que esperar para ver.

Agradecimentos

Terminar um livro traz um sentimento esquisito... Como já fizemos isso algumas vezes, nós reconhecemos: estamos felizes por termos finalizado algo que temos orgulho de colocar nossos nomes... e ao mesmo tempo nunca estamos prontas para que ele acabe.

Como sempre, obrigada para a nossa agente, Holly Root, que é uma de nossas pessoas favoritas. Você apenas nos *entende*. Você ri de nossas piadas sujas, revira os olhos em todos os lugares apropriados, e de vez em quando nos surpreende com suas roupas esquisitas. Ter nos tornado parte do #TeamRoot é até hoje um dos nossos melhores dias, e ficamos impressionadas com o equilíbrio que você achou no ano passado. *Você nos inspira*. Obrigada, ninja.

Nós dizemos isso em todos os livros, e diremos novamente: nosso editor, Adam Wilson, é o capitão desse barco louco, e as risadas que damos ao ler seus comentários é provavelmente a única atividade física que fazemos o ano inteiro (não se preocupem, não é uma afirmação tão triste, ele é realmente engraçado). Não se esqueça do que você nos permitiu que fizéssemos. *Nós* certamente não esquecemos.

Muito amor para Jen Bergstrom, Louise Burke e Carolyn Reidy por se apropriarem dos cromossomos XX e mostrarem para o mundo como é que se faz. Vocês escutam nossas ideias, nos instigam quando necessário, e nos dão apoio incansavelmente. Nós não conseguimos imaginar lugar melhor do que a Gallery Books, e temos muito orgulho de fazermos parte da família Simon & Schuster.

Obrigado às nossas assessorasas de imprensa, Kristin Dwyer e Mary McCue. Quando faremos tudo isso novamente? (Não escreveremos muita coisa aqui, ou começaremos a ficar melosas. Você fez um tremendo trabalho, garota.)

Cupcakes para Liz Psaltis, Lisa Litwack, John Vairo, Jean Anne Rose, Ellen Chan, Lauren McKenna, Stephanie DeLuca, Ed Schlesinger (somente por ser o Ed), Abby Zidle, e todos aqueles que abraçamos quando tomamos conta do 13º andar do edifício da Simon & Schuster. E aí, Trey? *Risos. Por que você é tão incrível?*

Escrever um livro é difícil, mas escrever um bom livro seria impossível sem nossos incríveis pré-leitores: Tonya e Erin, nós basicamente estamos devendo a cada uma de vocês um garoto da cabana sem camisa e uma assinatura vitalícia do Clube da Fruta do Mês de Harry e David (mais conhecido como o presente dos sonhos da Lo). Obrigada pela honestidade de vocês, sempre. Obrigada, Monica Murphy e Katy Evans, por lerem, amarem e apontarem o que funcionava e o que não funcionava. Margaux Guyon-Veuillet é a mestre por trás das traduções em francês da série *Irresistível*, e ela nos certificou não só da escrita correta, mas dos detalhes da cidade, também. Dito isso, quaisquer erros que restaram são inteiramente nossos.

Lauren Suero, você arrasou. Obrigada por tudo o que você faz, Drew.

Obrigada, Nina e Alice, por dezembro e por todos os dias depois.

Obrigada a todos os blogueiros por seu amor e entusiasmo. Escrever um livro é somente um passo; ajudar a encontrar seu caminho no mundo é outro. Somos muito gratas a cada um de vocês.

Para aqueles que leem nossos livros, que vêm nos visitar nos eventos, nos mostrar suas tatuagens e nos abraçar, para aqueles que falam para os seus amigos lerem nossos livros, nos tuítam, nos empolgam, gritam para nós, postam no Facebook, compartilham conosco várias informações, escrevem resenhas de nossos livros, nos enviam piadas, fotos e vídeos sacanas, e permitem que façamos parte de suas vidas, mandamos nosso maior e mais quente e sincero obrigada de todos.

Crianças, vocês nos dão uma razão para fazer o que fazemos, e nos afastarmos desses livros no final do dia é fácil porque podemos ver o rosto de vocês. Dr. Mr. Shoes e Blondie, obrigada por centenas, milhões de coisas todos os dias, que são pessoais demais para o consumo público.

Christina, só poderia ter uma de você para mim.

<*Poder das aspas ativar*>

"Lo, você se lembra daquele dia em Paris em que tivemos essa ideia? Eu estava muito cansada, mas queria poder fazer tudo novamente. E prometo não mostrar o dedo do meio dessa vez. Amo você mais do que as palavras podem dizer. Obrigada por ser a outra metade do meu."

Este livro foi composto nas fontes Adobe Caslon Pro,
Courier New, Dawning of a New Day, Journal e StreetBrush,
e impresso em papel *Norbrite* 66,6g/m² na Imprensa da Fé.